国王的背叛者

THE KING'S TRAITOR

[美]杰夫·惠勒 著 张丽丽 孙会军 译

上海文艺出版社

谨以此书纪念布丽吉特·道恩

王国地域及人物角色

君主国

锡尔迪金王国：国王塞弗恩，来自阿根廷家族。传说他从侄子手中篡夺了王位，挫败企图撼动他王权的一切尝试，成功捍卫了自己的王权，目前是所有王国中最富权力的统治者。

布里托尼卡公国：西尼亚女公爵，来自蒙特福特家族。年芳十五时女承父位，成为布里托尼卡女公爵。在她成年之前，布伦登·鲁被任命为护国公辅佐她，二十一岁时开始自己治理公国。她除了提防诱拐，还要躲避其他权欲极盛的贵族的逼婚，因此从未踏出公国半步。与锡尔迪金王国结盟。

奥西塔尼亚王国：国王沙特里约恩八世，来自韦尔图斯家族。阿弗朗奇之战以后，众多贵族家庭都被迫交付赎金，奥西塔尼亚在经济上遭受重创。面对锡尔迪金和布鲁格的联合进攻，奥西塔尼亚国王束手无策，只能拱手让出王国的大部分领土。与锡尔迪金处于敌对状态是因为奥西塔尼亚国王私自与塞弗恩的侄女爱丽丝·阿根廷结了婚，并育有两女一男三个孩子。

阿塔巴伦王国：国王雅各四世，来自卢埃林家族。阿塔巴伦是锡尔迪金的主要同盟国，因为雅各和伊蕾莎白·维多利亚·莫蒂默联姻。两人婚后育有两个孩子，王国因日益增长的贸易而繁荣。

锡尔迪金权贵

欧文·基斯卡登公爵：西境公，所辖西马奇郡，统领锡尔迪金王国的间谍部队“艾思斌”。

史蒂夫·霍瓦特公爵：抱病的北坎公，所辖北昆布布里亚郡。

杰克·保伦公爵：东陀公，所辖东斯托郡。

托马斯·洛弗尔公爵：南港公，所辖南波特郡。

凯茨比勋爵：锡尔迪金大臣，国王新晋亲信。

亲爱的欧文：

非常感谢你把我外公病危的消息告诉我。他最近的一次来信根本没有提及他的病情，病情的轻重我更是无从得知。一收到你的来信，我就劝我丈夫立刻与我到敦德雷南去。孩子们并不像我这样了解他们的曾外公，这不免让人伤心。我一直期盼着能回去看看，希望我们两个之间不会太尴尬，我始终把你当成我最亲密的朋友，希望你也能找到自己的幸福。亲爱的欧文，希望你也能到敦德雷南去，外公一向疼爱你，把你视为自己的亲外孙。

你忠诚的，

伊蕾莎白·维多利亚·莫蒂默·卢埃林

阿塔巴伦王后

第一章
北方寒冬

北上的山路被冰雪覆盖，通往敦德雷南的路途天寒地冻，欧文·基斯卡登鞍马劳顿，但他已习惯了这种感觉。在过去的几年里，史蒂夫·霍瓦特年老体弱，欧文承担了大部分本该由这位北方老公爵完成的苦差事。隔三差五，他都在路上奔波，作为锡尔迪金国王塞弗恩·阿根廷的代表，策马从王国的一头颠簸到另一头。但只要能不在王宫里待着，欧文就谢天谢地。国王日渐堕落，欧文都看在眼里，因此对人生和世界的看法也渐渐悲观起来。他不止一次为自己做出支持国王的决定感到后悔，国王最终变成了敌人们希望他成为的样子。几年前，欧文本可以跟塞弗恩的敌军结盟罢免国王，但现在如果他还准备这么做的话，就只能靠一己之力了。

欧文虽然才刚刚二十四岁，却已感觉力不从心。他关心的事情和肩负的责任成为难以摆脱的重负。他忧心忡忡，萎靡不振，支撑他继续走下去的一线希望，就是有朝一日可以逃离这种痛苦。

一想到要与*伊薇*再次相见——不，应该说与*伊蕾莎白*再次相见——他就感到忐忑不安、心烦意乱，但同时又让他冰冷如铁的心重新焕发出温暖的感觉。自从两人七年前在帝泉王宫集雨池边道别之后，他再也没有和她说过一句话。他时不时会收到她的来信，她在信里用美好的词汇向他描述阿塔巴伦的种种奇观以及两个孩子的滑稽举止。他从来没有回过信——他做不到——但是后来，她外公的身体每况愈下，他还是给她写了一封信，把这个情况告诉她，否则怎么对得起她呢。他必须这么做，让她能有机会见上她外公的最后一面。再说，霍瓦特公爵对他恩重如山，他责无旁贷。这一切都让他鼓起勇气，去直面那个他曾深爱却无法得到的女孩。她嫁给雅各过得很幸福，这在一定程度上让他感觉更加糟糕。

穿过一片片树林，映入眼帘的是敦德雷南的宏伟景观，欧文勒住马，欣赏着四周的美景。山谷里耸立着顶着厚厚白雪的山峰，巨大的飞流瀑布从参差不齐的悬崖峭壁边咆哮而下。美景总能让他惊奇不已，但此时却掺杂着痛苦的滋味。她会在那儿，他看着大自然这些让人难以置信的奇观，不禁回忆起他未成年的时候老公爵对他的守护，想起他和他的初恋——也就是老公爵的外孙女——手牵手沿着悬崖散步的时光。

“这里的美景真是让人印象深刻啊，大人。”欧文的一位护卫骑士说道。

欧文面无表情，只是点头以表赞同。不到一个小时，他们就来到通往城市的大桥，开始在桥上动手清理冰块和积雪。举目望去，可以看到红底金狮的旗帜在微风中飘扬，那是霍瓦特领地边境的标志。城堡庭院中人山人海，在向他们敬爱的北坎公爵表达最诚挚的敬意。

下马后，欧文把马缰递给仆人，做了个深呼吸，情感即将奔涌而出，他需要做好准备。他只想蜷缩在马厩的草垫上，避开所有人。但他无论如何都得去拜会老公爵，根本无法逃避。让他颇感意外的是，伊蕾莎白并没有迫不及待、情绪激动地冲到城堡庭院里来迎接他。当然，她丈夫也不会允许她那样做。

他手握剑柄，走进巨大的城堡，边走边回忆着自己是在帝泉王宫的集雨池发现别在自己腰间的剑鞘的那一幕。只有泉佑异能者才能看到和触摸到水池里藏着的宝物。就好像这些东西一直都藏在另一个国度里，只等着被这个王国的魔法——圣泉——所赐予权力的人召唤出来。这些年来，他从水池中取出过很多东西，一个胸针，他一直别在斗篷上；一把匕首，他深爱不已，其护腕处刻有已被大水淹没的莱奥内伊斯王国的景像；甚至还有链甲，没有丝毫锈迹，是他在一个已经在水里藏了好几百年的箱子里找到的。他擦了一下嘴，觉得有胡须扎着下巴。他现在不怎么刮胡子了，自认为没必要如此麻烦。他并不想用任何方式给任何人留下印象，尤其是莫蒂默家族的伊蕾莎白。

冲他打招呼的是公爵的管家，名叫约翰斯，他父亲多年来一直服侍着霍瓦特公爵。“欧文大人，欢迎您回到敦德雷南，”管家一边说，一边迈着大步追随着欧文的步伐，“上次在这儿见到您，已经是好几个月之前的事情了。”

“公爵怎么样了?”欧文问道，他跟着约翰斯，由他引路来到公爵卧室。眼前所见让欧文大吃一惊，他本以为他这位老朋友会在顶屋等他。

“他老了，大人。一天比一天没力气。”管家眼中闪烁着激动的泪光，“他要是知道您来了一定很高兴。”

欧文皱着眉头，努力控制着自己的情绪。

“我想您应该知道，公爵的外孙女从阿塔巴伦赶过来了。”管家说着，脸上露出痛苦的神情。住在城堡里的人，几乎无人不知、无人不晓，公爵一直希望撮合欧文和他的外孙女。这段记忆犹如一团乱麻，欧文不得不将其抛至脑后。

“嗯，我知道。给我的手下弄点东西吃。我们来这里的路上在帝泉王宫逗留过，他们真应该好好休息一下。”

“当然了，我的大人。您的房间也为您准备好了。”

欧文生气地看着管家。“那不是我的房间，约翰斯。我是这儿的客人，和其他人一样。”

昏暗的大厅闪烁着微弱的灯光，几盏灯向欧文耳中传来不祥的嘶嘶之声。当他们走到大厅尽头的一道房门时，约翰斯恭敬地在门上敲了两下，然后把门打开。他匆匆向屋内扫了一眼，深吸一口气，然后开着门让欧文先进屋。管家向他投来同情的目光，这让欧文感觉非常尴尬。

她就在那儿。

这种感觉就像是有人用长矛重击欧文的盾，让他一下子摔下马来。在欧文身上，这鲜有发生，实际上——这些年来还从未在他身上出现过。但是痛苦的回忆和这突然窒息的气氛，恰是此情此景的真实写照。她依然那么美丽，乌黑长发编成辫子，盘成式样复杂的样式。她现在已经是个女人了，两个孩子的母亲。她看上去光彩夺目，那光芒深深地震撼着他，让他心中一阵剧痛。

伊蕾莎白坐在霍瓦特床边的椅子上，握着外公的双手。公爵满头白发，白得正如山顶上的皑皑白雪。他呼吸困难，气息奄奄，陷入昏睡，两只眼睛紧闭着。看着他如此安静、一动不动，真让人心痛，就像眼睁睁看着一棵顶天立地的大树轰然倒下一般。欧文的目光转向伊蕾莎白，此时她正转过头看是谁进来了。

“欧文。”她低声叫道。笑容让她的脸颊亮了起来，欧文看了却痛苦万分。

“你好，伊蕾莎白。”他话音嘶哑，想努力控制自己，却似乎马上就要失控。

她从椅子上站起身，向欧文投以温柔的目光，眼神里夹杂着一丝同情怜悯。两人分别的这些年月里，他看得出她过得越来越好。她已经学会了再爱一次，享受着幸福美满的人生，可他却连一次都不曾尝试。

“我没想到你胡子这么多。”她说，一边友好地微笑着，一边走近他。“但你头发里的那簇白发还和以前一样。你走到哪里，我都能认出你，欧文·基斯卡登。很高兴你能来。你收到我的信了吗?”

他点了点头，不知道要说什么，也不知道怎样才能跨过彼此之间的鸿沟。

她眼中暗含悲伤。“现在我们两个人就只能这样相处了吗?”她柔声问他。“形同陌路，难道我们再也不是朋友了？以这样的方式见面，让我实在心痛。你看起来糟透了，欧文。”

现在该说些什么呢？要想找到反驳的话语轻而易举。“还好你没戴上那傻里傻气的阿塔巴伦头巾。我以为我会见到那最糟糕的状况呢。”

他说的是白亚麻巾。跟随塞弗恩的日子太久，他现在已经不能控制自己了，这样的言行对他来说如呼吸般自然。

她被欧文这样的语调吓到了，他这么不懂得尊重人。“我本希望我们再次见面时不会像这样痛苦不堪。但是现在我明白了，只能如此。对不起，欧文。”

“为什么道歉?”他轻声一笑，没懂她的意思。“这不是你的错。我们都知道应该怪谁。”他深深地叹了口气，绕过她，朝床边走去。他低下头，看着公爵瘦削的面颊和满头的银发。“我有时在想，他怎么能忍耐这么久的，那些诽谤谩骂，流言蜚语啊。我试着将这些置之不理，可我是个人啊，我会流血，但他似乎从来不会这样。”

他感觉到伊蕾莎白静静地靠近他，这让他心中畏惧起来。“你为什么不给我回信?”她问道：“我不想让我们之间的……距离越来越远。”

他摇了摇头。“你如果要忠于我，必然会背叛你丈夫，”他直言不讳。“我不想让自己冒这个险，更不想让你冒这个险，我们保持距离是最好的解决办法。国王一刻都没让我得闲。”他冷淡地说。

伊蕾莎白笑了。“这倒是真的。你一直为锡尔迪金开疆扩土，你的战绩我早有耳闻，你懂的。每件事我都知道。你先攻占了奥西塔尼亚的几个小镇和城堡，接着征服了莱高尔特使其臣服。国王派你去布鲁格，协助马克斯韦尔统一疆土，扩大统治范围，但是你却背叛了马克斯韦尔，不让他的权力日益强大。”

欧文得意地笑了。“毫无疑问那是国王的主意。”他苦涩地说。“他不希望任何同盟变得太强大，”他看着她，“包括阿塔巴伦。”

她惊愕地看着他。“你想说什么?”她的双眸似乎变换了颜色，正如天气风云变化般。今天，她双眸碧绿，比她身上穿着的深绿色长袍颜色浅一点。他几乎看不到她眉角那道小疤痕，那是一场暴动时她从马上摔下来留下的伤疤。

“你外公去世后，”他轻声说道，同时提醒她，“你可能继承不了敦德雷南。我猜国王打算让凯茨比继承。”

她的眼睛突然变成灰白色，气愤不已。“但我才是继承人。”她磕磕巴巴地说着，脸颊也泛起了红晕。

“欢迎来到帝泉王宫，”欧文说道，同时以戏谑的方式给她鞠了一躬，“正如我之前所说，不要感到惊讶，没有一个人是安全的，伊蕾莎白，甚至包括我。”欧文摇了摇头，开始踱来踱去。“塞弗恩就是这样做的，你知道的，经常如此。他就这样控制着那些勋爵们，将他们想要的某些东西许给一个人，同时又许给另一个人。然后他就任由他们相互争执谩骂。最后，他却会把这个东西给第三个人。世上不再有忠诚，人们听他号令只因忌惮于他。任何人掌握太大权力都会让他感到不安。他没忘记你的丈夫曾攻打锡尔迪金，更没有原谅他。”

她惊恐万分地看着欧文。“我从未想过会发生这样的事情。欧文，你要听他差遣，这得忍受多大痛苦啊!”

他摇了摇头。“你不会知道，有太多的事情你都不知道。”他从她身边走开，用手指捋了下头发。

欧文感到她的手搭在了自己的肩膀上。“告诉我，你现在相信谁?一定有某些你信任的人。”

欧文点了点头，但他感到十分沮丧。“我相信埃塔伊内。”

“那个毒药师?”

“就是她。她对我十分忠诚，她帮我欺骗国王，糊弄他。”他又摇了摇头，想不通为什么会对她敞开心扉。秘密总是想要挣脱牢笼，他肩负着太多秘密，在他再次见到她之前，在他体内日积月累，使他觉得马上就要爆发了。他咬紧了牙关。

她走过来，站在欧文面前，眼中带着恳求的目光，请他相信她，她还是他的朋友，依然在乎他的幸福快乐。他几乎已经忘记这种感觉是怎样的了。“你是怎么欺骗国王的?”她小声问道。

欧文抿着嘴。“有时连我自己都讨厌自己。国王侄子的复位之举被我击破，埃里克宣称自己一直都是皮尔斯·乌尔比克，之前都是假装的。但这是谎言，伊薇——伊蕾莎白。这是谎言，但国王却从那以后开始追求凯瑟琳夫人。根据法律以及婚礼仪式，他们的结合不符规范，婚姻无效。他们没有以夫妻之名生活在一起，因为埃里克还作为囚犯被关在王宫里，和当斯沃斯一样。他们两个人一同谋划，找寻脱身之法。我让手下一直盯着他们。埃里克想和他妻子在一起……塞弗恩也想。”

伊蕾莎白面露厌恶之色。“我听说她还穿着丧服呢。她一直穿着黑色的衣服吗?”

“是这样。国王一直让人给她做新衣服。他爱着她，爱得顽固不化，他想娶她，但是她坚信自己仍然是埃里克的妻子。他想用圣泉的魔力诱她就范。”

“真可恶!”她说道，忍不住怒火中烧。

他使劲点了点头。“他这样执迷不悟让我心生厌恶，所以我利用埃塔伊内将他蒙在鼓里。埃塔伊内也是泉佑异能者，有伪装成任何人的能力。每当国王想劝凯瑟琳夫人松口时，埃塔伊内就扮作凯瑟琳夫人的模样，拒绝他。我只要力所能及，就会尽力帮她，只要有我在附近，国王的魔力在凯瑟琳身上起不了任何作用。这位可怜的夫人仍然忠于她丈夫，但是长久以来的压力，已让她精疲力尽。国王知道自己不再年轻，他需要继承者。实际上，枢密院在考虑强迫她接受国王。”他举起双手。“我不知道自己还能坚持多久。我想让埃里克逃走，但是没有任何一个王国愿意帮他，因为这会有惹怒塞弗恩的风险。”

伊蕾莎白看着欧文，眼睛里充满敬意。她一声不吭，盯着他看了片刻。“我真为你感到骄傲，欧文。做这些正义之事，没人在身边帮你，需要多大的勇气啊。”

欧文叹了口气，因为她说的这番话而略感欣慰，但也讨厌这些话带给他的感受。“我如果真的有勇气，一定会废了他，”他坦言，“现在我清楚他的伎俩了，我对这个人已没有丝毫的敬重。也许我是唯一一个有能力打败他的人。你外公却从未这样做。”他一边说着这些苦涩的话语，一边低下头。“他树立了忠诚的榜样，我们两个完全照此行事。很多时候，我都对此深恶痛绝！如果我当初能预料到这一切，一定会帮助埃里克称王。虽然我知道，他并不是恐怖亡灵。”

听到这个词，她眯起了眼睛。“你的意思是那古老的预言是真的？那个安德鲁王某天会回来拯救锡尔迪金的预言？”

他意识到自己说得太多了。他摇了摇头，想要转过身去，但她一把抓住了他的手腕，把他拉了回来。

“告诉我，欧文·基斯卡登。关于那则预言，你都知道些什么？我以为那只是一个传说。”

他痛苦地朝她眨了下眼睛。“我知道那预言是真的。他就在这座城堡里。”欧文小声说道。

她吃惊地瞪大了双眼。“那个……那个在厨房里的小男孩吗？那个我外公一直抚养着的小男孩？小德鲁？”

听到小男孩的名字，他不寒而栗。“他是埃里克和凯瑟琳的儿子。就是因为他，埃里克才否认自己是国王的侄子。他想要保护自己的妻儿。小男孩才七岁，和我们两个第一次见面的时候一样大。他是阿根廷的继承人，是恐怖亡灵。”

伊蕾莎白满脸疑惑地眨着眼睛，随后压低声音说：“我女儿吉纳维芙现在就在厨房和他玩呢。”

欧文点了点头，表情严肃地看着她。“你觉得我在给你的回信中能写上这些内容吗？你能保守秘密，不告诉你丈夫吗？埃塔伊内和圣彭里恩的狄克诺是除了你我之外仅有的知道真相的人。可你相信一个小男孩能打败一个成年人吗？再过十年，塞弗恩会越来越强大，到那个时候任何人都拦不住他。”

第二章
国王之令

回到敦德雷南既有痛苦，也有安慰。这座城堡深深扎根于欧文记忆之中，如幽灵般如影随形。他一转身，就会看到吉纳维芙在前面拽着德鲁在大厅里跑过，发出阵阵银铃般的笑声，他仿佛看到了自己和伊薇当年的影子。身临其境，往事历历在目，这些回忆让他痛心疾首，但同时又倍感安慰。

眼睁睁看着史蒂夫·霍瓦特即将驾鹤归西，欧文痛苦万分，他尽可能在老公爵病床边上多坐上一会儿，看着他胸口不规律的起起落落，听着他呼吸时的咕噜声。霍瓦特之逝将标志着一个时代的终结。艾瑞德如旭日般冉冉升起的辉煌过往、大战告捷的胜利时刻、甚至还有战败的日子，昔日的辉煌如夕阳西下般褪去光芒。欧文怕老公爵咽下最后一口气时，白日的最后一缕霞光也将消散，夜幕就会降临。如果说老公爵的存在是阻止塞弗恩完全堕落的最后一道壁垒，欧文也丝毫不会觉得吃惊。他端详着公爵瘦削的脸庞，希望他能好起来，可却清楚地知道回天乏力。

他握住老公爵粗糙的手，绝望地叹着气。“你就要留下我一个人了，老朋友，”他低声说着，“你就要留下我一个人，为未来而斗争，为了那必须拯救的未来。”

霍瓦特眼皮颤抖，他睁开双眼，痛苦得紧蹙着眉头。“还没走呢。”他颤颤巍巍地说。他扭过头，看着欧文。“你还在这儿，伙计？”他说着，留着胡须的嘴角露出一丝虚弱的笑容。“我很高兴你能及时赶回来。我都不确信你能不能过来。”

“我怎么会不来呢？”欧文答道，为能和老公爵独处一段时间倍感欣慰。伊薇的孩子们在屋子里跑进跑出，临终之榻旁的死气沉沉对小孩子们来说可不那么有吸引力。“你感觉怎么样？”

霍瓦特咕哝着说：“老了。”他的身体在毯子下阵阵发抖。

欧文微微一笑：“像蜂岩城堡路上的紫杉一样老。”他说着玩笑话。

“没有那么老。”霍瓦特粗声说。他敏锐的目光转向欧文。“你愿意听听智者的建议吗？”

欧文已经猜到他要说什么了，但他轻轻地拍了一下霍瓦特的手，点了点头。

“快娶妻吧。”老公爵气喘吁吁地说。

摸着老人的手，他的手已经渐渐变凉，皮肤摸上去如冰雪一般。“这些年来我常常听到这建议。”欧文说这话时，喉咙中夹杂着一丝苦楚。“每个月我都能收到一些王国里小姑娘的父亲寄来的求婚信，最远有来自日内瓦的。如果我待在塔顿庄园超过两周，门口就会排起马车长队。”他摇了摇头。“最好的妻子已经嫁人了。”他声音沙哑地说。

霍瓦特眯起了眼睛：“真是抱歉，我让你失望了，伙计。”

“你没让我失望。”欧文摇着头回答说。公爵的护士偷偷地朝屋子里瞟了一眼——她是闻声而来，这一点毫无疑问——欧文悄悄朝她打了个手势，让她把其他人叫过来。公爵神志清醒的时间越来越短了，没有人知道那最后一刻何时会来临。“我们都在尽职守则，难道不是吗？我可以想象，你一路走来，碰到的令人头疼的事情不比我少。”

霍瓦特回以疲倦的笑容。“忠诚束缚着我。只有死亡……”身体因愈发剧烈的疼痛而僵硬起来，“……才能让我摆脱这束缚。”他眼球快速地转着，向上盯着天花板横梁，呼吸断断续续。

束缚。在这种关头用这样的词来描述可真有趣。

“你有没有……后悔过?”欧文低声问道。

公爵突然握紧了他的手。突如其来的力量十分强大，但紧接着欧文就感觉到公爵握他的力气变弱了。“嘿，伙计，我后悔的事太多了，太多了。但我不后悔和一个曾经怯声怯气的小男孩成为好朋友，不后悔带我外孙女去见他，也不后悔对自己的公国心怀抱负。”他咬紧了牙关，此时一阵疼痛再次向他袭来。“我做了自己认为最正确的事情。我领导人民，我秉公无私。”

“你刚正不阿，”欧文嘶哑地说，“即使并不是时刻都需要这样。”

“我确实是这样做的，”霍瓦特咕哝着说，“我请求过……国王……让我的外孙女继承敦德雷南。”他舔了下皲裂的嘴唇。“我不知道……他会不会同意。他从未许诺。”他深深地叹了口气，发出轻微的哼声。

欧文瞥了一眼房门，希望雅各和伊蕾莎白能快点儿赶过来。

公爵开始发抖。“责任是重担，伙计。我的膝盖被这重量压得疼痛不已。现在是时候让我卸下这重任了。”他又扭转了头，双眼满是疼痛和苦楚。他凝视的目光让欧文动容。“现在是你的了。我……把它交……给你。”

充满折磨的痛感潜入欧文心中。他不想要这重负，这让他十分厌恶。但是如果不把肩上的重担交托给可靠之人，他知道霍瓦特无法平静离去。他感到泪水刺痛着他的眼角。

“我来担起这重任吧，”欧文痛苦地说，“放心走吧，外公。你已经担了太久了。”

史蒂夫·霍瓦特合上了双眼，长舒了一口气。欧文以为这是他最后的一口气，但是似乎一阵阵的疼痛仍在不断袭来，间或呼吸顺畅了些。他的手搭放在欧文手上。

“我给你的另一个任务，”公爵轻声说，“藏在冰洞里。”

欧文满脸疑惑地盯着老人。现在公爵脸上露出平静的神情，静如止水。欧文听到圣泉潺潺的水声传到屋子里。

“你说什么？”欧文问道，靠近了些。心中燃起熊熊之火。

“圣女之剑，”公爵低声说，“我知道它在哪里。我的人里有个……泉佑异能者，叫卡里克，他能带你去那里。他是城堡猎人，他父亲也是。他发现了冰封的圣女之剑，安德鲁国王之剑。我下了禁令，禁止我的国民进入冰洞，只为守住这个秘密。”

欧文惊诧地看着。“你之前为什么不说？”

公爵眨了下眼睛。“我们已经有一个国王了，”他声音嘶哑地小声说道，“但是塞弗恩没有继承人，没有孩子，所以这应当是国王之剑。不要……告诉……奥西塔尼亚的人们，如果他们知道了这件事，他们就会来攻打我们的王国，他们想要复仇。这个重任，我交给你了。就这样定了。”

雅各和伊蕾莎白来了，冲进屋子里，一人手里牵着一个孩子。雅各看上去很享受父亲这一角色。欧文见过他和孩子们嬉戏亲昵——把孩子高高地举到空中，由着他们又笑又闹。他对吉纳维芙格外亲近，非常耐心，宠爱有加。他和欧文谈起贸易问题，谈到如何与野心勃勃的布鲁格的统治者打交道，吉纳维芙跑过来插话，即便如此，雅各也不生气。欧文无法否认，雅各让他既嫉妒又尊敬，无论是作为统治者，还是作为男人。这实在出乎他的意料，欧文不想这样。

此时此刻，一家人看上去都郁郁寡欢——甚至连咿咿呀呀一直不停说话的小吉纳维芙，也盯着她曾外公不断喘息的身体，不知道该说些什么了。

“谢谢你告诉我们，”伊蕾莎白说，从欧文身边冲向她外公的时候，捏了一下欧文的胳膊，“外公！国王来了！他骑马刚进城堡，很快就要到了！国王来了！”

听到这话，欧文隐隐约约感到厄运即将降临。霍瓦特朝她眨着眼睛，微笑着。

“他居然来了。”霍瓦特吃惊地说。

雅各抱起吉纳维芙，从欧文身边走过的时候轻轻推了一下他。他看了欧文一眼，脸上的表情让欧文捉摸不透。是洋洋得意吗？还是欣喜若狂？或者他只是为欧文感到惋惜？毕竟他没有得到他们两个共同深爱的女人，也没有组建自己的家庭。

伊蕾莎白和雅各最小的孩子只有两岁，年纪太小，还理解不了死亡这类事情，他拽着他妈妈的裙子，想要些吃的东西。

欧文起身离开椅子，退到门边，给这家人留些空间，让他们围在公爵床边。他看到护士们拭去眼角的泪水。北方的民众非常爱戴霍瓦特公爵，他们给予他尊敬和爱戴，因为他用自己的一生来证明他的正直。欧文心潮澎湃，左右为难。欧文推翻了国王就可以笑对那段记忆吗？

他背靠着门，偷偷瞟着德鲁，德鲁站在遮雨篷的另一头，朝屋内偷看，看着他的守护人在那里喘着气，低声自言自语，稚嫩的脸庞上写满苦痛。他们两个人因为距离太远，听不清楚公爵在说些什么。欧文盯着小男孩看，又沉浸在自己儿时的回忆中。不一会儿，记忆带他回到了蜂岩城堡，躺在床上，安凯瑞特·崔尼奥薇，这位救过欧文不止一次的女人，奄奄一息地躺在他的床边，因“艾思斌”行刺，流血至死。

这个小男孩浑然不知自己的真实身份，也不知道自己究竟有多么重要。对于这个年纪的男孩子来说，德鲁的个头比较高。所有阿根廷家族的人都很高。他一头金发中嵌着的那一缕红发随他妈妈。小男孩虽然穿着仆人的衣服，却遮掩不住流露出来的帅气。欧文相信他注定会成为国王，因为他喜欢在训练场耍木剑，还喜欢看别人下巫哲棋。只要他看到欧文下巫哲棋，就会悄无声息地溜过来，两只眼睛盯着棋子，仿佛这些棋子是世间最有趣的东西。

他看起来实在太像阿根廷人了，欧文因此不想让国王见到这个小男孩。“去厨房玩儿吧。”欧文对小男孩说，想要让他尽快避开人们的视线。

德鲁马上显出一副垂头丧气的样子。欧文看得出，他为即将失去这个一直陪伴他成长的老人而悲痛不已。他想要待在公爵床边。德鲁皱着眉头，执拗地想留下来，但他还是听了话，悄悄溜到走廊去了。欧文心生内疚，但却不得不把小男孩从人们的视线中隐藏起来，越久越好。

他满脑子还想着霍瓦特刚刚提到的那把剑。伊薇以前总提到群山中的冰洞，他们两个也都很想进去看看。现在他明白为什么冰洞一直被封、禁止入内。难道剑已被冰封数十年，等待着某个泉佑异能者把它拔出来吗？欧文在圣彭里恩圣母殿里发现了另一个极有力量的圣物，一副有着神秘魔力的巫哲棋盘，为了安全起见，他又把这副棋盘藏在了圣彭里恩的喷泉里，藏在自己领地的边境上。水可以帮它藏身，所有人都看不到，除了泉佑异能者。

伊蕾莎白的哭声引起了他的注意，她将脸埋在雅各的怀里寻求安慰的举动也被欧文看在眼里。看到雅各抱着她，欧文倍感煎熬，心中隐隐作痛。现在他们两个已经成为彼此的安慰。唯一能让欧文吐露心声、获得安慰的人就剩下埃塔伊内了，她深爱着他，又因他永远不会回应她的感情而心生绝望。埃塔伊内凭借自己的魔力，能伪装成任何人，骗得过任何一个人，唯独欧文除外。欧文把他们两个人之间的关系努力维持在朋友层面，虽然他知道她十分想成为他的情人。他关心她，但是他谁也不爱，他甚至不确定他是否还能爱上谁。国王的毒药师也不是公爵合适的结婚对象。不，埃塔伊内的工作是不让欧文爱上任何人。好几年前，他给她安排了这样一个任务，因为他的心仍然忠于一个女人，一个现在因为外公去世而悲痛欲绝的女人，一个他无法安慰的女人。

走廊传来国王缓慢的脚步声。欧文闭上双眼都能辨别出是国王来了。他了解国王走路的姿势，尤其是塞弗恩疲惫或受了鞍伤的时候。欧文努力让自己平静下来，控制面部表情，不流露出他内心深处真实的苦痛和愤恨。

伊蕾莎白听到了脚步声，抬起头，朝欧文看去，以求确认。他脸上的表情说明了一切。

“国王来了。”她悄悄告诉她丈夫。雅各本能地皱了下眉头。两个国王之间已无友爱之情，只有勉强的依附关系。

欧文转身面向国王，恐慌之情让他心跳加速。塞弗恩正握着德鲁的手，把他带回屋子。泉流从国王那里传出，只要被他碰一下，就会被说服。

他们走近的时候，国王的力量开始减弱，慢慢消退。他不耐烦地瞥了欧文一眼。“这个小孩子告诉我，你打发他去厨房，”他草草地说，“他正在为他即将去世的主人悲伤。没想到你这么没有同情心。”

欧文的嘴动也没动，接受了这讽刺的话。对于在国王身边掩饰自己的表情，他早已驾轻就熟。

吉纳维芙突然跑过来，抓起德鲁的手。“你想见他吗?”她问道，把小男孩拽向床边。“他现在一动不动，已经去了深无测。没什么可害怕的，德鲁，你会知道。别害怕。”

“我才没害怕呢。”德鲁反驳道，感觉受到了侮辱。但他跟着她走进房间，对她的拉扯只敷衍地抵抗了一下。

国王悄悄走近站在门口的欧文，看着两个孩子走近床边。“这两个小孩儿让我想起了大堂里的那顿早餐，”他低声说道，“我记得……她想要建一个鱼池！现在再看看她，泰然自若，散发着慈母的光辉。”他的声音略高于耳语，只说给欧文一个人听。“她救了雅各的命。我希望他能对她心存感激。但如果我把北坎给了其他人，他一定会不高兴。有人已经完全拥有成为公爵的权利了。”

“凯茨比?”欧文漠不关心地说。

“是，”国王饶有兴趣地说，然后叹了口气，“他们会难以接受。失望的人总是心怀怨气，不是吗? 但是你知道我做出这样的决定是明智之举，对吗? 我不能给雅各那么大的权力。”

“这是明智之举，”欧文回答说，“但是没人愿意一直被别人踩在脚下。”

国王身体一僵，皱起了眉头，以犀利的目光看着欧文。“好了，我直言不讳的年轻朋友，人倒地，人踢易，比战场见分晓要容易得多。又或者你想让他攻打锡尔迪金? 然后你就可以尝尝杀掉他的快感了。”这么说可真够冷酷无情的，但他是故意这么说的。欧文忍受这样挑衅的言语已经很久了。尽管这些话惹得欧文恼羞成怒，痛苦不堪，但他却从不表露出来分毫。

他发现在这样的情况下，讽刺挖苦足以抵御这些。“我随时都可以要了他的命，我的国王，”他狡黠地说，两眼炯炯放光，“但让伊蕾莎白痛苦却能要了我的命。所以我就等着这个男人自生自灭吧。”

塞弗恩讥笑着回应这种黑色幽默，拍了下欧文的后背，这种举动尤其让人生厌。然后他又叹了口气，注视着霍瓦特的尸体。尽管他故作姿态，还是能够看得出他其实庆幸自己到得太晚。“凯茨比的愿望会得到满足，我也可以消停一段时间。如果你喜欢公爵的什么纪念品，你最好现在就拿走。凯茨比分毫必究，这你是清楚的。要想从他那里拿走一分钱，他都要计较一番。这不是说你缺钱，我已经赐给你足够多的金银珠宝了，将来还要赐给你更多。”

欧文皱起了眉头。“要做什么？”

“我们要发动另一场战争。”塞弗恩奸笑着说。他搞这些阴谋诡计的时候，看上去奸诈邪恶。他的黑发中夹杂着根根银发，每根银发都是他把锡尔迪金王位抢到手后各种棘手之事的印证。他的缺陷被最昂贵的宫廷服饰所掩盖，全都是配有金银珠宝的黑色服装，他还在束腰外衣里穿上一件锁子甲背心作为多一层的防护。

“这次和谁？”欧文问，控制着说话的语气，不让他听出自己内心的愤怒。国王一直对其他王国挑起事端，他们都害怕自己的王国惨遭入侵。在过去七年里，他的领土不断扩大，于是越来越多的城市和地区互相结盟，以白野猪图案为徽。几年前，安凯瑞特帮着愚弄国王，让他相信欧文有预知未来的能力。虽然圣泉赋予了欧文几种能力，解读未来却不在其中。尽管如此，有时王国要采取某些冒险之举时，欧文就会进行干预，说他梦到圣泉意志了。一年又一年，他的梦境似乎越来越无法说服国王——几乎快要让国王对圣泉的指引失去信念了，这也是欧文一直无法理解的，因为圣泉也是国王自己超自然能力的源泉。欧文利用他的梦境也越来越小心翼翼了，尤其是在常识告诉他风险极大的时候。

"布里托尼卡。"国王说。

欧文转过身看着国王。"他们和我们结盟七年了。攻打他们，我们能得到什么呢?"

国王洋洋得意。"他们享受豁免权的日子够长了。此外，我需要他们的领土来对奥西塔尼亚发动战争。沙特里约恩每年都在边境筑造防御工事，我们攻占新城市越来越难。但他们的侧面却暴露在外，布里托尼卡，我们拿下那块地，沙特里约恩就会坍塌，像你之前玩的积木一样。"欧文童年时期将搭积木作为娱乐消遣，这一直是帮助他集中注意力、补充圣泉魔力的天然方式。后来他长大了，发现玩巫哲棋、阅读历史、与"艾思斌"谋划战略也有同样的效用。国王自鸣得意地看着他。"是你教会我阴险狡诈，伙计。上天赋予了你狡猾的头脑。"

一想到要背叛女公爵，欧文就感到不舒服，他不想在战场上与布伦登·鲁兵戎相见，鲁是女公爵的指导老师和保护者。欧文和鲁是同盟，但并不是相处融洽的那种，这些年来都刻意回避彼此。布伦登元帅有一种神秘的本领，能出人意料地出现在任何地方——这一能力让欧文惴惴不安。

"我的国王，"欧文说，"布里托尼卡到处是山谷树林，我曾经巡视过阿弗朗奇和卡恩的边境地带，仅此而已。他们还有强大的海军。"

"不如我们的强大，"塞弗恩驳斥道，"还轮不到你来质疑我的命令，基斯卡登公爵。你要做的就是遵从命令、付诸行动。”这种语气他用得越来越频繁了。“史蒂夫死了，我比之前更加依赖你。现在，我把这次征战交付给你。”

欧文想要呕吐。他知道要出事了，他能在塞弗恩闪光的双眼中看得出来，他感到口干舌燥。

“你要去布里托尼卡的首都——普勒默尔，我记得是叫这个名字。然后你会见到避世已久的女公爵，她长期以来一直由布伦登·鲁庇护。所有王国里最合适不过的女继承者。她叫西尼亚——以蝴蝶命名的，大概是这样，波利多罗告诉我的。她是个棋子，鲁利用她执掌大权。你就告诉那个诡计多端的鲁元帅，说我坚持让你和女公爵立刻成婚。他们要是拒绝了，我知道他们一定会拒绝的，这就给了我们一个进攻的借口，也为攻打奥西塔尼亚开辟了一条新的战线。”

他再一次拍了一下欧文的后背。然后他回过头看着屋内的情景，心情愈发阴郁起来。“布里托尼卡曾是我们的公国，我想让它再次回到我们手里。我全都要，伙计，每一座城镇，每一个村庄。”

第三章
深无测

乌云压来，雨雪将至，也许那才是送别公爵最合适的情景，可惜这天天空格外明媚。白雪皑皑的群山绵延起伏，与天空相映成趣，让人如临梦境。尽管太阳散发着灼热的光芒，寒风依旧凛冽刺骨，犹如刀割，聚在桥上的人们一个个都裹着毛皮大衣，顶着毛皮帽子。从石桥俯视着峡谷里的瀑布流过敦德雷南，水声咆哮如雷，遮盖了风笛尖锐的曲调和鼓手敲出的连续不断的隆隆鼓声。瀑布一直都使欧文着迷。他以前也多次站在这个地方，凝视着源源不断的瀑布之水冲过岩石巨砾，形成一片雪白浪花，跃下悬崖，注入崖下的溪谷之中。

扭过头，欧文看到伊薇悄悄走近雅各，他的胳膊紧紧搂住她的双肩。他们的两个孩子靠在桥边，盯着桥下飞逝的急流，眼中满是惊诧。欧文曾经去过阿塔巴伦的埃东布里克瀑布，实在是让人叹为观止，但是跟北昆布布里亚瀑布相比，不管是规模还是气势，都略逊一筹。这里是伊薇真正的家。这里是好多年前他第一次满怀希望想要亲吻她的地方。好像为了对抗他的这个想法，雅各用嘴唇轻轻吻着她的头发，安慰着她。他强迫自己把目光转向别处。

桥上挤满了围观的人，等着霍瓦特公爵的遗体沉向深无测。在远处，更远的上游，欧文看到骑士们身着一袭黑衣，准备将遗体入殓。他们手中高举的火把冒着烟，与瀑布之水散发出的薄雾混在一起，欧文能在空气中略微嗅出一丝余味。骑士们在演奏的音乐声中向遗体致以最后的敬意。

欧文感到国王的肩膀抵住了他的肩膀。在瀑布的咆哮声中很难听清国王在说些什么，所以欧文把身体朝他靠得更近了些。

“那个小男孩是谁?”塞弗恩问道，悄悄指了指德鲁。

欧文明知故问。“您说的是哪个？桥上小孩子太多了。”

“穿着亚麻衣服，浅红色头发的，”他说，“保佑我吧，如果他长得一点儿也不像我死去的侄子就好了。”他怀疑地看着，小心地眯起眼睛。“他告诉我他的父亲死在了阿弗朗奇，他妈妈照顾不了他。我问他谁是他妈妈，可是他不知道。”他假笑了一声。“我甚至在他身上施了魔力，也没发现他隐藏什么。”

欧文的神色越发不安了。“您不应该再像那样使用您的魔力了，我的国王，这会让人们对您更加提防。但您为什么对这个小男孩如此感兴趣?”

塞弗恩耸了耸肩。“他让我想起了你，虽然他不像你小时候那样胆小。我想念宫殿里有小孩子们的时光。”他向欧文投以怀疑审视的目光。“派一名‘艾思斌’去查查他父母是谁。我猜想你在去布里托尼卡的路上要在帝泉王宫停留一下?”

“是的，”欧文说，“我可不打算一点儿保护措施都没有就去那里。我对布伦登·鲁一刻也不能掉以轻心。”

国王诡诈地一笑，点了点头。“我和你一起骑马回去，但我可能要在这里多待上几天。”他吸了下鼻子，目光投向小男孩。“关于他的一些事儿。查出来他到底是谁，欧文，让你的手下直接向我报告。”

“遵命，陛下。”欧文用平稳的口吻回答道，尽管他因怀有愧疚之情而局促不安。

从常青树顶传来一声乌鸦的厉声尖叫，随后这只乌鸦便飞到空中，拍打着翅膀，俯身冲向他们。国王吓了一跳，他撇着嘴巴，厌恶至极，惊慌失措地挥舞着手臂，把乌鸦驱赶走。

乌鸦拍打着翅膀飞向远方，尖锐的笛声越来越近，鼓点节奏越来越快，声音越来越响。欧文十分吃惊国王会做出这一本能反应——塞弗恩讨厌失控，尤其有其他人在场的时候——但他很快就忘了这件事，因为塞弗恩的目光再次定格在那个小男孩身上。他盯着他看了一小会儿，然后又把注意力转回演奏者身上。

公爵的遗体已紧绑于木舟之上，骑士们两人一排，每队都举着横木，木舟就驾在上面。伊蕾莎白用一只手轻轻拭去脸颊上的泪珠，另一只手放在小儿子身上，小男孩还朝着栏杆远处张望，想更好地欣赏瀑布美景。

骑士们列队走向河边，他们的皮靴踏在地上的声音淹没在鼎沸的人声中。随着用力一踏，他们停下了，倾斜横木，木舟缓缓滑向前方，扑通一声坠入水中。

木舟被水流冲撞着，猛冲向前，围观的人群中每个人都屏住呼吸。欧文目不转睛地盯着那道暗影，暗影遮掩着河中的片片涟漪，极速冲向桥的方向。几秒钟之后，木舟就流到聚集的人群面前。人群中一片沉寂，只听得见瀑布的咆哮声，随着木舟越来越近，大家的喘息声都可以听得见。欧文看到公爵脸颊苍白，双目紧闭，双手用皮带系着剑。这是最后一次看到史蒂夫·霍瓦特的面容，一阵深入骨髓的悲痛之情使欧文心痛欲碎。

随后木舟翻下崖边，坠入崖下夹杂着暴风雪的水雾之中。看着公爵消失在视线中，聚集的人群中不约而同发出一阵叹息声。

到深无测去了，不论那是在哪里。

国王在欧文的肩膀上轻轻拍了一下，脸上写满了对这位已故公爵的敬意，因为他将自己的一生全部奉献给了阿根廷家族，他死后留下的是忠诚和荣誉，虽然北坎新公爵很快就要将忠诚践踏，将荣誉玷污。欧文怒火中烧，眼睁睁地看着不应该受到奖励的人取得回报，而伊蕾莎白却牺牲自己为国王效忠，被迫放弃本该属于她的土地和权力。何其残忍，何其错误。确实，这是务实之举。确实，这是明智之举。但是因为伊蕾莎白丈夫之前的对立行为就这样惩罚她，确实辜负了她的一片赤胆忠心。

“我想了一下这件事。我和你一样，也不信任布伦登·鲁元帅。”塞弗恩在欧文耳边说，其他人都转身走向桥的另一边。木舟冲下瀑布之后，人们总还会怀揣一线希望，走去下游，想看木舟能否禁得住瀑布的考验。木舟顺着河流，蜿蜒曲折到达帝泉王宫，最后汇入大海。

“他对我的态度不会友好，这一点您可以确定，”欧文说着，暗自窃喜，“令行结婚可受不到什么礼遇。这和七年前奥西塔尼亚国王令行结婚，我们保护她时一样。”

“这就是我们要这样做的原因。”塞弗恩阴险地笑着。“这只不过是个托辞，欧文，入侵的借口。你过去的时候，把埃塔伊内带上，”他微微眯起眼睛，“只是以防万一。”

欧文努力克服心里的抵触情绪。他想让埃塔伊内留在帝泉王宫，在他出去的时候可以保护凯瑟琳免遭塞弗恩的毒手。“陛下。”他开始闪烁其词，可塞弗恩的目光足以让他缄口不言。

“我执意如此，”国王说，“如果鲁挡路，就把他除掉。”

他们站在桥上俯视着宏伟的瀑布，欧文心中涌动着无法抑制的冲动，真想把国王推下栏杆！

“遵命，陛下。”欧文答以一声疲倦的叹息。

他想离开，逃离像不祥的裹尸布一样笼罩着敦德雷南的反感情绪。凯茨比迫不及待地想要冠以他的新头衔。他不够宽厚豁达，也不够英明睿智，看不出他接任这个新爵位会冒犯到伊蕾莎白和她的亲属。她的母亲莫蒂默夫人，听到的是最粗鲁的话语，命令她要么回到自己房子里，要么跟着女儿回阿塔巴伦。凯茨比可不关心她到底选择哪种，反正这座城堡不再欢迎她了，虽然这座城堡之前属于伊蕾莎白的父亲，至忠至诚为国王效忠的人。

伊蕾莎白跟以往一样直言不讳，斥责新公爵过于麻木不仁。可他傲慢不逊地告诫她，她虽然可能是某个死水王国的王后，但她在他的地盘里可没有任何权力，气得雅各剑拔弩张。为了缓和紧张氛围，欧文把凯茨比公爵拉到一边，提醒他注意绅士风度。

凯茨比也许不在乎冒犯雅各和伊蕾莎白，但他不敢惹怒西境公，他毕竟是国王的将军，还统领“艾思斌”。凯茨比有那么一会儿被吓退了，但他随后流露出的恶意让欧文迫不及待地想要离开。这个地方一直都是他的避难所，可现在他在这里已不再受欢迎。

第二天，他在城郭处检查坐骑的肚带打算离开的时候，伊蕾莎白在城堡门口叫住了他。他将坐骑交给马夫，大步走了过去，看看她有什么事。

她嘴唇微颤，眼中满是泪花。

“怎么了?”他关切地问道。

她咽了下口水，明显是为了努力控制自己的情绪。“欧文，”她气喘吁吁地摇着头，“我……我太害怕了！我不知道我要怎样面对这些！”她眼珠飞快地转动，双手紧紧抓住他的束腰外衣。

他看她变得越来越惊恐。“出了什么事？”

只有他们两个人在门口，听力所及之处，一个人也没有。

“国王问了……哎，更像是命令，让我们留下其中一个孩子。他……他说想念过去的美好时光，想念我和你曾经一起在宫殿里追逐嬉戏的日子。但是我们都知道——雅各和我——我们都知道他这么做是为了确保凯茨比掌管北方后，我们不会鲁莽行事。你可以想象，我丈夫十分气愤。他想迫使国王让我接手敦德雷南，但我觉得这样做实在太不明智了。现在不行，他现在可是大权在握。我必须从我的孩子里选一个。”泪水流到她的脸颊上，她深吸了一口气。“对不起，欧文……但我有种撕心裂肺的感觉。我想到了你的妈妈。她是怎么忍受下来的？我感觉这是难以承受的……”她开始哭泣，欧文想要安慰她。

他闭上了眼睛，尝试着封锁记忆之门，但一切都是徒劳。记忆中他离开母亲的时候还是个小男孩儿，开始的时候只是害怕，到后来则痛苦地发现，他再也不能和父母住在一起。他就是这样被送到帝泉王宫的，因此他清楚地知道吉纳维芙即将经历什么。他十分肯定，被选去的一定是女儿而不会是儿子。他慢慢摇着头，“就连我都感到震惊，他竟然如此残暴不仁。”

伊蕾莎白点了点头，哽咽着，努力抑制住泪水。“我的儿子，小雅各，必须回到阿塔巴伦。他是继承人，他还那么小。国王知道我不得不把吉纳维芙送过去。”她握紧拳头靠在胸口，不想让更多眼泪流出来。“更糟糕的是，我听说你要去布里托尼卡。如果我知道你能在那里陪着她，关照她，我心里会好受些。你能不能让埃塔伊内……”

她恳求道。

欧文愁眉不展："我做不到。国王命令我带她一起去布里托尼卡，防止鲁搞什么阴谋诡计。"他摸了摸自己的额头，为她承受的痛苦而痛心，同时也为国王这一最新的邪恶暴行而苦闷。"我会让凯瑟琳夫人帮忙照看她的。她是阿塔巴伦人，对小姑娘来说是一种安慰。莱昂娜也是一样。她不会去太久的，伊薇，我保证。"他意识到他叫了她的昵称，涨红了脸。"不好意思，伊蕾莎白。我会尽我所能保护你的女儿，我向你保证。我觉得我不会在布里托尼卡待太久，"他皱着眉补充道，"等我回来的时候，我尽力劝国王送她回家。"

她暂时忘记了痛苦，心里充满了感激之情。"你对我来说实在太重要了。"她眨巴着眼睛，忍住自己的眼泪。她温柔地说："谢谢你。你还能……叫我伊薇，这个名字只属于你。雅各有另外的昵称称呼我。"

欧文并不想知道是什么昵称。"他在哪儿？"

她抿起嘴。"在和国王争辩呢。他是个情感强烈的人。可以肯定的是，他现在不会让塞弗恩好过。"

欧文叹了口气。"但愿他不会鲁莽行事。他选你选对了。"他摇了摇头，感到痛心疾首。"你的女儿很漂亮，也充满好奇心，"他不由自主地说，"和你小时候一样。我要确保所有朝向水池的窗户都被钉住才行。"

伊蕾莎白微笑着，笑容非常亲切。"对的，必须的。"她赞同地说道，"不好意思留你这么久，欧文。国王以为你已经走了，这也是他那时为什么这样宣布的原因。一路平安。"她神情尴尬地站了一会儿，突然用胳膊搂住他的脖子，抱了他。她抽回手之前，轻轻地亲了他的脸颊。她的双眼格外碧绿。

“我希望你能找到真爱，欧文。”她突然认真地说，“无论她是女公爵还是个流浪女。我希望你能幸福快乐。答应我，去试试。”

他盯着她，被这一拥抱和轻吻弄得警惕全无，清楚地感觉到荒芜的心中情感如波涛般汹涌而来。这七年来，他抗拒了其他女人的诱惑，靠的是日益锐减但依然不懈的希望，那就是伊薇的丈夫能以某种方式顺理成章地死去。这种情况在塞弗恩和他妻子身上发生过。但是年复一年，这希望越来越渺茫，也不断让欧文认识到等她是件傻事。这酸楚真不是滋味，他怀疑自己是不是等待的时间太长了，也许塞弗恩会强迫他做出行动，如果不是和布里托尼卡的女公爵，也会是另外一个其他女人。

这些阴郁的想法在欧文脑海里翻腾，但有一点他可以确定：不管怎么说，他还是很高兴这次回到北方。他和伊薇最后能够和好如初，让他感到很欣慰。他们可以再次成为朋友，只不过是相隔两地的朋友。生命中有她的出现，使他成为更好的男人。阳光所触及之处总是温暖所在。

他礼貌地向她鞠了一躬。“我必须遵从国王的命令，”他以戏谑的口吻说，“命令一位大权在握的女人嫁给我。这能有什么好事？”

他苦笑着，转过身，向坐骑走去，然后跨上了马鞍。他回头看着城堡，看着敦德雷南，不知道什么时候才能再回到这里。应该很快吧，冰洞里还有一把剑等着他去找呢。

突然，一个计划开始在他脑海中萌芽。这个计划需要一位男孩，还有一把剑。

基斯卡登大人：

据我们了解，有人密谋要把关押地霍利斯特恩塔楼的冒牌货皮尔斯·乌尔比克以及可怜的当斯沃斯偷偷带走。我们截获了一条信息，说布鲁格的马克斯韦尔公爵正在高额悬赏这两个人。试图贿赂看守进入塔内的行动，上半月就发生了两次。第二次行动计划被“艾思斌”截获，他们现在抓住了那个城里的密谋者。霍利斯特恩已经增加了看守的人数。我们在等候藏在布鲁格的眼线的消息，以搞清马克斯韦尔这样做背后的动机到底是什么。

匆忙寄出。

凯文·艾默雷

帝泉王宫

第四章
塔内囚徒

欧文骑马南下，走在去帝泉王宫的路上，虽然疲惫不堪，却没时间休息。突然收到“艾思斌”派人送来的一封信，信里有布鲁格谋划解救埃里克和当斯沃斯的消息，他火速与他的二把手会面——在他外出的时候，都是这个“艾思斌”替他负责王宫事宜。凯文·艾默雷十分能干，擅长解读宫廷中以及身边人们的微妙变化，尽管他比欧文大整整二十岁，但已经一次又一次地向欧文证明了自己的忠心。

欧文和凯文穿过王宫下如蜂巢般错综复杂的“艾思斌”密道，走向霍利斯特恩塔楼的入口处。他们脚下生风，因为欧文知道国王希望他尽快动身去布里托尼卡，越快越好。

“悬赏的金额可真不算少。”他和凯文说，灯笼里面的灯芯照亮他们经过的隧道，里面散发出的霉腐气味让欧文鼻子发酸。“毫无疑问，这些人受到了金钱的诱惑。你抓住的那个人叫什么名字？”

“他叫德拉甘，”凯文说，“这名字在锡尔迪金不算少见，但是在曼奇尼书中记载着一个同名男子，他在国王下令清狱之前是个囚徒，现在潜伏在城市里，一直设法躲避法官。”

“他的动机单纯就是图财吗?”欧文问道。

“看上去是这样。我认为他并非忠于谁。他忠于金钱。赏金高，冒着掉脑袋的危险也要试一试。”

“毫无疑问，赏金同样也会诱惑其他人，”欧文说，“好吧，如果马克斯韦尔公爵想在我们的领地上滋生事端，我们轻而易举就能解决。我不在这儿的时候，我希望你能安排个人，想一下我们应该怎样回敬马克斯韦尔。我确信他领地里一定有那么一两个贵族人士期待他垮台。”

凯文冷冷地笑了。“我觉得一定有，我的大人。”他眯起双眼，“您已经看了关于马克斯韦尔公爵的报告。他看上去有点儿奇怪，一个痴迷于泉佑传说的古怪之人，他自称是泉佑异能者。”

欧文轻笑着。“哦，是的。他们那里的‘艾思斌’被称为密令，领头的是一个叫迪桑特的毒药师。根据我们在布鲁格的内线，迪桑特对马克斯韦尔有另外一个称呼——时间。他们说圣泉赋予他的特殊天赋就是可以穿越时间本身。”欧文因厌恶而窃笑起来。“此人生性愚钝却野心勃勃。我觉得他不可能傻到要挑战塞弗恩的地步，但是如果他想挑起另一场战争，我们奉陪到底。我们还控制着卡莱特，不费吹灰之力就能集结一批军队。”

凯文开怀一笑。“我十分享受为您工作，我的大人。我不是奉承您，您真的很谦逊低调。”

“我是个筋疲力尽的士兵，”欧文说，没有理会凯文的称赞，“一天接一天，我越来越疲惫不堪。啊，我们到了。”

他们来到上了锁的塔门前。这里有三位士兵二十四小时看守，他们一下就认出了凯文和欧文，迅速立正。其中一位士兵手忙脚乱地掏出钥匙环，匆忙打开了门。

"有什么新情况要报告吗?"凯文问道，合拢手臂，显出不耐烦的神态。

"没什么新情况，我的大人。"其中一个守卫说道，也向欧文稍举了下帽檐以示敬意。"按您指示，我们调整了他们的日程安排。"

"好样的。"凯文说着，向他点了点头。

门开了，欧文开始登上塔的台阶。他的靴子踏在台阶上的声音在塔尖高低回荡，不由让他想着这两个囚徒在此地的痛苦经历。将埃里克和当斯沃斯关在一起，让两个不幸的人相依为命，这是国王的意思。欧文还记得那天塞弗恩当面羞辱埃里克，而且当着埃里克的妻子凯瑟琳夫人的面。那段黑暗回忆让欧文心生厌恶，痛苦不堪。

凯瑟琳被劝说离开圣彭里恩囚徒的条件是：她获得了有机会再次与她丈夫相见的承诺。但是重聚对他们两个来说都是折磨。欧文记得，看到埃里克身戴镣铐，华服变民装，凯瑟琳忍不住失声痛哭起来。国王给了她寡妇才穿的衣服，这对埃里克来说算是个残忍的玩笑。可自从那灾难性的一天开始，她再也没穿过其他衣服，一直是一袭黑衣。七年前，他们作为夫妻生活在一起，他们的孩子降生人间也已经七年了。他们只知道欧文把他们的孩子带到了某个地方，要将其培养成一名骑士，但他们两个人都不知道德鲁身在何处，不知道谁在抚养他。

这种阴郁的想法让欧文想起了自己的父母，他十六年来都未曾见面的父母。他们因为在鞍鞭山之战中的叛徒行为而被驱逐出锡尔迪金。有传言称他们在奥西塔尼亚避难，领着微薄的津贴，住在一个小庄园里。他曾试图做出安排，联系他们，但是他的去信总原封不动地退回，邮差无法找到收信人。也许他们更改了姓氏的拼写和发音，这样就可以在人间隐姓埋名。他偶尔会想到他们，希望知道他们在做什么、过得怎么样。他的姐妹们如今很可能已经嫁人了。他的父母还健在吗？他希望父母还尚在人世。他们一天天变老，但是并无理由认为他们已不在人世。他们还想着他吗？想着这个他们为了让他活下来而送给国王当守卫的儿子吗？

他爬上塔顶时已经气喘吁吁。还有两个守卫立正在门前，这两个人欧文都认得，只不过记不住名字。他们向欧文敬了礼，随后打开了大门。

欧文转向凯文，招了招手。“把埃塔伊内叫过来，我要和她说几句话。在德拉甘牢房外面等我，我就和他们两个谈一小会儿。”

凯文表情略有些惊讶，尤其是欧文一直等到他们已经到了旋梯顶端了才这样说。他叹口气，点了点头，走下楼梯。

欧文朝守卫们点头示意，他们便拉开了大门。

里面恶臭熏天，让人难以忍受。

欧文咬紧牙关，走近那恶臭之中。他看到当斯沃斯躺在椅子上，眼中布满血丝，透出仇恨的目光。屋子里有几本书——有的放在书架上，有的搁在小圆桌上。简陋的小床宽度只能容下两个人，但是欧文看到有张毯子堆在地上，他能想到埃里克没有选择睡在床上。

埃里克坐在桌旁，手中拿着一本书，看到欧文时，眼中燃起了极度的渴望。他的下巴开始发抖，双眼被绝望浸满。

“你好，**基斯**。”当斯沃斯拖着长调说，叫着欧文之前的绰号，当作一种威胁挑衅。

欧文几乎没正眼看这个人，因为看到他会让自己沮丧。此人长成这样一副自鸣得意、懒惰不堪的样子，必须减少他的口粮。他留着络腮胡，双颊上有麻子，无神的蓝眸里充满了仇恨。

埃里克从椅子上站起身来。“发生什么事了，欧文大人？”他问道，声音中略带兴奋之情。“现在只允许我们一周在外放风一次，没有锻炼。国王这是想让我们无聊至死吗？”他说话的时候满脸通红。

“我父亲获准醉酒而死。”当斯沃斯不敬地说。他前前后后地摇着靴子后跟。“我会欣然接受这样的命运。我们的牢房能搬到酒窖吗？求你们了！”

埃里克轻蔑地看了当斯沃斯一眼，可他早已学会了不和他较劲。他态度极其诚恳地转向欧文。“我的大人，我们做了什么事啊，要受到这样的惩罚？”

“什么都没有，”欧文直截了当地说，“这根本就不是你们的错。有人想买通守卫把你们救出去。”

当斯沃斯发出一阵断断续续的笑声，伴随着一些不清不楚的咕哝音节。

埃里克睁大了眼睛，露出满满的希望：“真的吗？”

“我没抱任何希望，”欧文说，摇着头，“一切都将无功而返。”

“那你为什么会来这儿呢？”埃里克问。他开始焦虑地踱着步。

“我想亲眼见见你们，”欧文假笑一声说，“确保没人糊弄我。我给你带了另一本书。”他抽出塞进腰带里的一本小书。“我看你看完这儿所有的书了。这是本关于安德鲁王和米尔丁传奇的书，我小时候读过。”

当斯沃斯咳了一声，吐了口痰在地板上，险些吐在欧文靴子上。“你都没给我带瓶酒来啊？”

欧文心中翻腾着，但是他仍能保持冷静。他把书扔在桌子上。“你看什么书呢？”

埃里克偷偷瞥了一眼。“那本。”

欧文耸了耸肩，溜达到桌子边。屋子里满是污秽恶臭。他拿起那本书，翻看了几页。“我暂时还没读这本书。你喜欢吗？”

“非常喜欢，”埃里克意味深长地说，“谢谢你。”

欧文漫不经心地点了点头，合上书，夹在胳膊下面。“我要离开王国大约两周的时间。如果逃走的可能性变得很小，我就会批准你们有更多的时间待在训练场里。”

“谢谢你。”埃里克欣慰地说。

当斯沃斯不屑一顾地看着欧文，他慵懒的眼睛抽搐了一下。“你从来都没有给我带过任何礼物。”他嘟囔着。

“他带过礼物，”埃里克直截了当地回答道，“你只是不想读书而已。”

当斯沃斯晃着脑袋，然后盯着支撑塔楼的木头。“坦默尔就是从这间牢房跳楼身亡的。我明白他为什么要那么做。要是拆掉那些栅栏，我也会跳下去展翅飞翔的。”

“再见。”欧文说，勉强地点了点头。

埃里克热切地往前走了一步。“多久，我的大人？”他焦虑地说，几近绝望。

他死死盯住埃里克。“我们都做了选择，就需要承担后果。”随后他转过身，用书脊轻轻敲了敲门。守卫开了门，他听到当斯沃斯又吐了口痰。随后他觉得有团东西敲在他的背上。守卫们恼羞成怒，涨红了脸，他们看起来做好了冲进牢房打当斯沃斯一顿的准备，因为他这般傲慢无礼。

欧文举手做了个警告的姿势。他离开了塔楼，做手势示意他们锁上门。

“他怎么这么放肆！”其中一个士兵怒骂道。

欧文摇了摇头。“他想挨揍，”他轻轻地说，“他正想挨顿揍。他已经感觉不到什么了，甚至疼痛都成了他想念的事情了。可怜可怜他们吧，但是别伤害他们，他们经受的痛苦折磨已经够多了。”

欧文匆忙跑下塔楼，和凯文、埃塔伊内在关押普通囚犯的牢房处汇合。他进来的时候，埃塔伊内向他投以好奇的目光。他叫她来牢狱见面可不太正常。牢狱的黑暗阴森与她时尚合身的礼服之美两相抵消。走廊里充斥着腐败污秽的气息，空气震颤着呻吟和湿咳之声。

凯文带他们来到一间牢房，把钥匙插在锁上。“我的大人，见见我们新来的客人吧。”他介绍道。

欧文从开口处快步走进去，从凯文手中拿过灯笼，让凯文在外面等候。在黑暗的牢房中，一个人挡着光，遮住脸，畏缩成一团，远离这耀眼的光。他油光满面，长着鹰钩鼻，方脸上有麻子，长相俊美，留着长鬓角，颜色与他黑色的头发相匹配。他的衣服看上去像是贵族穿久了丢弃的。衣服上有些地方开线了，有些缝合线松了。

一股圣泉魔力充盈着囚室，让欧文吃了一惊，因为这太出乎他的意料了。他松开夹着的书，触摸着自己的匕首。他还感觉到埃塔伊内把手放到了他的肩膀上，他随即回头看她，发现她已经乔装打扮了。她的脸扭曲变了形，看上去像伊薇的女仆，她的一头金发也变成了黑长发。

“谁?”德拉甘怒气冲冲地咕哝着，他还遮着自己的脸。欧文之前从未见过他，但是他的表情却似曾相识。

“不是他。”埃塔伊内用贾丝廷的声音说，用力地摇着头。转身离开了。

欧文盯着她离开，随后转而面向德拉甘。他缓缓地蹲下身，捡起掉在地上的书。

“她说我不是他是什么意思?”德拉甘用低沉沙哑的声音说，“那个女佣是谁？我认识她吗？”

这一切都如谜团般进入欧文的脑海中。他用犀利的目光看着德拉甘：“谁雇你来绑架囚犯的？”

“我什么都不会说的，”这个男人斩钉截铁地说，“一个人能做什么呢？既然国王已经把我们推出了圣母殿，那该我问你。让我来告诉你？我还要问你呢！”他怒气冲天。“我没别的意思，我的大人。只是想要往我的钱袋子里放进几枚硬币而已，嗯？你能因为试了试就责备一个人吗？嗯？我的大人？你能怪我吗？我都不能怪我自己。如果你是我的话，你也会这么做的。毫无疑问，你一定会这么做的。”

这个男人衣衫褴褛，已经足以证明他贫困潦倒的现状。“你和国王对着干的时候，你清楚自己在做什么，”欧文责骂道，“你是个从圣母殿喷泉里偷钱币的人。”

他羞涩地咧嘴笑着，少了一颗牙。“你不会责怪我的，对吗？”

欧文摇了摇头，走了。他感觉到囚室里那股圣泉魔力正在慢慢减退。凯文关上门，上了锁。

“您想要他受刑、挨鞭子、溺水还是释放，我的大人？”凯文轻笑着问。

这时欧文看了一眼埃塔伊内，她已经恢复了自己的模样，只是双颊略微苍白。她没看他们两个人。她的面色沉着，但他能觉察到她精神恍惚。“不，让他再多闷上几天吧，然后吓唬他一下就把他放了吧，派人跟着他。看看他能带你们去哪儿。”

“好的，我的大人。您走之前还想见什么人吗？在您出发之前还需要我帮您准备什么东西吗？”

欧文摇头表示不需要。“我们离开的这段时间我命令你全权负责。”他瞥了一眼埃塔伊内。

“我们离开的这段时间?”埃塔伊内突然饶有兴趣地问，挑起了眉毛。

凯文鞠了一躬。“明白。如果你们需要什么请随时告诉我。”随后，他走开了，留下欧文和埃塔伊内单独待在走廊里。

他们默默地走着，一直走到“艾思斌”的秘密星室。欧文挂上门闩，想要甩掉这些让他倍感不安的不祥感觉。他转过身的时候，埃塔伊内正踱来踱去，紧紧握着自己的双手，显得格外焦虑不安。

“所以那个人是你父亲，”欧文轻声说，“德拉甘。”

她猛地抬起头，点了点头。

“你吓到我了，”欧文笑了，摇着头，“你那样召唤魔力的时候，我还以为我们中了埋伏呢。你选了贾丝廷?在你能乔装打扮的所有人之中，偏偏选了她?”

埃塔伊内朝欧文苦笑了一下。“她是那时我脑子里想到的人，我需要在我父亲见到我之前尽快装扮成别人。”

“你觉得他看到你了吗?”

“我不知道。他不会想到能遇见我……尤其是以那样的装扮出现在他面前。”她看上去情绪激动，“你为什么要带我去见他?”

“我知道你在圣母殿长大，”欧文说，“我想你万一能在那儿认出他来。结果证明，你认出来了。”

“他眼睛里藏着什么东西，一副洞察一切的神情。我知道他以为我已经死了，我故意不去圣母殿，就是不想被他认出来。如果我要去那儿，我总会乔装打扮。”

欧文看到她在发抖。“糟糕的回忆?”

她吃惊地看着他。她的嘴唇扭着，脸上一片愁容。“我和他之间一丁点儿爱都不剩了，我的大人。”她的脸色看上去甚至比之前还要苍白，他完全可以想象她童年时期遭受了多大的创伤。

“他是危险人物吗？我应该把他关在牢里吗？”欧文走近她，把手搭在她的肩膀上。

发抖的身体在他触碰的一瞬间放松了。“他是个小偷，我是小偷的女儿。我还没有准备好。突然吓到我了，就这些。”她勇敢地看着他，重拾勇气。“我已经不再是那个女孩儿了。我并非毫无戒备。”她换了个表情，看上去更加轻松自在。“所以我们要一起去哪里啊，我的大人？这次国王想要杀谁？”

“有太多他想要杀死的人了，”欧文鄙夷一笑，“不，我们有个特殊任务，我和你。他派我去布里托尼卡。”

埃塔伊内变得饶有兴趣：“好的。为了什么呢？”

欧文垂下双手，摇着头：“引发另一场战争。”

第五章
公爵的寡妇

塞弗恩软禁着埃里克的新娘，不惜一切代价宠溺她。凯瑟琳夫人在王宫有自己的私人房间，装配着最豪华的床、沙发以及国王花重金打造的挂毯。她有侍女服侍左右，尽管她总是派她们去做更重要的事情。她也尽可能减少自己待在私人房间的时间，总是想方设法找机会照顾地位低下的仆人们。人们管她叫公爵寡妇，因为她坚持穿寡妇黑纱。

欧文与她在客厅见面，埃塔伊内也一起过来了。毒药师快速打开并检查了暗门和窥探孔，国王可能在秘密地监视着这次见面，这也是凯瑟琳夫人不想长时间待在房间里的另一个原因。尽管她知道他喜欢偷窥她，但她必须装作毫不知情。

埃塔伊内点头示意房间安全，无人窃听，凯瑟琳夫人表情松弛下来，不那么紧张了。

“他怎么样?”她焦急地耳语道。欧文不确定她在说谁——她丈夫还是她儿子。

“你丈夫尽可能勇敢地承受着一切。”欧文沮丧地说，和她共处时总让他感到心神不定。他是骗埃里克离开圣母殿随后逮捕他的人。凯瑟琳夫人不曾忘记这件事，她很感激欧文说情，但她的表情中总是露出谨慎怀疑的神态。“我带了这个给你。”

他把书放在桌子上，这本书是他从霍利斯特恩塔楼里带出来的。埃里克在页边空白处给她留了讯息。如果有人拿起这本书，旁边写的词语看上去就像他在做笔记或者评论对他来说有意义的段落。与爱和情相关的词语被他添加上了下划线，这些词语是这位身陷囹圄的男人向妻子表达情感的唯一方式。

凯瑟琳眼中充满感激，她小心翼翼地拿起书，压在胸口。“谢谢你，欧文，”她真诚地说，“我知道你冒了很大风险帮我们。”

他耸了耸肩，叹了口气，目光转向埃塔伊内，她在查看倚在远处墙边桌子上的一个球。“尽我所能吧。我刚从北昆布布里亚回来。男孩儿身体健康，确实是个高大健壮的男孩，十分谨慎认真。他眼睛和你长得一样。”

她飞快地眨着眼睛，再次努力控制自己的情绪。“我什么时候可以见到他？你有没有什么办法可以安排我们见个面？见面也许会给我招来杀身之祸，但是只要让我摸一摸他的头发，要我做什么我都愿意。”

欧文摇了摇头。“近期不太可能了，凯瑟琳。凯茨比公爵已经被任命为北坎公了。”

凯瑟琳脸色惨白。“你一定是在开玩笑吧。这真是个可怕的消息。那阿塔巴伦王后算什么？我本以为她才是继承者。”

“她确实是，”欧文满脸愁容，“但是塞弗恩不会相信任何手握大权的人的。虽然她是霍瓦特的继承人，但她同时也是雅各·卢埃林的妻子，国王宁愿让他自己的支持者强大起来，也不愿意助长一个潜在的对手。”

凯瑟琳很生气，眯起了眼睛。“这可不公平。”

“你已经自己领悟到了，这个世界本来就是这样。我能做的微乎其微。这个决定甚至在我到那儿之前就已经做好了。凯茨比已经忘乎所以了。但我过来是想向你提个特殊请求的。”

她吃惊地看着他。“我还能做什么？我是这里的囚犯。”

“相信我，比起埃里克所在的监牢，你还是会愿意待在这里的。”

她红了脸，摇了摇头。“我宁愿和他一起待在那个透风塔楼里。”

欧文知道她的意思。“那儿不是透风的，凯瑟琳，那里和关押坦默尔时可不一样了。如果有办法让你们两个重聚，你知道我会努力帮忙的。‘艾思斌’里有些人是效忠于我的，但是我不相信所有人都忠于我。”

“你刚刚说的请求是什么?”

他吞了下口水。“据我判断，国王害怕雅各会在短期内构成威胁，所以他带了另一个人质来王宫，就是雅各和伊蕾莎白的第一个孩子，他们的女儿，吉纳维芙。她挺喜欢你儿子的，”他补充着，露出苦涩的微笑，“他们两个是玩伴。塞弗恩会带她回王宫。不知道你可不可以照顾她。她被带到离埃东布里克这么远的地方，一定会害怕的。”

凯瑟琳的表情中同情与喜悦共存。“当然，我会的！亲爱的孩子，当然了！我会尽我所能帮她的。谢谢你，欧文，如此为我着想。这对我排解孤寂大有帮助。”

欧文笑了，很高兴她能有这样的反应。“谢谢你。现在要说说坏消息了。”他开始踱来踱去，正如往常琢磨所有问题时的情形一样。怎么样才能以最佳方式说出下面这个消息呢?

“我不喜欢你现在这个表情。”她担心地对他说。

“你不该喜欢，”他咕哝着说，“国王派我和埃塔伊内离开王宫。实际上，我们只是离开王宫一小段时间，任务是……哎，我怎么说呢？”他以恳求的眼神望着埃塔伊内。

“外交。”她讥笑着。

“这个词真确切。我将会去威胁布里托尼卡女公爵，埃塔伊内受命跟我一起去。”

凯瑟琳脸色发白，随后身体开始颤抖。“你们要把我自己一个人留下来陪着他。”她努力压着声音，她被吓坏了。

她脸上的表情让他的胃难受地拧成一个结。“是的，恐怕这是事实。”他柔声说。

凯瑟琳走了几步来到桌子边，把手掌放在平坦的桌面上，双肩颤抖着。“你们两个一定都要走吗？”她带着恳求的口吻问道。

“这是国王的命令，”欧文无助地说，“我觉得我们不会去太久的。你必须要坚强，凯瑟琳。你知道的，国王的声音中有魔力，你千万不要让他碰你，连一小会儿都不行。”

她双眼紧紧闭上。“你们不知道这会有什么结果，”她小声耳语道，“我所能做的只是他靠近我的时候，努力保持清醒机敏。埃塔伊内在幻术上做得更成功。”她睁开眼睛，转过身来，以祈求的目光看着毒药师。“我没有你那么强大。”

埃塔伊内颇为悲伤地看着她。“你要强大，凯瑟琳。你必须独立面对他。”

凯瑟琳看上去就像要瘫软在地上一样。“能不让我屈服的唯一一件事情，”她低声说，“就是想象我儿子头戴王冠的样子。”她的呼吸开始急促起来。“这事我做不到。我受不了了！”

埃塔伊内担心地看着欧文，他无助地站在那里。凯瑟琳又用祈盼的目光看着他，希望他能尽全力帮助她。埃塔伊内走近凯瑟琳，抱着她，温柔地轻抚她的背部，她身上穿着的黑色丝织物发出轻柔的沙沙声。

“你能骗住他的，”埃塔伊内安慰她说，“我知道这样做违背了你的本性，但是你不得不这么做，你必须要练习。他过来看你的时候，你要时刻警惕，保持距离，保持谦恭。我并不是让你和他调情，但是保持微笑，不要把他当禽兽看。”

“他就是个禽兽，”凯瑟琳绝望地说，“尽管法律认定我们的婚姻无效，但我对国王说，这段婚姻对我来说是有效的。可他还是不停地送我礼物，他决心要得到我。我再也……我再也受不了了。”她恳求地看着欧文，脸颊已被泪水浸湿。“我的心已经碎成几片了。我不需要财富，我也不再想成为王后。我真心想念阿塔巴伦。你真的哪儿也找不到一间小小的农舍吗？一个能让我、埃里克和德鲁一家人团聚的地方？”她从埃塔伊内的拥抱中抽出身，指着这富丽堂皇的房间。“我不需要这些！比起待在这里，让我成为一个布鲁格渔夫的妻子，会更让我开心！求求你，欧文！你能不让我失望吗？”

欧文每见一次凯瑟琳，都让他愈加痛苦。“你觉得我能找到一个地方把你藏起来，不让塞弗恩发现吗？”他冷冷地对她说。“只要赏金够多，总有人愿意说出秘密。你觉得你父亲不想赎回你吗？他都试过四次了！但是国王不想要钱，他想要的是你。你不愿意屈就，只会让他心中的欲望之火燃得更旺。”欧文擦了擦眼睛。“我正在尽我所能，凯瑟琳，但是我能理解你水深火热的处境，不要以为我愿意看到你这样。”

她小心谨慎地看着他，用袖子擦干眼里的泪水。她拍了拍埃塔伊内的肩膀，然后摇了摇头。“谢谢你告诉我，告诉我……你们要离开了。我害怕塞弗恩会让我心有所触。他用他的魔力扭转我的意志，让我怜悯他，有时候我甚至觉得我爱他。但是我属于另一个男人。他这样诱惑我，是不对的，这样不对。”

欧文以同情的目光看着她。“不，不是这样的。七年前，推翻他易如反掌，可现在，他坚如燧石。”他叹了口气，厌恶自己。“如果他知道我们这样说他，他一定会杀了我。如果他知道我在他背后做的这些小动作，哪怕一小部分。”欧文摇着头，不敢再多说什么。“我必须要动身去布里托尼卡了。我有任务在身，虽然我讨厌这个任务。尽你所能，完成你的任务。希望我再回来的时候，能有些更好的消息，再见。”他向她微微鞠了一躬。

凯瑟琳夫人把她的黑色织物抚到大腿上。她只有二十五岁，美丽动人，即使身着一袭黑衣，也是个美女，但是她大部分的青春都随着这监禁而褪去了色彩。国王一直不停地告诉她，是他，而不是她的丈夫，掌握着她的命运。他控制着她的睡眠作息，他掌握着她的衣着服饰，他掌控着来看她的人，但是他却不能控制她的意愿。欧文在她眼中看到了力量，她噘起的嘴唇显现出她的坚毅。她庄严地站在那里，向他行了一个正式的屈膝礼。“谢谢你所做的一切，欧文公爵，”她用一种坚定清晰的声音说，“我会耐心忍受。”

欧文因这几句话而欣赏她。他转身走向门口，埃塔伊内静静地跟着他，只有礼服发出的窸窸窣窣的声音。他们出了房间走到大厅，欧文的心中久久不能平静。

“看你脸色像是要打人。”埃塔伊内说。

他说话之前先是扫视了一下四周。大厅里没有仆人，附近也没有人能听到他们说话。“我也不知道自己还能坚持多久。”他低声耳语道。

“解决办法简单易行，而且一直都是这样，”埃塔伊内说，同时和他步伐保持一致，“我可以不露声色地把事情办了，不让任何人察觉。尤其现在，我们要动身去布里托尼卡了，往他手套里放一些药粉，在他枕头上也撒上一点儿。欧文，不要再给这件本来简单的事情增加难度了，他已经成了一个暴君。”

欧文知道她是正确的，但是他不能让自己走上谋杀的道路。欧文所有的权力都来自于塞弗恩国王。他怎么样才能让众人相信，一个北昆布布里亚的小男孩将会成为下一任国王？他有了计划的开头。原来的安德鲁国王在另一个贵族家里长大，他并不知道自己是国王的儿子。一位泉佑巫师将一把佩剑藏入圣泉中，并宣称谁可以把剑从水中抽出来，谁就是下一任国王。然后他借助自己的魔力帮助年少的安德鲁王拔出佩剑。

根据霍瓦特公爵所说，那把剑曾经让一个泉佑的年轻姑娘转变成丹瑞米圣女，现在这把剑就藏在冰洞里。如果他把剑成功取出，再悄悄带到圣泉圣母殿里，他可以说自己做了个梦，梦到新国王能够拔出此剑。当然，塞弗恩自己也是泉佑异能者，所以他也能将剑拔出，会使这个计划付之东流。欧文必须要小心谨慎地解决这个问题。

“你不理我了？”埃塔伊内口吻中略带一丝受伤的情绪。

“你刚刚说的之前也已经提过了，”他低声说，“但我不能这么做。”

“那我来做好了，”埃塔伊内生气地说，“我只做一件事就可以解决你所有的问题。你为什么那么拘谨？”她吸了口气。“就像我需要杀掉布伦登·鲁，那又有什么不同呢？”

“不同，”欧文回答道，“你是国王的毒药师，是他下命令让你这样做的。相信我，杀掉鲁在我看来也是不对的。我会试试看，想办法找到一种威胁女公爵的办法，而不需要杀掉她的护国公。另外，鲁可不像塞弗恩想象的那么容易对付。”

埃塔伊内长长呼出一口气。“你太固执了。”

“这就像巫哲棋一样，”欧文说，“你无法预见将会发生的所有事情。有多少其他的棋子正等着进攻我们这边的棋盘呢？那个小男孩只有七岁，他还没有做好当国王的准备。”

“他也许不会有第二次机会。”埃塔伊内会意地说，说出了欧文自己的想法。“你是能号召行动的人。你的梦境能预言未来，难道不是吗？从你成功欺骗国王，让他相信这样的谎话开始，已经有好多年了吧？但是光有计谋是不够的，有时棋盘上没有可以走的好棋时，你必须要牺牲一些棋子。”

欧文听到这些，笑了。“巫哲棋里，没人会牺牲国王的，那样游戏就结束了。”

她噘起了嘴唇，暗自眯起双眼。她看起来很漂亮，让他分心。“但之后不就开始新一轮的游戏了吗？”

欧文对于能离开帝泉王宫感到十分高兴，虽然他担心他不在的这段时间里可能会发生事端。凯瑟琳是个坚强勇敢的女人，但是他能看到她的弱点，她的内心一直承受着压力。塞弗恩国王的年纪几乎是她的两倍，但她还很年轻，可以生儿育女，而且国王也十分有耐心。

欧文和埃塔伊内比计划迟了两天到达塔顿庄园。欧文已经提前传信给传令官法恩斯，让他集结一队护卫，和他们一起骑马去阿弗朗奇，然后再到布里托尼卡。欧文之前从未踏足过女公爵的领地。他听说布里托尼卡有最富饶的溪谷农田，当地宜人的气候也远近闻名，据说海洋空气可以使农作物增产。这个公国以种植各种各样的浆果而闻名于世，有些人甚至开玩笑地把之前的统治者称为浆果公爵。船只来来往往，川流不息，从她管辖的港口向其他远方王国输送可口水果。

尽管如此，他仍然期待和女公爵西尼亚女士的会面。他们彼此为邻已经很多年了，但是她因为害怕被劫持，从未离开过她的领地半步。欧文暗自生疑，不知道布伦登勋爵是否仍是让她如此沉默寡言的原因。他真的如塞弗恩所想是布里托尼卡的真正掌权者吗？她是否和凯瑟琳一样，被囚禁于这偌大的监牢中呢？如果是这样，那么打破这一现状也许会是战略性的一招。

骑到庄园门前，欧文下了马，把缰绳递给马夫。埃塔伊内的头发被风吹乱了，但是他们两个经常一起出行，他也习惯看到她这个模样。他的仆人们都知道她的真实身份，所以对她毕恭毕敬。

法恩斯站在列队仆人的最前面，立正欢迎公爵回来。

“我告诉过你，我不喜欢这些礼节。”欧文抱怨说，看着大家这样徒劳但拘谨地站在那里。

“我明白，我的大人，”法恩斯喘着粗气说。他前些年嗓子有些问题，但他仍执意继续服侍。他的大儿子本杰明被举荐代替他父亲的位子，但可惜他儿子只有十二岁。“但是我们有客人在，所以我认为这次应该用更加正式的方式向您问好。”

“客人?”欧文关切地问。他没收到任何关于客人的消息，作为掌管“艾思斌”的人，他讨厌不速之客。他突然一瞬的印象是布伦登·鲁来了，这个人有预测欧文行动的让人讨厌的习惯。“谁?”

“蒂德伟尔勋爵，”法恩斯说，“还有他的女儿艾达。巴斯科姆勋爵和他的女儿普林。还有一位来自日内瓦的富商，他先前停留在阿弗朗奇，后来听说您回来了就赶来塔顿庄园了。我觉得他应该也带了自己的女儿。另外还有一位布鲁格的女继承人待在村里，她今年四十岁了，非常想见您。”

欧文盯着法恩斯，满腹疑虑的神态。“你把他们安置在庄园了?”

法恩斯看上去颇为无助。“不热情好客可谓粗鲁之极啊。”

欧文想要掐死他这位传令官。“不请自来才是粗鲁之极!”

法恩斯颇为震惊地看着他。“您不会想把他们赶走吧?”他轻轻地发出唏嘘声。

欧文摇了摇头。“不。他们可以尽情在这里待下去，爱待多久就待多久。要走的人是*我*。”他转向马夫，吹响口哨，吓了那个年轻人一跳。他转向其中一位上尉。“大家可以休息了，我和埃塔伊内骑马去阿弗朗奇，我们在那里汇合吧。”

埃塔伊内的眼睛高兴得亮了起来。但是聪明如她，未讲只言片语。

第六章
毒药师的礼物

欧文抵达阿弗朗奇时已经筋疲力尽，这会儿他在躺椅上睡着了，红酒杯还握在手里。他梦到了安凯瑞特，梦境格外逼真，甚至可以嗅到她身上有凋谢的玫瑰的味道。在这些梦中，他又变回了孩子，被安全感所包围，因为有她在照顾着他。

他想象着安凯瑞特轻抚着他的头发，随后意识到这种感觉并不是梦境的一部分，这是真实的。当他睁开眼睛时，他看到了埃塔伊内坐在躺椅边，含情脉脉地看着他，她的手指缓缓地轻抚他的头发。有那么一瞬间，他忘记了她是何人、他自己身处何处以及他如何到此。但从塔顿庄园骑行过来一路上的艰难险阻一下子冲进了欧文的脑海里。

“我睡着了，是吗?”他喃喃地说，想起来手里的红酒杯。她已经把酒杯放在了躺椅边的桌子上。

“我本来想帮你把鞋脱下来的，但是我不想把你弄醒，”埃塔伊内说，“你看起来非常安静。”

他用手背揉了揉惺忪的睡眼，坐起身来，感受到了离他很近、就坐在他身边的埃塔伊内身上的温暖气息。她最后用手指捋了一下他的头发，然后把手放在膝盖上。她看他时流露出的渴望的眼神让他深感不安。

“现在是什么时候了?”他问道，略带失望。窗帘是拉开的，但是房间却漆黑一片。现在还是深夜。他挣扎着坐起身来，但她并没有从躺椅边挪开。

“我确保这间房间是安全的，”她说，看着装有床帘的窗子。“门闩全都拴好了，而且设了防护圈套。看上去床也许比躺椅要舒服得多。那边还有冷腌鸡和奶酪，是城堡仆人们为下一顿准备的菜肴。他们没想到你会不告而来，所以他们熬了夜，以确保第二天早上一切准备就绪。”她冲他微笑。“我本来想留你一个人在这里，但是门不能从外面锁上。我不想留你一个人在这里，如此……如此孤立无援。”

这个词恰如其分地描述了他的感觉。他从帝泉王宫长时间骑行而来，已经颇为疲惫。他想在塔顿庄园迅速休整一下，但是无心迎合那些富有的女继承人们。

埃塔伊内眯起了眼睛。“你还没有告诉我你去北昆布布里亚郡一路上怎么样?”她抬起手，将他眉毛上飘着的头发撩开。“像你想象得一样痛苦吗? 你是在霍瓦特公爵去世之前赶到的吗?”

欧文呼出积压已久的一口气。某种粗蜡发出的微小红光将房间点亮。他捏了一下鼻梁，闭上双眼，仔细想着这个问题。

“切肤之痛，毫无疑问，”他如实告诉她，“她对自己的生活十分满意，也很喜爱她的孩子们，甚至对她的丈夫也很满意，她觉得他并没有那么不可忍受，”他挖苦地补充道。“她已经往前走了一步，这是确定无疑的。我觉得自己现在被搁浅在异域的海岸上。”

埃塔伊内会意地点点头。欧文赞赏她的众多优点之一就是她是位极好的倾听者，纵然他知道她对他的关心和在意，但她从未把自己的情感强加给他。

“你没试试让她忘记雅各吗?”她激切地问道。

“我对圣泉起誓，绝不!”欧文说着，嫌恶地将眉头皱成一团。“我永远不会这样对她，否则我之后再也无法直视她的眼睛。”他严肃地看着她。“她希望我开心快乐，她想让我再找个爱人。”他摇着头。“事情可没有说得那么容易。”

埃塔伊内同情地点点头。“你的婚姻会由国王来安排，看上去是这样，正如她的婚姻一般。你觉得这位女公爵能赢得你的真心吗?”

欧文愁眉不展。“我可以十分确定，她会因为我之后的所作所为而对我恨之入骨。国王并不希望我们结婚，他已经说得很清楚明白了，我们这次布里托尼卡之行是为了引发一场战争，而不是缔结婚约。我的任务是冒犯她，而不是向她求婚。这样的行为我再擅长不过了。”

她冲他会心一笑。“你还挺擅长毁灭希望的，我的大人。”她摆弄着他的长袍前襟。“布里托尼卡没有‘艾思斌’，我们只能摸索着去那里。你有没有得到什么消息?”

“我知道的消息大部分是从阿弗朗奇市长那儿得来的。奥西塔尼亚的风尚和锡尔迪金、阿塔巴伦都不同。我听说她是位漂亮的姑娘，可却以闭门谢客而闻名。你会仔细研究她的，我敢肯定。”他投以默许的微笑。

埃塔伊内笑出酒窝。“你太了解我了。”

“我预感布伦登·鲁会找我们麻烦。在战场上和他面对面，着实是个挑战。”

“你是个例外，绝对是!”她开玩笑说。

欧文摇了摇头，随后笑了起来。略感坐立不安，他起身离开躺椅，她随即站立，让他起身。“我睡了多久？”

“大概一个小时吧，我以为你会睡得更久一点儿，你不累吗？”

“累啊，”他说，伸着懒腰，“我可不会单枪匹马去布里托尼卡。我觉得一百名护卫随行就可以了吧，我不想显得过于咄咄逼人或者对别人不信任。”

她往门的方向走了一步，突然打断他。“在巫哲棋中，有时没有那么容易的棋可走。”她说。她知会地看了他一眼。“每一步都必须要做出牺牲。我就直言不讳了，欧文，你想要推翻国王，”她的声音低沉而又严肃，“这件事我们已经讨论了好多年了。塞弗恩还没有提名任何继承人，你认为继承王位的人应该是凯瑟琳的儿子，他是恐怖亡灵。如果不废了塞弗恩·阿根廷，你怎么实现这个愿望？”

欧文盯着床，他渴望睡觉，在睡眠中忘掉现实。“我还在想办法。”他含糊地说。他还没有完全想好主意，他多么希望安凯瑞特能在这里给他些建议啊。她如果在这儿，现在应该已经全都弄清楚了吧。

埃塔伊内摇了摇头。“你的这两种忠诚相互矛盾。我能通过你脸上的表情看出来。你迫不得已要服从国王的命令，可你已不再尊敬他，服从命令完全是出于责任。但是你的思想告诉你他不是你曾经服从的那个人了。你对他的支持只能助长他的心狠手辣。其他领地的头目们都盯着你，等你先揭竿而起。”

“不，”欧文反驳道，“他们只关注他们自己的利益。凯茨比现在是北坎公，他会将霍瓦特建立起来的一草一木都据为己有。他会把敦德雷南扒得精光，只剩下骨头。伊薇和雅各也许最后会劝国王放弃这块领地，但他们为得到这样的结果而付出的东西要远远多于所得的收益。我也看到过同样的事情发生在其他领地的公爵身上。即使我要和女公爵结婚，你觉得国王会允许我手握这么大的权力吗？”他鼻子一哼。

“那你还在等什么？”埃塔伊内催促着，声音中透出越来越浓厚的挫败感。“等国王慢慢老去，然后再等他去世吗？欧文，他才五十岁，还和二十年前一样身强力壮。你为什么要等呢？”

欧文盯着她看。她问了一个实在的问题，也需要有一个实在的回答。他疲倦地叹了口气。“坐到躺椅上，埃塔伊内。把这件事解释清楚需要点时间。”

“我不累。”她说，但很快照做了。

他走到躺椅旁的桌子边，拿起他的酒杯。他抿了一口醋栗酒，面部抽搐了一下。这酒有些酸。他把酒杯放回桌子上，随后坐在躺椅边上，俯视着毒药师。

“你听过博林格公爵的故事吗？”他问道。

埃塔伊内皱了皱眉，摇着头。“没听过。他也在我们的历史里吗？”

欧文点了点头。“博林格是东斯托郡皇家城堡的名字，他就是在那里出生的，所以城堡的名字就变成了他的常用名，一直到他成为国王。当上国王之后，他就被称为亨利库斯·阿根廷。”

她恍然大悟，眼睛也睁大了。“嗯，我听过这个名字。”

欧文继续说。“好多年前伊蕾莎白给我讲过这个故事，她比我更喜欢历史。亨利库斯曾经是东陀公。当时的国王和塞弗恩半斤八两，为人傲慢无礼，使贵族们内斗不断。国王婚内无子，没有法定继承人。你能想象得到，很多姓阿根廷的堂兄弟们为了争夺继承人的地位同室操戈，发生了内斗，其中之一就是博林格。”

埃塔伊内看上去若有所思。“他被驱逐出境了，是吗？关于这件事我有些印象。”

欧文知道得更多。“他和另一位公爵起了争执。他们两个人互相怒骂，就像两条争斗的猎犬。国王就把他们两个都放逐出境了。那位公爵被终身放逐，博林格只被流放了一段时间。在他被放逐期间，国王侵占了他的领地，用以支持一场对抗莱高尔特岛的战争。博林格回来的时候，国王仍然深陷战争之中，博林格要求得到自己作为公爵之权力，并准备推翻国王。在他的带领下，整个王国都被调动起来反对国王，他从此成为亨利库斯。他的余生都用来努力维持攥在手中的权力。”

欧文从躺椅上站起来，开始踱步。“你有没有这样的感觉，埃塔伊内，历史总是反复重演？像某种闹剧一样，演员们聚在一起，扮演着不同的角色？我觉得我就是博林格。所发生的一系列事件正迫使我扮演某种角色。”他摸了摸下巴，触到那里不太干净的胡须。他有一周没刮胡子了，他毫不在乎。

“你觉得你自己应该称王？”她温柔地问着他，她带着近乎热切的情绪。

“不！”他反驳道，这个想法像火焰，还没来得及点燃他内心的雄心壮志，就被他浇灭了。“但是我知道为什么博林格会尝试这么做，塞弗恩夺取王位也是因为相同的原因。他担心艾瑞德去世后，他会失去自己的妻儿。他曾是东陀公，一位手握大权的男人，他害怕失去大权。王后一旦成为遗孀，她的孩子们就可以继承王位了。他当然要为之而战！我也感觉到天命在把我拽向同样的行为。但是我想要斗争，埃塔伊内。”他看着她，眼中有股力量在灼烧。“我不想让别人对我指手画脚，我不想随波逐流，让自己堕落成另一个塞弗恩。”他的声音渐低。“我最害怕的莫过如此，最怕失去自我。我说话的方式已然和他一个样子了。”他沮丧地说。

埃塔伊内从躺椅上起身，表情严肃，若有所思。她抚摸着他一侧的脸颊说：“你不是塞弗恩·阿根廷。”

“还没有，”欧文说，“但我能感觉到我身体里的塞弗恩，我能感觉到怒火中烧、沮丧挫败、孤立无援。密谋皇侄王位的叔叔，这个角色接下来将由欧文·基斯卡登扮演！”他激情洋溢地说。“你有没有感到过你没有选择？圣泉力量太强大了？我试着逆流而上，埃塔伊内。但是我已经筋疲力尽了，我已经疲惫不堪了，可我还是个年轻人。会不会有那么一天，我把孩子们叫到我身边，却担心他们给我下毒？”他用恳求的目光看着她。

她的态度严肃。他说的话触碰到了她心底的某些东西。

“这就是你不想谋杀他的原因，”她说，点着头，“因为轮到他，他可能会这么做。”

他摇了摇头。“不，因为这样做是错的。我知道每个国王都对他们的敌人用毒，但是我相信一个国王应该是保护者，而不是毁灭者。艾瑞德去世后，安凯瑞特也消失了。她为完成某些任务而离开了，我一直都不知道是什么任务。我以为她去了奥西塔尼亚，但是我记不起来了，老实说。为什么她要被派出去？她如果留在这里，又会发生些什么？一想起来这些，我就不禁要瑟瑟发抖。如果留在我父亲的家族中，我会成为一个不负责任的年轻贵族，期待着某个傻笑的姑娘能注意到我，这时我一定会害怕得语无伦次。那样我就不会遇到伊薇，”他耸了耸肩，“也不会认识你。”

她因这真诚的话语而绽放出微笑，脸上洋溢着幸福的表情，他甚至有些后悔这么说了。她摇了摇头。她的假发是金色的。他见过她装扮过那么多种伪装，那么多种面孔，他不确定她还知道不知道自己是谁。

“所以你正在逆流而上，”她简洁明了地说，“试图躲避那种你也许不能躲避的命运。”

“如果不这么做，我就会变成下一个怪物，”欧文说，“我会尽我所能避免它的发生。”他转身朝床走去，感觉疲惫不堪。“伊蕾莎白给我讲了博林格的故事，她说她在想，如果他当初不称王，结果会怎样。如果他等到流放结束呢，谁知道国王还会统治多久。但是我能想象得到，他看着自己的领地被掠夺一空，他的财物被拱手相让，该是多么气急败坏。我现在能体会到伊蕾莎白的感觉了，她陷入了相似的处境。”

他感到埃塔伊内就跟在他的身后，但是当她开始用手指替他揉肩膀时，他几乎缩了下身子。“你的烦恼已经够多了，欧文。你见布里托尼卡女公爵和她的元帅时，要留个心眼。我能留下来陪你吗？等你睡着的时候照顾你。”

他知道她这一提议单纯只是为了照看、保护他。她的赤诚让他为之一振，因为很多“艾思斌”都只是追求自己个人的荣誉。但是她不能留下来。这一温柔的抚摸，不仅缓解了肩膀紧张的肌肉，也激发出欢愉的激情，他的身体就要失去控制了。他知道所有人都觉得他和埃塔伊内绝不仅仅是普通朋友，屈服于他人的期望是那么简单易行。她永远都不会背叛他。

但是他不能让她留在这里。他缓缓地摇了下头，以示拒绝。

被拒绝时，埃塔伊内微微眨了下眼睛，但是她是个优秀的演员。她慢慢走向门口，向下拧了扶手。“别忘了锁门。”她提醒他。

她走了以后，他把门闩好。他仍可以感觉到她还站在门的另一边。他心底的自私之情呼啸而来。为什么不在一个心甘情愿的女孩儿身上寻找抚慰？她知道他对她的爱不是那种爱，但她不在乎。他把这些想法一扫而空，不让它冒出来打扰自己。他小的时候，老史蒂夫·霍瓦特就给他讲过一个故事，他一辈子也忘不了。每个人身体里都住着两匹狼：一匹满是邪恶嫉妒，愤怒怨恨；另一匹和善仁慈，慷慨尽责。

欧文曾问过，一个人身体里有这样两个野兽是怎么活下来的？它们其中一个不会赢得最终的胜利吗？霍瓦特公爵冲着他笑着，满脸都是皱纹。

“哪匹狼会赢？”他问道，“你喂养的那匹。”

塞弗恩喂的是哪匹狼，这一点再清楚不过了。

他从门边走开了。

第七章
西尼亚女士

欧文经过一天必要的休整，准备动身去普勒默尔了。他凝神注视着“艾思斌”的领土地图，看着地图上那片模糊地带，倍感沮丧。布里托尼卡比西马奇郡要小得多，他能叫得上名字的只有三座城市、两条河流以及一条主道，还有几片茂密的林区，是天然公园，他之前曾听阿弗朗奇市长说起过，其中几个与他的领地相邻，但由于面积不大，又在边境地带，所以这里在地图上是空白一片。

仔细想了想，他觉得不择手段尽快达到国王的预期才是最佳途径。他随即下令，随行人员不得清洗长袍，他自己穿在身上的则是他在随行人员行李中所能找到的最满载风尘的行头。他打算以风尘仆仆、衣冠不整的形象出现。毫无疑问，那些追求者意在打动她的殷勤之举，女公爵一定司空见惯了，欧文可没有一丝效仿的打算。他的目的是冒犯她，越快越好，暴露塞弗恩夺取她领地的阴谋，然后赶紧撤回西马奇郡，继续谋划，让埃里克和凯瑟琳的儿子成为锡尔迪金的继承者。

气温恰到好处，乡间的骑行之旅让人心旷神怡。空气中夹杂着海水的咸味，因为布里托尼卡是沿着奥西塔尼亚海岸的崎岖半岛，到处都是洞穴小湖，还有闻起来甜甜的参天古桉。他们跨过阿弗朗奇和布里托尼卡的边境时，埃塔伊内骑马走在他旁边，戴着头巾，一副神神秘秘的样子。刚踏进布里托尼卡领地没多久，他们就被一群身着布里托尼卡乌鸦图案长袍的士兵们拦住了，但是守卫边境的士兵们人数远远超过欧文带的人。知道基斯卡登公爵来见他们的女公爵，他们不加怀疑，随即放行，派骑兵快马加鞭地去向女公爵报告。

这片土地上到处都是高低起伏的山丘河谷、树木繁茂的公园，还有满是雕塑的园林庄园，让欧文不禁想起塔顿庄园。道路纵横交错，穿过广袤的田地，地里满是一排又一排的莓树，青翠欲滴。这儿有各种各样的莓果：草莓、糙莓、忍冬、醋栗，还有覆盆子。这里色彩纷呈、芳香四溢，让人赏心悦目，沁人心脾。眼前的耕作之景给欧文留下了深刻的印象。他目之所及，士兵们都分散开，深入到错落有致的田垄上，轻缓地摘下各种各样的莓果，放进随身携带的小盒子里。在田地边上还有更多农民将高高堆起的成箱的莓果装上马车，准备随后装船运到港口城市。这里固然有劳作，但空气中弥漫着一股安详舒适的味道。

往乡间深处走了几里格之后，他们穿过一条沿着天然公园自然伸展的小路。森林郁郁葱葱、十分茂盛。想让马穿过森林还是有些困难的。欧文凝视着参天的古桉和红杉，突然有种奇怪的感觉，仿佛森林活了，反过来盯着他看。他看到松鼠在灌木丛中窜来窜去，有些爬上树，趴在树枝上，松鼠那灰色的大尾巴动起来的时候还伴随着刷刷的声音。栖息在更高枝丫上的鸟儿们发出阵阵骚动。

穿过树林，他们到了另一个山谷，周围田地更加广袤富饶。这里的人口比欧文今天早些时候经过的地方还要稠密。每座山顶都有精心建造的华丽别墅，但看不到任何防御工事，他们的围墙都是用木头和灰泥做的，而不是石头墙。这些都是休息住所，不是为了保护安全而建。欧文一路上一座城堡都没有看到，这给人一种容易被攻破的错觉。带一支军队走在结实的土路上没有丝毫困难。唯一的天然屏障就是偶尔出现的树林灌木，让士兵前行有些困难。欧文一想到这片美丽的土地要被战争践踏蹂躏，一阵心酸不由袭来。

他们越深入这片土地，欧文就越有一种确信无疑的感觉，圣泉的声音就萦绕在他身边，但却无法判断出其明显的来源。没有任何大河、瀑布带有锡尔迪金的标记，虽然每栋别墅的庭院里都有一个喷泉，但是距离过远，无法听见。运河发出的拍打之声十分轻柔，微乎其微。圣泉的轻柔低语之声感觉来自于这片土地本身，这种情况欧文从未遇到过。他在农民们兴高采烈地在花园劳作时感觉得到，他也从座座小村庄传来的音乐声中听到了。他看到了五月柱和彩花环，孩子们窜来窜去，玩着游戏，孩童的声音似乎召唤着圣泉魔力。欧文想象着在这里长大该是怎样的一种情景，这样无忧无虑地玩耍嬉戏，在这片充满神奇的土地上沐浴阳光。

欧文转身看着埃塔伊内，只看到她渴望地看着眼前的一幕。

“你感觉到了吗?”他悄声对她说。

她眼中透出严肃认真之情，几近伤感。“我处处都能感觉到，”她柔声答道，“这是什么地方?”

欧文摇了摇头，不确定该如何看待——他打算天黑之前抵达布里托尼卡首都，随着继续骑行深入领地，这种感觉越来越强烈。河谷山丘充满田园诗意，匆忙骑过，都会让人觉得有些亵渎神灵。在路边劳作的农民们摘下帽子，向这群陌生人挥动着，好像完全没注意到他们一行是外国的士兵。欧文发现一位老人正倚靠着桉树小憩，身边围绕着几个金发的孙儿，其中一个孩子正从树上剥下一条条长树皮。这位爷爷在咯吱着一个小女孩，小女孩尖声叫着，此情此景让欧文不禁会心一笑，尽管他想要保持严肃的样子。

农民们并不肮脏杂乱。他们个个兴高采烈，辛勤劳作，流露出一种平和安详的感觉，与显而易见的缺乏防护很不协调。

前方一片树林若隐若现，但这次道路从正中间横穿过去。这里是下圈套、设陷阱的最佳地点，欧文谨慎的天性使他心里一紧。他下令十位士兵在前面骑行，派另十位士兵埋伏在树林边通风报信。树林里有乌鸦，黑色的羽毛与银色的树皮和泛着光泽的绿色树叶形成反差。几只乌鸦哇哇叫着，拍着翅膀从一个树枝飞到另一个枝丫上。欧文有种确信无疑遭到监视的感觉。

“好多乌鸦啊。”埃塔伊内好奇地喃喃低语道。此话一出，大约十几只乌鸦同时飞向天空。欧文觉察到一种突然袭来的恐惧感，深入骨髓。他害怕乌鸦会袭击他们，但是它们却飞走了，前进的路被高处的大树枝挡住了视线。

欧文进入树林后，忍不住全身战栗。树林中圣泉的力量异常强大，这种感觉古老悠远、无法缓和、强大有力，就像困于阴影的控制中一样。他脖子后面和胳膊上的汗毛都根根立起，露出明显的鸡皮疙瘩。他的士兵们似乎受到了他这种情绪的影响，愁眉不展地开始搜索两旁的树林。

“这里感觉更强烈了，”埃塔伊内担心地说，“但是那边似乎更强。”她朝着左手边的那条路点头示意，林木茂密，稍远的地方都看不到。

欧文冲着她微微点了下头。这里感受到的圣泉之力已经让人难以承受了，可左边却更强。他觉得它在拉扯他，引诱他离开这条路，去探寻其中的秘密。

埃塔伊内也朝那个方向看，然后回过身看了眼欧文，挑眉示意。她建议走进去探索一下。

欧文摇头不同意。但他很想在他们出去的时候过去看看。树林中一定藏着什么东西，某种他不能理解却极度渴望的东西，某种可能会使他反叛的东西。

其中一个侦查士兵骑马绕过转弯处，涨红着脸，在欧文面前狠狠把马勒住："大人，布伦登·鲁带了二十个骑兵在前面。"

他在等着我们，欧文再次意识到，想到这点不禁皱起眉头。*他早就知道我们要来*。他并不吃惊，但这也意味着鲁可不是他想与之为敌的对象。

"他们带武器了吗?"

"与骑士装备相同，"士兵回答道，"比我们装备得更好。"

"谢谢。"欧文说。他知道一场对抗在所难免，最好速战速决。他们骑马向前，看到布伦登的骑士们挡在路上。他们身着干净整洁的战袍，白袍上印有黑色乌鸦图案。手持长矛，长矛上绑着旗帜，每一位骑士都处于武装备战状态。

欧文警惕地看着他走近，让马慢下来，变成小跑状。他瞥了一眼布伦登勋爵两侧的树林，希望可以看出些端倪。但只看到了更多的乌鸦，全都那样不近人情。他对自己的这一想法感到好笑。伊薇曾经和他说过各种各样用来描述鸟类的词语，当时她花了将近一个小时才全部复述完毕。

"我的基斯卡登大人，见到你可真是惊喜啊。"布伦登·鲁说。一如往常，他满脸机警、骄傲和多疑的表情。

"真的吗?"欧文答道，不相信地哼了一声。"在我看来，你像等着我们一样。”

“这里消息传得很快。”

“确实。”欧文道。他用力拉了马缰，把马停在鲁的马面前。

“你为何而来？”布伦登·鲁问道，“我们没收到你发来的任何消息，也没有收到任何说明你这次来意的消息。”

“我随身带着国王的信，”欧文心平气和地说，“我要当面交给女公爵。你如果能护送我们到那儿就太好了。正如你所看到的，”他补充道，指向他那些蓬头垢面的士兵们，“我们只是简简单单的士兵，奉我们国王之命履行任务的，没时间提前打招呼。”

布伦登勋爵眯起双眼。似乎在打量欧文，想要看出他此次到访的真正目的。

“这实在太可疑了。”鲁说。

“我能理解你为什么会这样认为，”欧文答道，“我们是同盟，不是吗？我们没有正式邀请难道就不能讨论事情了吗？”

“你带着士兵来讨论吗？”鲁指出。

“我和你一样。在这点上我们有什么不同吗？”

“那她是谁？”鲁问道，颇有戒备地看着埃塔伊内，眼中充满怀疑。

欧文迟疑了一下，随后他轻笑了一声才回答：“你该不会认为我无人保护一个人到离锡尔迪金这么远的地方来吧，布伦登勋爵？你要和我一直聊到太阳下山吗？到城里还有一段路，不是吗？”

鲁元帅眉头一皱，因为欧文所说的话、推诿的态度以及话语中的含沙射影——所有这些都是有意为之。欧文在见到女公爵前是不会透露他此行目的的。这就把鲁置于不利的境地。

“当然欢迎，”鲁元帅语气平平地说，不掺杂任何情感，“女公爵命令我带你去见她，按同盟贵宾礼待你。她很想见你，基斯卡登公爵。跟我来吧。”

他重重勒了马缰一下，让马掉转头，持旗的士兵们举起投枪，列队骑行。

布里托尼卡首都建在海湾上，有广阔的船坞码头，停泊着众多插满旗子的货船，尤以日内瓦旗居多。海湾背后是山丘，山丘上座落着一排排的别墅和花园庄园。王室城堡建在海湾顶上的岩石峭壁之上，通向城堡的路陡峭异常，开凿了之字形蜿蜒盘旋之路，使人们走上去成为了可能，但想要进攻城堡却非常困难。显而易见，普勒默尔的地理位置是经过精心挑选的，这是欧文在布里托尼卡见到的防御能力最强的结构，这不禁让他想起帝泉王宫，只是这里更小，也更难到达。

骑行走在之字形蜿蜒路上是件艰难的事儿，很快就尘土飞扬，灰白的土尘从马匹持续不断的蹬踏处升起。走上石山，欧文能看到底下延伸四处的座座美丽庄园，日光渐褪，阴影笼罩着海湾，为山丘上的岩石投上一抹紫色。

他们总算抵达城堡，欧文已是疲惫不堪，越来越担心自己会在慌乱中撞进陷阱。他打量着城堡的构造，仔细观察着，在心中盘算进攻军队要如何才能包围这样一个地方，甚至觉得塞弗恩即使调动所有庞大资源也不会轻易取得成功。这座城堡只需寥寥守卫就可以防守很长时间。女公爵能在高处自守，一旦奥西塔尼亚国王知晓这次围攻，沙特里约恩大军就会劫掠乡村地区，攻击他们的后方部队。原来的计划现在看上去像一场愚蠢的冒险了。

女公爵派了很多衣着考究的男仆恭候他们，牵着他们的马，为士兵们提供茶点。

鲁元帅下了马，立刻朝欧文走去，脱下手套，塞进腰带里。“你的人需要洗漱换衣。我建议明天早餐时间觐见女公爵。清晨时分海湾的景色格外美妙，我确信——”

“我捎来的消息十万火急，我的阁下。”欧文打断他，把满是尘土的手套拍在一起，在他面前升出一朵羽毛状的灰尘云。“消息可等不得。”

鲁双眼的神情更为坚定了。“你身上肮脏不堪啊。”他气愤地说。

“我是个士兵。”欧文耸耸肩答道。随后严肃地看着鲁。“我一路过来，可不是为了听你差遣的。”

鲁对于欧文的措辞愤怒不已。“你到底为什么来这儿，基斯卡登?”他低声问道。

“我告诉过你了，这事只和女公爵有关，可以吗?”他嘲弄地指向城堡。

鲁元帅努力想掩饰自己的不快，可惜失败了。他走在前面，快速穿过堡场。在入口处摆放着用来装饰的瓮，欧文看到上面印刻的标志便停了下来。他之前从未见过这样的标志，但这让人不禁联想起圣泉。

怎样才能更准确地描述这标志呢?就像三个连锁的马蹄铁，马蹄铁底端分别面向东、西和南三个方向。在东西新月状方向，有两张人脸肖像刻进石头中。一张脸看上去愉悦匀称，另一张脸看上去严厉气愤，眉头紧锁。第三张脸面朝下，表情自然。

“这边!”鲁呵斥道，他注意到欧文停下来呆呆看着这些瓮。

走进宫殿，欧文随处可见这样的标志。地板以黑白两色地砖拼接而成，但与圣泉圣母殿不同，这里的地砖并没有拼成巫哲棋盘的样子，而是拼成循环往复的勾状图案，像波浪一般，所有白色地砖都与黑色地砖两两对称。他在这座宫殿里强烈地感觉到圣泉的存在，和他在布里托尼卡其他地方感受到的一样，这种力量无处不在，并没有固定集中于某一人身上。

宫殿仆人们全都身着细软的衣服，虽不奢华，但赏心悦目、色彩斑斓。其中几个仆人好奇地看着他，对着他脏兮兮的袍子和靴子微微皱起了鼻子。里面的走廊有些长，他们终于走到两扇敞开着的门前，门前有六名守卫。鲁元帅冲守卫们点点头，欧文进门时，守卫们本分地点头示意。欧文马上要面对布里托尼卡的统治者了，胸中充满了不适。他害怕去履行塞弗恩交给他的任务，突然意识到即将下达的最后通牒是多么居高临下、惹人生气。

他一走进房间，女公爵就马上吸引住了他的目光。她是谁已确信无疑，不会弄错。阿弗朗奇市长说过，她很美，他显然不是瞎子。

她名叫西尼亚·蒙特福特，是奥西塔尼亚古老贵族家族的子嗣。她拥有一头金色波浪卷发，长及背部，但其中一部分头发编成辫子，盘在脑后。她头上戴的不算皇冠，只是一顶金环，上面镶有垂下的花式树叶，其中一片正好触到她的额头。她身穿一件淡蓝色的礼服，礼服前面镶有颗颗小珍珠，身披一件颜色更浅些的织物外套。她眼珠湛蓝，比礼服的颜色更蓝，眼神忧郁。她没有坐在王位上，而是在附近踱来踱去，她的手指摆弄着右手上的一枚戒指。她脸颊轻微泛红，似乎极为不安似的。

她使他想起自己小时候见过的爱丽丝公主。尽管她美得无可辩驳，但毫无傲慢之态。当她注意到他们走进来的时候，她摆弄戒指的动作停了下来，以女王的姿态站立，以一种他难以诠释的表情看着他。这种表情不是愤怒，好像她见到他很紧张，但又很兴奋，好像她一直想要见他一样。

哦，天呢，一阵恐惧袭来。接下来的事儿对她来说真是太糟了。

布伦登勋爵走到礼堂中间，然后双膝跪地，恭敬地低下头。所有仆人都效仿他，双膝跪地。这一礼仪可不寻常。

欧文并没有下跪。他是位公爵，地位跟她相同。但他把头微微倾向她。

“欢迎你来到普勒默尔，基斯卡登公爵。”女公爵说。她微微把头倾向他。“我一直在期待我们同盟的光临。请先允许我表达我的感谢之情，在我们遭到攻打时，是你们出手援助。”

欧文觉得她这样说满是讽刺之意，如芒刺在背。当时，他帮助她躲开了奥西塔尼亚国王沙特里约恩的逼婚，但现在锡尔迪金国王派他来这里也是逼婚。

“不需要感谢我们，我的女士，”他状似无心地耸肩答道，“你也许应该把你的感谢言辞留到更合适的时机。我此次奉国王之命前来此地，众所周知，他可不是个有耐心的人。”

西尼亚女士示意鲁元帅和其他人起身，他们一起站起身来。

“基斯卡登公爵不愿先向我表明匆匆来这里的真正目的，”鲁说，严肃地看着女公爵，“最好在他要表明之前先驱散仆人们——”

“完全不必，”欧文打断了他的命令，故意激怒布伦登勋爵。“我不打算在这里待那么久。”欧文开始在正殿踱来踱去，盯着高高的柱子和装饰花瓶。他走向其中一个，拿起来，就像是他自己的一样。他留意到那个三重新月的标志也在上面。他把花瓶放回原处，瞥了一眼鲁元帅，勋爵气得满脸通红。埃塔伊内站在仆人当中，离得足够近，能够看到所发生的一切，也能在事态恶化时及时干涉。

“你为何而来?”西尼亚女士礼貌地问。

欧文能够想象在她眼中他是怎样的形象。她是那么美丽动人、优美大方、有礼有节。而他却脚蹬脏靴，身着满是汗渍的长袍，胡须蓬乱不堪、眼睛浑浊、污迹斑斑、浑身异味，与花瓶中新鲜的花朵香气极不协调。

“我的女士，只是件简单事，”欧文随口一说，“塞弗恩国王希望加强锡尔迪金和布里托尼卡两地的关系。”他再次顿了一下，欣赏着一个窗帘，有意制造着悬念。他满意地点点头，然后转身面向她。他恨自己，他恨塞弗恩让他做的这些事，恨这些事让自己即将成为的样子。

干完了事吧，他在心里责骂自己。

欧文呼出一口气，走向女公爵。鲁一只手握住佩剑手柄，像是害怕欧文会袭击她。仆人们瞠目结舌地看着他这样粗鲁无礼、大胆冒犯。埃塔伊内摸向匕首。

他在西尼亚女士面前单膝跪下，用脏兮兮的手牵着她纤细的手，旁观者都吃惊地倒吸了一口凉气。

“我到布鲁默瑞来，”他说，故意说错了首都的名字，“是为了向你求婚。我的国王派我来娶你，我必须从命。我必须对国王效忠。同样，这场婚姻会把我们两人的公国都束缚于塞弗恩·阿根廷统治下。你意下如何，我的女士？我必须要把你的答复带回给国王。”

他盯着她的眼睛看，咬紧牙关，对自己的所作所为深恶痛绝。

他看不到鲁元帅的脸，但他能从他的语气中想象到他的面部表情：“*大胆！*”鲁无法压抑心中的怒火，咆哮着说：“你，先生，已经完全越礼了。你怎么敢这样和她说话！”

欧文努力做出羞愧的表情，冲着西尼亚无助地耸耸肩，表示这些都不是出自他自己的本意。但他吃惊地看到她脸上愉悦的神态，眼神中的兴高采烈。这可不是他原本预期的反应。

“好的，我的大人，”她说，并紧紧握住他的手，“好，我同意嫁给你。”

基斯卡登大人：

国王已经从北坎回到帝泉王宫。新公爵和公国民众之间存在不小的敌意。凯次比占有敦德雷南还不到两周，就已经把宫殿里很多奇珍异宝通过船只运送到他在东斯托和南港的庄园里。我觉得您一定想知道这些。他想要私下里干这些勾当，仆人们对他这样公然、大胆的掠夺行为感到既震惊又气愤。他还解雇了很多效忠霍瓦特多年的贵族家庭，换成了他的自己人。他不一定会听从劝说，但我还是恳求您能和他说说，毕竟您在公国里声望很高。他的所作所为使他树敌无数。最后一件事——国王要求雅各国王和伊蕾莎白王后的女儿陪伴左右，还要求敦德雷南的一个弃儿一起同行，那个小孩儿和她同龄，叫德鲁。他不久就要被送到帝泉王宫了。您计划何时从布里托尼卡回来？

凯文·艾默雷
帝泉王宫

第八章
秘密

欧文胸中有个地方好像突然塌陷了。他有种奇怪的感觉，他最终还是失算了，尽管他也不知道自己是怎么失算的。她的回答完全出乎他的意料，他发现自己竟然一时无言以对，嘴巴半张半开。他闭上嘴，仍然无话可说，慢慢起身，将信将疑地盯着西尼亚。

布伦登·鲁立刻以迅雷不及掩耳之势冲到他身旁。"胆子不小啊，我的大人，"他说，声音中夹杂着愤怒与谴责，"带这样的消息来到这里。我的女士，我恳求您对这样公然的强取豪夺三思而后行啊！我们这些年一直守护着布里托尼卡，到头来不战而降，把它拱手让给另一个国王！"

欧文密切关注着女公爵的反应，想要找到证据证实他的猜想是正确的，鲁元帅才是布里托尼卡背后的真正掌权者。也许女公爵把与欧文的婚姻视为她摆脱这个人的唯一方式。她紧握欧文手指的双手还未松开。

但她转向鲁时，目光中没有丝毫恐惧，只有务实而耐心。"布伦登勋爵，我非常感谢你提出的建议，也感谢你多年来鞍前马后、忠心耿耿。我这个决定并不是草率做出的；你应该知道，长久以来，我的公国脆弱易攻。我们享受了很长时间的和平时光，就是因为我们与锡尔迪金结盟。”她将目光转向欧文。“我看得出，加固这层同盟关系是非常明智的。我知道你想要即刻返程，好去答复你的国王，欧文，但是，我可以请求你多留几天吗？我想领你看一下我的领地，顺便商讨一下订婚的条款，以便互惠互利，你同意吗？”

欧文再次瞠目结舌，布伦登·鲁额头上青筋凸起，那跳动的脉搏告诉欧文，并非只有他才有这种感觉。“我的女士，我请求您认真考虑我的建议！”鲁说，“如果您允许这种同盟继续，那么我们所奋斗争取的一切，您父亲所争取的一切，都会毁于一旦！”

欧文对这样的反对意见感到愤怒，尽管他自始至终都在期待这样的反对意见。他把手收回来，转过身来与布伦登勋爵四目相对。“我觉得这儿可不是你跟公爵女士顶嘴的地方，我的大人，”欧文冷冰冰地说，“她受制于你吗？”

鲁的双眼闪着炽热的火焰。

西尼亚女士伸出手，抚摸着鲁的胳膊。“我的勋爵，千真万确。我并非草率鲁莽才做出这个决定。我最尊重您的建议，一如既往。”

“我看不像。”他抽了下鼻子，难以控制自己的脾气。随后他突然转身，气冲冲地离开了房间。

欧文目送他离开。等他把目光转回西尼亚的时候，他看到她的嘴角失望一撇，但马上就恢复了正常。“我能劝你在普勒默尔待多久？”她问道。

欧文冒险地向门口回看了一眼，所有的仆人们都集中在门口，对他面露憎恨之情。他来这里的目的只是为了疏远、离间、冒犯、冲撞，对所有人来说，他都取得了预期的效果，只有女公爵除外。或许她只是更善于掩饰自己的真实情感罢了。他小心翼翼地用魔力去试探她，让圣泉的涟漪缓缓从他身上流出，这涟漪存在的感觉自从他踏进布里托尼卡那一刻起就一直未曾间断。

他真正想看到的是西尼亚自己的反应。魔力从他指尖滑出，如水蒸气般浸润了女公爵全身。他感觉到她的身体僵硬了些，眼睛微微眯起，就像一阵微风给她带来了一丝寒意，然后他感觉自己遇到一股强大的力量。她也是泉佑异能者！他能感觉到她的力量像个巨大的湖泊。她湛蓝的双眼与他的眼睛不期而遇，她的嘴唇显示出的不是愤怒憎恨，也不是阴谋诡计。她允许他观察她，毫不设防。他觉得自己这样做十分无礼，便收回了魔力。

但是，要先找到她的弱点才行。如果她屏住呼吸，她的力量会完全消失。她如麻雀般脆弱，掐断她的脖颈不费吹灰之力，但这一想法让他极度厌恶自己。

她微微抽动了一下自己的鼻子。“晚安，我的大人。”她说着准备告退的话，随后转身走开了。

西尼亚的管家叫蒂埃里，他将欧文护送到城堡里的一个王室公寓。公寓装饰华丽，里面有一座小喷泉，很小的一座，冒泡的声音如同小鸟的啁啾声。地板用大理石抛光，床帘奢华，薄如蝉翼，色彩明亮喜庆。几面墙装饰着漂亮的花瓶，花瓶里面插着朵朵鲜花。

他恍恍惚惚地走着，只或多或少地留意自己四周的环境。他现在和布里托尼卡的女公爵订婚了。虽然他怀着这样明确的目标来到普勒默尔，但他从未想到她会同意，更别说如此痛快地同意了。他一方面想要大笑，另一方面纠结要不要马上解除婚约。他感觉五味杂陈，他不能否认，对于蒙特福特的这位女继承人及其非凡的力量，他感到极度好奇。他想要更多地了解她，了解这个地方。

欧文带来的人睡在兵工厂里，他下令阿什比上尉待在那里时考察一下城堡的防守情况，谋划围攻的策略。尽管城堡能够保护宫廷和主要的贵族，但是城堡远不算大，容纳不了所有普勒默尔民众。这就使大多数人处于极度脆弱易攻的境地。派出一支军队进入布里托尼卡，包围它是轻而易举的事情，但是围攻的过程将会是艰辛漫长的。

蒂埃里汇报女公爵日常行程的时候，欧文似听非听；他在全神贯注地看着埃塔伊内检查门窗和其他所有可能的出入口。

“我的大人？”蒂埃里听上去有些委屈。

“嗯？又怎么了？”欧文问道。

蒂埃里因为愤怒而皱了一下眉头。他上了年纪，青灰色的头发梳到前面，仿奥西塔尼亚发式，鲜艳的紧身上衣，但他脸上布满皱纹。“我说，大人想要在什么时候跟西尼亚女士会面？是在乞求者听证会上，还是在画家画画的时候？”

欧文假装不解地看着他。“为什么我要确定这个？”

蒂埃里咬牙切齿地说。“她很忙，我的大人，但还是注重礼仪，把她明天可以见您的时间告诉您。在我看来，您听听她下决心后面临的困难会有所获益的。也许您对我们公国的绘画感兴趣，绘画可是我们最大的财富之一。”他脚跟着地摇晃着身体，显然因为欧文没有在听而大为光火。“明天还有场箭术比赛，”他补充道，“也许您手下的一些士兵可以展示一下他们的才艺？”

欧文叹了口气，想要结束这对话，结束这计谋。蒂埃里以为欧文真的打算娶她，可这远还没确定。他拍了拍蒂埃里的肩膀。“我明早会让你知道的。”

管家愁容满面。“明……明早？”

“当然!”欧文高兴地说，“我一路骑马过来，已经筋疲力尽了，明天很可能睡到很晚才起。我准备见女公爵的话会通知你的。”

这话是用来故意激怒蒂埃里的，目的达到了。管家气急败坏，但他脸上还是努力保持着镇定。“请容我告退，我的大人。”

“不用请示我，”他随口一说，“你走得越快越好。”

蒂埃里脸色一沉，僵硬地鞠了一躬，然后气冲冲地走出了房间。他无疑想用力摔门，但还是及时提醒自己要镇定，轻轻地把门关上。

“你说最后那几句话的时候和国王一模一样。”埃塔伊内打趣道。

欧文双臂交叉，两只眼睛盯着门。“熟能生巧，讽刺轻而易举。”太阳就快落山了，把白云染成金橘色。他穿过房间，走向用钢和玻璃打造的阳台门，来到外面的阳台上。平台伸出悬崖，让他看到了令人印象深刻的海湾景色，还有底下的明灭灯火。空气沾着海水的湿咸。

埃塔伊内也走到了阳台上。“谁要想从这底下爬上来要么是疯了，要么是真有本事，”她说，“门闩挺结实，但上锁机制并不复杂。花瓶里的花可以遮盖毒药的味道，我们或许得把它们倒出来。”

欧文轻声笑着，转过身，背倚着阳台边，看着她。“你觉得有人现在想要杀掉我吗?”

她不自然地笑道。“我觉得因为你的所作所为，普勒默尔的每个人都想除掉你。”

“她等着我的求婚呢，”欧文说，他摇着头，“我根本没有吓到她。”

“鲁元帅十分震惊，这一点显而易见。”

欧文点点头。“他确实很震惊。虽然他的反应在我预料之中，但我还是有些吃惊，因为他通常都会先我一步。但西尼亚却镇定自若。我觉得她不是我想象中的无助少女。”

埃塔伊内走近了些，以便欧文可以听到她的耳语。“是的，你本认为她受制于鲁元帅。”

“确实，”他说，“但是现在我不这么看了。我不再认为她是受制于人的那个了。但他们两个的关系很紧密。她尊敬他，但并不畏惧他。”

“我也注意到了，”埃塔伊内说，“你站在她身边的时候在她身上施了魔力，这我感觉到了。你了解到了什么，如果你不介意我问的话？”

他挑起眉毛，十分高兴。“她是我们中的一员，”他会意地说，“她拥有的魔力十分巨大，有极佳的控制力。她能感觉到我在试探她。她允许我这样做，但我觉得这样做太过冒犯。”

她调皮地笑了。“我想起来了，好多年前，你也在船上这样试探过我。这样做确实会让一个女人觉得相当受伤。你知道她的弱点了吗？她有弱点吗？”最后这句听上去有些妒忌。

欧文还不想分享这些信息，尤其是和一位毒药师——无论其是敌是友。“意识到她是泉佑异能者，我就收回了魔力。”他推诿地说。她双眼稍稍眯了起来，典型的不相信的表情。

“你看到那些花瓶上的标志了吗？”他问道，因为他想换个话题，也因为他真的想知道。“在大门上，在——”

“到处都是，”她打断了他，“当然。但是我不知道这个标志是什么意思。你应该明天见她的时候问一下她。如果他们在你如此失礼之后还能让你见她的话。”她又顽皮地看了他一眼。“明天我需要乔装打扮吗？你带个毒药师去，会显得更加冒犯无礼，你本来就是无理取闹。”

欧文笑了，两只胳膊交叉起来。他眼睛盯着埃塔伊内，脑子里想的却是西尼亚。这位女公爵总是能激起他的好奇心，一部分是因为他经常遇到鲁，却对她丝毫不知。基于阿弗朗奇市长的评价，他觉得她一定美丽动人，事实也的确如此。但是他另一个预期却化为泡影，她并不是他想象中的那种受制于人的傀儡木偶。

女公爵父亲在她小时候就去世了，不久之后她母亲也去世了。在她还是一个孩子时就被推上了执掌权力的位置，成年前受到诸如鲁这类人的辅佐。这是他们在奥西塔尼亚以及独立公国间的生存之策。这里的民众尊重家族权威，叔叔不会从侄子、侄女手中篡夺王位，这是一种荣耀。锡尔迪金统治者们以残忍无情著称，这也是欧文极度怀疑鲁的另一部分原因。

“我们遇到鲁的那片森林，那里藏着什么东西，”他说，一只手摸着嘴唇上的胡须，“我相信你也感觉到了，我想去看看。也许我会叫西尼亚带我去那里，或者我会不问自去。”

“或者我可以先行一步去看看，”埃塔伊内点头提议道，“何不今晚就去看看呢?”

欧文摇摇头。“他们就等着我们做这样的事儿呢。我可不想给他们一个猎杀你的借口。你还得保护我呢。”

“我要是留在这里陪你的话，就能更好地保护你。”她示意说。

“不，我今天晚上给你安排了其他任务。我想让你把自己伪装成仆人，摸清整个城堡的情况。对这个地方丝毫不知，我会觉得很不舒服。这里有地牢吗? 女公爵的卧室在哪里?”她狡猾地看了他一眼。“我什么意思都没有！但是这是个全新的地方，一点儿方向感都没有。出去冒险之前，先看看你能在城堡里打探到些什么。”

“当然。”她回答道，微微点头。

欧文这时候听到一些陌生的动静，门轴处传来轻轻的吱呀声，门暗自关上了。他的听力一直格外敏锐——这是他从圣泉得到的一种能力。紧接着又传来厚底鞋在大理石地板上蹭着走路的声音。

埃塔伊内也听到了这声音，马上拿出一把薄刀抓在手里。她总会把这把刀绑在前臂上，藏在长袍里。欧文还没有换下旅途中穿的满是尘土的衣服，所以他还带着佩剑。他打了个手势，示意埃塔伊内留在原处别动，可她摇头不同意。

欧文犹豫着走向阳台门，斜侧着身子，以减小目标，以防有人拿着弓箭进来。阳台的窗帘挡住了房间里的人，但他能看到一个身影在慢慢挪着，就像这个闯入者在搜寻什么藏着的东西。

埃塔伊内向前走了一步，把匕首藏在背后，指间夹着匕首尖，准备随时扔出。她把窗帘拉到一边，欧文一眼瞥到进入房间的女人。

他抓住埃塔伊内的胳膊，不让她掷出凶器。

一段记忆一下子飘进欧文的脑海。他认出来了。他快速眨着眼睛，试图搞清楚他眼前的一切。她比上次见面的时候老多了，大概三十岁了，穿着宫女的时尚礼服，不是仆人着装，衣服很合体。但是她的脸让他震惊。他认得这张脸。

顺着被拉到一边的窗帘，她看到他和埃塔伊内在阳台上。当他们两个人四目相对时，她大吃一惊，喘着气喊出他的名字，非常惊讶地把手压在胸口上："欧文！是你！真的是你！"

他双腿一软。他上一次见她，是十六年前的事了，当时他目送她和父母以及其他兄弟姐妹走上一艘开往奥西塔尼亚的轮船。欧加农去世后，她就成了最年长的一个。

她是他的姐姐，洁西卡·基斯卡登。

第九章
避风港

起初欧文以为自己弄错了。上次见到姐姐已经是很多年前的事情了。在他纠结的时候，他明白一件事：他希望是她。他能感觉到夜晚散漫在空气中的圣泉的喃喃低语，但却不是从洁西卡身上传来的，而且也没有揭示出什么。他的姐姐冲向他，把他拥入温暖的怀抱中。她抚摸着他，亲吻着他，想用手腕把湿润的泪水抹去，却都沾到了他的脸颊上，她深情地抚弄着他的头发，抚摸着几缕不听话的头发中间的一撮白发。

“你好吗，姐姐?”他问道，感觉胸中的火焰发出嘶嘶之声。他从未想过能再次见到她，再见到他们中的任何一个。她手指上的结婚戒指向他眨着眼睛，告诉他，她已经不再姓基斯卡登了。他尽情欣赏着她，她就是家——这个从他生命中被割裂出去许久的东西。

她停了下来，激动满满，摇着头像是无法言表一样。她试着再次止住泪水，然后紧紧握住他的肩膀。“这真是个惊喜。女公爵本想等你来的时候就跟你说的，但是你这次来满是紧张的氛围。”她摇了摇头，“妈妈知道了会很开心的。”

“妈妈也在这里吗?”欧文说，眼睛吃惊地睁得滚圆。

洁西卡点点头。“我们都在这里，欧文。就差你了。你救了我们全家，让我们活了下来。但女公爵是把我们从饥饿中解救出来的人。”

听到这话，他心中疼了一下：“告诉我发生了什么。我一直想方设法找你们，想确保你们都还活着，并且活得很好，但这么多年来什么消息都没有！你们应该给我送个口信!”

她摇了摇头。“我们不能这么做。你一定要理解我们，欧文。我们在这里生活，这是个严守的秘密。你击败沙特里约恩之后，我们只能逃命。你不知道奥西塔尼亚人有多恨你。你还记得阿金克普吗？羞辱之情仍然弥漫在那片土地的上空。你到沙特里约恩自己的地盘上羞辱他，更何况你并不是一个国王，只是一个公爵。他们派了毒药师来杀我们，但女公爵把我们偷偷送走了。我们最近几年都住在普勒默尔。他们给我们起了新名字，还让我们住进庄园。爸爸负责审查港口货物贸易税，这是个责任重大的职位。我是女公爵的一个侍女。她对我们很好，欧文。她帮我找了一个可亲可敬的丈夫。你哥哥泰蒙德是宫廷里的骑士，你姐姐安也在这里。我们太幸运了，但我们必须对自己的身份保守秘密，怕被人利用加害于你，或者威胁你。”

欧文盯着她，对于自己刚刚听到的一切十分震惊。“这些都是西尼亚女士做的?”

洁西卡毫不犹豫地点了点头。“她是高贵之人，欧文。她心胸宽广，心思缜密。她失去了双亲，但却感觉不出丝毫苦楚之情。她当上布里托尼卡女公爵的时候还很小，要不是布伦登·鲁有勇有谋，这里早就被别人入侵了。她要带你到我们的庄园见我们，但我实在等不及了。我必须要摸摸你，确定真的是你。”她轻轻抚摸着他的头发，露出苦涩的笑容。“你在这儿，你看起来……衣冠不整的，一点儿也没有公爵的样子。”她吸了口气，稍微做了个鬼脸。“我以为你会英姿飒爽而来，没想到你不管看上去还是闻起来，都像个普通的士兵。”

“我是个士兵，”欧文暗自窃笑，“为国王征战沙场是我终生的使命。鞍鞭山战役之后，我们就再也没有过清净的日子。”

她眯起双眼，像是心中知道了什么。“你以后也不会有吧，所以我害怕。”

他皱起了眉头。“这话是什么意思，洁西卡？”

“这不是我该说的话，”她说，闭紧双唇，“但是我可以告诉你，一切都事出有因。女公爵选择成为布里托尼卡的统治者，为什么她在有机会成为奥西塔尼亚王后的时候却拒绝了？如果塞弗恩命令她成为锡尔迪金王后，她还是会拒绝的，这又是为什么？”

“这些都是因为什么呢？洁西卡，你要是知道就一定要告诉我。”

她坚定地摇了摇头。“我不能这么做，欧文。这不是我的秘密，我不能说。女公爵会告诉你的，如果她足够信任你的话。”她不安地动了动，“欧文……你年纪轻轻，看上去却这么苍老。我能从你的眼中看出来你经历了多少苦痛折磨。你不知道我们当时把你留在那里有多么伤心难过。你救了我们。我们并不是忘恩负义的人，你一定要清楚这一点。”她又抱了抱他，在他脸颊上留下湿湿的吻迹。“但从那以后我们的家就不完整了。这些年来痛苦如鬼魂般萦绕不散。妈妈和爸爸见到你一定很高兴。你一定要尽快过来啊，欧文。能再见到你，他们的痛苦会减轻不少。”

只是听着她那亲昵的话语，就让欧文感到一阵阵切肤之痛。他已不再是个小孩子了，但童年带给他的伤痛依然刻骨铭心。

“我不明白为什么你们不能给我捎个信。为什么女公爵不告诉我？”尽管欧文很高兴能再见到她，尽管这个近距离接触的人和他血肉相连，但他仍怀疑她的动机。

洁西卡双手捧住欧文的脸颊。“我会告诉妈妈你在这儿。我就住在城堡里。你怎么进了城堡，怎么向她求婚，我都听说了。”她抬起头看着天花板，然后摇着头说：“你太粗鲁无礼了，欧文。”

从姐姐口中听到这话，加剧了欧文的羞愧之情。“我承认我进城堡的方式不那么符合规矩。”

“这么说无异于指蛙为鹅[①]!”她玩笑道。

欧文听到这话笑了。“所以我是只粗鲁无礼的青蛙，是吗?”

“你是个帅小伙，只是外表蓬头垢面、衣衫不洁。”她稍微眯了眯眼睛，目光掠过欧文的肩膀看过去。她压低声音问：“那是你的情人吗?”

她在说埃塔伊内。他沉浸在自己的感情风暴之中，差点忘了她还在屋子里。“不，当然不是！她是我……我应该怎么说呢？她是我的保护者。”

洁西卡吃惊地抬起眼睛。“很好，虽然这个回答还是令人很费解。我马上给爸爸妈妈捎信。咱们明天再见。你终于来了，我真是太高兴了!”她又抱了他，亲了他一下，然后偷偷溜出房间，送了他一个飞吻之后，慢慢将房门关上。

欧文双臂交叉，刚刚发生的事情太出人意料了，他沉浸其中不能自拔。这时他听到埃塔伊内向他走来的脚步声。

各种情感五味杂陈充盈在欧文心中。他快速地眨了眨眼睛，感觉眼泪都要流出来了，捏起下嘴唇下面的几缕胡须，使劲拉扯着。

---

① 原文中与蛙对应的英文是 frog。在俚语中，frog 如果用作形容词，表示极为冒犯的、极为轻蔑的。而这里的“鹅”对应的原文是 goose，有蠢人的意思。这里这句话的字面意思是：明明是粗鲁无礼的青蛙，偏给你说成是头脑简单的蠢鹅。

“我很高兴你在这里，埃塔伊内，”他近乎耳语地说，“我现在情绪很复杂。我甚至不确定现在应该想些什么。”

“所以说那是你姐姐。你确定是她吗？我能感觉到我们周围全是圣泉魔力。”

“她使用的都是亲人之间的称呼，”欧文边说边点头，“我以前就是这样称呼父亲母亲的。”他心中波涛汹涌。“巫哲棋快输棋的时候，就会很容易走错棋。这经常是致命错误。为什么我家人在这里待了这么多年都不告诉我？他们是人质吗？甚至是自愿成为人质的？”

“为什么女公爵不让你姐姐与你相见？在我看来，她是故意偷偷潜入这里的。”

欧文点点头。“没错。那是意外吗？还是蓄谋？我现在玩的这场游戏至关重要。我觉得别人已经略胜一筹了。我来这里是挑起战争的，不是来订婚的。”他转过身看着埃塔伊内。“我已经订婚了，是吗？最后的结果完全出乎我的意料。当着众多证人的面，我单膝下跪，向女公爵求婚，而她同意了。这是不应该发生的事。我们不是应该协商条约，或者至少达成个协议吗？”

埃塔伊内开心地笑了笑。“威胁。”她会意地说。

欧文摇了摇头。“不知怎么，她预料到了。你注意到她脸上的表情了吗？”

“谁？”埃塔伊内问道。

“西尼亚女士啊。我向她求婚的时候，她看上去几乎是很宽慰的表情，一点也不生气。为什么会这样呢？因为她猜对了？还是她一定要从这场联姻中得到什么？”

欧文开始踱来踱去，真希望带了积木。现在他很少用搭积木来补充自己的魔力，但这突如其来的童年的记忆让他突然十分渴望这些积木。

“据你姐姐所说，你在此地显然已经很出名了。不管过去怎么样，都和你到这里的所做所为联系在一起。让我看看今晚可以发现什么。你来之前他们都怎么说你，现在又怎么说你?”

“一定不是什么好听的话，”欧文吸了口气，“到头来也不会有什么好话。”他认真看着埃塔伊内的眼睛。“我不是来这儿结婚的，”他直截了当地说，“如果告诉国王，我能想象得出他的反应。”他模仿着塞弗恩的语气：“‘干得好，伙计！不用打仗就能打败他们。娶她吧，让我们一起推翻沙特里约恩。’他不会在乎我的感受的。”

埃塔伊内敏锐地眯了下眼睛。“什么？对你来说，她还不够漂亮吗？我能想象，很多男人梦寐以求想要娶她，以继承布里托尼卡的爵位，哪怕她长相平平。”

欧文不喜欢她嘲弄的口吻。“很久以前我的心就已经给了另一个女人了。”

埃塔伊内盯着他看，欧文有些不安，所思所想不会给他留下片刻安宁。是的，他已经把心交给一个女人了。这个女人现在是另一个王国的王后，有两个孩子。他的余生都打算在思念她中度过吗？他还一心指望雅各哪天跳到瀑布旁边的岩石上一头摔死吗？或者也许他只需要简单承认，自己对西尼亚着了迷，他实际上在考虑他之前从未想过的一种可能性。

夜里欧文时睡时醒。虽然他的房间宽敞明亮，精致舒适，他却并不适应。任何一点儿动静都影响着他的睡眠，使他担心会有人进来谋杀他。直到太阳快要升起，他才终于睡着了，再睁眼时，阳光已经透过薄纱照射进来，刺痛了他的眼睛。时间已是上午十点，他很少睡到这么晚。他脑子里一片糨糊，困惑不解。他划开房间的门闩，看到法恩斯站在门外，忧心忡忡地走来走去。

“法恩斯?”他问道，吃惊地眨着眼睛。他是在塔顿庄园和他分开的，把他留在那里对付那些宾客。

“您醒了，”传令官宽慰地说，“我刚刚还在纠结要不要叫阿什比上尉把门撞开。您通常不会睡到这么晚。”

“我头痛欲裂。”欧文说。他注意到门外桌子上放着几盘食物。门上了锁，所以没人能进来把这些食物送进他房间。

法恩斯跟着欧文进了房间，交给他几封信，大部分标着“艾思斌”密封印。他撕开一信封，肚子咕噜作响。欧文开始读第一封信，法恩斯叫住门外的仆人，让他把食物拿进来。

“你是怎么扔下塔顿庄园那些拜访者过来的?”欧文一边翻看信件一边问道。他擅长速读，只是扫一眼就能记住其中的重要信息。他能感觉到自己身体里的魔力随之增长。

“您冒犯了他们中的每一个人。”法恩斯清楚地说，脚跟着地摇晃着身体，双手紧扣在背后。

“现在我最擅长的就是这个了。”欧文窃笑道，翻看着下一封信。

“您过去可不这样。”法恩斯直言不讳地说。

欧文不喜欢法恩斯对他的指责及其说话的腔调。他有点气急败坏地看着法恩斯。“你想要我怎么做，法恩斯? 他们是不请自来的客人，想利用我的热情好客，可其他地方还有事情等我去做呢。”

“我有所耳闻，”法恩斯说，“但问题是您的做法。我为自己的坦率直白而道歉，我的大人，但是我觉得我有责任在您进行外交冒险时提醒您。比起赞美恭维，人们往往更易于记住轻侮怠慢。这就像是往饮水的井里撒盐。”

他对法恩斯的话似听非听，因为第二封信是凯文写的，告诉他德鲁已经被带到宫里，作为伊薇女儿的玩伴。这并不出乎欧文的意料，但是他仍低声轻轻诅咒着。

“坏消息吗，我的大人?”法恩斯担心地问。

如果国王不断见到这个男孩，他会不可避免地注意到这个男孩与凯瑟琳和埃里克的相似之处。欧文的双眼睁得更大了，因为一个新想法向他袭来。凯瑟琳夫人会见到她的儿子！她的内心会告诉自己这个男孩是谁吗？她会做出怎样的反应呢？太阳穴悸动起来，就像厨房平底锅跌落发出的咣当之声一样响。

“您看上去真的不太好，我的大人。”法恩斯说。

“我已经告诉过你了，我不舒服。”欧文说，又一次低下头，惊慌失措地盯着这页纸，用另一只手按摩着太阳穴。他需要回到帝泉王宫。他必须要做出一套方案来，把这个小男孩送走。如果凯茨比公爵不遵守抚养这个小男孩的诺言，欧文就要把他带到塔顿庄园，他有可以信任的人，让他们照顾这个小男孩。也许他还可以把他送到阿塔巴伦？各种可能性在他脑中盘旋，一个接一个的暗示，一个接一个的结果都涌进他的脑海中。

这对他而言是个巨大的考验。归根到底，他需要想出一个逼迫西尼亚女士毁掉婚约的办法。要找个理由能让他尽快返回帝泉王宫，即使意味着他会丧失与家里其他人见面的宝贵机会。至少他知道他们在哪里了。他感觉到西尼亚的圣泉魔力十分强大。她允许他看到这些，尽管他能觉察到她并不喜欢这样。

“吃点儿东西吧，我的大人。吃点儿东西会好一些。您上次吃饭是什么时候了?”法恩斯问道。

他摇了摇头。“我来这儿以后还没吃过东西。”他溜达到餐盘处，仆人们把餐盘拿到大房间里。一盘又一盘的水果，大部分都是各种各样的莓果。又小又圆的紫色莓、形如铃铛的长形莓——欧文最爱吃的还是糙莓，他这辈子还没见过这么一大盘糙莓。还配有烤好的面包，小罐果酱以及果冻。有些莓果，比如那碗醋栗，就浸在糖霜里。他不确定桌子上的这些东西有没有下毒。他希望埃塔伊内已经检查过了，可惜他还没见到她。

“你知道公爵女士在哪里吗?”欧文问法恩斯。

他又脚跟着地扭动着身体，双手紧扣。“她一大早就走了。”

欧文皱起了眉头。“我以为她要去听她的子民之间的辩论。”

法恩斯点了点头。“是的。她是深入到民众中去了。布伦登勋爵早上也走了，带着他的士兵们一起。他们说他已经离职了。”

欧文撇了下嘴。他拿起一颗糙莓，“噗”的一下扔进自己嘴里。

这是他吃过的最甜的水果。

第十章
海玻璃

连欧文自己也忍受不了衬衫和外衣发出的恶臭了，于是他打开法恩斯给他带过来的行李箱，开始清洗自己的身体。他故意没有刮胡须，但他用了大水壶、洗脸盆和毛巾拭去旅途的尘渍，一番梳洗之后他感到精神焕发。他拽着靴子往脚上套时，阿什比上尉和埃塔伊内来了。

欧文迎着从丝绸窗帘透进来的光线，眯着眼睛，一边做出苦相，一边拉上靴子，系紧旁边的搭扣。“有什么消息吗，阿什比?”他匆匆问道。他想尽快离开这座城堡，尽早赶回去。

阿什比上尉敬礼示意之后开始踱步。“我们对城堡地面进行了搜索，记下了保卫城堡的骑士人数。悬崖格外崎岖陡峭，要包围这里可不容易。”

“我昨天骑马上来的时候看到了，”欧文了然地说，“还有别的吗?”

“昨天晚上我带了一些人去到山下的普勒默尔，那根本不能算个城市。山顶上到处都是庄园，但山谷里的人却寥寥无几。大多数小商店在一座座小山之间的大道旁排成一排，里面的商品琳琅满目。让我十分吃惊的是，里面有那么多来自其他王国的商人，有的来自日内瓦，有的来自莱高尔特，还有的来自阿塔巴伦。真的是大杂烩啊。我觉得自己之前从来没有见过任何一个地方和这里一样。每过几个街区，文化、语言就会有所变化。这里是主要的贸易枢纽，我的大人。我甚至还给我的妻子和孩子们买了些小饰品，玻璃粉做成的小项链。”

欧文把腿放下，开始套另一只靴子。“我之前没注意到这些。从这里到港口有多远?”

阿什比摇了摇头。“一点儿也不远。潮起潮落十分有规律，各种船只从各个港口纷至沓来。我昨天听到了很多种语言。”

欧文继续系紧搭扣。“他们对你的人怎么样?”

阿什比耸了耸肩。“这里的人太多了，而且都来自不同的王国，我觉得我们并不显眼。我们回来的时候，宫殿里的人恨不得朝我们吐口水，但老百姓们完全不知道我们来了，一个字都没听他们说起。”

“谢谢你，阿什比。”欧文说，穿好了鞋，他站起身来，把剑鞘系在腰间。“所以你刚刚说的意思就是，这个王国很脆弱，不堪一击，尤其是在海上。看起来他们也许想用树林拦住我们，不让我们走得太近。”

“是，”上尉回答道，“如果您不介意的话，我的大人，我现在想睡会儿觉。昨晚我们在外面待得有些晚，但我不会让您等太久。”

欧文点了点头，让他出去了。他转身面向埃塔伊内，她的衣着打扮、发型发饰都是布里托尼卡风格的。

“所以他们现在真的恨透我们了?”他怪笑着问她。

她知会地看着他。“我觉得当下的这种情绪主要是针对你。这里的人都很慷慨大方，关心他们的女公爵。他们说起女公爵的时候，有一种近乎尊敬虔诚的感觉。你那样羞辱她，已经大大冒犯到他们。整个城堡到处都是流言蜚语和关于你的恶言恶语。他们不想让你成为布里托尼卡的公爵，你只能是女公爵的丈夫。”

欧文开始笑起来。“哦，真的吗？出了锡尔迪金，我连公爵都不够格了？西马奇郡可是布里托尼卡的三倍大啊。”

“我觉得你没想成为这里的公爵吧？”她提醒到。

“我现在也不想，”他皱着眉头说，“但我不喜欢别人说我不能做或不能拥有什么，但是我侮辱了他们，他们这样说也是有道理的。他们这么做也给了我一个很好的理由刺激女公爵。等我和她对话的时候，我会问问她，‘丈夫’和‘公爵’的历史。他父亲是位公爵，她自己继承了爵位。我一定要坚持把头衔写进婚约。希望她会有所犹豫，毁掉婚约。”他摆弄着皮带，把外衣的前面抚平。“我收到了凯文那边的消息。德鲁正被送去帝泉王宫，去给吉纳维芙做玩伴。”他不想皱眉，可惜做不到。“在这些事件没开始之前，我必须回去。”

埃塔伊内了然地笑了笑，鞠了个躬。“那么你应该行动了。她在一个比柱厅宫稍低的地方做裁判，你可以去那里找她。”

“我会的。谢谢你，埃塔伊内。你现在要回去睡一会儿吗？”

“我已经休息够了，”她说，“如果可以的话，我想去我们经过的那片树林看看，那片我们感受到很强圣泉魔力的树林。”

他机警地看了她一眼。“看看你能发现些什么。我们应该在回去的路上一起进去看看的。要小心。”

“我会一直很小心。”她回答道，转身离开。

欧文在柱厅宫没找到西尼亚女士。这座建筑由一座圆顶方形廊柱的中心主塔和两个从塔身侧边伸出的塔翼组成。欧文走近这座美丽的建筑，到处都是窗户和拱桥，他突然想到中间的这座塔很像巫哲棋盘上的一颗棋子。塔的第一层以及塔翼都是由砖堆砌而成的，第二层和第三层由灰泥和木头组成。房顶倾斜陡峭，窗户以及支撑房屋的拱形结构都是对称的，每一个都和上下完美对齐，成排成列。方形廊柱由铁或铜制成，颜色比建筑上其他地方的颜色略深。他对这设计着了迷，感觉圣泉的力量从结构本身散发而出。

女公爵已经完成裁决去了码头，他也冒险去了那里，然后发现自己刚好又和她错过。花了好几个小时就为了追上她，欧文变得有些不耐烦，并且感觉很受挫。她的仆人们虽然回答他的时候都很顺从，但他能看出他们眼中透出的谴责神情。再次错过之后，他被人带离码头。陪同他的护卫有十人，他能觉察出他们都很想到阿什比描述的贸易摊点去逛逛。他于是解散了一半的护卫，让他们一小时之后来换班。放假虽短，但士兵们都心怀感激地欣然接受。

女公爵的仆人们身着制服，陪同欧文来到海湾边上的一个私人小峡谷，那里海浪不停拍打着岩石沙滩。他们走下一条略有些沙子的小径，之后到达海湾，他看到女公爵和她的管家肩并肩在那里边走边聊。他们下到台阶最下面一级，欧文的靴子咯吱咯吱地踏在沙子上。西尼亚注意到欧文来了，便示意管家离开。小峡谷的边界有大约十几个身着乌鸦图式外衣的士兵守卫，给女公爵留出足够多的空间独自徘徊。管家朝欧文走来，两人擦肩而过时欧文注意到管家脸上紧锁的眉头。

“很高兴您终于赶上来了。”管家带着挖苦的语气说。

“很高兴你还等着我，蒂埃里。”欧文嘲弄地答道。

管家吸了口气，摇了摇头，朝站在小径旁的士兵们走去。欧文走近西尼亚，他看到她赤脚走着，手指上悬着两只凉鞋。他的靴子在沙滩上留下很大的鞋印。微风把她几缕金色秀发拂到脸上，她伸出手，把头发顺回来，然后转过身来面对欧文。

他以为会在她脸上看到愤恨的神情——前一天的对话令人不快，经过一天的发酵，她还能有什么其他的情绪？但她却显示出顺其自然的神态，就像欧文是个需要耐心对待的案件一样。风带来海水的咸味，也带来了海浪的拍打声。

“我终于找到你了。”欧文带着一种近乎责备的语气说道。

“跟我走。”她说道，然后转身朝向海浪，走了过去。她双手背在身后，紧紧扣在一起，凉鞋还悬在她指弯处。太阳开始慢慢落下，照耀着她那叶状皇冠。今天她穿的礼服和大海的颜色十分相称，除了腰带和衣服袖口处的飞边以外。

欧文跟着她，走向那拍岸的海浪，走向海岸沿线上突出的粗糙岩石和岩层，他感觉到脚下沙子的质感发生了变化，变得更硬，颜色也更深了，走过之处他的靴子留下些许碎屑。岩石上点缀着海洋生物，他看到身边到处都是从半埋的壳里探头而出的海洋生物。太阳很温暖，可微风却颇凉。他们走到第一块岩壁处，沙子再次发生变化，从棕色的小颗粒，变成五颜六色的小石头状玻璃粉，满海岸都是。西尼亚走过海滩，黏黏的沙子沾在她赤裸的双脚上。欧文的靴子发出不同的咯吱声。这些是卵石吗？他们走向海浪的时候，海滩就从沙子变成了卵石，可真够奇怪的。

一个格外大的海浪升到顶峰，然后夹着白沫，呼啸着朝他们拍来。西尼亚完全不顾这海浪，只管向前走，她还没走到跟前，海浪就退了下去。她把凉鞋放下，蹲下身子，捧起一把玻璃粉，给欧文看。

玻璃粉形状各异，色彩斑斓——粉、蓝、橙、红、绿。他伸出手掌，她斜了下手腕，让小卵石噼里啪啦地落到欧文的手上。他们两个人的手腕边轻轻碰了一下，与她的这一碰，让欧文的胳膊不由自主地一震。

“我之前从未见过这样的东西。”他说，同时仔细观赏这些精致的小石头，努力抖掉萦绕在他身上的这些感觉。大海潮起潮落之间，他听到不间断的水流之声。他寻找着这声音的来源，发现水从组成这小峡谷边缘的一个崎岖岩石裂缝中流下来。小溪给石头披上了青苔，但水依然清澈见底。岩石底部有一处凹洞，涓涓细流从海岸汇入大海。

“这些不是卵石。”她说，从他手里拿起一颗，这是颗奇形怪状的红色石头。“每一颗都是千真万确的玻璃。大海把这些玻璃碎成更小的一颗颗玻璃，然后把它们带到海滩上，这已经有上百年了。这是残渣，工匠们过来把它们做成珠宝首饰。就像宝石一样，它们历经成百上千年才能形成，但是玻璃是人造的。”她满怀希望地眺望着海湾，把更多的头发从脸上抚开理顺。

欧文站在那里，手里捧着海玻璃，看向她凝视的方向。一种强大的认同感横扫欧文，就仿佛他之前曾经就在这个地方伫立过一般。各种情感交织，在欧文体内盘旋，敲打着他，就像海浪敲打着附近的岩石。他手中拿着的玻璃碎片是大窗户的碎片。这是一座大城堡，有成千上万的窗户，曾一度矗立在海湾中心。他眨了眨眼睛，几乎可以看到这座城堡。

欧文之前也有过一次这样的感觉，那时他正乘船航进阿塔巴伦埃东布里克的一个小海湾。他感觉到他们下方有一座被海水淹没的城市。

数以千计宏伟设计的彩色玻璃窗被击破磨碎，成为海滩上这些聚在一起的小碎石。欧文双膝微屈，突然一阵头昏目眩向他袭来，使他身体不断颤动。他的手垂了下来，海玻璃滑下，落到他脚上。

他感到一只小手握着他的胳膊。“你还好吗?”

他飞快地眨了眨眼睛，想要甩开脑子里这糟糕的景象。海水冲刷而入的时候有多少人死了？多少人被淹死了？这古老的疼痛在他心中悸动。

“我……我很抱歉。”他结结巴巴地说，因为压抑着叹息声，他的声音变得沙哑了些。

“这里有很多回忆。”西尼亚用一种奇怪的方式说。

他转过身来看着她。“什么回忆?”

她目光睿智。“很久之前的回忆了。现在这里已经成为被遗忘的地方。”她转过身，再次看着大海。“就像莱奥内伊斯一样。”

她有些欲言又止。他能觉察到她话里有话。

“我听说你收集了一些那个消失王国的遗物。”他怀疑地说。

她耸了耸肩。“我并不是唯一一个这么做的统治者，”她简单回答道，“锡尔迪金的收藏十分庞大。但这当然也合情合理，因为那是安德鲁王和吉纳维芙王后的王国。”她看着他的眼神似有所指，这眼神透露出太多信息，欧文不禁心头一颤。

她正戏弄着他，考验着他。她将欧文引来海岸并不是巧合。他又一次产生了同样的感觉，在巫哲棋中被人略胜一筹。

“我很惊讶海玻璃并没有消耗殆尽，”他生硬地说，“对每个人来说，可能都觉得海玻璃应该早被用尽了。”

“其实并非如此，”她回答道，“这些海滩受特定法律保护。每年只能收获一满箱海玻璃，然后进行出价拍卖。这场交易可能会持续好几个月，时间长短取决于海玻璃的颜色、大小和形状，有些价值不菲。”

欧文噘了下嘴。“但这样难道不会驱使有人晚上来偷海玻璃吗?

你给我的那捧……能值多少钱?”

“这有什么要紧呢?只是破碎的玻璃而已，根本不值钱，真的。但是因为罕见，因为有所保留，所以它才能值更多的钱。没有人来这片海滩偷东西，欧文。没有人敢冒险冒犯圣泉。我听说在你们王国有人从喷泉水里偷硬币。这是真的吗?”

欧文摇了摇头。“并不常发生。如果有人被抓住从任何一个喷泉里偷硬币，小偷会被扔进河里，坠入瀑布。”

西尼亚点点头。“正因为这样，这些海玻璃可以放心留在这里，无需派人看守，或者我应该这样说，这些海玻璃被存在了我们心中的传统所庇护。”她眯着眼睛。“如果这些传统被抛弃，往往会导致人们不想看到的后果发生。”她的话似乎还有更深的含义，但暗含的意思欧文还不清楚。她知道深无测，她知道莱奥内伊斯，知道在波利多罗·乌尔比诺看的历史书上也没写的东西。她身上还有很多值得欧文学习的东西。但他仍然有种被人操纵的感觉，他不喜欢这种感觉，因为这让他感到很不舒服。

他决定主动发起进攻，扳回一局。他的声音变得更加冷淡疏离。“我千里迢迢过来见您，我的女士。我只是做了国王命令我做的事情，没有别的。”

“我明白。”她亲切地回答道。

“但我想说清楚我来这里是做什么的。我千里迢迢过来，不是为了成为你的丈夫，不仅仅是你的丈夫。塞弗恩国王想让我统治布里托尼卡，正如我已经统治了西马奇郡一样。我不想我们之间有任何误解，我的女士。”

他密切地注视着她的双眼，想要找到生气或者愤恨的情绪，或者她缩紧鼻孔表示出的蔑视之情。

但这些在她的表情中全无踪迹，她看起来只是很失望，就像她期待能得到更多，而不仅仅是他给了她的这些。

她伸出手，再次握住他的胳膊。“当然，我们要彼此理解，”她近乎悲痛地回答道，“我的预期和你一样。”她叹了口气，看到有人走过来，便眯起了眼睛。欧文转身看到蒂埃里在海滩上朝他们走过来，后面跟着个信差。

西尼亚松开欧文的胳膊，准备好接见他们。

她刚一走开，一阵波涛汹涌地冲向欧文的靴子，吓了他一大跳。他们走近海岸的时候，没有任何一个海浪靠近他们，但这个浪着实吓了他一大跳。西尼亚的凉鞋被浪冲起来，趁着还没有卷进大海前，他赶忙拿起凉鞋。他俯身抓起鞋子的时候，咸咸的海水溅在他的脸上，在他舌头上留下污浊海水的味道。

他的下巴还在滴着水，他转过身看到西尼亚已经走开了，她的裙子提到脚踝处，大步走在沙子上。在渐渐褪去的日光照耀下，她看起来倾国倾城，他只是呆站在原地，看了她好一会儿，手里拿着她那滴着水的凉鞋，试着弄明白自己感觉到的是什么，并且更努力地控制这种感觉。

这时另一个浪从背后击中他，他摔倒了。

第十一章
背叛

欧文步履蹒跚地走在沙子上时，海水溅进了他的耳朵，他穿着被海水浸湿的衣服，摇着头想把湿衣服弄松一点儿。蒂埃里以恶狠狠的语气和他打了招呼。信差是从比萨来的，说话时口音很重，但话说得很清楚明白。这个人鼠头鼠眼的，紧张地扭着双手。

欧文手里拿着西尼亚的凉鞋，凉鞋还滴着水，他站在她身旁，表明自己和她有同等高的地位。

"暴风雨太猛烈了，我的女士，"信差忧心忡忡地说，"港口有四艘船，都被拍碎在墙上了。货船全完了!"

女公爵把手放在信差的肩膀上。"货船上有什么？粮食吗?"

"是的，"他痛苦地说，"全都被大海摧毁了。我们的商店还够撑过两周，但如果再没有货运到，我们的人民就要忍饥挨饿。我们向奥西塔尼亚国王寻求帮助，但他的要价是货船价值的五倍。五倍!"

"你还找谁帮忙了?"她问道。

"最近找了怀特博宫廷，他们甚至不想倾听我们的请求，我的女士。而帝泉王宫市长说这不是他们国王所关心的事情。他说要怪只能怪圣泉带给我们的运气不好。”

欧文听到这样的回答十分生气，不觉撇起了嘴巴。

女公爵看上去十分伤心。“真是太可惜了。有人为暴风雨所伤吗?”

“是的，有几个小伙子溺水而亡，一家屋顶塌陷，把全家人都砸死了。但最大的麻烦是我们非常需要粮食，我的女士。您没有什么可以为我们做的吗?”

西尼亚转向欧文。“托拆利尼大人，这位是我已订下婚约的锡尔迪金的基斯卡登公爵。如果他在帝泉王宫，我敢肯定你会得到一个完全不同的回复。”她悄悄靠近他，不在意他浸湿的衣服，靠在他胳膊上。“你怎么说，我的大人?”她问欧文，“我觉得我们应该马上派两艘货船过来，减轻民众的痛苦，防止出现饥荒。你看怎么样?”

他觉得自己又一次被人操纵了，但他之前接受过她的慷慨解囊。七年前，遭到阿弗朗奇包围的时候，她曾派船援救。

“我们派三艘船过来吧。”欧文回答道，感觉到水从他的下巴和发梢滴下来。她满意地朝他笑着。

信差重新燃起希望，脸上洋溢着笑容。“谢谢你们！您二位都太慷慨了。我之前没听说您二位订婚的好消息。恭喜贺喜!”

“有些突然。”女公爵苦笑着说，轻轻捏了一下欧文的胳膊。“圣泉有所赐，也有所取。我们去年是个丰收年，还有余粮。放轻松些，托拆利尼大人。你这趟并没有白来。蒂埃里，请务必落实。”

“遵命，我的女士。”管家鞠躬说道。随后他送满脸笑容的信差离开。

西尼亚松开欧文的胳膊，转身冲他再次满意地微笑着，就像他通过了某个测试一样。

“你以为我是铁石心肠，对吗?”他哼着说，手里还拎着她的凉鞋。

她接过凉鞋，轻轻摇摇头。“不，我根本不是这么想的。”她把凉鞋甩到面前。“我总是会丢鞋，凉鞋啊、靴子啊。我比较喜欢光脚走路，甚至在宫殿里也是这样，虽然听上去比较让人吃惊。我的仆人们总会在奇怪的地方捡到我的鞋。我甚至大多数时候都不知道自己这样。谢谢你把我的凉鞋从海里救出来。”接着，她转身盯着大海，还有那渐渐变黑的天空。太阳在他们身后，在小海湾投下长长的影子。海岸边海浪声呼啸着，叹息着。

“你总是出手援助处在困境中的人吗?”他直截了当地问。

她把一些头发顺到肩膀后。“我为什么不这么做呢? 我们受圣泉赐福，生活的地方气候宜人。这里很少下雪，但降雨却很充沛。这是片绝佳的种植之地。”她犹豫地看了他一眼。“我们并不是好战的民族，欧文。但如果我们不得不战，我们一定会英勇作战。有些人想吞并我们的领土，为了保护我们，布伦登·鲁殚精竭虑、筋疲力竭。”

欧文抓了下胳膊，穿着被海水浸湿的衣服感觉不是很舒服。“我听说他离开城堡了。他是负气出走吗?”

她微微眯了下眼睛。“跟我来吧，我会告诉你的。”她提议道。欧文点点头，跟着她走过小海湾。“你要明白，布伦登·鲁生来就有保卫的使命。我父亲去世的时候，信任他，赋予他保护和守卫布里托尼卡的职责。那时我还只是个孩子。在你的王国里，和他在同等位置的人也许会篡权。很多统治者都认为他才是布里托尼卡真正的统治者。但我们的人民只认可蒙特福特统治他们。就像你刚刚所见到的，”她说，手指着正在爬上岩梯、准备离开海峡的蒂埃里和信差，“这传统并不是从我第一个开始的，但能维持住这个传统是我的荣幸。我们帮助那些需要帮助的王国。和你的公国相比，我们也许是个小公国，但我们觉得自己肩上的责任很重。”

欧文点点头，海风如刀子般刮割着他的全身，让他不由地打起了寒战。“我的国王有句名言。‘忠诚系我心。’这也是我的誓言。”

“我知道，”她说，“我之前有所耳闻。我确信这誓言有时会让你十分烦忧。”

他皱起额头。“你这话是什么意思？”

她偷偷看了他一眼，他能看出她的内心在挣扎要不要相信他。“我们的责任和义务会限制我们的行动。”一段较长时间的停顿后，她这样说。她这样回答表明他还没有赢得她的信任。

让他吃惊的是，她停下了脚步，站在海滩中间，然后双膝跪下。她把手指伸进沙子里，捧出一小团沙子。他浑身湿透了，也知道如果和她一样做的话，沙子会全沾在他的身上。她却毫不在意，心不在焉地玩着沙子，让沙子从手指间滑落。他们离海岸处的海玻璃已有一段距离，但他还能看到间或闪现的玻璃粉，就像这些玻璃粉粒因她而着迷一般。

欧文在她身旁蹲坐下，仔细打量着她的脸庞。“你玩巫哲棋吗？”他问道。

她脸上闪现了一丝神秘的微笑，随即消失。“是的。”

“改天我想和你下一盘，”他说，“我觉得你应该是为数不多能打败我的人之一。”

这话让她脸上泛出愉悦的神情。“我很小的时候就会玩巫哲棋了。我父亲教我的。”

“我也是从小就开始玩的。”欧文说。但他并没有提安凯瑞特教他的事情。“什么时候下一盘？”

她摇了摇头，然后敏锐地看着他。“如果你能提供巫哲棋盘，我就可以和你下。”她说这话的方式让他心中打起鼓来。她知道古巫哲棋盘藏在西马奇郡圣彭里恩喷泉里吗？圣彭里恩是莱奥内伊斯王国淹没后的遗迹。这是她第二次巧妙地提到它。他们面对着面，彼此都知道一些对方不知道的事情。他十分渴望知道更多的事情，但他并不觉得自己可以信任她。至少现在还不行。

“我很小的时候国王曾给过我一副棋盘，”欧文说，自认为给了她一个并不想听到的答案，“下次我会带过来。”

“好的。”她回答道，她的眼神显得更加小心谨慎了一些。

“为什么我觉得和你说话就像在下巫哲棋一样？”他轻笑道，面带挑衅地看着她。

“这是我的错吗？”

这是句轻柔的责备，但仍然是责备。欧文咬紧牙齿，让自己平静下来。“不。”他回答道。他决定冒一次险，说一些他们两个都知道的事情。“我来这里没有指望娶你，西尼亚，”他沉下声音说，“我过来是因为我的国王下了命令，我必须听从于他。布伦登·鲁不会像我这么愚忠吧？”

她举起一只手让沙子从指间滑下，用另一只胳膊撑起自己。“他忠于我，正如你忠于你的国王。我觉得不同之处在于他忠于我，是因为他尊重他所效命的人。他并不害怕我。”她与欧文目光相遇，欧文吞了下口水。

“塞弗恩·阿根廷并不是人们口中所说的那种怪物。”他辩护道，又开始说出他曾经的观点，曾几何时，这个观点已不再正确的。安凯瑞特告诉过他，塞弗恩会被别人的评价所影响，他知道这是真的。

西尼亚又低下头，用手指划出一个圆圈。“我觉得他变成了那个人人口中所说的怪物。”她眨了眨睫毛，她抬起头看他的时候，感觉她的眼睛看透了欧文。她的表情在说，同样的事情有没有在你身上发生？

欧文不安地动了动。他不喜欢这段对话的走向。

她一定注意到了他的反应，因为她转换了话题。“接触密切的人会变得相像。阿根廷家族的脾气可是远近闻名，尤其在我们这些地方。第一位阿根廷国王让自己的三儿子娶了布里托尼卡的女公爵，你知道这件事吗？”

“我知道。”欧文说，多亏了伊薇渊博的历史知识，他们常常讨论这些事情。

“那真是段不幸的婚姻。”她说，用她手掌抹平自己刚刚画下的圆圈。“国王对她不忠，她反叛了，想让自己的儿子继位。欧文，你有没有这种感觉，过去的事情仍在重演？看看潮水是如何朝我们冲上来的。再过几个小时，整个海湾都会浸在海水底下。然后海水会再次退去。潮起潮落，湿了又干。我有时是这样觉得的，历史是无法逃避的。”在她声音中有种焦虑的祈盼。她没有看欧文，就像她突然觉得害羞了一样。

“你在问我会不会背叛你，对吗？”他说道，内心翻江倒海，因为她观察到了事物重现这一本质——这是他自己也经常考虑的问题。

她噘起了嘴。“你承认你来这里和我订婚是受命于你的国王。他不会一直做国王的。没有人可以。”她双手不再在沙子中动来动去，突然手指一紧，成爪状伸进沙子里。她内心因某种不能言说的情绪而挣扎着。“这对我们的婚姻可不是一个好兆头。”她轻声补充道。

欧文怀疑她知道他过去与伊蕾莎白之间的事情。他心如刀绞，又一次咒骂塞弗恩逼迫他喝下的毒药。那是杯苦酒。女公爵是在质问他把一个漂亮女人带在身边的动机吗？她甚至还知道埃塔伊内是个毒药师吗？

他感觉自己头脑昏沉，苦不堪言。海浪冲向他们，很近，他们可以看到泛出的泡沫破裂，沙子吸吮着海水。

“我们还是走吧。”西尼亚说着，坐直身子，拍干净双手。欧文蹲坐在原处，双膝酸痛，慢慢站起身。随后他勇敢地伸出手，扶她站起来。

她对欧文伸出手帮扶很是吃惊，但脸上露出一丝满意的微笑。她的手很温暖，他能感觉到还有零星的几粒沙子沾在她手上。他把她拉起来，她站直身体，把裙子上的沙子抖落。

“谢谢你。”她说，开始远离要冲上来的海浪。大海在地平线上平坦灰白。

她又把凉鞋落在了身后。他笑了笑，弯腰把凉鞋捡回来，小心谨慎地盯着海浪。虽然他追上了西尼亚，但他并没有马上把凉鞋还给她，而是等他们走到光滑的岩石上，她开始找凉鞋的时候，他才给了她。

当她意识到欧文拿着凉鞋的时候，尴尬却安心的微笑在她嘴角浮现。

“你的父母和兄弟姐妹会在柱厅和我们共进晚餐。”她说，一边背靠着石头保持平衡，一边把一只潮湿的凉鞋穿在脚上。“我觉得你也许想见他们。我知道洁西卡已经告诉你了，他们都在这儿。她对我来说弥足珍贵。”

“我确实想。”欧文说，感激之情涌上心头，即使他知道她是故意为之。“谢谢你。”他过来找她，是为了找个借口赶紧回帝泉王宫解决德鲁的事情。但他们之间的对话改变了他的想法，也许他至少应该留点时间看看他的父母。

“不用谢。”她说，又冲他笑了笑。就在她准备走开的时候，他抓住了她的手腕。

“你知道我为什么要来布里托尼卡吗?”他直截了当地问她。

她看上去陷入了沉思。有那么一瞬间，她看上去很是忧虑恐惧。这种情绪很快被压抑下去了，但他还是注意到了。她迟疑了一下才回答，心情不那么轻松幽默了。“巫哲棋的关键就在于，”她莫名其妙地回答道，“预测对手的下一步棋，不是吗?”

基斯卡登大人：

国王命令您即刻返回帝泉王宫。这个消息丝毫没有夸大其词：埃里克和当斯沃斯从塔里逃出去了。毋庸置疑，守卫要么被人贿赂了，要么被杀死了，今天早上根本没有人看管他们。我们派人带着猎犬去追捕他们了。他们似乎往上游逃去。您一定能想象得到此刻躁动不安的情形。我们有没有能更直接联系到您的方式？但愿您在收到这封信的时候我们已经把他们抓回来了。我从来没见过国王如此愤怒。即刻返程吧，我的大人。

凯文·艾默雷

帝泉王宫

第十二章
叛徒

在与父母见面之前，欧文换上干净的衣服，因为他的衣服先前在海滩上全被打湿了。对于和亲人相见，他还是非常焦虑担忧的，不仅仅是因为这次见面始料未及，还因为分开这么多年了，他不知道父母和兄弟姐妹会如何对待他。

他根本无须担忧。

他父亲头顶全秃了，两鬓和后脑勺还剩下一圈银灰色的头发，剪到接近头皮的长度。他的皮肤上有些许雀斑的痕迹，满是皱纹，但他仍然健康矍铄。母亲的眼角有鱼尾纹，但她精神状态很好。欧文一走进房间，她便充满母爱紧紧地把他揽入怀中，不停地亲着他的脸颊、耳朵，还有他头发中的那小撮白发。接着，她抓着他那时髦长袍的前襟，把他拉近，他们的鼻子都快碰到一起了。

“我每时每刻都在想着你。”她低声对他说，用那样灼热的目光看着他。她的声音因为情绪激动而沙哑起来。“没有一天不想你。听到关于你的一点儿零星消息我都高兴得手舞足蹈。作为母亲，我一直深爱着你。虽然你现在比我高了，但你还是我的小奇迹。”

洁西卡脸上洋溢着笑容，拭去眼角的泪水，等待轮到她和欧文再一次打招呼。随后一家人围住欧文，把他簇拥在中间。虽然彼此有些陌生，但他能感觉到，他小时候在塔顿庄园的记忆开始从过去的阴霾中渐渐浮现。

“欢迎来到普勒默尔，”爸爸说，“我迫不及待想要听听你的冒险经历了。”

“你一定要全都告诉我们。”洁西卡恳求道，拉着他的长袍袖子。

受到过度关注，欧文往往会感到有些不适，但如果这关注来自亲人，就变得有些不同了。透过人群，他发现布里托尼卡女公爵在一旁看着他们家庭重聚，并不参与进来。她是有意促成这场家庭重聚的。

他还不是很确定她的意图是什么，但无论怎样都心怀感恩，他朝着屋子另一头的她点了点头。

“你*真的*像他们说的那样是泉佑异能者吗?”他另一个姐姐安问道。她一头金色长发垂及腰间。他对她还有些模糊的印象，她常常坐在窗户边盯着窗外，一直不停地梳着头发。

“给我们说说阿弗朗奇之战吧!”洁西卡提议道。

“我才不在乎战役或者战争，”妈妈以一种责骂的口吻说道，“你真的是来这里娶公爵女士的吗? 胆子大的人，一定会怪罪你妈妈没有把你的礼仪举止教好。”

“一言难尽啊!”欧文最后说。

月亮在天空中发出银色的光，欧文和西尼亚肩并肩走出柱厅。他们身后有仆人随行，个个睡眼惺忪，因为时间已然不早。空气清新，天气温和。欧文欣赏着天空中闪烁的繁星。

“晚上总是这么亮吗?”他问道。

“雾很快就来了，”西尼亚说，“通常都是如此。”

“我不想骑马上城堡了，”他坦白说道，“你乘车还是骑马？”

“通常都不。”她调皮地笑着答道。她眼中暗藏的顽皮让他回应了她的微笑。

“这边来。”她说，带着一丝占有欲，抓着他的胳膊，把他拉到柱厅后面。那里有很多工人正在从货车上卸下板条箱。西尼亚走近的时候，他们尊敬地脱帽行礼。西尼亚冲他们微微一笑，领着欧文走到有一小群人、马和货车拥簇的地方。

“你看到了吗？”她问道，指着前方。工人们正在往板条箱上绑粗绳子。这些绳子连接着某种吊车，和载驳货船码头用的一样，只是欧文看不到顶端。他伸长脖子，发现他们在悬崖脚下，宫殿高高在上。

“你开玩笑吧？”欧文说，回头看着那些板条箱。

“这又不是从悬崖上掉下来。”她说，拉上他一起。工人们似乎在等她。几个随行人员摇了摇头，说他们还是骑马上去，她和善地应允了。

“上去吧。”其中一个工人说，扶着西尼亚的腰，把她举上其中一个板条箱。板条箱四个角各挂了一条绳子，四条绳子在上方通过金属勾环拴在一起。欧文仔细打量了一会儿这巧妙的装置，心想不能输给她，也跟着上了板条箱。

“你要坐在那边，”她说，指着板条箱另外一端，然后双手抓住绳子，“否则板条箱无法平衡。”

欧文感到一阵恐惧，当其中一个工头发出信号时，这种感觉变得愈发强烈。一阵刺耳的咔哒声袭来，随之而来的还有绳子突然的晃动。欧文的靴子离开地面的那一刻，他内心充满了恐惧。西尼亚甜美地笑着。他转过头，看到微风抚弄着她那一头秀美的长发。

“不要害怕，”她说，语气突然严肃起来，“什么事都不会发生。你看到码头了吗？那边！”

她又指了一次，这一次他因为为她担心而心生恐惧。他想要告诉她停下来，可她看上去安然自得，就像在海滩边一样。他们上升的速度很快，脚下的屋顶变得越来越小。各式船只有晚上才停泊在码头上，白天进货。板条箱的重量使绳子发出咯吱咯吱的声音，板条箱微微晃了晃，欧文不由握得更紧了。这种感觉很奇妙——像小鸟飞翔一般。

“谢谢你安排的晚宴。”欧文对她说，惊奇地看着一大片雾浮现在海面上。他能看到远方岛屿上圣母殿的灯光。

“不用谢，欧文。我觉得你应该想要和家人共进晚餐。”

她考虑得很细致周到。但她仍有很多事情是他不了解的。仿佛雾里看花，让人捉摸不透。

“你看到阿弗朗奇了吗？”她问道，“就是海平面上那一点光亮。”

“我觉得我看到了，”欧文说，“你经常这样吗？”

“我小时候经常这样。”她回答道，侧脸看着他，几乎是知会一瞥。“我喜欢探索。”

“那我们在这一点上是一样的。”欧文回答道。

“也许你想和我一起逛逛公国？”他们快到板条箱要着落的地方时，上面的机器发出的噪音越来越大。

他不确定自己是否想要拒绝，但他需要返回帝泉王宫。埃塔伊内也许正焦虑万分呢，保护德鲁是他的责任。

“我会考虑的。”他回答道。她似乎对这样的回答有些失望。

欧文回到俯视普勒默尔的城堡房间时已是深夜。他想不脱靴子就一头倒在床上，但桌子上还有一大堆信等着他看呢。

“你今晚见你家人了，”埃塔伊内说，从拉着窗帘的阳台上溜了出来，“我以为你会更早些离开呢?”

欧文揉了揉眼睛，心中还鲜活地沉浸在刚才那动人的重聚中。“我觉得今天必须要待在这里。”他平静地说，手指压在那沓信上。“这些信什么时候来的? 还是昨天那些信生出来的? 这么大一摞，要花大半个晚上才能读完，我们要更迟才能出发了。”这话听上去那么易怒，他不禁扮起鬼脸。

“我可以留下来，帮你看这些信，”埃塔伊内提议道，“凯文的来信我放在那边了。法恩斯今晚早些时候送来几封信。他说那封是急信。”

欧文的手指在头发里搓着，皱着眉头。“要是再有什么坏消息，我真要拿鞭子抽他了。”他喃喃自语道。埃塔伊内似乎很想和他说话，但她似乎觉察到他心情不好。“我同意你留下来帮我。”他说着，把半堆信推向她。“我没时间追求女公爵，然后去管理一个公国，同时还要管理‘艾思斌’。”他摇着头，“今晚这些重担都压着我。”

她同情地看着他，然后坐在他身旁。她从那么大一堆信件中拿起一封，打开密封。“你父母还好吧?”

欧文抓起一封信打开。“看起来很好。他们不是人质，这一点很确定。我姐姐和我说的一切都是真的。他们用了奥西塔尼亚的姓氏，是为了隐藏自己的真实身份。他们在西面的山上有一座宽敞舒适的庄园，我父亲负责监管贸易税收。我母亲没想到我怎么变成现在这个样子了，”他笑着说，“毕竟已经十六年了，她只记得那个抓着她裙子不放的小男孩。”他吸了口气，快速扫着信，读完后扔到一边。“我不明白为什么女公爵给他们那么多恩惠好处。如果换作塞弗恩，绝不会这么做。”

埃塔伊内低声表示赞同，同时拿起另一封读起来。“求婚的事情怎么样了？”

听得出这是想套他的话，欧文苦笑了一下：“我觉得这事就看怎么看它了。”他的回答小心谨慎，因为要顾及她的感受。“国王深信联姻的建议会激怒布里托尼卡。如果这样看，他的计划完全泡汤了。西尼亚看来预见到了他的这一举动，甚至在我还没来之前就做好准备要嫁给我了。可怜的女孩啊。”事情之荒谬，让他想笑。“布伦登·鲁大动肝火，偷偷跑到自己的庄园静思去了。”

“不，他并没有。”埃塔伊内轻声说。

这话激起了欧文的兴趣。“这是什么意思？”

“我们在去城堡的路上看到他的人在守卫森林。我乔装打扮想去看看那个地方，可不管我用什么办法，都没办法骗过哨兵。他们都十二万分警惕。他们不想让我们看到什么？我理解不了。”

欧文看着她，眉头皱了起来。“你确定那是布伦登吗？”

埃塔伊内点点头。“我没看到他，但一个哨兵说漏了嘴，说他本人在里面。”

“他知道你要去，”欧文生气地说，“他似乎总是知道！”他的拳头重重地锤在桌子上，满是挫折感。“他假装生气是一种策略，原来是在耍花招。我本应该看出来的。他肯定是在我们到这里的那天晚上就去了树林。”另一段记忆如箭杆一般刺进欧文的脑海中。“等等。”

“什么？”她催促着他，眼中满是迫切的神情，那堆信暂时被抛在脑后。

“那是好些年前的事情了，阿弗朗奇市长投降于我，交出城市。有些人来北方找我。鲁元帅的一个骑士——是个身材魁梧的男人，也是阿弗朗奇的律师。”欧文开始踱来踱去，头脑在飞速运转，回想那个时候的事情。他快速地打着响指。“当时有些争执，关于狩猎森林的边境争端。那个骑士想要确定我不想入侵布里托尼卡的边境，尤其是那片森林。我当时什么都没多想。我根本不喜欢狩猎，也没空!”他转过身，看着她。“鲁不想让我们看到那片树林里的什么东西。我不确定西尼亚知不知道里面到底是什么。”他摇着头，“或许这就是错误的假设。她远远比她看上去要聪明得多。”

“此话怎讲?”埃塔伊内问道，走向他。

“今天我们两个谈话的时候，她好多次都在暗示些什么，就像试着引导我问某些特定的问题，比如巫哲棋，”他说，举出一个例子，“我发出和她下巫哲棋的挑战，她看我的表情很奇怪，还说需要我提供棋盘。”

埃塔伊内脸色一沉。“你觉得她指的是你藏在圣彭里恩的那个棋盘吗?”

欧文举起手。“这也是我怀疑的。但她说的话不痛不痒，完全可以有各种意思。我觉得我卷进一场游戏中，这种感觉已经困扰我好多年了，让我很挫败的是我还没有发现任何规律。”

“你可以直截了当地问女公爵啊。”埃塔伊内建议道，调皮地看着他。

“要怎么问这样一个问题呢?”欧文笑着说，“我觉得你对我隐瞒了什么，我的女士。我想保守我自己的秘密，但你能说说你的吗?”他拍了拍嘴。“不，我会自己查出来的。我需要弄清楚是什么让那片森林充满了圣泉魔力。我们需要想出个办法骗过那些守卫。我们需要的是……”他顿了顿，睁大了眼睛，“乔装打扮。”

他严肃地看着埃塔伊内。“你的能力就是我们需要的。乔装打扮成当地人不能帮你通过，但如果你看起来听上去都像西尼亚，他们是不会阻拦你的。我今天和她待了一段时间。你可以使用我的记忆，就像你之前做过的那样。”

埃塔伊内的眼睛闪着淘气的神情。“我要是也把你乔装打扮一番呢?”

他盯着她。“你觉得你可以做到吗?”

“让我试试，”她说，“再等一会儿。我在想我可不可以乔装打扮其他人，不仅仅是伪装自己，这是一次绝好的机会，可以让我试验一下。鲁也许能感觉到这种能力，但如果他身在森林里，那里已经有那么强大的圣泉魔力了，他也许就察觉不出来。过来，我需要摸着你帮你乔装打扮。”她伸出手，抓在他的胳膊肘处，然后向圣泉敞开自己。他马上就感觉到了，不止一次地感到惊奇，这些年来她的能力增长了那么多。

他感觉到魔力在一股股温暖柔和的波浪中洗刷他的全身。同时他感觉自己身体的一部分在抵抗，有一种对抗的感觉阻止其他人改变他。但他允许这种对抗力浸没全身，小心保护着自己核心部分的完好无缺。

“看看你自己!”埃塔伊内兴奋地呼吸着，双眼亮了起来。她还抓着他的胳膊，把他带到一面大镜子前面，他能看到自己的影像。

他几近吃惊地看到鲁元帅在盯着他。他反反复复地看，镜子里的人似乎有些闪动，但他允许埃塔伊内的符咒留在自己身上。圣泉赋予他的能力让其他泉佑异能者的魔力无法在他身上施展。据他所知，他这一能力是独一无二的，没有人会怀疑他的伪装。欧文举起手摸着自己的下巴，看着镜子里的人模仿着他的动作。

“你成功了，”欧文呼着气，“你还能伪装自己吗?还是你必须要把注意力集中在我身上?”

女公爵突然出现在他身边，她的手搭在他胳膊上，就像他们两个是舞会的客人一般。“对于我来说，”她告诉欧文，“这个魔力就像在我肩上担着重量一样，魔力用的时间越长就越重。这些年来，我一直在逼着自己不停锻炼。但如果有其他东西辅助伪装的话会有帮助。看到我是怎么把你的长袍改成印有乌鸦标志的标准装扮了吗？这需要集中注意力。如果我偷拿一件你的长袍，这会减轻我的负担。现在我使用魔法的能力强大了不少，欧文。我能让这假象持续一段时间，我们只需要以此通过哨卡。当然，如果鲁还在他们中间，就不管用了。”

她将魔力驱散，欧文惊奇地看着幻象立刻在他们眼前消失。她坚定地看着镜子中的他。“我可以不仅仅给我们两个施魔法。通常来说，我要帮助伪装的人越多，代价也就越大，而伪装保持的时间也越短。”

“你太棒了。”欧文说，同时看到因为他的赞美，一缕红晕爬上她的脸颊。

“是你教的我。”她回答说。

“我觉得那些树林一定藏着其他线索，也许可以帮助我们搞明白他们到底在背后玩什么把戏。我不喜欢输。”他声音中充满了抱负。

“没有人喜欢。”她说，同时抓着他的胳膊。“看信吧，看完我们就可以走了。”从她脸上那洋洋得意的微笑表情中，他可以看出她很开心自己取得了成功。这不禁让他咯咯笑了起来。但随后他的目光就落在了那堆信上，他哼了一下，抓起一堆信，拿到躺椅上，颇为疲倦地把腿随意耷拉在扶手上。他拆开另一个封印，快速读着信，然后扔到一边。

这时他想起埃塔伊内说法恩斯带来的那封紧急来信。“法恩斯拿来的那封信在哪儿呢?”

“那封，有块污渍的那个。”

他找出那封信，撕开。他看信的时候，胃里搅动起来。他把腿从扶手上放下来，双脚站在地上，心跳加快。

“不。”他忧郁地喃喃道，觉得这事情越来越棘手。埃里克和当斯沃斯逃脱了看守，他们消失了。欧文信任凯文，让他看守他们两个人。到底发生了什么让这事情都变了？

“怎么了？和我说说——你的表情吓到我了！”

他的心在胸中重重地捶打着。“我不能相信。怎么、怎么会发生这样的事？”

“告诉我！”她问道。

“埃里克和当斯沃斯逃走了，”他沮丧地说，“他们看守森严，‘艾思斌’本应阻止这样的事情发生。”他咒骂着这些如洪水般袭来的件件麻烦事，这些事动摇着塞弗恩的残暴统治。“我要马上回去，”欧文说，又瞥了一眼信上的字，“我跟你说，埃塔伊内，我真心讨厌这样！一直要保卫这个人，我……”他克制着自己，皱着眉头，吞下苦楚，不让任何反叛的话从他口中溜出。“对圣泉发誓，为什么我们要一遍又一遍地经历这些？这是因为布鲁格。这是马克斯韦尔在从中作梗。我能看到他制造的诽谤玷污。他想要成为所有人的主人、统治者。塞弗恩是最强大的统治者，因此他接收到了最多的敌意。这不断的争斗，这永无止境的阴谋诡计，让我作呕。”他叹了口气，摇着头。“女公爵想要说服我，在接下来几天留下来参观布里托尼卡的其他城镇。我希望自己有自由可以这样做，可惜我们必须即刻动身。”他还未来得及仔细思量，这些话就脱口而出。埃塔伊内脸上受伤的表情让他有所收敛。他揉了揉眼睛。“怎么了？”

“只是你看起来要违背自己的誓言了，”她回答道，“你曾经发过誓，你的心已经死了，欧文。你说过要我提醒你，以防你失去理智。”

他并不感激她这番提醒。“去叫醒法恩斯。”他对她说，努力克制自己怨恨的语调，以防事情越来越糟糕。“把他带过来。我们要恳请他们原谅，我们今晚必须离开。”他打着响指。“事实上，我和你要先行出发，和以前一样，这样我们就可以在那片森林里先停留一会儿。他可以留下来，安抚受伤的情绪，帮我们寻找借口。”安排我的婚礼。他及时住口，才把已经到了嘴边的话又咽了回去。

“我去把他带过来。”她说，她离开的时候眯起了眼睛。

门关上后，欧文又读了一遍凯文的来信。我从未见过国王如此生气。欧文不太确定如何理解这句话。但心中那种不安的情绪如水蛭一般吸吮着他。

如果出逃的贵族最后终于被抓回来，塞弗恩会怎么做?

艾瑞德会如何对待那些威胁自己王位的人呢?

欧文转过身，盯着紧闭的房门，想象着自己可以听到毒药师渐渐远去到大厅的脚步声。

他又从那堆信里抓起一封，上面印有国王的封印。他吃惊地眨着眼睛，迅速拆开。

字迹潦草，纸上沾着污渍，但他能认出这是国王的笔迹，这封匆忙间完成的来信是写给欧文——西马奇郡的基斯卡登公爵的。

我知道你背叛了我。

第十三章
威胁

国王的亲笔短信在欧文胃里豁开了一个坑，其中充满了恐惧之情。他觉得自己再次变成一个孩子，一个困在恐惧监狱里面的无助之人。他喉咙紧锁，汗珠不停地顺着脸颊滴下来。他倒在身边的躺椅上，这是唯一不让晚饭吐出来的做法。这是一场他很快就要输掉的战役，几次疼痛的预警之后，他冲进卫生间，冲着厕所大声呕吐。他蜷缩在那里，倍感羞愧，随后瘫软在地板上，就像骨头化成了纸片一般。

他坐在那里待了很久，仔细琢磨着国王的来信。他已不再是个小孩了，他不再是那个无助的小男孩了，现在他是个男人，需要表现出男子汉气概。虽然他的心脏因为绝望而沉甸甸的，但他苦思冥想，努力想清楚到底发生了什么。

国王指的可能是什么？他终于知道欧文小时候在帝泉王宫被安凯瑞特所救的事情了吗？这可是曼奇尼带进坟墓的秘密。只有他、埃塔伊内和伊蕾莎白三个人知道真相。他皱起了眉头。不，国王不可能知道。难道他发现了被欧文救起、然后藏起来的小男孩德鲁的真实身份了吗？国王之前让他调查这个小男孩是怎么到北方的。国王让他做的事情，他都做了，但他努力确保什么线索都查不出结果。或许是宫廷里发生了什么事情——也许凯瑟琳作为母亲的直觉让她发现小男孩是她的孩子。欧文的胃里搅得更厉害了。这完全有可能，他们离开之前，凯瑟琳就已心烦意乱；也许她发现了真相，又不小心以某种方式泄露了出去，然后国王施用魔法，劝她说出全部真相。

是的，这个可能性最大。他吸了口气，突然想到另一种可能性。埃里克从塔里逃出去了。和这件事也有关系吗？是凯瑟琳帮她丈夫逃出去的吗？这个小家庭想要一起逃走吗？他用手指敲着额头，低声咒骂着。

我知道你背叛了我。

该怎么做？怎么回复？一封信中，他被紧急召回帝泉王宫，帮助解决逃走俘虏的事情。在另一封信里，他又被指控背叛。这两封信是同时到的吗？国王的那封信上并没有写任何日期。他手握成拳头，重重击打在地板上，心中满是沮丧挫败之情。

他能有什么选择？他可以不听从国王的命令，但这样就等于承认了自己的罪责。他怀疑自己在沙特里约恩宫廷是否还受到欢迎。他知道奥西塔尼亚国王对他又恨又怕，洁西卡也证实了这一点。这一想法让他感到羞愧。这是懦夫的做法。他想到了那个黄褐色头发的小男孩，那个圣泉委托他保护的人。他不能卸下这份责任。

另一个办法是他完全听从国王摆布，承认自己的谎言和欺骗。试着说服塞弗恩，让他退位，把王位交给这个小男孩。之前没有任何一个锡尔迪金的国王主动让位。伊薇给他讲的那些王国的历史故事里，国王都是被迫交出王位的，而且一般都是公爵造反，迫使国王退位。换了一个角色，一次又一次地重演——就像水车在河里不停地旋转。

他坐在那里很久很久，从他那不整洁的胡须中拽住几缕，审视着自己那渐渐糜烂的良知。那个折磨他多年的问题又跳进脑海里：自己能造反吗？没有其他任何一个公爵有这样的实力。凯茨比刚刚就任，未经考验，此外他还在劫掠霍瓦特公爵的领地。他找不到任何一个愿意为自己出生入死的人。东斯托郡的杰克·保伦吗？真可笑。洛弗尔很早就已经和塞弗恩成为朋友，他是忠于塞弗恩的。虽然自己这么做是出于好心，但他们完全没有能力把大家动员起来。

欧文很了解塞弗恩，国王不会没有做好万全之策应对可能的造反就送来这么一封信。事实上，欧文想，很可能已经有士兵在塔顿庄园等着他了。国王在逼他造反吗？可能性太多了。他推测着各种各样的可能性，两两权衡对比。这是圣泉赋予他的能力。

“欧文？”

他没有听到开门的声音，但他能听出来是埃塔伊内的声音。他在厕所完全忽略了时间，自己周围的环境也模糊不清。他试着用颤抖着的双腿站起来。他一定弄出了什么响声，要不然埃塔伊内也不会匆匆冲进来，当她看到欧文脸上的表情时，她睁大了眼睛，满眼都是恐惧。

“你病了吗？”她问道，冲到他身边，摸着他的脸，仔细检查着他的眼睛和嘴巴。显然，她担心他被人下毒了。

“我没生病，”他说，避开她的检查，“啊，不是那样。”

“我看到你没锁门，所以我就在外面等着，”她激动地说，“我进来的时候没看到你，以为你已经出去了。”这时她的声音中透出越来越多的慌乱。“怎么了？”

他终于站起来了，看她那么关切地看着他，不由开始担心自己的样子。他不想大声说出塞弗恩信中写下的这些字眼，于是把塞弗恩写的信塞到她手里。

她看的时候脸都白了。

欧文绕过她走出厕所，他注意到那团小火都要烧没了。唯一的光线来自埃塔伊内拿过来的那根蜡烛。也许现在已经是深夜了。他伸了个懒腰，一天的奔波让他疲惫不堪，但他脑子里满是这两难处境，难以休息片刻。

一阵蹭着地的脚步声走到他身后。“我不会让他伤害你的。”她用低沉略带威胁的声音耳语道。

他转过身，看到那双透出凶狠目光的眼睛，严肃的表情似乎在告诉他，她会谋杀国王，只要他愿意尝试。这给了他一点小小的安慰，还有人这么在乎他。

“我不会让你去——”

“不需要你让我去!”她激动地说，“我们两个都知道，他完全不值得你如此效忠于他。你一直都有能力推翻那个暴君。我会先走一步。他们甚至都不会知道是我做的。我为什么要问你？我应该现在就走，去做这件事。”

“不，”他一边说，一边摇头，“如果塞弗恩要死，也是战死沙场，而不是死在床榻之上。这个传统根深蒂固，埃塔伊内。我甚至在想，如果我叛变的话，人们会支持我的。”

“他们会支持你的。”埃塔伊内使劲地点头，“就这么做，欧文。以圣泉之名，做吧！自己称王，然后把王位给那个小男孩。你可以成为保护者。民众会接受你的。他们爱你!”她稍微顿了一下，但他能觉察到她没有说出口的话。

“我必须要回去面对他。”欧文说。

她看着他，惊讶万分。“不！这样做太蠢了。你下一次进帝泉王宫，应该是去包围城堡。”

他摇着头。“不，我要回去，面对他。”

她走近欧文，紧紧抓着他的手，和他十指相扣。“他知道怎么杀死泉佑异能者！我不会让你这么做的。”

“让我这么做！”他说，抓着她的胳膊，把她轻轻推到身后。“埃塔伊内，我指望着你帮我解围呢！我要去面对他。他不会把我扔进河里的。那里会有审讯的。也许事实真相最后要公之于众，关于埃里克和那个小男孩的真相，关于凯瑟琳的真相——她是另一个男人的妻子！如果国王不讲道理，如果我必须要动用武力逼迫他，那我需要你来救我。我不认为……”他停了下来，摇着头。“我知道他残酷不仁，但我觉得他不会杀我的，再说我回去是臣服于他。他在期待着一场叛变，毫无疑问，他已经为之做好了准备。他可想不到我会这样。”他叹出一口气。“我必须要相信自己的直觉。我必须要相信圣泉赋予我的天赋。这样做无疑是正确的。”

她的表情慢慢变得柔和了起来。她把手指压在嘴唇上，开始踱来踱去。“我先你一步，乔装打扮，当然。我会查出到底发生了什么，看看‘艾思斌’知道些什么。”她用灼热的目光看着他，“如果他已经在准备让你赴死，我是不会让你屈服于他的。”

他微微笑了下。“说得好。你告诉法恩斯我们要走了吗？”

她快速地点点头。“我准备好马匹和易容装备了。我们骑出去以后就可以换装了。”

“我现在不想睡觉，也睡不着觉，”他笑着说，“你一定要让我活下来，埃塔伊内。我需要你。”

她看上去平静了很多，眼睛中的怒火也消退了些。“你还想在出去的路上看看那片树林吗？”

“嗯，”欧文轻声说，“他们藏着秘密。我烦透了秘密。”

布里托尼卡的溪谷在晚上格外宁静。一阵薄雾从海面席卷而来，给空气增添了一丝神秘的气氛，也利于他们藏身，不被其他人发现。天空中看不到一颗星星，薄雾下的路看上去略有不同，但欧文有外援。他能感觉到圣泉在吸引着他走近那片树林，就像圣母殿里的塔钟发出隆隆钟声，为他指引正确的方向。薄雾中的露珠沾在他的睫毛上，眨眼的时候可以感觉到露珠的湿润。

土地肥沃，土壤的味道飘散在凉爽的微风中。他穿着铧甲，但外面穿着印有布里托尼卡黑乌鸦图案的长袍，而不是他自己公国的标准长袍。埃塔伊内跟着他，他能感觉到她在沉思。也许她已经设计出十几个不同的办法，让欧文不受这种责任感的折磨。他很庆幸史蒂夫·霍瓦特已经去世了，他可见不得这位老人眼中的绝望之情。然而，毫无疑问，雅各一定会愿意加入反对塞弗恩的叛变，因为这么做意味着可以帮助伊薇重新继承外祖父的领地。

他们骑在马上静静前行，离开海岸，越来越深入内陆，雾也越来越浓重。他们一刻未停，黎明的第一缕光线开始洒在天空。他不知道他们走过多少里，但他觉得很快就要到树林了。他感到他们越来越近。

“在那里。”埃塔伊内说，用手指着。

地平线处有山丘树林，比渐渐亮起来的天空颜色深一些。他们走近了些，他注意到路上有什么东西在动，仔细一看，是骑士们的白色长袍挡住了他们的去路。

欧文戴起有链甲的蒙头斗篷，遮住头发。他的剑在皮带间准备就绪，但他希望不要使用武力就可以通过那里。他们越走越近，他感觉到变身的时候，从埃塔伊内身上传来的魔力流遍了他的全身。他没看她，但他用自己的思想向埃塔伊内提供魔力补给，为她提供点点滴滴记忆细节，这样她就可以让幻象更加真实可信。

在他们靠近的时候，一些受惊的士兵们手提着灯笼。没等士兵示意，他们就勒住了马。

“我……我的女士！”骑士辨认了一下之后喘着气说，显然看到布里托尼卡女公爵在黑夜里骑行十分诧异。“您……您深夜到这里有什么事吗？”他看上去绝对是受到了惊吓。

埃塔伊内傲慢地低头看着他。“遵从圣泉之意。”她说，说话的声音与西尼亚完美一致。

“保佑圣泉。”骑士说，毕恭毕敬地鞠了一躬。他们撤到一旁，不再多问一句话。他们骑过的时候，欧文藏起微笑。他想要表扬她，但担心其他人听到。路上守卫的士兵没有一个人跟着他们，尽管他能听到这些士兵互相之间的喃喃低语，像往常一样闲聊着。

他们骑在路上，天空变得越来越明亮了。欧文的心跳加速，他们离目的地越来越近。他能感觉到右手边树林里传来的圣泉魔力。那里的树木格外浓密，骑行通过也就不那么容易。

把马留在这里。

这低语十分明显，也让人惊诧。欧文急忙拉住马缰，停了下来。已经有一段时间圣泉没有和他直接对话了。

“怎么了？”埃塔伊内问道，声音中充满恐惧。

他下了马，她也尾随着他。欧文把马牵到路边，把缰绳拴在一个树枝上。她也照做了。

“剩下的路我们走过去，”他说，“不远。圣泉告诉我把马留在这里。”

“它和你说话了？”她问道。

“是。”

他们一起走进树林，地面突然变得凹凸不平，到处都是骗人的足迹。出于本能，他抓紧她的手，以防两人在阴暗处走散。几只鸟儿啼叫着，迎接即将来临的黎明。埃塔伊内让欧文领着她，他能感觉到她经过长途骑行而双手冰冷。她偷偷看了他一眼，欧文假装没注意。

欧文能听到喷泉或者小瀑布发出的水声从前方传来。每多走一步，他的好奇心就增长了一分，他内心涌出的担忧恐惧也加深了一步。枝杈划着他的脸，他用一只胳膊把这些枝杈挡拨到身后，清出足以让两人通过的空隙。他不想弄出一点儿声音，但他们在树林里行走弄出的噪音就像有一支军队同行一般。

树林之间围着一小片空地，四周都是成堆的巨石，如房子一样又高又大。古树参天，一些小树从岩石裂缝中生长出来。青苔地衣爬满岩石，在渐渐褪去的阴暗中很难看清。水从岩石中流出，瀑布的潺潺流水不断滴下来。靠近些，欧文看到一棵蓬头橡树倚靠着岩石生长，孕育着树枝、树叶和橡果。水滴似乎是从盘根错节的树根处流出。他们穿过树林的时候，地面变得越来越险峻陡峭，一条流淌的小溪从卵石和橡树之间流过，而后又消失在树林之中。

“看。”埃塔伊内说，握紧他的手，用她的手指指着。

在多石的地面上有一座大理石柱基——一块像祭坛一样的平坦石头，一看就是人工雕琢而成的，放的地方离那些巨石很远，与树木之间洒满了碎石。在那座平坦的大理石块上，放着一个银碗。一条铁链把银碗拴在一个圆环里，嵌在大理石另一边。铁链盘得很松。

这是魔力的来源之处。欧文感觉到力量从碗里而来——这种力量轻轻敲打着他的脑袋，将魔力注入他的魔力宝库之中，渐渐溢出。虽然他睡眠不足，十分焦虑，但他感到充满生机活力，思维活跃，头脑清楚。

“这是什么地方?”埃塔伊内敬畏地问道，盯着这些巨石、树木和毫无遮掩的天空。天空中似乎有一颗星星在他们头顶上发着光，一星火炬之光。

向碗中注满圣泉之水。

欧文吃惊地眨着眼睛，口中突然极度干渴。他松开埃塔伊内的手，走近大理石板。她紧紧跟在他身后，环顾四周，看看有没有任何危险的信号。鸟儿们的啼叫撕裂了空气，欧文看到几只乌鸦飞了过来，落在树枝上。这几只乌鸦的叫声和他们之前听到的鸟儿啼叫声不同，它们的声音更加低沉不吉。这几只是乌鸦——蒙特福特标志之物——这让他深感怀疑，感觉自己正被人盯着。

“我不知道。”欧文说，但他知道自己应该做什么。趁胸中还有勇气的时候，欧文走向那个银碗，举起来的时候，并不是很重。铁链发出轻微的咯咯声。

“你在做什么?”埃塔伊内低语道。

欧文看到水从树根处流出，顺着石头流下去。这个景象十分惊奇，他感觉自己呼吸困难。然后，小心翼翼地，他拿着碗走过了几块更大一些的碎石，来到小瀑布处，把碗放到溪流之中。银碗很快就填满了水，他小心谨慎地把碗端回来，担心碗里的水太多会溢出来。头顶的天空变得略微发蓝。他看得出埃塔伊内在担忧地看着他，但他没有办法解释自己也弄不清楚的事情。

把水倒进柱基。

小心谨慎地，欧文托着碗来到柱基处，任由下面的铁链拖拽着。他差点儿摔倒，魔法刺痛着他的皮肤，他大口地呼吸着。碗中的水微微晃动，泛起涟漪，映照着他自己的倒影。他看上去很糟糕。他走到大理石板时，停了下来，抱着碗。他到目前为止一直对圣泉的喃喃低语深信不疑。已经没有回头的路了。他把碗倒扣过来，将水洒在柱基之上。

他刚做完，头顶上的万里晴空突然轰隆一声炸出一声雷响，声音震耳欲聋，欧文扔掉碗，捂住耳朵。虽然他之前也经历过雷声隆隆的暴风雨，但从未听过如此响彻云霄的雷声，似乎正在把天空震碎。这声音都把他吓傻了，他看着埃塔伊内，她也捂着耳朵，抬头盯着天空。

开始下雨了。豆大的雨点开始一股脑地从天而降。起风了，风卷起干枯的树叶，刮到他的脸上，隐隐的刺痛让他遮住了双眼。

雨变成了冰雹。

冰块开始砸进柱基，落到周围的碎石之上，一时间越来越大。冰雹砸在埃塔伊内身上，她疼得不由尖叫起来。欧文的心脏在胸腔里猛烈地跳动着，他觉得自己犯了个糟糕的致命错误。冰雹残酷无情地敲打在他们身上，但奇怪的是，欧文却感觉不到身上有一丝潮湿。实际上，没有一块冰块砸在他身上。

“我们需要躲一下!”欧文在冰雹中喊着。树林还在后面很远处，他们可以在那里找到躲雨之处。他身后的巨石都是圆曲的。他没看到有任何洞穴可以让他们藏身躲避。

一个胡桃大小的冰块砸在埃塔伊内头上，把她砸倒在地，紧接着冰雹无情地砸在她身上。

欧文惊讶地叫着，冲向她，眼睁睁地看着石头砸在她身上。他跪在她身边，抱起她的双腿，想要跑进树林躲避一下，但地上到处都是卵石大小的冰雹，他听到天空中传来的冰雹碰撞的声音，不禁战栗颤抖，就像冰雹瀑布从柱基上方打开了一样，他们仿佛置身于急流之中。欧文紧紧地把她拉向自己，用自己的身体将她的身体遮挡起来，等着死亡的来临。死亡是唯一的结果。他在自己能力范围之外干涉了魔力，诱发了一场洪水，可能会将整个布里托尼卡毁于一旦。

冰雹冲他砸下来，但不知怎么，他被什么东西保护着。他感到冰冻之寒，不停颤抖着，水不停地流到他的脸上，但却没有冰块砸在他身上。埃塔伊内还活着吗？他把她紧紧搂在怀里，她的脸紧紧靠在他的胸口上，想帮她遮蔽这场由他的愚蠢引发的毁灭性风暴。

他只要有能力，就会一直保护她，但他觉得自己一定会被淹死。他们两个都活不了。

正如突如其来的开始一样，风暴突然停息了。他冷得直发抖，不敢相信自己竟然逃离了死亡的魔爪。魔力环绕在他周围，他注意到自己佩戴的剑鞘发着光。上面刻着的乌鸦是由微红之火铸成的，这种火会慢慢淡去，只有使用的人才能看到。那些圣泉的喃喃低语进入他的脑海中。

他的剑鞘是丹瑞米圣女在所有著名战役中使用的，也保护着欧文。他是在帝泉王宫的水池中发现这把剑鞘的，是一件很久之前遗失的宝物。

“埃塔伊内！埃塔伊内！”他呼喊着，恳求她醒过来。她脸色惨白，耳朵中有血流出来。

鸟儿发出的惨叫声在空中回荡。欧文猛地抬起头，看到瀑布旁的橡树已经没有一片树叶了，都被这场猛烈的暴风雨打秃了，有些树枝被打断了。但鸟儿们还落在光秃秃的树枝上，唱着他听到过的最动人的歌曲。这些鸟不是乌鸦——是鸣鸟——他把埃塔伊内拥入怀中，心中随着这些鸣鸟纯粹的乐声哭泣起来。

歌声很快就把冰融化了。欧文眨着眼睛，看着堆堆尖角冰块消失得无影无踪。在歌声中，他还听到从树林中传来了厚重的马蹄声。

欧文把耳朵贴近埃塔伊内的嘴唇，仔细听着她呼吸的声音。她还有呼吸；多谢圣泉，她还有呼吸。“埃塔伊内，有人来了。埃塔伊内！”他试着推着她的肩膀，但她仍然全身无力。

欧文扭过头，看到一匹漆黑如夜的马从树林里跑出来。骑马的人身着黑色盔甲，配套的头盔遮住了他的脸庞。马勒上插着一根长矛，上端绑着一面三角旗，同样是黑色的，上面印有白色乌鸦图案。骑士靴子上的马刺戳着马的侧腹，马发出哼哼的声音，向欧文径直冲了过来。骑士右手拔出佩剑，左手握着长矛和旗子。

欧文想要把埃塔伊内放在安全的地方，但他能感觉到这个骑士冲向山上的时候带着恶意。

欧文轻轻地把埃塔伊内放在泥泞的地上，让她的头枕在她自己的胳膊上。他站起身，做了个鬼脸，从她身边走开，骑士离他们越来越近。欧文拔出剑来。

“我和你无冤无仇。”欧文说，召唤着体内的圣泉魔力。他的宝库中充满了能量，然而他感觉到他的话毫无作用。

一小团雾气从马的鼻孔中喷出。

这时骑士突然向他发起袭击，长矛向下刺向欧文的心脏。

第十四章 黎明骑士

马朝他冲过来，鼻孔里冒着白色的雾气，大地因此开始颤抖。欧文飞快地眨着眼睛，吸收着圣泉的魔力。他眯起眼睛盯着这位神秘骑士的长矛，手里握紧自己的佩剑，微微向前对准。如果他躲闪不及，或者判断失误，必定会被刺中。来不及仔细思考，这时只能靠直觉了，为了活下来。

埃塔伊内的身体没有了知觉，欧文从她旁边走开，迫使骑士改变位置，手里的长矛微微晃动了一下。欧文利用魔力了解到这个人的不少弱点。这位骑士久经沙场、反应敏锐，但他左踝处是产生疼痛的根源。欧文能够看到他左踝在抽动，甚至离得这么远都可以看到。这匹马也有弱点——经验不少，但却忌惮于欧文和他的魔力。战马天性中的恐惧将会成为欧文的优势，只要这个畜牲别与他相撞就好。

欧文将剑举过头顶，摆出防御姿势，双手激烈地转着剑柄圆头——一下接一下——刀锋悬在他头上。他十字交叉走着，朝山下的方向微微挪动了些。静止的目标容易被击中，欧文不想这么轻而易举就被俘获。

骑士突然用长矛刺向欧文，想要趁欧文毫无防备之时将他拿下。欧文压下剑，不费吹灰之力就将挑衅转移，他转过身，当马从他身边疾驰而过时刺伤了军马侧腹。马痛得厉声直叫。

一袭黑衣的骑士用力勒住马，急忙从马上下来，平稳着落，但明显依赖于他的左腿。欧文并没有给马致命一击，马跺着蹄，翻腾着，疯狂地甩着它的鬃毛。骑士笔直地站在那里。他把长矛换成了佩剑。透过面甲欧文只能看到这个人的眼睛，但欧文的脸却完全暴露在对手视线之中。至少头盔会限制骑士敏锐的观察能力。

两个人开始摆出战斗姿势，警惕地互相围着转圈，随时准备出剑。欧文调动了所有的感官，极其敏锐机警。圣泉的魔力在他体内跳动着。奇怪的是，他感觉不到对手身上散发出丝毫圣泉之力。

随后黑骑士带着一阵旋风袭向欧文，他黑色的佩剑指着欧文的头，转而又指向他的胸膛。这可不是欧文小时候的那个训练场。骑士虽然腿上有伤，但却十分强壮老练，欧文不得已节节败退，做着护卫。这时欧文胳膊被刺伤，正中锁子甲连接处，然后大腿也被刺中。他感觉到自己在流血，皮肤撕裂着。而后，他觉察到某些特殊感觉。身旁的剑鞘开始发热，乌鸦印章也热了起来，散发出更大的魔力，抚平欧文胳膊和大腿上的伤。

欧文躲开了喉咙处的致命一击，紧接着向骑士虚弱的那条腿踢了一脚，阻止了这次袭击。骑士疼得直哼哼，略微踉跄了一下，但随即调整了不适的感觉，再次袭向欧文，脚绊了一下。他们两个人的靴子踩着树枝树叶，承受着不定的步伐和脚下碎石的威胁。黑骑士用自己的肩膀撞在欧文的胸上，他那明显占优势的体重差点儿使欧文仰面摔倒，但年轻的公爵还是站稳了脚步，挥剑刺向对方的护胸甲，火花四溅。

两个人又开始围着彼此绕圈，重重地喘着粗气。欧文再次发起了进攻，快速冲过去，猛攻骑士左侧，迫使他做出抵御姿势，移动双腿来躲避袭击、做出反应。欧文继续这样做，围着他的圈子越来越小，刺着、挡着，寻找机会偷袭对手的弱点。骑士戴着金属护手，不太可能让刀剑从手中滑落。年轻的公爵让他围着圈子转，希望这种额外的运动，加上盔甲的重负能让骑士头昏眼花。

这样做似乎是管用的。黑骑士的喘息越来越重。很少有什么决斗可以持续这么久。欧文相对更加年轻，战斗力更加持久，秉持着活下来的坚定信念。

“投降吧。”欧文说，轻而易举挡掉了对方那无力的进攻，对手的身体开始晃动起来。

“不。”对方声音生硬地说道，头盔中发出诡异的回音。

话音刚落，黑骑士就向欧文冲过来，挥着剑，先高再低。欧文没有及时抵挡住佯攻，受了点儿轻伤，但被锁子甲吸收了。接着，骑士用手肘撞在欧文的下巴上，让他身体旋转背过身去，眼皮跳动，感到眼冒金星。欧文重重地俯下身，什么都看不到，只能凭着佩剑清理着前方脚下的路，胡乱甩着剑，像拿着镰刀一样。

他感到一个暗影赫然耸立在他面前，紧接着看到骑士手里的剑尖朝他的鼻子刺过来。欧文扭转肩膀，把身体倾向另外一侧，同时拔剑抵挡。骑士在欧文头顶上方摔倒了，欧文感到黑骑士摔倒的时候自己的刀刃打在金属上，然后刺在他的皮肤上。骑士压在欧文身上的重量像个铁砧一样，让欧文一下仰面朝天摔倒在地上。欧文扭动着身体，从骑士身下抽出身来，惊恐地看到敌人的后背上露出自己的剑尖。

这是致命一击。鲜血透过护胸甲，从这个人的伤口里涌出，欧文的魔力立马揭开了事情的真相。把这位喘着粗气的骑士推到侧卧姿势，欧文看到他的双腿痉挛，不停在抽搐。他的生命正在飞快地流逝，心脏如飞翔的小鸟一般跳得飞快。欧文颇为震惊地朝后爬，手里没有任何武器。黑骑士的剑就插在他旁边的地上。

欧文无意杀他。他只是尽全力保护自己而已，自己身上的伤还在痛，虽然此时此刻这种疼痛减轻了些许。骑士垂死前挣扎着，发出阵阵呻吟，用手扯下头盔，呼吸似乎颇为困难。

欧文跪在他身旁，悲伤地发现骑士如泉一般涌出的血水，渗进土壤之中。他心中悔恨不已。欧文摘下对方的头盔，发现眼前的居然是布伦登·鲁，布里托尼卡的主帅。血从他的鼻子和嘴唇上滴下来。

“大人啊！”欧文顿时绝望地喘息起来，“你为什么要攻击我？我本无意杀你！”

元帅咬紧牙关，明显是疼痛难忍。他看着欧文，眼神中毫无责备之情，只有仁慈怜悯之意。“我的任期……结束了。”他喘着粗气说，嘴巴微张。他喘着气，还想说什么。欧文跪得更近些，心脏如撕裂般疼痛。“现在轮到你了，”他呻吟着，“你一定要保护好她……现在……女公爵……你是她的……守护人了。”

欧文觉得自己仿佛遭受了重重的一击。女公爵？欧文杀了布伦登·鲁，她一定恨死他了。但此人这番话又像是在暗示，这场激烈的生死决斗在所难免。他自始至终都知道自己将要死去。这感觉就像他们是一盘巨大的巫哲棋中的一小部分——两枚棋子相碰，欧文成了最终的胜者。

“我来救你。”欧文绝望地说，用力抓着鲁的肩膀。他试着施用魔法，但魔法却无法在他身上停留。他之前这样救过贾丝廷，伊蕾莎白的侍女。每次救人后他自己都精力耗尽，但这次他的感觉却全然不同。魔法摒弃了他，完全抛弃了他。他努力将魔法吸进去，但这就像他张开双臂想要抓住流水一样。两种情绪在体内争斗不止：挫败和愤慨。

鲁为什么要攻击他？

欧文凝视着这张苍白的脸，他的脸色越来越惨白，血渐渐流干。“我完了。”这位年纪略长的人缓缓说道，目光越发空洞。“我已竭尽……所能。”然后他双眼变得锐利强硬。他用绝望的神态盯着欧文。“你是唯一一个可以……救她或者杀了她的人。只有……你。圣泉赋予你的能力……极为罕见。她也……她也和你一样。保护好她。否则他们都会……被淹死。”

“谁会被淹死？”欧文带着狂怒恳求他，他跪在这位瘫倒在地的骑士身边，泪水刺痛着他的双眼。

从鲁口中发出的气息愈发微弱了。“我手上……有个戒指。它是你的了。现在你就是主人。树林之主。”

欧文眼睁睁地看着他的胸腔塌了下去，这次再也没有鼓起来。布伦登·鲁睁着空洞的眼睛，嘴唇微微张开。一行血从他眼睛里涌出，就像一行泪水。

年轻的公爵跪在这片泥泞的土地上，迷茫困惑地环顾四周。这边有石头祭坛，还有银制餐具。那棵奇怪的树已经掉光了叶子。他看到埃塔伊内静静地躺在那里，一动不动。还有倒在地上的骑士和他受了伤的战马。一股令人生畏的自责内疚之情涌起，如毯子般覆盖全身。他因为把水倒在了石头上，引发了这场争斗。莫名其妙地让鲁和他决一死战。他完全不知道会发生这些事情。

但他开始怀疑西尼亚是不是从头到尾一直都知道。

一小团火在树林中发出细碎的爆裂声，在静谧的夜晚中，猫头鹰躲在某处默默地啼叫。两匹马拴在一起，就在不远处，正吃着挂在脖子上粮袋里的干草。这是片古老的紫杉林，和欧文小时候骑马去蜂岩的路上看到的那些树林类似。

埃塔伊内终于微微挪动了下身体，欧文正朝火堆里扔进另一根小树枝。

“我们这是在哪里啊?”她无力地问。

“布里托尼卡和我自己领地之间的边境树林，”他回答道，“你昏迷了一整天。”

他把埃塔伊内挪到毯子上，身上盖着他的毯子。她努力想坐起身来，脸不由地抽搐了一下，明显是因为疼痛。“我还记得的就是那声音，那个可怕的声音，比响雷的声音还要大。然后什么东西砸中了我。冰雹?”

欧文点了点头，又朝火堆里扔进了另一根小树枝。他内心躁动不安，充满了秘密、难题以及难解的冲突争斗。他的内心异常绝望，他甚至怀疑自己是不是快要发疯了。他需要找个人说说话，需要找个人帮他把这些支离破碎的信息串在一起，找到线索。他发现自己佩戴的剑鞘有着一种特殊的治疗功能——在这场与布伦登·鲁的决斗中受的伤都奇迹般地好了，他把剑鞘绑在埃塔伊内腰间后，她头上的伤也在他眼前愈合了。

“我带着你的剑呢。”埃塔伊内说，像是在读心。

“剑鞘治好了你的伤，”欧文说，看着她的双眼，“我一直都困惑不解，为什么我在阿弗朗奇之战中受的那些伤那么快就痊愈了。我应该归功于这些年来你给我的训练。”他痛苦万分地叹了口气。“鲁死了。”

埃塔伊内吃惊地眨着眼睛。“怎么死的? 在哪里?”

欧文捡起另一根树枝，用手撅成两截。“冰雹过后，树都被砸秃了。然后一群鸟飞了过来，用歌声驱散了寒霜。我之前从未见过如此诡异的事情。它们还没唱完歌，一个身着黑衣的骑士快马疾驰冲进树林，开始和我决斗。我当时不知道他是谁，后来给了他致命一击。”他把树枝折断的部分扔掉，盯着埃塔伊内的眼睛，任由自己的焦虑之情流露出来。“一定发生了什么。我需要告诉你些事情。我必须要大声说出来，要不然我真怕自己会疯掉。帮我理一理其中的逻辑，埃塔伊内。帮我看看我到底有没有搞清楚现在的状况。”他擦了下嘴，庆幸这个夜晚没有人打扰。整整一天，他都在纠结自己要不要返回普勒默尔，告诉女公爵树林里所发生的一切。欧文在自卫的过程中杀死了她的元帅，但绝不仅仅如此，一定还有些别的什么。似乎是圣泉在命令他回到帝泉王宫。在这盘巨大的巫哲棋局中，一个棋子已经没了。这只是一招棋而已，接下来还会有很多招的。

“我很久没见过你这么心烦意乱了，”埃塔伊内颇为担忧地说，“和我说说，是什么让你如此烦心，欧文。”

“这一切完全是一片乱麻，”他似笑非笑地说，“请原谅我吧。我这一整天都在对付自己的胡思乱想。你知道的，我们不能回阿弗朗奇，也不能回塔顿庄园。所以我想我们今晚就露宿在此。现在这是我的森林了。”他抬起头看着他们头顶上方的棵棵参天大树。“这些都是我的了。”

埃塔伊内耐心地等着，什么也没说。

“你还记得我们乘船去阿塔巴伦途径埃东布里克湾吗?”她点点头。“我们穿过海湾的时候，圣泉告诉我，有座城市被水淹没了。我能感觉到阿塔巴伦的座座城堡、房屋庄园很久之前就葬身海底了。规模如此庞大的毁灭让我毛骨悚然。之前发生过，你知道的。圣彭里恩是莱奥内伊斯王国的唯一遗迹。圣彭里恩也被水淹了。我和布伦登·鲁决斗完后，他躺在地上，奄奄一息，他说我现在是女公爵的守护者了。他还告诫我说，如果我没保护好她，就会有另一个王国被水淹没。”他盯着跳动的火焰，再一次陷入沉思。

“但他没说谁会遭受这灭顶之灾吗?”埃塔伊内问道。

欧文摇了摇头。“我猜是布里托尼卡。你有没有注意到普勒默尔所有的住宅都建在山顶上吗？女公爵居住的城堡建在最高的山上。我想她对潜在的危险了如指掌。我觉得她是想在洪水来袭的时候使自己的民众活下来。但洪水绝不会是那种大自然的普通洪水，埃塔伊内。”他握紧拳头，平息了自己想要重重把手锤在什么东西上面的冲动。“这是深无测传说的一部分。我把水倒在那块石头上之前，万里无云!一片云都没有。结果却下起了冰雹，砸着我们，一场猛烈的冰雹，我之前从来没有遇到过，差点要了你的命!”

她惊诧地看着他。“我记得你护着我。我以为我们两个都得死，但有你在，我觉得很安全。”

她眼中的柔情让欧文难为情。“不知道为什么，冰雹并没有砸到我。我有这种奇怪的——该用什么词描述呢——免疫？女公爵是泉佑异能者，我们第一天晚上和女公爵见面的时候我就知道了。她拥有的能力巨大无比，远远超过塞弗恩的能力，甚至比我的能力都要大！我之前很困惑，不知道那魔力是怎么自己表现出来的，现在我觉得我知道了。我不能确定，但我觉得她有那种能力，那种我一直以来都谎称自己拥有的魔力。”他用一种极其无助的目光看着埃塔伊内。“我觉得她能预知未来，就像米尔丁巫师一样。想想看，埃塔伊内，我的所作所为都在她意料之中。国王派我和霍瓦特公爵一起保卫布里托尼卡的时候，我们深夜袭击了沙特里约恩大军，布伦登·鲁当时也在那里。

我们去阿塔巴伦见埃里克的时候，谁来了？布伦登·鲁。沙特里约恩开始围困阿弗朗奇的时候，谁帮了我们？布伦登·鲁。我之前一直以为他是那个泉佑异能者，但我们今早决斗的时候，我从他身上什么都没觉察出来，没有一星半点儿的魔力。”他低下了头。“告诉我，我把这一切都弄错了。告诉我，我是个糊里糊涂的大傻瓜。我努力了一整天，想要把这一切都理清楚，想明白。”

他拿起另一根树枝，把它扔进了树林。

他再看向埃塔伊内的时候，他看到她在盯着自己。她看上去毫无困惑之情，倒是很受感动。“你没有疯，欧文，”她说，“你聪明绝顶。你向女公爵求婚的时候，她丝毫也不吃惊。其他每个人都惊讶异常，甚至连鲁也没想到。但她却知道。”

这正是最为困扰欧文的事情。既然如此，她为什么不阻止呢？

第十五章
圣彭里恩

欧文和埃塔伊内天一亮就分开了。虽然她受的伤还未痊愈，但足以骑马而归。她把神奇的剑鞘还给欧文，动身去帝泉王宫，她想要确保在欧文到达的时候，已经了解他需要面对的危险究竟有多大。他们商量好在一家叫“花花公子”的客栈汇合，这家客栈名气颇盛，建在通往圣泉圣母殿的桥上，大概三天行程可达。他将以欧文·萨奇的名义订一间房，让她知道他到了。

欧文回程的路上想在一个地方停一下。他想去圣彭里恩，把装着古巫哲棋盘的箱子从水里拿出来。他把棋盘藏入喷泉之前就已经研究过很多次，但他还是看不出这些棋子是怎么移动的，抑或有可能是谁在移动这些棋子。他猜想女公爵可能是为数不多的可以告诉他真相的人之一。

一到他自己的领地，他就脱掉了外衣和制服，独自骑马到圣母殿去。埃塔伊内至少早了一天出发，但因为具有特殊的伪装能力，她可以悄无声息地自由出入城堡，不被任何人发觉。他感觉到一股无形的气流正把他拉回帝泉王宫。他内心中有一部分的自己想回布里托尼卡，再次和西尼亚见面。她是这个世界上正在上演的那盘巨大巫哲棋局中的一部分吗？如果是的话，她是盟军还是对手？一想到自己那样粗鲁无礼地对待她和她的臣民，他的心情就不由灰暗了起来。他是故意为之，但她却以令人钦羡的耐心忍受着他那些挑衅的话语。那种耐心是装出来的吗？为了诱使他放松警惕？还是她本来就有颗真正仁慈怜悯之心，是一位民众都全心归顺的统治者？她的性格和脾气秉性都和欧文完美匹配——太完美了。虽然他这次来布里托尼卡根本就没有要娶女公爵的意思，但经过这几次短暂的相处，他发现她给自己留下了深刻的印象，甚至出人意料地深深吸引着他。他已经得到了伊蕾莎白的许可，可以再次坠入爱河。可他心里的伤痛还在。

他骑马穿过西马奇郡，所见之景、耳闻之声越来越亲切熟悉，让他倍感舒适，他怀着欢喜之情想起塔顿庄园。在父亲已有的成就上，他开疆扩土，大大扩展了自己的领地。尽管他父亲失去了原有的领地，但他却为自己在布里托尼卡的新角色而怡然自得。如果欧文和西尼亚结婚了，欧文的领地将跨过一大片海岸，把因为战争而长久分崩离析的土地再次联合起来。这会让他在王国中更加强大，激起跟他作对的各位公爵的憎恨。

他沿着海岸线骑行，胯下的坐骑行走的路线与阿弗朗奇远远地保持着平行。蜿蜒曲折的海岸线美丽动人，让人流连忘返，但他却目不转睛地盯着大海，这片大海埋葬了莱奥内伊斯王国，淹死了莱奥内伊斯民众的事情，让他非常惊讶。大海拥有的力量巨大无比，一直不断地敲打着海岸线，把岩石敲碎成散沙。这片海有过很多个名字，其中最神圣的一个就是深无测：一个遗失宝藏的藏身之所、一个人们完成尘世劳苦之后可以休养的地方、一个在世界成形之前就已经存在于世的地方。

到了下午，欧文看到了远处的圣彭里恩圣母殿。他一路快马加鞭，马儿已经疲惫不堪了。他需要换一匹马，他知道狄克诺会愿意从马厩里借一匹马给他的。随着他越走越近，空气中咸咸的味道充盈着他的鼻子和肺部，所经道路也满是沙子。

快到傍晚的时候，他到了圣母殿。圣母殿里除了海鸥的叫声，十分安静。石头上响起的马蹄声宣布他的到来，司事出来迎接这位来客。欧文从马上跳下，蓬头垢面的，根本看不出来是位公爵，所以司事没认出他来，直到欧文知会地看了司事一眼。

“我的大人!”他惊讶地喘着气说，“我们没想到您来了！您走了以后，王国里乱了套。您收到消息了吗？我们今早收到的。”

“什么消息?”欧文问道，把手套脱下来，塞进腰带里。

“那两个从塔里逃出去的人——埃里克和当斯沃斯，他们被抓回去了。”

欧文吃惊地眨了眨眼睛。“我听说他们逃跑了。这就是我回来的原因。他们又被抓回去了?”

司事激动地点点头。“‘艾思斌’包围他们的时候，他们没逃出多远。他们现在正接受庭审呢。我们听说国王打算把他们两个都扔进河里。”

这感觉就像有人冲着欧文的肚子打了一拳，他突然倍感不适。“这消息可真够糟糕的。狄克诺在这儿吗?”

“他在里面呢。我来照料您的马。您会在这里待很久吗?”

“我不能久留。我过来换一匹马。你能安排一下吗?”

“当然了，我的大人！我这就去。”

欧文大步走进圣母殿时，记忆缠绕着他，挥之不去。如果多年以前他帮埃里克夺取王位，现在又会发生些什么？他们在这里见过面。但如果这些事情不这样发生，他就不会亲身经历恐怖亡灵的出生，也就是德鲁的降生。他曾经把沾着血的婴儿抱在手里，通过呼吸把生命注入他的身体。感觉这一切都是圣泉的意愿。为什么事情都是以这样的方式发生呢？为什么圣泉没有命令他打倒塞弗恩呢？

他走到位于圣母殿中心的喷泉边，把手搭在喷泉边上，俯身盯着那平静的水面。他能听到石墙后面大海咆哮奔腾的声音，是浪花猛烈地撞击着下面多石的海岸发出的声响。那些麻烦正如这些浪花，势不可挡。也许他的生命中再无片刻安宁。

闭上眼，深呼吸，努力让自己平静下来。他不在的时候，发生了太多的事情，他离得太远，根本施加不了任何影响。哦，他能想象到塞弗恩想要埃里克死。公开处决埃里克，这可以使凯瑟琳变成自由之身。塞弗恩坚信这个人是自己侄子的冒充者，杀掉他最后真能使他摆脱侄子的鬼魂吗？当然，欧文知道事实的真相。皮尔斯·乌尔比克就是埃里克·阿根廷，他一直都是。

睁开眼，他看到浸没在水中的箱子。箱子是突然出现的，在一股神秘力量的驱使之下来到他面前。欧文撸起袖子，把手深入到冰冷的水中，抓住了箱子的把手。他把箱子从水中拉出来，放在喷泉的边上。坐在箱子旁边，他拿出戴在脖子上的那把钥匙，插进锁孔，小心翼翼地转动钥匙，直到听到“咔哒”一声。箱子甚至都没有弄湿。虽然他并不知道为什么会这样，但水保护了来自深无测的魔法宝藏。

他打开箱盖，看着箱子里面的巫哲棋盘。

古巫哲棋盘上出现了几个单独的棋子。欧文看了立刻吓了一跳，与上次，也就是好多年前看到这个棋盘之时比，现在有好多棋子都挪动了位子。白巫师回到了自己阵营的一方。他清楚地记得在阿弗朗奇之战中，这枚棋子曾在场厮杀。有一名骑士之前还在棋盘上，现在却消失了。他吞下了口水，自责不已。是白骑士。鲁元帅的样子浮现在他的脑海中，眼中留下一行鲜血，如一行泪。可他却穿着黑色盔甲，真是太奇怪了。

他盯着棋盘，感到失望无助、迷茫万分。他更加仔细地观察着这些棋子。两位国王都还在；黑色的是塞弗恩，但玩白棋的是谁？沙特里约恩？一位黑色骑士已经消失了，之前还在那儿的。现在棋盘上只有一位骑士了。

然后白巫师开始移动了，根本没有人碰棋，欧文吓得不禁后背一阵颤抖。他看着这枚棋子滑过一枚枚棋子，一路畅通无阻，直勾勾地冲向黑骑士所在的位置。他的心开始猛烈地跳动，感到一种不祥的恐惧。喷泉里的水开始搅动起来，空气中带着浓厚的魔法气息。

他快速从喷泉边缘站起身，后退几步，手摸向佩剑。水搅动着，从之前十分平静的水面上迸发出一股水雾。

水雾中出现了一个人的身影，欧文一眼就认出了此人。

西尼亚。

他感到骨头发软，浑身没有一点力气。她身上散发出的圣泉魔力如此浩瀚。他之前感受到时，她的魔力尚处在休眠状态，但现在却十分活跃，在她的魔力面前，他想要退缩。随后这种感觉慢慢平息了下来，就像一阵狂暴的海浪平静地从海岸退回大海，积蓄着力量。

有些星星点点的记忆碎片开始在他脑海中成形。她就在这里，站在他面前，手里提着双凉鞋。她另一只手伸向欧文，朝喷泉边缘走去。

欧文现在不像几分钟前那样害怕了。他甚至曾一度想过，她过来是要杀死他的。

他牵起她的手，她笑了，跨过喷泉的边缘。他以为会看到身上湿漉漉的她，但却发现她身上完全是干的。甚至当她碰到他旁边的石牌时，她赤裸的脚上都没有一滴水滑落。

"谢谢你。"她愉快地笑着，把手里的凉鞋放在喷泉边上。"我相信你一定有很多疑问。在你离开布里托尼卡之前，我们没有机会谈。"

欧文盯着巫哲棋，看到白巫师和黑骑士正站在相邻的两个格子里。她注意到他在看着棋盘。

"你已经看出棋盘的真相了吗，欧文?"她问道。

他警惕地看着她，但怀有一丝希望。"我们是敌人吗?"

她眼中闪现出一丝愉悦的神情，脸颊上涌现出一丝红晕。"我不是你的敌人，"她简单地说，"我想成为你的盟军。如果你让我帮助你的话。"

欧文朝她走近了些。他能相信她吗？他的命运很大程度上取决于此。一次判断失误就会毁掉他自己。但他感觉到这同样也会毁掉她。他想要试试他的一些想法，为了让她证明她是值得信赖的。

"你能预见未来吗?"他一针见血地问。

"可以，"她回答道，"喷泉赋予我的天赋就是曼蒂克①的本性。"

"罗曼蒂克?"

她因这误解而笑了。"不，欧文，是曼蒂克。我能看到未来，还有过去。我小的时候，父母有意隐瞒了我的这一天赋。我也学着把这天赋隐藏起来。对于谁可以知道这件事，我格外小心谨慎。我相信你，你知道的。"

他慢慢地点了点头。"你是位巫师，货真价实的巫师。给我答疑

① 曼蒂克对应的原文是 mantic，意思是"占卜"。

解惑，解答困扰我许久的问题。你知道那天早上我一直在普勒默尔找你，而你却故意回避我。”

“我必须要承认，我确实稍微逗你玩儿了一下。现在你知道我们的精巧起重装置并不是唯一一个我不用骑马或者乘马车上堡的原因了吧？我可以快速且高效地在锚线上移动。”

“锚线？”欧文问道，困惑不已。

她又点了点头，沉着冷静。“这是另一个秘密。这个秘密并没有多少人知道，因为在这个世界上巫师们纷纷被杀，欧文。我们太强大，也太容易被误解。你在棋盘上看到了我的真实身份，正如我看到了你的身份一样。”她看着这些棋子。“现在你明白这一排排都是实际地理位置了吧？这一边代表锡尔迪金，另一边是奥西塔尼亚。这些是神奇的锚线，连接着陆地和大海，互相交错。这有张地图，我可以告诉你这些锚线都在哪里。”

“我们在不同的阵营。”欧文指出。

“我知道。我希望你在知道事实真相后，你会易主。”她用恳求的目光看着欧文。

欧文咬着自己的嘴唇。“你想让我背叛国王？”他声音嘶哑地问道。他极想告诉她，他想这样做。也许圣泉正利用他们两个人，改变世界上要发生的事情。

她摇了摇头。“我相信这是圣泉的意志，你会拯救自己的人民。”

他疑惑地皱着眉头。“你这是什么意思？”

她低下头看着巫哲棋盘中剩下棋子的排兵布局，看上去这局游戏快要结束了。“这游戏已经流传了好几个世纪了。”她说，手指轻轻碰了下其中一枚棋子。“这一侧代表阿根廷家族，这一侧是韦尔图斯家族。这一局游戏已经好几代人玩过。塞弗恩现在是国王，”她说，摸了下黑国王，“问题是，欧文，他命中注定不该是国王，现在他在公然挑战游戏规则。他冒犯了圣母殿权利，他一次又一次地威胁无辜孩子的生命。巫哲棋的规则是在远古时期由伟大的巫师们订下的，他们和我一样，拥有曼蒂克天赋。如果有人破坏了这些规则，深无测就会收回权力重新掌管这片土地。”她的眼睛从棋盘上移开，抬起头，看着欧文的眼睛。“你要是不阻止塞弗恩，他的一举一动将会毁灭你的人民。如果任其发展，他会继续僭越每一项规则，超越每一个巫师们建立起来的界限。他顶着的王冠也有自己的魔力。戴着那顶王冠，等到冬天的时候，他会毁掉自己的整个王国。你知道圣母殿传说吧。圣母殿特权可以坚持多久?”

他盯着她，心里想知道更多。“直到水不再流动。”

“直到水结成冰。”她更正道。

第十六章
联盟

这巫哲棋中，国王的一举一动以及种种恶行都会影响天气。他这样做着，却毫不知情，但他所犯下的恶行越多、越恶劣，锡尔迪金这片土地上的降雪就会越多。欧文异常惊讶，几乎要喘息起来。

“我觉得你就要看懂了。”西尼亚说，点点头表示对他的鼓励。“必须要你自己说出来，欧文。我不能告诉你一切，但我可以告诉你，你有没有猜对。没有人禁止你知晓游戏的规则，但我不能直截了当地告诉你曼蒂克真相。你只能自己发现。”

欧文低头看着棋盘，看着代表塞弗恩的那枚国王棋子。棋盘上剩下的黑色棋子已经寥寥无几。“你是说话语会随着时间的流逝发生改变？你的意思是只要河水仍在流动保护就一直都会在，直至河水冻结成冰?”

“没错，”她认真地说，“那个头顶王冠的人，因为自己僭越了圣母殿建立起来的种种规则，会使河水停止流动。比如说吧，当一个统治者不再刚正不阿，当他们不再对国王忠心耿耿，河水就不再流动。”

欧文明白了，点了点头。“难怪有人要动巫哲棋的时候，坦默尔会那么绝望!”他说，开始习惯性地踱步。“那是好多年前的事情了。他以为塞弗恩将会冰封整个王国！他需要找到一个泉佑异能者，能把箱子挪到圣彭里恩来，因为他自己办不到。为什么要挪到这里?”

西尼亚兴奋地笑了。“是啊……为什么是这里呢？直觉是怎么告诉你的?”

欧文打了一个响指。“因为圣彭里恩压根就不属于锡尔迪金。只是根据多年前的历史，圣彭里恩曾经是莱奥内伊斯的一部分。一旦巫哲棋盘离开边境，诅咒便停止了。”

她露出了甜美的微笑，点着头鼓励欧文继续说下去。“你很接近了，欧文。诅咒不会因此而停止；仅仅是变慢了而已。如果你把这个巫哲棋盘送回锡尔迪金，诅咒会立刻生效——来得更快。游戏还在继续，也必须继续。难道你没注意到在过去这七年里，锡尔迪金的冬天一年比一年寒冷凋敝吗？我们两个都有各自需要扮演的角色。我不希望锡尔迪金毁于一旦。我不希望锡尔迪金的子民困于暴风雪中，冻僵至死，正如我不希望我的子民溺水而亡一样。”

欧文盯着她，被即将面临的世界末日压得喘不过气来。一想起被水淹没的埃东布里克海湾，还有布里托尼卡的断壁残垣，欧文不禁颤抖起来。“你一直都在帮我，是吗?”他看着西尼亚的眼睛。“在阿弗朗奇战役中，你派士兵援助我方的时候，我看到棋盘上的白色巫师棋。那是……你在那里吗，西尼亚?”他停了下来，不再踱步，吃惊地看着她。

她伸出手，兴奋地抓住他的双手。“是我！我之前不能告诉你。你还记得那场暴风雪吗?”

“是你引发的？借助水碗！树林！以喷泉之名，那是你!”

她的笑容更加灿烂了。“当时我在那里。我一直在暗中帮助你。

圣泉需要你来保护锡尔迪金真正的国王。你听过那个关于恐怖亡灵的预言吧。你知道谁是恐怖亡灵，对吗?”

欧文点了点头。“我知道。如果我没弄错的话，他现在正在帝泉王宫呢。”

“你说得不错。”她会意地补充道。

欧文叹了口气，抬起头看着圣母殿里的廊柱。“我回去送命的可能性还是很大的。”她依然握着欧文的手。他把手抽走，擦了一下嘴，脑袋里全是这些启示形成的旋风。他环视四周，发现狄克诺正站在一扇拱门下面，眼睛里充满着尊敬和敬畏。

“别那么肯定，”西尼亚意味深长地说，“你的人，法恩斯留下了口信，说你已经被国王召回了。”

他应该相信她吗？如果女公爵可以预见未来，那和她联盟可能就是他唯一一个存活下来的机会。当然，假设她并不是有意在误导他。这就回到了读心的能力。安凯瑞特在帝泉王宫的厨房中见过伊薇之后，下决心相信她。欧文必须也要做出相同的生死抉择。

他回头瞥了狄克诺一眼。

“他听不到我们说话，”西尼亚说。“他能听到的声音只有喷泉之水的拍打声。他把我看成了圣泉的化现，他觉得你看到了幻象。”

欧文笑了。“我也觉得自己看到了幻象。”

“你相信我吗，欧文?”她满怀希望地问道，“我已经竭尽全力让你知道我值得信赖。我们两个都不想看到我们的子民死去。但是欧文，如果你不阻止国王的话，他们就会死。”

“我相信你。信任一个人对我来说十分不易。”

她脸上的表情彻底变了，变得痛苦不堪。“我知道，”她强调说，“你已经做了很多决定，即使预先根本不知道这些决定会导致什么后果。圣泉在这些至关重要的时刻指引你。即使我知道未来，我也不能告诉你将会发生什么。如果我这样次序颠倒地告诉你些事情，一定会影响你做出决定。最终决定世界上将会发生什么事情的将是我们的选择。你是必须做出选择的那个人，欧文。我会尽我所能引导你。”

“你怎么会相信我？”欧文说，“我的女士，我杀死了布伦登·鲁。我当时不知道是他，但我却杀了他。我相信你已经知道这件事了吧。”

她惋惜地叹了口气，点了点头。“简单点儿说吧。为了让你在棋盘上易主，另一枚棋子必须要移走。现在你注定已经成为我的保护者。如果你选择接受自己的命运，如果你把他给你的那枚戒指戴在手上，如果你承诺忠诚于我，那么在棋盘上代表你的那枚棋子就会改变颜色。你将变成白棋这一方的一位骑士。我不会强迫你这样做的。”

欧文想要嘲讽这番荒谬的言论。“沙特里约恩那边？”他笑着。

她神情严肃地摇了摇头。“不，是安德鲁王这边。”

“这是真的吗？”

“千真万确，”她回答道，“玩巫哲棋可是很危险的。”她走近棋盘，欣赏着剩下的棋子。“老巫师们订下了规矩。那时候巫哲棋还不叫巫哲棋，而叫危险席。王国覆灭的时候，巫师们活了下来。然后他们会把下棋的机会交给另一位野心勃勃、有能力统治王国的人。”她意味深长地看着他，但却不能道出自己心中所想之事。他在她蓝色的眼眸中看到了其中隐藏的秘密，想要告知却不能如此。“你有计划了吗，欧文？怎么打败国王？”

“我一直在酝酿一个计划。”欧文说，想到任务艰巨，他只能摇摇头。“其实相当简单。我怕你听了会笑。”

她伸出手碰了下他的胳膊。“永远都别担心我会笑话你。”

他鼓起了勇气，决定豁出去了。“安德鲁王的传说，尽人皆知。

人们知道他是怎样在圣母喷泉把那把剑从水里拿出来的。其他没有任何一个人可以碰到那把剑。他能拔剑而出，因为他是泉佑异能者。相似的事情也在丹瑞米圣女身上发生过。”

西尼亚微笑着，鼓励欧文继续说下去。

“她也从圣泉里拿出了一把剑，随后帮助奥西塔尼亚王子称王。”

“故事本身就在一遍遍地重复，”西尼亚说，“请继续。”

“我觉得我知道她的那把剑藏在哪里，”欧文说，“如果这些传说都是真的，那把剑也是安德鲁王之剑。”霍瓦特公爵曾让他立下誓言，不能告诉任何奥西塔尼亚人。但这个誓言中也包括布里托尼卡的女公爵吗，这位长久以来的锡尔迪金同盟？如果他要接受她的帮助，他就必须信任她。他相信她对自己所说的一切。来自圣泉的感觉如此强大，他已经学会相信这些感觉。“北昆布布里亚有个冰洞。霍瓦特公爵在去世前告诉我在哪里。我觉得那把剑就在那里。我想……好吧，我想去取回那把剑，把它带回圣泉圣母殿。我有能力把古遗物放入水中，并移动古物。因此我希望可以糊弄塞弗恩。其实是糊弄所有人。我会说我做了一个梦，锡尔迪金真正的国王能够从圣母殿喷泉中拿出那把剑。还有迹象表明恐怖亡灵已经回来了。之后我就会安排这一切逐一发生。总而言之，我要去骗人！”

西尼亚高兴地看着欧文，露出一丝微笑。“那样怎么算骗人呢，欧文？米尔丁巫师难道没做相同的事情吗？”

欧文看着她，颇为吃惊。“他骗人了？”

她点了点头。“安德鲁并不是泉佑异能者，欧文，他只是让那些泉佑异能者围在他身边而已。米尔丁才是那个让他从水中拿出剑的人，安德鲁麾下最伟大的骑士名叫奥文。”

听到这些，他心头一颤。“我从未听说过，”他喘着气说，“在我读过的所有传奇故事中，我从未听说过这个名字。”

“这是当然的，”她简单地回答道，“因为莱奥内伊斯被水淹没的时候，这些记载也随之消失了。这一版本的故事也就再没有人说起了。里面提到奥文，提到他是如何与圣泉之女结婚的。”

一丝红晕爬上了她的脸颊，她低下头，突然有了害羞的神态。

“但是你知道这个故事。”他低语道，胸腔中心脏在重重地敲击着。这一刻她看上去那么美丽动人，那么脆弱无助，就像蝴蝶一样，而她是以蝴蝶为名的。

她点了点头，但还是不能看他的眼睛。

接着，他马上想到了另一个问题，这个问题像剑弩一样飞快袭来。“你既然知道这个故事，那一定知道最终结局是怎样的。你知道吗，西尼亚?”

她现在开始不舒服了。他能看出来她嘴角的弧线表现出来的内心苦痛，还有那紧握的双拳和颤抖的双臂。

“告诉我吧。”他坚持道。

她抬起头看着他的时候，泪水在眼睛里打转。“我不能说。”她小声说。

但他已经知道了。她的神情已经说明了一切。“奥文背叛了她。”他说，顿时对自己心生厌恶，纵使他什么都没做。相同的故事被一遍又一遍地传诵。不同的男人和女人，扮演着不同的角色。“我猜对了吗?”他催问道。

她坚定地看着他。然后点了一次头。

欧文用鼻子吸了一大口气。“这些故事都是天意如此吗?故事一定要按照以前发生过的方式重演吗?”

她摇了摇头，否定了他的话。“总是有选择的，一直都是。”

他意识到生命中有太多事情都取决于选择了。失去与伊薇相爱的机会后，他选择了不再去爱。他这一选择让他失去了很多机会，但也为他留下了这一个。他能再次敞开心扉吗？他能冒险一搏，迎接可能带来的痛苦吗？但他已经有了答案——他必须如此。这样做才能帮助他效忠恐怖亡灵。他也必须承认，这样的一个选择也在其他很多方面吸引着他。那就是，她吸引着他。

他走近西尼亚，一把抓住她的手。“那我就来创造自己的故事，”他说，近乎粗暴地说。“你已经不惜一切代价努力帮我了。我不明白为什么，真的。我之前对你只有粗鲁虚伪。但我不会背叛你的，西尼亚。我需要做什么？我要怎么样才能加入你的阵营？你刚刚说我必须要发誓效忠于你？假使把那个小男孩扶上王位还无法阻止这一切的话，我不会看着我的子民毁灭而袖手旁观。前方的路必定困难重重，但我绝不会改变意志。我向你保证。”

她用衣袖轻轻拭去脸上的泪水，微笑着鼓励他。“我也是。你必须要正式对我发誓，我也会向你发誓的。然后这枚骑士之子就会在你戴上戒指的那一刻改变颜色。”

“我觉得我们需要个见证人，对吗？”欧文问她。

“是的，正合规矩。”

欧文用一只手牵着西尼亚的手，迫不及待地朝狄克诺招手，让他过来。他感到有些眩晕，心中满是害怕和幸福交织的奇怪感受。有个像西尼亚这样的人在自己身边，有了这样一位伙伴和同盟帮他对抗塞弗恩，一切不可能都有了可能性。肩上担负着如此重任，只让他倍感无望，而现在她愿意和他共同承担，与他一起谋划。

狄克诺走到了他们跟前，惊奇地睁大了双眼，连忙给西尼亚女士下跪。“我的女士，”他庄重地说道，“您大驾光临，真是我们的荣幸。

我能为您做些什么?”他在话语间充满了尊敬之情。

西尼亚低下头看着他，露出甜美的微笑。然后她转身面向欧文，点头示意他继续。他在普勒默尔的求婚也许也有法律效力，因为当时在场有不少见证人，但他还是希望真正说出誓言，让他们两个人的婚约更加正式。

“我，欧文·基斯卡登，现在在此向你宣誓，西尼亚·蒙特福特，你是我的合法妻子，我是你的合法丈夫。我发誓会忠于这一誓言，我以生命担保，用名誉作证。”

狄克诺脸颊微颤，洋溢着喜悦之情，双手紧紧扣在一起。

西尼亚紧紧握住欧文的手。她看起来容光焕发，但她目光中夹杂了一点儿小心谨慎，就好像她想相信他的话，可却做不到完全相信。“我，西尼亚·蒙特福特，现在在此向你宣誓，欧文·基斯卡登，你是我的合法丈夫，我是你的合法妻子。我发誓会忠于这一誓言，我以生命担保，用名誉作证。”

狄克诺颤颤巍巍地从双膝跪地的姿势站起身来。“愿圣泉保佑，不毁誓言。”

这位老人用知会鼓励的目光看着欧文，让欧文有些不知所措，后来他突然羞愧地意识到，他该亲吻她了。

当他转过身面对西尼亚的时候，她的脸涨得通红，看上去相当尴尬。欧文从未想到他自己真正的初吻会是在圣母殿里，旁边站着个患了痛风的老男人，在流水潺潺的喷泉边，旁边还有个古巫哲棋盘。

他抓着西尼亚的手，把她拉近自己。他紧张不已，心脏跳得很快，双膝微颤，似乎又变回了过去那个害羞的小男孩。此刻他处于极度恐慌之中，他想也许自己会吓晕过去吧。他努力让自己重新振作起来，微微低下头，看到她害怕的神情——毫无疑问和他一样——然后他闭上了眼睛，亲吻她。

他没亲到她的嘴唇。

他们用这种笨拙的方式，成功亲到了彼此的嘴角后，两个人同时抽身。这相当于只是亲在了脸颊上。

欧文感到有些羞愧。西尼亚露出略微失望的神态。

“好吧，”狄克诺说，在他面前握紧自己的双手，“吻得真……甜蜜。现在你们两个已经正式结为夫妻。你们已经在圣泉和我的见证下发了誓。我祝你们幸福!”

西尼亚扭头看向别处，双手上上下下地搓着胳膊，显得很紧张。

“谢谢你。”欧文说，点头示意狄克诺慢走。这可和他想象中的不一样。他沮丧地咬紧牙齿，真希望这里能有个人拿鞭子抽打他，他真是愚笨到家了。

“我必须要走了，”欧文说，“我要赶回帝泉王宫，看看到底发生了什么坏事。”

“戒指?”她说，满怀希望地看着他。他糊里糊涂的，把这件事忘得一干二净。他从腰带处解下袋子，从里面拿出鲁元帅的戒指。

她用手势示意欧文把戒指给她，他照做了。她把玩了一下，将金环倒了个个儿。这枚戒指是白金和黄金组合起来的，上面雕刻着环环相套的圆环，光线可以从中透出。她拿起他的手，把戒指戴进他的手指，边做动作嘴里边说出一个古语词。戒指正合适。

她紧握着他的手，轻轻抚摸着。她眼中再也看不到之前没有亲吻成功而流露出的尴尬神态。“你不必惧怕回到帝泉王宫，”她告诉欧文，“你觉得国王为什么会给你寄那封信?”

他不必问她是怎么知道这件事的。“问题是我已经背叛了他。在很多方面都背叛了他。但现在我转念一想，这可能是另一项考验，考验我的忠诚。看我会不会回去。”

她微微一笑，轻轻拍了拍他长着胡须的脸颊。“你比想象中的自己拥有更强大的能量，”她说，“就像任何一盘巫哲棋一样，你用不同的方式下，到最后会有不同的结果。我们已经做出了这个决定，我和你一起。塞弗恩也会做出他的选择。我们将一起打败他。我一直都希望我们能打败他，但不将他杀掉。请记住这一点。国王不是死去才算输。他只需要被人打败而已。”然后她陪他一起来到喷泉边。“你要怎么处理这个箱子?”

欧文瞥了一眼那个箱子，注意到棋盘上代表他们两人的相邻两枚棋子现在成了相同的颜色。“我想我应该带在身上。我可以把它藏在圣母殿喷泉里。等我告诉国王我做的梦之后，我可以说再次下雪就是预兆。有这个箱子就能保证万无一失。”

她冲他微笑着。“你真是聪明伶俐，欧文·基斯卡登。我喜欢你这一点。你怎么从冰洞里把剑拿出来呢?已经有个绝佳的机会等着你呢。”

“不错，”他说，“凯茨比是个傻瓜。我只需要在北方稍微撺掇一场叛变就行了。我们也需要其他同盟。我感觉雅各会加入我们的。但是给他寄信很难……”

“我能给他送消息，”西尼亚保证说，“你只管写信，然后把信放在箱子里，箱子放在喷泉水里就好。我们可以用这种方式联系彼此。现在，关于巫哲棋还有另一个诀窍。只有某些人才能移动棋盘上的棋子。那个小男孩是恐怖亡灵，他可以。塞弗恩也可以。但如果他动了棋子，他就能赢得这场胜利。你把这棋盘带回帝泉王宫的时候，让那个小男孩帮你挪动棋子。他的选择将会决定世界上的事情以怎样的形式发展。教他巫哲棋的规则，教他怎么下棋。有了这套棋，我们一定可以打败塞弗恩，把阿根廷家族真正的继承人扶上王位。”她闭上眼睛，把棋盘交给欧文。

“现在到时间了，你该走了。来，和我一起走进水里。我把你送过去。”

“我今天就能回到帝泉王宫吗？”他吃惊地问道。

她意味深长地看着他，伸出手抓住他的胳膊。

基斯卡登大人：

我小心翼翼地写这封信给你，因为我不想给你增加更多的负担。眼睁睁看着我外公辛辛苦苦建立起来的一切毁于一旦，真是令人难过。从离开敦德雷南的那天起，我们每天都饱受凯茨比公爵的侮辱蹂躏。此刻本应是以庄严之态，表达悲伤之时。激动的情绪如火焰般熊熊燃烧，我们一直不断地收到请愿，希望我们拿起武器，夺回自己的继承权。求求你了，欧文，你一定可以做些什么阻止凯茨比，不让他把这一切都抢走。我听到的故事一个比一个恶劣。请替我亲亲我的女儿。

伊蕾莎白·维多利亚·莫蒂默·卢埃林

阿塔巴伦王后

第十七章
渎职

欧文一直想知道从瀑布上掉下去是种什么样的感觉。这……也许就像现在这样吧。西尼亚抓紧了欧文的胳膊，两个人一起走进圣彭里恩喷泉，欧文把巫哲棋盘紧紧贴在胸前。感觉地板突然消失了，他们一下子跌入无底洞。这感觉和当初与伊薇一起跳进帝泉王宫集雨池里的感觉迥然不同。如果他可以尖叫的话，他早就叫了，但他们像是被困于飞流直下的瀑布之中一样，到处都是湍急的白色泡沫，浪涌的力量，自由下落，落着，落着……

没有骨头碎裂的嘎吱声。只有静谧，一种漂浮的感觉，随后他再一次有了实实在在踏在地上的机会。水面温柔的涟漪轻轻拍打在他的脚踝上，虽然水的湿气无法沾在他们身上。欧文的双膝被浪涌的冲劲剧烈地击打、摇晃，胃里一阵翻江倒海。要不是西尼亚还紧紧抓着欧文的胳膊，他就要摔倒了。水面上升起一股奇怪的雾气，像穿不透的浓雾一样。

"我只能送你到这里了，"她说，"塞弗恩可能会觉察到我的存在，虽然他不会明白为什么喷泉中会掀起一股大浪。我必须要回布里托尼卡了。但我会在箱子里给你留信息的，你也要这样做。我很期待收到你的来信。”

他转过身，凝视着她，她露出可爱的微笑，神态柔情似水，眼睛中充满了兴奋欣喜之情，他都心领神会。他动用全部感官，努力让自己相信，他在这么短的时间内就横穿了整个锡尔迪金，从那一端到了这一端。

“这也是你的一种能力吗?”他问道，惊奇地摇着头。“我之前从来不知道。”

“我相信你一定可以保守这个秘密，”她回答道，“当水雾升起的时候，没有人能看到我们，也没有人能听到我们说话。这座喷泉并不是位于圣母殿主厅的喷泉。将这个箱子藏入水中，把它全权委托给圣泉。它会从所有不是泉佑异能者的眼里消失。当然也不是所有的泉佑异能者都能看到它的。”

“你的意思是国王也能看得到?”欧文追问道。

她点了点头。“如果他过来的话。”

“但你见过未来了，你知道他不会看到?”

她用温暖的目光看着他，点头表示赞同。“他不会过来的。”她的手在欧文的胳膊上滑动着，一种占有的姿势。“快点儿写信给我，欧文。我想要帮助你。”

“我也需要你的帮助，”他轻笑着，“谢谢你，西尼亚。”把箱子放入水中之前，他打开检查了一下巫哲棋盘。确认无疑，白巫师已经横穿棋盘移动了，现在在黑国王旁边。旁边还有一位白骑士。

西尼亚朝他点点头，但是什么都没说。他合上了箱子，将其放回水中。他的双手刚要浸入水中，水便退却了，在圣泉底部腾出了一片干燥的地方。这仍让欧文吃惊艳羡不已。

“愿圣泉指引你，亲爱的。”她说，声音中充满了希冀憧憬。

她的话语让他放松了下来。他已经立下誓言娶她为妻。他们已经准备一起铤而走险，齐心协力促使国王退位。但一想到有一个人爱着自己，珍惜着自己，他心中又五味杂陈。

“你也是。”他回答道。她略显尴尬地看着他，然后踮起脚尖，在他脸颊上留下一个吻，蹭了蹭他浓密的胡须。之后，她一刹那间就消失得无影无踪了。他还没来得及回她一个吻。

他盯着她之前站立的地方，轻轻笑了，突然发现她把自己的凉鞋落在了圣彭里恩喷泉的栏杆上。他从喷泉中走出来，水雾随之消散了，像粉末般散开。他从喷泉走出去的路上，心中满是胡思乱想。当天圣母殿里有零星几位访客，看上去没有人注意到他。欧文走出圣母殿以后，他看到北边的天空中有一朵乌云正在翻腾。

欧文经由“艾思斌”把守的大门进入王宫，他小时候也从这里通过。他不想让自己已经回来的消息太快传开。据他估计，埃塔伊内明天或者后天才能回来。他已经在客栈给她留了字条，也就是他们之前约好见面的地方，字条中告诉她，他已经在她之前回来了，先到王宫里寻找其他线索。

太阳快要落山了，把天空染上了黑色的墨迹。他小心翼翼地躲着人，成功潜入了“艾思斌”隧道，无人发现。他拿着一盏灯，摸索着去了国王的会议室。墙那边传来的声音让他放慢了脚步。他找到了打开窥视孔的机关，在灯光透过窥视孔之前，他把灯熄灭了。

他把眼睛贴在那条缝上，以便看清屋内的情况。塞弗恩在里面，来来回回地踱着步，几位王国里的公爵也同样走来走去，包括凯茨比和保伦。凯文，欧文在“艾思斌”的副手，正靠在远处的墙上，摇着头，沮丧地紧锁眉头。空气中充斥着紧张的因子。国王的宫廷大臣突然大声说话，宣布晚饭时间到了，一盘盘食物端上来，气氛缓和了很多。欧文感觉到有微弱的圣泉魔力从房间里传出，这让他提高了警惕。

欧文将注意力集中在这股魔力上，想要找到它的来源。一开始，他怀疑是国王，但这股魔力却是从房间深处传来的。他不敢动用自己的魔力，怕让国王或者里面的人发现自己在场。讨论声再次传来，欧文急切地偷听着屋里人们的对话，他很快就发现埃里克和当斯沃斯的死活就在这一盘盘腌牛肉旁被讨论着。

"巡回审判庭认为他们两个都有叛国罪，这如您所愿。"仆人们收走餐盘后，凯茨比对国王这样说。"埃里克和当斯沃斯命该如此，他们自己都心知肚明。我不明白为什么我们现在不能宣判，我的陛下，今晚就把他们两个扔进河里吧。"

欧文因为紧张，胃疼了起来。

"我的陛下!"凯文哀求道。

"闭嘴吧你!"凯茨比怒骂道，"已经给了你找证据的机会了。这是国王该决定的事情。您为什么犹豫不决呢，我的陛下?"

国王脸上的表情很糟糕。他皱着眉头，满脸焦虑的神情。"别逼我，凯茨比。我警告你。"

"我们还是等到欧文大人回来再宣判吧?"凯文建议道，"让他看看证据。听听他的意见，不是显得更加公正廉明吗?"

凯茨比眼中带刀。"我告诉过你了，安静点儿。"

"您管不了'艾思斌',"凯文愤愤不平地说，"证据模糊不清。还有其他人牵涉其中，他们帮埃里克和当斯沃斯出逃。看起来似乎是……"他犹豫了一下。

“继续。”塞弗恩说，这让凯茨比十分懊恼。

“他们逃脱和被捕的情形都极其可疑。”凯文说。

“再多说些。”塞弗恩逼问道。

“我不敢。”凯文回答道，忧虑地看着房间里的其他几个人。

“你要是想揭发他人，就直说!”凯茨比咆哮着说。“你的意思是我在背后指使他们逃狱吗？呸！我为什么要管他们！自从基斯卡登很合时宜地走后，我就一路从北方赶回来帮忙。您是什么时候叫他回来的啊，我的陛下？多少天过去了？他乘船都该到了。他为什么耽搁了那么久?”

“你一定想不到他去的地方有多远，”塞弗恩不耐烦地说，“即使他一收到凯文告诉他囚犯越狱的消息就往回赶，最快也要明天才能到。给他点儿时间吧。他会回来的。我确信他一定会回来的。”

“我的陛下。”凯茨比说，声音中听得出带有明显的矛盾：不耐烦的情绪和被迫遵从的宫廷礼节。“您有权进行有罪裁决。您觉得听了基斯卡登的意见之后，您做决定会更容易吗？您必须要将这两个对手处以死刑。他们两个对您的王位构成最直接的威胁。当斯沃斯要是不把我们每个人都扔进河里，他是做不成国王的。他穷凶极恶、凶险至极，他上台对我们来说凶多吉少。”

“他这样都怪我，是吗?”塞弗恩嘶哑地问道。

欧文在努力感觉魔力是不是从凯茨比身上传来，虽然传来的方向无误，但他仍然不能肯定。

凯茨比收起了自己的餐巾，站起身。“比起其他国王，您可真是宽宏大量，真够仁慈的啊。您哥哥雇用毒药师毒死了当斯沃斯的父亲，这是您犹豫不决的原因吗？那埃里克呢……还是我应该称他为皮尔斯？他是渔夫的儿子。您好几年前就应该把他杀掉了。”

塞弗恩目光如炬，欧文正打算进屋吓他们所有人一大跳，但有股力量阻止了他。

“你怎么说，杰克?”塞弗恩说，他那炽热的目光落在杰克身上。

杰克·保伦正忙着吃饭，狼吞虎咽的，但他顿了一下，用餐巾纸擦去嘴上的油脂，然后说：“我旁听了巡回审判，我的陛下。证据可能不够充足，但根本不影响最终的结果。这两个人对您的王位和您的权力都构成威胁。必须把他们两个扔进河里处死。”

“走开，”塞弗恩粗鲁地说，“你们所有人，都走开。”

凯茨比用轻蔑的目光瞅了国王一眼，踏着重重的步子走出了房间。他们都走了，一个接一个，只留下塞弗恩自己一个人站在壁炉前面，目光呆滞，陷入了沉思。这是个绝佳的机会，可以单独接近国王，但欧文仍踌躇不前。直觉在拉扯着他，告诫他再等等，看看国王一个人到底会做些什么。

“你还在那儿吗?”国王说话的声音很低沉，语调愤慨。

欧文吃惊地眨着眼睛。国王已经以某种方式觉察出他的存在了吗?接着他感觉到那微弱的圣泉之力开始衰退，这股魔力在刚刚讨论时充斥着整个房间，一个男人在最远处的角落里现了身。这个人方脸，黑色鬓角胡须，头发浓密蓬乱，身穿外套和裤子。他从腰间抽出一根长木烟斗，从一端开始抽了起来。欧文一眼就认出他来了，尽管他的外形长相和言行举止发生了惊人的变化。他曾经见过这个人焦虑地蹲伏在囚牢之中——他正是埃塔伊内的父亲。

欧文马上就意识到，他就是自己之前觉察到的那个泉佑异能者。

“当然，我的陛下。”这个人粗鲁地说，吸着烟斗柄。

“你做得很好，德拉甘，”塞弗恩挖苦地说，“当然，如果基斯卡登公爵在这里的话，就完全行不通了。他能觉察出你在场，就像我一样。”

欧文愤怒不安，心脏跳得很快。发生什么事了？

这个人毫不关心地耸了耸肩。“最好尽快了结此事，我的陛下。速战速决。这是我要说的。他永远都不会知道的。您看起来幡然悔悟。在我看来，您能把他们那些人都骗了。”

“这也许会让你大吃一惊，德拉甘，”塞弗恩说，露出狡黠的神态，“但我还是很在乎小伙子的良知的。他不会心甘情愿地接受这王位。但我确实需要一位继承人，他是合适的人选。他不需要忍受我所经历的这一切乱七八糟的事情。”

“您真是宽容仁慈啊，我的陛下。”这个人低声轻笑着说。

“你会得到额外奖励的，毋庸置疑，”塞弗恩说，“马克斯韦尔花钱雇你救那个小伙子，我说过我会付你双倍的价钱。”

德拉甘用牙齿紧紧咬住烟斗柄。“钱就是钱，我的陛下。我可不挑到底是谁给的钱。”

“当然不用。我需要你这样的人在我身边，德拉甘。你还戴着我之前给你的那枚‘艾思斌’戒指吗？也许我会让你再多戴些日子。”

德拉甘高兴地笑了。“您能这么说就太好了，我的陛下。我能吃点儿这些配菜吗？浪费真是可耻啊。”

“你吃吧。我必须要去安慰那个快要成为寡妇的女人。”

德拉甘呷了呷嘴，开始从食物托盘上自取食物，此时国王走出了会议室，关上了门。这个小偷咬了一口那块鲜美多汁的牛肉，又呷了呷嘴。

“可怜的女人啊，”他邪恶地笑着说，“他最终会得到她的。她穿黑衣服已经太久了，现在看起来像他的王后了。”

第十八章
忠诚

欧文偷偷潜回漆黑一片的“艾思斌”隧道时，心中五味杂陈。刚刚所见之景蕴含的深意让他纠结万分。在欧文看来，塞弗恩要让自己成为他名义上的继承人。这个想法使他心中藏着的抱负活了起来。欧文·基斯卡登——锡尔迪金国王。但塞弗恩把这个想法说给那个小偷听了。这还是真的吗？如果是真的，欧文要不要心甘情愿地接受这样一个角色，然后借机退位，把王位让给德鲁？另外一个问题——这个问题刺激着欧文·基斯卡登的本心。一旦尝过王权的滋味，自己内心还能强大到将其拱手让人吗？

他怕自己做不到，这一想法深深地困扰着他。他在如蛇形般纵横交错的王宫“艾思斌”隧道中走着，回想这些年来自己的改变，自己变得越来越像塞弗恩，说话的方式也变得与他一样讥讽尖锐。他的心情越来越晦暗，一切都散发着背叛欺骗的味道。不，欧文不能让自己扮演这个篡位者的角色。也许人人都希望他这样做，但他要和这样的命运对抗。他不会背叛西尼亚的。他需要给她写封信，告诉她自己回来以后发现了什么。他们推翻塞弗恩的计划要马上启动。

他沿着隧道来到星室秘密宫翼的深处，他希望凯文·艾默雷一个人在这里。他静静地在门口听了一段时间，轻轻敲了下门，转动了门把手。

这位老“艾思斌”正坐在椅子上，对面是堆满公文信件的桌子。他看上去焦躁烦忧，抬头看了一眼闯进来的人，又低头继续看着那份信，随后吓了一跳，立马从椅子上站起身来。

“您回来了!”凯文惊喜万分地说，“自从您离开后，我就再没得到过您的消息。我开始担心您在布里托尼卡受到伤害了!”

欧文笑对这样的言论，轻轻关上门，划上身后的门闩。

“国王知道您回来了吗?”凯文急忙问道。

欧文摇了摇头。“还不知道。我想先见你一面。我偷听到了刚刚你和国王的对话。”

凯文松了一口气。“您听到了，真是太好了！我努力想要避免灾难的发生，可惜没有成功。感谢圣泉让您回来了。我能告诉您些什么呢？您最想知道些什么？您收到我寄给您的那封关于埃里克和当斯沃斯的信了吗?”

“这就是为什么我立刻赶回来的原因,”欧文说，“告诉我发生了什么——他们怎么逃出去的。”

凯文绕过桌子，这样他们可以彼此面对面交谈。“这就是问题所在。我没弄明白这一切是怎么发生的。您的命令是将德拉甘关押几天，然后把他释放，派人跟踪他。您走的那天他就从监狱里逃出去了。”

欧文眉头一皱。“怎么会这样?”

“我也想知道!”凯文惊讶地说。“狱卒过去送食，发现锁链堆在地上。门还是锁着的，但人不见了。您见过那件囚室，不大。狱卒的钥匙丢了，所以我把他也抓了起来，算作同党。”

欧文摇了摇头。“狱卒是无辜的。我知道他是怎样逃出去的。”

“但是怎么可能呢？我将这件事报告国王了，国王怪罪‘艾思斌’把事情搞砸了。他很生气，您一定可以想象得到。后来没过多久，埃里克和当斯沃斯就越狱了。毫无疑问，一定是德拉甘放他们出去的。我把所有人都派了出去找人。”

欧文轻轻拍了下嘴唇，开始踱步。“让我来猜猜看。你找到他们没费多大力气吧。”

凯文满脸惊讶地看着他。“您洞察力如此惊人，真是吓到我了，我的大人。您做了个噩梦？您到布里托尼卡了，是吗？”

“是的。”欧文的脸上露出了得意的笑容。接着他说：“你们和国王说完话后，所有人都离开了，只有国王没走，还有德拉甘。”

“艾思斌”的眼睛瞪得浑圆。“德拉甘在那里？”

“他一直都和你在同一间屋子里。我感觉到了他的存在，但看不到他。这个小偷是泉佑异能者。”埃塔伊内的天赋现在完全说得通了。“他能让自己隐身，小偷的绝佳技能，你不这样认为吗？所以当你看到锁链堆在囚室地上的时候……”

凯文睁大了眼睛。“他还在那里。他只是成功解开了手铐，可还一直等在那里。然后他在一阵喧哗躁动中偷了狱卒的钥匙。”

欧文点了点头。“德拉甘现在是国王的人了。”

凯文轻轻舒了口气。“我……我很困惑，我的大人。我们得到的所有情报都表明德拉甘是为布鲁格的马克斯韦尔干活的啊。”

欧文耸了耸肩。“塞弗恩收买了他。我觉得他现在是利用德拉甘制定出了一个绝佳的计划，可以彻底毁掉他那两个对手。然后他就可以随心所欲做自己想做的事情了，比如娶凯瑟琳夫人。我必须阻止他。”

“我的大人，”凯文说，一副心烦意乱的样子，“还有些别的事情。”

“为什么不一口气毁掉我的整个晚上呢？说吧，伙计。反正我的心情已经不能更糟糕了。”

“我觉得国王打算让人顶替您掌管‘艾思斌’。只要我向他汇报消息，他就会问我很多关于星室的问题，还问我谁对您最忠心耿耿，意图十分明显。我感觉他这是想要换掉您，就像他对其他人的所作所为一样。您现在大权在握，他感到不舒服了。我觉得他想要把另一个人放在您现在这个位子上。”

“你知道是谁吗？”欧文问道。

凯文耸了耸肩。“不是我，他知道我效忠于您。现在我知道是他在背后指使埃里克逃狱……”他顿了一下，十分气恼。“我知道他会怎么对付您了。”

欧文抓了抓脖子。“他派我去布里托尼卡就是为了不让我掺和这件事。我知道，趁我不在的时候，他派凯茨比主持巡回审判。”

“您都不知道他用多快的速度达到了塞弗恩的要求。他在北方的所作所为全是强取豪夺。凯茨比对你恨之入骨。他这些年来一直嫉妒您，您一旦落马，他就是接替您的不二人选。”

“他想要什么尽管拿去，”欧文嘲讽地说，“他现在在敦德雷南强取豪夺，但他会得到应有的惩罚。”他轻声笑道：“我觉得国王要是知道我和女公爵订婚了，一定会非常吃惊。”

“您这么说一定是开玩笑吧，”凯文吃惊地咳嗽起来，“您怎么会这么做！大家都认为这是白费心思，这只是一个和奥西塔尼亚打仗的借口，您知道沙特里约恩宁可让您把口水吐在他脸上，也不会允许锡尔迪金霸占一个这么大的公国的。”

“我绝对相信，国王本意绝不是让我求婚成功，”欧文咕哝着说，“但我能说什么？女公爵爱上了我的无限魅力。”他不再踱步，转过身看着老“艾思斌”。“我掌管‘艾思斌’的时间恐怕不多了，但我现在还管事呢。我命令你向国王汇报我已经回来的消息，告诉他有个信差先我一步回来了，通报我和西尼亚·蒙特福特女士订婚的消息。告诉他，我要在大厅和他分享我的一个梦境。确保其他公爵也都知道这件事。我想要每个人都到场。”

凯文的眼睛兴奋地闪着微光。“什么消息啊，我的大人？”

欧文摇着头。“你到时会知道的。我现在要溜回城里，这样就可以名正言顺地进宫了。我想要帝泉王宫所有人都知道西马奇郡公爵回来了。”

老“艾思斌”拼命点着头。“您会努力营救埃里克和当斯沃斯，不让他们被扔进河里吗?”

欧文拍了拍他的后背。“我在救所有人。现在去吧。”

凯文笑了，如释重负，打开星室的门锁，快速离开了。欧文锁上了门，心脏跳得很厉害，全心想着如何才能加快速度。他需要保持头脑灵活、行动敏捷，这样才能让这个王国免遭自身的冰封命运。

他拿出一张纸，从桌子上抓过来一支沾着墨水的翎，字迹潦草地给西尼亚匆忙写了张便条。

> 亲爱的，这里的变化发生得太快了，我相信你一定已经知晓。塞弗恩想以叛国罪处死埃里克和当斯沃斯，虽然他们逃狱是国王一手策划的。他想要等埃里克一死，就去诱逼凯瑟琳。我给你附上另一封信，希望你尽快交给伊蕾莎白和雅各。我将会预

言，北方即将面临入侵，这样就可以给自己制造一个去那里的借口。我觉得凯茨比根本无法胜任北坎公，雅各会找到一些忠诚并且自愿的人，准备起义。等国王派我去镇压叛乱，我就可以向雅各详细解释我的计划。根据恐怖亡灵传说，所有王国都会同时进攻锡尔迪金。这将帮我显示这个预言。我希望你安然无恙，一切都好。你能带走吉纳维芙，并在布里托尼卡保护好她吗？我会偷偷把她从城堡带到圣母殿来；你只需要告诉我什么时候在那里见面。我之前从未写过情书。对不起，这封信里说了太多计划谋略。我很高兴我们最后见了一面。我时常想着你。也给我说说你的事吧。还要告诉我，我们能赢。

欧文盯着这张纸看了一会儿，因自己的措辞而皱起了眉头，但没有时间让他再三斟酌了。他草草写下自己的名字，没加上称谓头衔那些东西，把纸条折好，塞进外衣口袋里。随后他又抽出一张纸，给伊薇写了一张便条。

我承诺过我一定会保证你女儿安然无恙。我最近得到些消息，不得不开始采取行动了。我会如我承诺的那样保护好她，在这一点上，你可以完全信赖我。但我需要你和你的丈夫重新宣称你们在北方应得的权利和属于你们的领土。这件事十万火急。国王的恶行必须加以阻止，否则整个王国都会毁灭。尽你所能，了解一下关于埃东布里克的故事，还有埃东布里克人民是如何被淹死的。我现在就是在避免相同的事情再次发生。我需要你们的帮助。我会带兵在北方和雅各的军队汇合，届时我和雅各就可以详细讨论这件事了。如果要是有别的办法，我绝不会像现在这样做。但我已经不再信任国王，他已泯灭了自己的责任心。我不能袖手旁观，置那么多生命于不顾。十二天后，我将会在黑潭我们曾会面的那家客栈等你丈夫。请相信我，我亲爱的朋友。请相信我，我所做的这一切，都是我不得已而为之。

欧文叹了口气，写下日期，然后把便条折起来，和给西尼亚写好的信一起塞进衣服里。他在桌子前站了一小会儿，低头盯着高高摞起的文件。他不会留恋掌管“艾思斌”的时光，他突然意识到。可以让另一个人替他肩负起这重任，对他来说也不是件坏事。还有什么事情……正在发生。空气中散发着紧张的气氛，他感觉到棋盘上的棋子已经在移动了，就好像大地在他脚下咆哮。

他溜出星室，庆幸有夜幕的遮掩，天色暗下来可以帮助他顺利离开王宫，不被人察觉。他要是不快点儿的话，士兵将会在太阳下山时关闭城门，他就会被锁在圣母殿之外。但根本没有人注意到他从王宫溜出来，潜入城市，这就表示他能以最快的速度在人群中穿行无阻。

欧文进门的时候正好有一大批拜访者准备离开，他不免显得有些突兀。

“我女儿生病了，我必须去许愿!”欧文着急地冲门口守卫喋喋不休道，因为他挡住了欧文的去路。

“快点儿，伙计。一定要快点儿！太阳落山后圣母殿就关门了。你知道的。”

“谢谢您，长官!”欧文说着，脸上浮现出一种让人信服的谦卑感，大步流星，快速走进圣母殿。主厅空无一人，他的靴子踏在石头地面上，发出很响的声音。喷泉中的水平静极了，成百上千个锈迹斑斑的硬币填满了整个水池。

欧文环顾四周，悄悄走到他早些时候从中现身的侧凹室中。他在头脑中浮现出箱子的画面，尽可能详细地回忆箱子的样子。箱子出现了，在水中等着他。他抓住箱子把手，把箱子从水中拎出来，放在侧栏上。他听到身后传来了一阵脚步声，赶紧打开巫哲棋盘。白巫师现在已经回到奥西塔尼亚的那边，表明西尼亚已经回到了布里托尼卡。他冲着这枚棋子微笑着。

随后他注意到棋盘转角处夹着一张折得整整齐齐的纸。他没想到这么快就会收到她的来信。他赶快拿出自己写的那两封信，取走她的这封信，然后把自己的两封信放进箱子里。轻轻地，他合上了箱盖。拆开蜡封，这封写给他的信里有只蝴蝶点缀装饰。字迹隽美，一字一句都精心雕琢，精美悦目。

亲爱的欧文：

你看到这封信的时候，已经太晚了。埃里克已经死了。这不是你的错。这是他自己的选择。我知道这个消息一定让你悲痛万分，很抱歉我成为告诉你这一噩耗的人。两天后我会过来接吉纳维芙。中午时把她带到喷泉这里来。当你看到水雾升起的时候，让她走进来。我会照顾好她的。注意安全，我的大人。期待我们下次见面。

西尼亚

第十九章
毒药师的悲伤

怀着无比沉重的心情，欧文来到之前为埃塔伊内预订了房间的那家桥上客栈。他并不期望她现在就到——她最早明天才能到——但这是一个他可以坐下来想事情的地方。一进房间，他就换上一套新衣服，在水盆里洗了脸。然后坐在椅子上，再看看西尼亚写给他的那封信。他心情阴郁，正如窗户外漆黑一片的夜空。

埃里克已经死了。

他还没从凯文那里听到这个消息，所以他猜想“艾思斌”应该还不知道这件事。难道是塞弗恩得知他回来了，就下了处决令吗？他皱起了眉头。如果国王一手策划安排他们两个逃出去，然后冠之以背叛之罪，这无异于蓄意谋杀。他眼睛直勾勾地盯着桌子上燃烧的蜡烛灯芯，看得入了迷，他能分辨出火焰中的不同颜色。

门在他身后轻轻关上了，声音很轻，他差点儿都没听到。

欧文从椅子上站起身，佩剑已经有一半从印有乌鸦图案的剑鞘中拔出了，他发现来人是埃塔伊内，她手里拿着一把匕首。

“你怎么比我到得还早？”埃塔伊内吃惊地低语道，“我看到门缝里透出光来，还以为有人在屋子里等着要杀我呢。”

他的心还怦怦跳着，就像一匹飞奔的骏马一样。“我以为你明天才会到。”

“我和你分开后就没睡过觉。”她说，他能看到她眼睛下面的黑眼圈，也证实了她的话。她的身体仍然紧张，保持着警惕。“你怎样这么快就到这儿的?”

欧文舔了一下嘴唇。“看得出来，我弄得你有些措手不及。我来解释，你能先放下手里的匕首吗?”

她放下胳膊，但没有松开手，仍然抓着武器。“我怎么知道真的是你?”

“西尼亚带我过来的。”他用一只手抚弄着头发。“让我试着用最短的时间解释一下。圣泉赋予了她很大的能量，埃塔伊内。她是位巫师。”听到这个消息，她吃惊得睁大了双眼。“她通过圣彭里恩喷泉把我带到这里，我直接从圣母殿那边过来的。”他朝那个方向点了点头。“我偷偷溜进王宫，潜入‘艾思斌’隧道。你父亲现在为国王效命。他也是泉佑异能者。你之前知道吗?”

“不。”埃塔伊内说，摇着头。“我不知道。”他能通过她的眼神知道她说的话是真的，他释怀地舒出一口气。

“千真万确。当时枢密院会议时他在场——我能觉察到他的存在——但他有能力让自己隐身。等其他人都走了，他现身单独和塞弗恩说话，我才看到他。埃里克和当斯沃斯的逃狱和被捕，都是他一手安排的。”

毒药师的脸色暴露了突然的情绪变化。她快速地眨着眼睛，嘴唇颤抖着。

“怎么了?”欧文急忙问道，关心地朝她走去。

她努力让自己保持镇定。“还有什么?”她说，声音中夹杂着失望之情。

“我真不知道该怎么说，”欧文虚弱无力地说，“我从西尼亚那里了解到巫哲棋的一些规则。显而易见，老巫师们在这个特殊的棋盘上创造了这个游戏，施魔法让这个棋盘具有掌控王国命运的能力。对垒双方分别是奥西塔尼亚和锡尔迪金，这两方的对战已经持续了数百年。问题是如果其中一方输了，或者有人打破了巫师们立下的规矩，他们的王国就会遭受灭顶之灾。还记得塞弗恩允许曼奇尼把坦默尔从圣母殿拉出来的冒犯之事吗? 这一举动触发了一些异乎寻常的结果，尤其是天气。”

“有一场暴风雪正朝这个方向逼近，”埃塔伊内说，“天黑之前，我看到一片巨大的乌云从北方压过来。明天就会到这里。你说是这个巫哲棋盘发出命令让乌云来袭的吗?”

欧文用力点点头。“还记得这些年来那么多场不同寻常的降雪吗? 这是坦默尔藏在圣泉圣母殿喷泉里的巫哲棋引发的。这个巫哲棋游戏赋予某几个人操纵棋子的能力，但只有天生就带有这种血统的人才有这个能力。我会教德鲁怎么样下巫哲棋，然后他就能移动棋子，打败塞弗恩。如果我们不把塞弗恩打败，锡尔迪金就会应验冰封诅咒，毁于一旦。女公爵也在努力阻止这一切的发生。我们已经结成同盟。她会协助我一同推翻塞弗恩。”

一丝怀疑的表情浮现在埃塔伊内脸上。“这些都是她告诉你的?”

“是的，”欧文说，“这说得通啊，埃塔伊内！我这辈子见过的事情足以证明这些了。圣泉告诉我德鲁是那个恐怖亡灵。他是预言成真的关键一环，他是阿根廷家族唯一的继承人，他能让游戏继续。所有王国都会来攻打我们。这是预言中所说的。塞弗恩是那种宁愿让所有人都毁灭也不愿意主动交出王冠的人。你不相信吗，埃塔伊内？”

她收起匕首。“对此我毫不怀疑，欧文。但女公爵帮助我们一定还有其他企图。她真的像她让你相信的那样心地善良吗？”

她这番话给欧文心中平添了一丝怀疑。“我觉得她值得信赖，真的。”他说，将他所能找到的一切信任都注入话语中。

“那你的计划是什么，欧文？”埃塔伊内停顿了片刻说，“接下来要发生什么？”

欧文并不确定她被说服了。“你相信我吗，埃塔伊内？看你的表情，你比平常更警惕了。”

她摇着头，叹了口气。“你弄得我措手不及，我并不习惯这样。我的确没想到你比我早到了。我过来是为了确保你返回帝泉王宫时一切安全，可你已经在这里了。你告诉我的第一件事就是我父亲和塞弗恩在同一个阵营。欧文，你必须清楚，他是整个锡尔迪金最不值得相信的人。他是个骗子，是个小偷，他这一生就没对任何人忠诚过。”她说话的时候眼泪在睫毛上打转。“我觉得我们去囚室的时候，他一定看到我了。如果他怀疑我还活着，他会费尽心机找到我，然后操控我，他一直以来都是这样做的。”她颤抖着，这让他很吃惊。她有上千种杀人的方法，可关于她这个小偷父亲的回忆，却还深深地萦绕在她脑海中，让她难以摆脱。她握紧了拳头，紧紧地压在她的嘴唇上，努力想要保持镇静。他看不到她脑海里上演的那些痛苦回忆，但他能感觉到。一行泪从她脸颊滑下。

欧文为她感到伤心。多少次在他伤心绝望的时候，是她安慰他！可她却做不到再次控制那些已经时过境迁的情绪，这深深刺痛着他，尤其是当他知道她伤得如此之深的时候，他更为她感到难过。她是他的朋友，他的红颜知己，唯一一个在这些艰难困苦的日子里他能完全信任的人。

他见不得她如此痛苦，他走近些，用胳膊搂住她的肩膀。她因为他的这一举动身体变得僵硬起来，但随后就任由自己靠在他身上，抽泣起来。他抱紧她，感觉到她身体一颤一颤的。她把额头靠在他的胸口上。和她共处的时光苦乐参半；他感到她既吸引着自己，又让自己害怕。西尼亚警告过他，他会试图背叛他们彼此立下的誓言。现在他和埃塔伊内孤男寡女，待在这个客栈里，夜幕已经降临，而他亲爱的朋友正处于他见过的最脆弱无助的状态。

她抬起头，目光凶巴巴地看着他，着实吓了他一跳。她推开欧文，戴起蒙头斗篷，遮住自己的脸。“天亮之前我就会回来，”她小声说，“插好门闩。”

“我告诉了凯文我要立刻去见国王以及其他大臣。”欧文担忧地说。

她摇了摇头。“在我不能确定你的安全之前，你不能再进那座城堡了。待在这里。”

欧文那晚几乎没怎么睡觉。每一下敲门声，每一个脚步声都能让欧文惊醒。几个小时后，埃塔伊内轻轻的敲门声让他从时断时续的睡眠中醒了过来，他急忙冲到门口，打开了门。

她走了进来，一举一动、神态都显得糟糕透顶。

天还黑着，但天空中浮现的一缕微光意味着黎明将至。

“你发现了什么？”他慎重地问。

“国王今天早上会把死尸丢进河里，黎明时分。”

欧文胃里痉挛了一下。“所以埃里克死了，”他低语道，“当斯沃斯也死了吗？”

她摇了摇头。“当斯沃斯被特许可以酒醉至晕厥。他已经晕过去了。我看到死尸被捆上木舟。它们会从王宫那边的码头被送下水。我告诉凯瑟琳你会在那里和她见面。”

“你看见她了？”欧文问道。

她点了点头。“她心痛欲裂。你肯定能想象得出来。我告诉她你会带着她的儿子过去，这样他可以目送埃里克被送入水中。她认识那个男孩儿。我已经和莱昂娜约好了，让她带着他，给他梳妆打扮，他们两个会在厨房等我们。国王知道你要来。他们会在早餐时分在大厅等你。他计划今天在所有人面前任命你为锡尔迪金的继承人。但这只是他的一个策略，欧文。他一心要娶凯瑟琳为妻，他们生下的任何一个儿子都会将你取而代之。他宣布你成为继承人就可以从你手里夺走‘艾思斌’和一半的西马奇郡。”

欧文咬牙切齿。“你是怎么发现这一切的？谁知道你回来了？”

她摇了摇头。“没人知道。我给凯茨比吃了茄属植物，对他进行了催眠。等他醒来以后，不会记得告诉过我任何事情。他现在就要掌管‘艾思斌’了，他对德拉甘了如指掌。他是你最大的对手。如果要我给你建议的话，我会要求雅各入侵北方。那里的人们对凯茨比恨之入骨，他们会张开双臂欢迎雅各的。你的反叛之旅就这样开始了。国王会派你去镇压他们。”

欧文笑了。“这正是我的计划，第一步已经走出了。但首先我必须要告诉宫里的人们我做的梦。现在正是撼动塞弗恩王位的最佳时机。这将是我给人们留下的印象最深刻的梦。谢谢你。”他说，冲着她露出微笑。“你做得很好。要是没有你，这一切我可应付不来。”

“真高兴你意识到了，”她笑着说，“你去厨房领那个小男孩的时候，我会给你做好伪装，这样别人就不会发现是你了。我给你带来了一件外衣，到时候可以穿。”她说，敞开斗篷，拿出一个小包。包里是件黑色外衣，上面印着白野猪徽章。欧文换好衣服后，她帮欧文重新扣好剑鞘。她扣紧腰带，把多余的皮带穿进皮环里。“希望我们走之前能有时间让你刮刮胡子，”她说，边说边摇头，“塞弗恩的骑士可是不留胡须的。我必须要用魔法把你伪装起来。”

欧文点点头，他们一起离开了客栈，快速从桥上走过。不知怎的，一只公鸡突然开始鸣叫，可这声音却淹没在瀑布的冲击声中。清晨的寒气钻进欧文的手里，他拽上手套。看了看埃塔伊内，白乎乎的水汽从她嘴里冒出来。

“这么冷可不寻常。”他说，抬头看着天空，空中乌云密布，遮住了星星。“暴风雪要来了。”

她耸了耸肩，点着头，快速走着，把手放在胸前取暖。埃塔伊内在城门处给守卫看了“艾思斌”的戒指，然后他们便溜进树林，从一个秘密入口潜入王宫。天色昏暗，树林显得有些吓人，这让欧文不禁想起布里托尼卡的那片树林，他在那里发现了银碗，还有大理石板。他和黑骑士决斗的记忆让他心绪不宁。他们到达厨房的时候，莱昂娜和她丈夫正在角落里给小男孩喂黄油卷。除了他们之外，厨房空无一人。小男孩看上去蓬头垢面、疲惫不堪，看到欧文进来，他皱着眉头，一言不发，似乎只想着自己的事情。

“你好，德鲁。”欧文说。

“您想吃点儿什么吗?”莱昂娜问他。她丈夫拍了拍欧文的肩膀，欧文注意到最近他的头发又白了好多。

“我会和国王一起共进早餐。”欧文说，虽然他的胃抗议着他的这一拒绝。“跟我来吧，小伙子。我想带你去个地方。”

德鲁盯着他看了好久，最后才点头答应。欧文努力掩饰着自己的失望之情，因为这个小男孩和他并不亲近，不像之前他和霍瓦特公爵在一起时那样亲昵。欧文这种不开心的情绪让他成了一位可怜的叔叔。他暗自发誓，这种情况会改变的。

德鲁把剩下的黄油卷塞进嘴里后，站起身，跟着欧文和埃塔伊内走出厨房。他们沿着城堡围墙走向院子，院子通向山脚下的码头。欧文和伊薇两个人在童年的时候，经常从这里走过，他发现自己现在还认得路。

"我好冷。"德鲁说，搓着自己的胳膊。

"来，走到我们两个中间来。"埃塔伊内说，把他拉到他们两个人中间。"这会管点儿事。"

德鲁边走边用怀疑的目光看着埃塔伊内，随后又看向欧文。"我们要去哪儿呀?"

"我有个东西想给你看，"欧文说，"你现在不会明白的，但过一会儿你就懂了。"

"我累了。"德鲁抱怨道。

"我也累了，"欧文说，努力压抑着自己的不耐烦，"但一名骑士必须要知道如何战斗，即使他又冷又累。"

"这倒是没错。"男孩儿若有所思地说。

他们必须抄近路穿过草坪才能走到通往码头的城门楼。他打手势微微暗示了下埃塔伊内，她就施用魔法，让他变身成为一名普通的士兵。这魔法如一阵和煦的微风从她身上发出。

两名守卫穿着带有白野猪徽章的制服站在门口把守。欧文能听到从门那边的码头传来的声音。其中一名守卫抬起手，警告他们放慢脚步。

"嘘。"守卫说，摇着头。他们走到他跟前的时候，欧文能隔着大门上的格栅看到里面的情景。他心跳加速。已经有两艘木舟放在地上了，负责抬木舟的士兵们正在漫无目的地乱转。

凯瑟琳跪在装着她丈夫尸体的木舟旁，伤心欲绝，痛苦万分，眼泪肆意流淌。她喘息着，咽着泪水，抽泣着，可以看到一团团白汽从她嘴里溜出。欧文看到她陷入如此境地心痛万分。塞弗恩，这都是塞弗恩一手造成的。埃塔伊内眯着眼睛，眼睛里怒火在燃烧。

德鲁用自己的小手抓着格栅，看着这个女人，他不知道这是自己的母亲。

“可怜的女士，”小男孩小声说，“她是我的朋友。”

“给她些时间悲伤吧，小伙子。”士兵轻声对小男孩说。士兵看着欧文，显然他不能透过伪装认出欧文来。“他昨天晚上自己从塔楼台阶上跳下来了，”他一脸苦相低声说道，“自己摔死了。和坦默尔一样。这个可怜人知道自己今天要被扔进河里。可怜啊，可怜的人。”

欧文来到大门处，和德鲁站在一起，心痛欲裂。他用手拍了拍小男孩的肩膀。小男孩面容凝重，看上去很伤心。

“你为什么要带我来这里?”德鲁问道，抬起头看着欧文，当他看到一副陌生人的面孔在看着他时，不觉吓了一跳。

现在是告诉他真相的时候了。这就是欧文要带他来这里的原因。“没事，小伙子。还是我。”他低语道。

他还没来得及说话，就听到了脚步声从他们身后的路上传来，绝不会弄错的拖地走路的声音。他在和德鲁一样大的时候就已经熟知了的那一瘸一拐的脚步声。

塞弗恩来了。

第二十章
寡妇之恨

欧文听到国王拖拽的脚步声心慌得厉害，埃塔伊内也害怕得睁大了眼睛。塞弗恩在阴影中，他们看不到他，他也不可能看到他们，但用不了多久，他就会走到大门这里。

可以反应的时间所剩无几，欧文需要想个办法出来。他现在还在埃塔伊内的伪装下，但愿运气够好，国王会被自己的任务或者水发出的噪音分神，不会注意到附近有人施用了魔法。他要怎么做才能把埃塔伊内和小男孩藏起来呢？国王的脚步声越来越近了，他脑袋转得飞快。驻扎的守卫还没有发现国王来了，欧文赶紧抓住跳进他脑海的第一个主意。

“国王派我们过来的，国王马上就到。”他对守卫士兵们说。“请为国王打开大门。国王今早想要看着这些尸体被扔进河里。”他赶紧打着手势，示意他们开门。

士兵看上去有些吃惊，接着听到脚步声越来越近。

“他来了，”其中一个士兵吃惊地咕哝着说，“快点儿，快点儿开门！”这两个士兵用力扭着这扇重重的栅门，欧文朝埃塔伊内点了点头，让她把小男孩拉进门和墙的缝隙里，用这稠密的格栅把他们两个掩藏起来。欧文背朝着走过来的国王，用手势示意士兵把门打开后立正站好。

“国王万岁！”欧文一边敬礼一边说道。另一边，漫无目的走来走去的士兵们立刻乱成一团。其中几个士兵弯下腰鞠躬，抬起木舟，里面躺着昏迷的当斯沃斯。他嘴里这次没有咕哝什么。

“我的女士，”其中一个在凯瑟琳身边的守卫用请求的声音耳语道，“国王来了！”

欧文听到自己身后传来靴子落地的声音，能感觉到自己脖子上的皮肤一阵儿刺痛。他打算扮演一名粗鲁的士兵，希望这样可以和他的伪装相协调。“快点儿！快点儿！国王来了！”

“闭嘴，蠢货！”塞弗恩经过的时候呵斥欧文，但并没有瞧他第二眼。透过门就能看到埃塔伊内和德鲁，但阴影很重，足以让他们藏身。欧文担心极了，他感觉到心跳加速，但目前为止，他的计划进行得还算顺利。

“请您原谅，我的陛下。”欧文带着歉意含糊地说着站到一边去。

几位士兵弯腰抬起驾着埃里克木舟的棍子，但凯瑟琳还跪在木舟旁边，双手捧着她那死去丈夫的脸。

“我的女士！”其中一个士兵恳求道，忧心忡忡地瞥了一眼国王，他正穿过大门口。

“再等一小会儿，求你了！”凯瑟琳哀叹着说，悲痛欲绝，没有多少力气了。欧文看着国王放慢了前进的脚步，一只手握住匕首柄。

“你听到她说的话了吧，让她一个人待在那里！”国王怒骂道。士兵们赶紧从绑好的尸体边撤退。黎明将至，阴影即将散去。欧文悄悄冲埃塔伊内做着手势，准备把她和德鲁送离这里。他本来的确打算告诉这个小男孩他真正身世，但不是以这样的方式。

凯瑟琳抬头看着国王，泪眼婆娑，嘴角满是悲痛，目光像矛一样锋利。她之前对国王的所有恐惧害怕都烟消云散了。她眼中只有满腔的怒火，欧文看了都想赶紧离开。

“你当然会来，”她声音沙哑地说，“来看看你做的好事。你一直都想把我丈夫置于死地，我的国王陛下。现在他死了。他摔死了。他这个人不复存在了。”

“他自己从塔上跳下来的，亲爱的，”塞弗恩冷冷地说，“他不是个男子汉，都没有勇气面对河水。他知道圣泉救不了他。”

凯瑟琳挺直了身子，手指抓进黑裙里的时候，硬得像爪子。“你怎么敢和我谈勇气。他的勇气远非你所能想象。至少他现在可以不再承受折磨苦难了。深无测会带他去极乐世界。”

“那你就应该感谢我了，”国王笑着咳嗽道，“用不了多久他就会去一个更好的地方。至少现在你可以摆脱他了。”

她怒火中烧，面容扭曲。“我从未想过要摆脱他！他是我的丈夫！你就不明白这一点吗？我是他的妻子。”

塞弗恩拖着脚向前走了一步。“但你很适合做王后，而不是一个穷人的妻子。比起他之前给你的，你完全值得拥有更多。”

欧文感到圣泉魔力开始在他们周围搅动，在国王的声音周围环绕。塞弗恩冲向凯瑟琳，欧文看到他的手试探性地伸向她。此时此刻，他唯一能做的就是怀着恐惧的心情，一声不吭地旁观。

他用锐利的目光看着埃塔伊内，点头示意她带着德鲁离开。她和欧文四目相对，点头回应。这就意味着不再有伪装了，运气好的话，国王根本不会注意到那个自己随便打发了的守卫。毒药师的双手紧紧抓住德鲁的肩膀，要带他离开这里，但德鲁却紧紧抓着格栅，用力拉着不放手，想看看接下去会发生什么。他是不会走的，除非被别人发现，可他们不能让人发现他。

“你觉得在你这些所作所为之后，我还会同意和你在一起吗?”凯瑟琳惊讶愤慨地说，“送我回阿塔巴伦，送我回到我父亲的身边。为什么我还要在这里待下去，成为你的阶下囚？一分一秒也不行。你已经折磨我够久了！你要还是个男人的话，就自己跳进河里。你的子民都忌惮你。你是个懦夫，是个无赖，比任何一个遭到虐待的可怜人都更应该溺死在河里!”

欧文之前从未见过凯瑟琳如此激动。她像头母狮了　样站在那里，怀着愤慨之情，用强有力的态度面对国王，欧文看了感佩万分。

国王的声音中充满了嘲弄。“你以为他们两个会被投进河里溺水而亡吗？过来牵着我的手，凯瑟琳，我们可以一起走进洪水中。你才是他们此般命运的症结所在。我为什么会恨你丈夫？因为你。为什么我听到他越狱会高兴得手舞足蹈？因为这样我就可以向你证明，真正的他是怎样一个懦夫，怎样一个叛徒。他在塔里受的那些苦，是我安排的，因为我知道这些苦痛折磨和我每天经历的苦痛折磨相比，根本微不足道，我能让你待在宫里，却得不到你的心。是爱杀死了你的丈夫。你是一切的起因。”

国王又靠近她一些，就像是在靠近一个危险的动物，他的一只手里拿着匕首，另一只手试探性地伸向她。他已经很接近了，欧文想要提醒她远离国王。他已经告诫过她无数次了，国王的魔力只要被他一碰到就会起作用。她沉浸在悲痛之中，意识不到潜在的危险。他该怎么办，而且他还不能暴露自己。

“你怪我?”凯瑟琳用明显蔑视的语气说，“你总是这样，自己做错了事，却动不动就责怪其他人。我不可能爱你，塞弗恩。”

“天使终于叫我的名字啦!”国王柔声唱道。

“愿我的话语是毒药，将你毒死。”她回敬道。

“但你的话就是毒药，就是毒药!”他恳求地说，声音中情感饱满。“我给了你王冠，我给了你我的爱，我将把我的一切都给你，只为得到你的爱。但你却不愿要我。你，即便穿着寡妇的丧服，还像太阳般光彩夺目，你永远都不会在意我这个跛脚的瘸子。即使这些天来太阳不愿给我光芒，走在路上时狗吠于我。即使我被万人所恨，只愿我能用我所拥有的一切，换一个……甜美的……你的吻，一切都值了。”

他的手指握住了她的胳膊，欧文感觉到国王正在释放自己的魔法，如洪水般，释放到她身上。

“从来没人恨过你，凯瑟琳。每个人见到你都会爱上你的。我怎么能阻止自己爱你呢?我怎么能让心灵不再感受情感的波光?是的，你丈夫确实因我而死。可却是你驱使我这样做的。”

她朝他脸上吐口水。

欧文盯着她，既惊异又赞叹。

然而圣泉魔力却并未减弱，而且越来越强了。士兵们都往后退，却忍不住要看一看眼前发生的一切。

国王没有放开她的胳膊，欧文看到凯瑟琳的身体开始颤抖。国王再开口说话的时候，声音低沉，充满情感，听上去像是带着浓浓的满足感。“你也唾弃我?”

“走开。”凯瑟琳结结巴巴地说，她的决心开始一点点儿粉碎。“你在这里，真是玷污了此地。不久前这里还是个圣地。”

“你在，才使这里圣洁。”塞弗恩情绪激烈地低语道，声音越来越强硬，他把自己的意志强加于她。

“我祷告圣泉会诅咒你。”凯瑟琳说，声音中却少了些许暴力和激动。

“圣泉已经诅咒我了，因为你。”国王说。他慢慢跪在她面前，仍然抓着她的胳膊，痛苦地呻吟着：“不要哭泣，窈窕淑女。你的眼睛充满爱意。爱我吧。”

他这一番话突然掀起了一阵魔力。

“我恨你。我不能……我永远都不能——”

“你的双唇不想表示轻蔑，”他安慰地说，“教它们如何救人。只有你能救我，我的女士。只有你能驯服野猪。你要是不原谅我，就杀了我吧。”他猛地从腰带里抽出匕首，把她拉近到自己身边，她的裙子蹭着他跪着的膝盖。他把匕首塞进她手里，合上她的手指，让她握紧手柄。“拿着这把刀，复仇吧。”他手中空无一物，解开外衣系带，胸腔暴露无遗。“往这里刺，”他说，一边说一边拍打着自己心脏的位置，“了结我的痛苦，结束你的监禁吧。帮这个世界除掉我这个野兽吧。不！别犹豫！看着我！现在我的生死大权就握在你手里。我因为爱你，才堕落到这般田地。驯服我吧，或者终结我。我宁愿今早就能跳进河里，也不愿再有一分一秒看到你眼中仇恨的目光。”

国王用尽了自己所有的魔力。欧文感觉到了大崩塌，洪水的力量带着塞弗恩的意念渗透进凯瑟琳的头脑中。欧文咬紧牙关。他要是能离得近些，就能施加魔法，不让国王的魔法在她身上起作用。

在这样巨大的力量面前，她的意志力逐渐衰退了，国王的匕首从她手里滑落，“咔哒”一声掉在鹅卵石上。

塞弗恩声音中充满了胜利的喜悦。“要么拿起我的匕首，要么接受我。”

她的双肩绝望地沉了下去。“我不会杀你的，虽然你死有余辜。”

他摇了摇头。“那你就说句话。让我跳进河里，我都听你的。”

欧文希望她能远远地看看他。只要他能和她目光相遇，哪怕时间不长，他也会剧烈地点头。是的！他不相信国王会自杀。这就是个阴谋诡计，是个骗局，一种征服她芳心的方式。这和塞弗恩之前经历的任何一场战斗都不一样。

“我之前难道没告诉你，让你跳河自尽吗？”她颤抖地问道。

“你那是在侮辱我。现在给我下这个命令吧，我会照做不误的。”

寡妇脸上悲愤的表情已经随着旭日冉冉升起而消失殆尽。附近的树林里小鸟儿高兴得叽叽喳喳乱叫。这可真是个奇怪的场景啊。

她用手背拭去脸上的泪水。欧文注意到国王的手慢慢从她胳膊上滑下来，握住她的手。魔法消退了，但符咒已成。

“我真希望我能看透你的心。”她低声说道，紧紧握着他的手。

“我已经亲口说出我对你的爱了。你能原谅我吗，凯瑟琳？你愿意做我的王后吗？”

“你以后会知道的。寡妇不能有悲伤的权利吗？”

“这么多年来你一直都是个寡妇，”他热切地说，“把你的悲伤放到一边去吧。接受本就属于你的一切吧。我所拥有的一切，我都给你。我的心，我的王冠。拿着我这枚戒指，说你是我的人。”

他迅速从腰带间别着的小袋子里拿出一枚戒指。这一切都是计划好的。欧文盯着国王，他居然如此世故狡诈。他为凯瑟琳感到心痛，因为从来就没有给过她任何机会抑或选择。他看到她眼中的柔情。城堡已被攻破，她终究会屈从。

除非欧文能在他们婚礼前阻止这一切。

“好，我拿着。”她说，然后接受了这枚戒指。欧文注意到其他守卫们都呆呆地看着这一幕，有人怀疑，有人震惊。

国王勉强站起来，疼得脸孔都抽搐起来。凯瑟琳脸上的表情因为同情而柔和了起来，她搀着他的胳膊扶他站起来。等他站起来后，她也没有马上松开自己的手，还抓着他的胳膊。

塞弗恩低下头，看着她手里的那枚戒指。“戴上吧。”

欧文回头看了一眼大门，埃塔伊内和小男孩已经不见了踪影。他再回过头的时候，凯瑟琳已经在欣赏自己手上戴着的那枚戒指了，金色的指环在阳光下闪着金光。

她羞涩地抬起头，看着国王的脸，他能透过她的眼睛看透她的内心。所有的仇恨痛苦都消失不见了。她把脸颊贴在塞弗恩的胸脯上，他双臂搂着她的肩膀。

“让我们对圣泉的恩赐致敬吧，”塞弗恩说。他朝举着木舟的士兵们点了点头，开始向码头尽头走去。趁士兵们抬起躺着埃里克尸体的木舟前，凯瑟琳又回头多看了一眼她那死去的丈夫。她脸上的神情不再悲伤，就像悲伤已经离她而去了一样。

欧文看着塞弗恩慢慢地走在凯瑟琳身边，他们两个人不紧不慢地跟在士兵们身后。欧文对国王的所作所为以及他对凯瑟琳求婚的方式感到怒火中烧，愤怒不已。他撇着嘴，满是愤怒抗拒。

塞弗恩也许赢得了这个女人，但他不会霸占她太久的。

第二十一章
白国王

王宫走廊里回荡着欧文靴子踏在地板上的轰隆声，他步伐坚定、目的明确地走进正殿。仆人们都躲着他走，他走到哪里，都听到窃窃私语的声音，风言风语如影随形：西马奇郡公爵回到帝泉王宫了，是被国王召回来的，因为领地里发生了背叛行为。王宫里到处都是流言蜚语，说塔顿庄园来的那个人又做了个梦。欧文走到通向正殿的大门前时，门口已经被堵得水泄不通。

完美。

那些熟悉的担忧疑虑的感觉在欧文胸中升腾，几乎要让他窒息。他走过守卫，感到这里有股微弱的圣泉魔力，接着他看到大门附近经过乔装打扮的埃塔伊内。按照计划，她提前站在自己的位置上，尽管她看上去和屋子里其他优雅的贵族小姐们毫无二致，但他能将她的伪装一眼看穿。她微微点了下头，告诉他可以继续按照计划行事。

人群在他前面分开了，自发让出一条直接通向王座的通道。欧文看到数不清的餐桌上摆满了美味佳肴。这一刻，他几乎可以看到年幼时的自己坐在那里，目光焦虑地盯着坐在那里的国王，焦急地想要拔腿逃跑，远离国王。这一次，欧文要直面他了。

国王已经坐在王座上了，手握着匕首柄，他这样的姿势尽可能地弱化了他的残缺外表。凯瑟琳夫人站在宝座旁边，即使隔着这么远的距离，他都能看到她手指上金光闪闪的新戒指。他走进去的时候，注意到其他三个领地的公爵也在场——凯茨比、保伦还有洛弗尔——他们挤在一个角落里，急切地互相耳语着。凯茨比看到欧文进来，眼神中充满了厌恶之情；保伦用手遮着脸和凯茨比说着悄悄话；洛弗尔呷了一口红酒杯里的酒，没注意听他们两个人的悄悄话，眼睛盯着国王和他宠爱的人。他们另一边站着凯文，他用敏锐的目光饶有兴趣地看着眼前的这一切。

说话前在国王王座前下跪是规矩。塞弗恩好几年前就免去欧文下跪的礼仪，因为他功勋卓著。但欧文故意单膝跪地，在国王面前低下头。

“我告诉过你们，他会回来的，”国王嘲讽地对其他几个公爵说，“我没说过吗？但是伙计，你应该换件新衣服再来。看你的样子，有好几周都没有刮胡子了吧。下次一定要沐浴更衣后再来。”

人群中传来几声窃笑。欧文没管这几句嘲讽，开始集结圣泉的力量到自己身上。他知道塞弗恩在面对凯瑟琳的时候已经几乎用尽了自己的魔力储备，但欧文想要让国王和其他所有在场的人都留下深刻印象。

开口前，他留意到伊薇的女儿和德鲁一起站在一个支架台的一侧。他们两个人彼此挨得很近，吉纳维芙看到许久没见的公爵单膝跪在国王面前，在德鲁耳边悄悄说着什么。看见他们两个在一起，让欧文心中不期然想起些什么。他们两个被安排在一起也在情理之中。水车再次转到上面来了，准备着重新潜入水中。

“我的陛下，”欧文恭敬地说，“是您召我回来的，但我带来了一个紧急的消息。”

“起来吧。”塞弗恩说，示意他起身。“‘艾思斌’告诉我了。但在你说你的消息之前，我想要公开宣布，我的信念和信心在——”

“我的陛下。”欧文打断了他，同时快速站起身来。欧文说完，一阵沉寂突然横扫整个大厅，因为鲜有人会公然反对或反驳国王。欧文看到国王灰色的双眸惊讶地眯了起来。

这位年轻的公爵向前走了几步，借助圣泉的力量说出接下来的这番话。

“有个预言，”欧文说，他抬高了声音，“锡尔迪金土生土长的人都知道，千百年来以各种各样的版本流传下来。这就是恐怖亡灵预言。”

当他说出这几个字的时候，感觉在场的每个人似乎都受到了一股无形的晴天霹雳般的重击。他感觉圣泉的力量在他体内喷涌着，冲击着他的嘴，他的指尖。空气中突然凝聚了复杂的情感。国王身体僵硬地坐在宝座上，脸上的表情凝重起来。

屋子里开始传出窸窸窣窣低语般的声音，这个声音并不是来自某一个人，而是来自这寂静本身。

“那个预言，”国王厉声说，“只是个空穴来风的传说而已，是用来愚弄傻瓜的。我哥哥还曾经宣称自己是恐怖亡灵呢。”塞弗恩想要大笑，发出的声音却断断续续。

“那个预言是由邓达斯杰弗里记录下来的，”欧文说。他一边走向国王，一边在大厅里大声说着。“波利多罗大师给我看过原稿的抄写本。我们都听说过下面的谚语，我的陛下。当E来了又走了，你们自己可要当心，战争永不会停止。当E来了又走了，七国联合打败锡尔迪金。圣泉就不会再让土地洪水泛滥，随后会有恐怖亡灵出现，带着他最忠诚的妻子，身体里流淌着世界上最高贵的血液。他应得那顶王冠，他会带领锡尔迪金走上正确的道路，铲除一切异端。”

欧文顿了一下，让这些关于预言的话语慢慢归于平静。这个预言人所共知，甚至人们还形成了惯例，就是后来出生的孩子取的名字往往以E字打头儿。

塞弗恩脸色转为一片苍白，双唇气得变形。突然有人开始窃窃私语，声音不大，但欧文能听得到，他们在谈论那个冒牌货怎么起了个“埃里克”的名字，正是以字母E打头。

“这首打油诗，”国王紧张地说，“已经是好几百年来广为流传的谣传了。我传你来这里的意图是——”

“我的陛下，请原谅我。”欧文说道，再次打断了他的话。“但我还在布里托尼卡的时候，我就做了一个梦。那片土地的圣泉魔力十分强大，比我之前见过的任何地方的魔力都要强大数倍。我的陛下，恐怖亡灵预言中说，一个人会从死亡中现身。不是成人，是个孩子。我在自己的梦境中看到了一个胎死腹中的婴孩儿，一个裹着血淋淋粗布衣服的孩子。”他看着凯瑟琳，想用他的目光将她看穿。她盯着欧文，身体颤抖着，然后她的目光转向年幼的德鲁，而德鲁根本没在看她。

“这个孩子又活了过来。这个孩子现在就在这片土地上。他现在差不多该有八岁了。我看到他走进圣母殿，所有聚在那里的人都看到了，这个男孩把手伸进圣泉水中，拿出了一把剑。”

欧文说话的时候喘息声很明显，塞弗恩气得脸上的肉都颤抖起来。

“一把剑，我的陛下，”欧文声音低沉地说，“是圣女之剑，也是安德鲁王之剑。圣泉在警示人们，他就是恐怖亡灵，就是锡尔迪金真正的合法统治者。白国王。”

欧文转过身来，面对大厅里的人群。他偷偷看到埃塔伊内在看着他，努力想要隐藏起自己赞许的微笑。“你们都知道我的故事。你们都知道我曾经胎死腹中，但我不是恐怖亡灵。我在梦境中看不到他的脸，但我知道他现在还是个孩子。和我开始产生梦境时一样大。他将会把我们所有人从灾难中拯救出来。”欧文转过身，看着国王。“我的陛下，圣泉悄悄和我说，如果那个男孩不能称王，雪就会一直下，一刻不停。”他再次单膝跪地。“这就是我的梦境，陛下。如果梦境是真的，很快就会有七国来攻打我们。您需要我怎么做才能保卫我们的国土?”

“出去!”国王低声咆哮着说。他猛地站起来，挥着双手。“出去!你们所有人！只留下枢密院。出去，我说了！出去!”他怒发冲冠，几乎尖叫了起来。

人们横冲直撞地涌向大门，突然大厅里传来一个很响亮的声音。“下雪了！圣泉啊，他说话的时候就开始下雪了!”

欧文听到这消息，突然感到一阵眩晕。时间刚刚好。

大厅里充斥着躁动喧哗，人们开始互相推搡着，都想要成为第一个离开这里的人。有人碰翻了桌子，美味佳肴成堆成堆地散落到地上。欧文把目光锁定在塞弗恩身上，不想因为看其他人而冒暴露自己的风险。他很少见到国王如此暴跳如雷，怒火中烧。他尽力做到不让自己喜形于色。

人群需要一段时间才能散去，守卫拼命把人们赶出去，锁上门，只留下国王和其他几位公爵在房间里。凯瑟琳夫人担忧地看着塞弗恩，她双手伸向塞弗恩的胳膊，但又收了回来。

门突然大开，凯茨比走了进来。欧文并没看见他离开。欧文依然单膝跪地等着，下定决心，接不到国王的命令就不起身。他的双腿开始颤抖。

“下雪了，我的陛下，”凯茨比忧心忡忡地说，“我亲眼所见。城堡外面已经蒙上一层白色了。”

杰克·保伦惊讶地发出了感叹。“我发誓。”他咕哝道。

国王将一节手指关节压在他平滑的嘴上，双眼恶狠狠地看着欧文。“你在整个大厅的人面前说这些，”他气愤地说，“在满屋子的目击人面前！到底是什么居心让你非要这么做?”

欧文仍然单膝跪地。“我是遵从圣泉之命。”他谦卑地说。

国王从宝座上站起身来，开始走来走去。他看了一眼凯瑟琳，脸上的表情从痛苦变为欣喜。凯瑟琳看向别处。“你在前厅等我。”他对她说，声音很温柔。她点了点头，轻轻从侧门离开了，这也是国王经常走的门。

等她刚一走出房间，国王就开始吹胡子瞪眼。“我今早本来是要宣布一个消息的。”他生气地说。他目光犀利地看着欧文。“你开口之前，我本来要宣布你做我的继承人的——”

“您的继承人?”欧文说，再次打断了他的话。“我不是阿根廷人，我的陛下。我不能成为您的继承人，我也不会成为您的继承人。您在寄给我的信里指责我叛国。”

几位公爵都满脸吃惊地看着欧文。

塞弗恩摆了摆手。“考验，伙计。那只是个考验。我就知道你会回来的。我知道你一直忠心耿耿，尽管有些人会有不同看法。”他看了一眼凯茨比，然后愤怒地低头看着欧文。“起来吧。我告诉过你，不用在我面前下跪。”

“我们接下来怎么做，我的陛下，”凯茨比担心地说，“如果预言是真的，所有王国一起攻打我们，我们是不可能把他们都打败的。只有安德鲁王才能战胜那么多王国的同时进攻，保护自己的王国。”

“只要消息一出，”杰克·保伦补充说，“他们都会抓住这次机会，不管是不是因为预言。”

“不会是所有人的，”塞弗恩轻蔑地说，“雅各就不会有这个胆子。这简直是荒诞无稽。我真不敢相信，你们竟然都相信这么迷信的无稽之谈。我们是现实世界里的人，不是活在童话故事里的。冬天来得早了，仅此而已。几年前也是这样，可后来什么都没发生，还记得吗？”他转过身，又凶狠地瞪了欧文一眼。“你应该单独见我，年轻人。你本应该控制住自己的冲动，不要弄出这样一个新闻来。”他低声呵斥道。“乌尔比克和当斯沃斯逃走以后，我就召你回来了。好吧，这个问题是解决了。巡回审判庭发现他们两个犯有叛国罪，根据判决，今早要把他们扔进河里。是乌尔比克，提醒你一下，不是埃里克。”他瞥了一眼凯瑟琳走出去的那扇门。“他的名字从来都不是以 E 字打头的。全都是糊弄人的。一个……巧合。圣母殿喷泉里也没有剑，只有生了锈的硬币，司事铲出来，收集好纳入王室国库。你们都清楚！伙计，我很感激你能带着你的梦境来找我。那可能是战争即将爆发的前兆。但这绝对不意味着恐怖亡灵回来了。”

“但是下雪了。”洛弗尔认真地说。

“谁没看到昨天压过来的乌云？”塞弗恩厉声说道。“现在留意你们的身份，好好效忠于我，锡尔迪金的公爵们。我命令你们回到各自的公国，做好准备。”

凯茨比看上去脸色蜡黄。“‘艾思斌’怎么办？”他哀诉道。

“你就不能消停片刻吗？别总惦记着你的贪得无厌好吗？”塞弗恩冲他吼道。“这场暴风雪过去之前，我不会改变任何事情。暴风雪会过去的，记住我的话。”他打了一个响指。“我知道我该怎么做。我们贴出通告，让王国里所有的小孩子都来王宫。*所有的孩子*。”他转向欧文。“我让你派‘艾思斌’日夜守卫喷泉。让这些哭泣躁动都消失。我是这个王国的主人。一个乳臭未干的小毛头休想偷走我的王冠。”他大为恼火，开始踱来踱去。

然后他转向凯茨比。“随时准备下达命令，你亲自率领部队到北方去。在所有公国里，那里最脆弱，最不堪一击，都是因为你的贪得无厌。但谢天谢地，我提前料到了，已经准备好了办法，让雅各不敢越雷池一步。他深爱着他的女儿，你们知道的。”他的脸开始变得狰狞起来。“她就是他的软肋，他绝不会允许她女儿出任何事情的。”

第二十二章
曼蒂克天赋

国王让所有公爵都离开了，只留下欧文一个人。洛弗尔、保伦，还有凯茨比纷纷离开——凯茨比离开之前，停了一下，扭过头用怀疑的眼光看了欧文一眼——门砰的一声关上了，发出的声音并不吉利，只留下欧文和塞弗恩两个人。

烛火发出嘶嘶的声音，在正殿烛台上跳动着。欧文笔直地站着，但他感觉自己情绪激动，想去够自己的剑柄。国王又跛着腿走来走去，惊慌失措地把眉头拧成了一个结。他突然停了下来，用机警的目光盯着欧文看。

“你为什么要在满屋子的见证人面前当众宣布你的梦?”他用低沉恼怒的声音问道。

欧文站稳了脚跟，和国王目光相交时毫不畏惧。“您为什么在我回来之前就处决了当斯沃斯和埃里克?”

塞弗恩脸色凝重起来。“我这样做是为了照顾你的感受，年轻人。”

“您想得可真周到啊，”欧文说，“我很高兴，您能一直把我的情感需求置于您自己的想法之上。”

国王上下打量着他，就好像欧文的这一席话出乎他的预料。“这些年过去了，你终于敢说话了？”他讥讽地笑着说道。“不再是之前那个每天早上坐在这个大厅里吃早饭时瑟瑟发抖的小男孩了？”他用手划了个大圆圈，表示满是美味佳肴的餐桌，只是那个餐桌早些时候已变得一片狼藉。

欧文故意走近了一步。“我已经不是个小孩子了。”

国王的气焰越来越旺，但他看上去也不太舒服，就像他的良心突然开始受到困扰一样。“你应该私下告诉我你做的梦。现在，一个小时之内这个消息就会传遍整个王国。你要效忠我，年轻人。我把我所拥有的一切都给你了。我也能轻而易举地从你手里拿回来。”

欧文对此根本就不屑一顾，他希望自己脸上的表情也可以表达出自己的想法。“我回来了，不是吗？即使在您威胁我之后，即使在您考验我之后，我还是回来了。您就不能不做这些无稽之举吗，我的陛下？这些年来我难道没向您一次又一次地证明我的耿耿忠心吗？”

国王摇了摇头。“我相信你，年轻人，但是凯茨比一直在吹耳边风，告诉我这一切都是假象。你年纪轻轻，就大权在握。他说‘艾思斌’里有些人对你比对我还要忠心耿耿。”他意味深长地看了欧文一眼。他说的是埃塔伊内吗？还是凯文？

欧文举起双手。“那就把这些拿走吧，我的陛下，就像您对拉特克利夫所做的那样。如果凯茨比想要这负担，很欢迎他来承担。如果他已经把史蒂夫·霍瓦特在敦德雷南辛辛苦苦建立起来的一切都彻底毁了，为什么接下来不再派他来弄散您的‘艾思斌’呢？遂了他的心愿吧。”

国王再次吃惊地看着他。“你听到自己在说什么了吗？”

"听到了。我听起来和您一模一样，是吗?"

国王点了点头。"你虽然年纪轻轻，可肩负的担子却不轻。也许现在是时候帮你减轻负担了。从普勒默尔带来什么消息了？我听说女公爵根本就不反对和你结婚?"

欧文试过了，可还是不知道怎么样能让自己看起来不那么感兴趣。"她可不傻，她也不是鲁的傀儡。"

"什么？你这话是什么意思?"

欧文咬了一下舌头，咒骂着自己一不小心说漏了嘴。"我只是想说，她根本就不是他的傀儡。她看到了和锡尔迪金联姻更深一层的价值所在。我们两个已经订婚了。"

国王看上去有些吃惊，也有一点儿嫉妒。"这么快?"他喃喃自语道，"你觉得这是个计谋吗？还是她想坚持到底？我根本就没打算让你真正娶她，你知道的。"

"那您就不该派我去求婚，"欧文回绝道，"我当时表现得粗鲁无礼，脾气暴躁，衣着不洁，蓬头垢面。"

"你现在也是。"国王嘲笑道。

"这很奇怪吗?"欧文问道，"任务已完成。您要是没给我安排什么进一步的指示，我就要回西马奇郡去动员我的军队了。"

国王摇了摇头。"不，欧文。我需要你待在这里。给女公爵传话，让她留心沙特里约恩不安分的种种表现，他们想要重新夺回失去的那些城池。我会派你去普雷，包围那里。"

欧文眉头紧锁，感到自己计划中添了很多盘根错节的麻烦事儿。"您想让我攻打他们吗?"

塞弗恩摇了摇头。"我相信你做了那个梦，欧文。你做的很多梦，我都怀疑过，但我不想丢掉自己的王位，我决定尽快一举攻打七国，而不是在自己的领地坐以待毙，等着被他们打败。做好准备。我想要你留在我身边，给我提建议。”

欧文鞠了一躬。“我会传令给阿什比，尽快开始做准备的。”

国王点了点头。“很好。务必留心。”

欧文正要转身离开，国王示意他再多待一会儿。“你不是唯一一个订了婚的人，”他说，脸上的表情柔和了起来，“凯瑟琳夫人答应做我的妻子了。她会成为我的子民盼望已久的王后。”他皱着眉头，看上去更严肃认真了。“这也就是为什么你的消息让我很生气的另一个原因。我完全做好准备打算生个儿子了，成为我的继承人。那时，我就会任命你为护国公。”他收紧了目光。“我能信任你吗，欧文？我能在这一点上信赖你吗?”

欧文感到自己内心搅动着冲突和矛盾。国王逼他扮演那种阳奉阴违的角色，着实让欧文嫌恶，可他现在还不能暴露自己。他用坚定的目光看着国王。“忠诚不贰。”他轻声说。

“好孩子，”塞弗恩回答道，“我想让你替我去见波利多罗。我可没有耐心等着听他那啰里啰嗦的回答，但我想让你去问问他关于恐怖亡灵预言的事情。据我所知，他根本还没能证实安德鲁王的传说。没有他在廷塔哲宫廷的任何记录。波利多罗和我说，这个故事是虚构出来的，这个老百姓人尽皆知的故事，关于这座城市的起源，关于这个地方——帝泉王宫——单纯只是个传说而已。没有任何证据表明从水里拿出来过任何一把剑。我想派你去和他谈一谈，欧文。然后你自己就知道为什么我会对你的预言将信将疑了。”

欧文深深地鞠了一躬。“遵命，我的陛下。另外祝贺您订婚之喜。我知道您盼望已久了。”他尽全力不在声音中夹杂任何苦楚的感情。

国王点头示意他退下。

埃塔伊内和欧文并排走向档案室，波利多罗·乌尔比诺已经在那里工作多年。他写下的关于锡尔迪金人民的历史书籍十分冗长，有七卷之多。这个人一定十分啰嗦。他的足迹遍布整个王国，收集文献，资料浩如烟海，无人能及，从城堡记录到狄克诺的圣母殿日志，应有尽有。

“国王对于你带去的消息作何反应?”埃塔伊内对欧文低语道。

“他很生气，无可置疑。但紧接着我就质问他，为什么在我还没回来的时候就处决了那两个人，他刚想登上那个神座，就这样被我踢了下来。”

埃塔伊内听着这句玩笑话笑了。“我记得曼奇尼说过，他有多讨厌和你争辩。”

欧文窃笑着。“他总是输。不，我待在国王身边太久了。只要我一开口，你就会发现我话中带刺。”他叹了口气。“我要开始学习怎么样控制自己的脾气。”

“我挺喜欢你的脾气的，”埃塔伊内笑着说，“我不想你改变身上的任何东西。甚至包括那些胡须。”

她那诱人的语气弄得欧文有些不自在，他庆幸此时他们两个到了一扇沉重的橡木门前，里面就是档案室了。他们进去后，看到波利多罗正在指导几位年轻的抄写员，这些抄写员都是国王花钱雇来给他做助手的。他们根据他的要求拿来书籍，查阅篇篇文章，找到他需要找到的参考文献。

“不，不，不是第六卷，我要找的是第七卷!”波利多罗抱怨道，他摇着头，把在手肘边的那个年轻人赶走。“泰纳，再给我拿一瓶墨汁来，可以吗？好孩子。基斯卡登公爵!”看到新来的客人后，他马上容光焕发：“快请进，快请进！你好久都没来看我这个谦卑的宫廷史学家了。”他挥着手鞠了一躬，然后直起身，走过来，激动地握着欧文的手。

“确实太久了，乌尔比诺大师，”欧文说，“我来得确实不太勤。”

“可以理解。”史学家声音低沉地说，看起来严肃认真，带着关心挂念的神情。“很久以前，你总和一个年轻的水怪一起过来。”他咯咯笑着，眼睛开始变得视线模糊。“我很想她，你知道的。她动身去埃东布里克之前，总来和我聊天。那可真是美好的回忆啊。我看得出来，你也很想她。好吧，最好把这些不开心的事情放在一边，鼓起勇气面对我们自己的命运。我能为你做什么啊，我年轻的大人？你还想参阅什么战役信息吗？我给你留了几个案例。”他会意地冲欧文笑着，用手肘推了推他。

“实际上，”欧文说，他希望这个人能停下来，不要和他长篇大论，好让他有时间说说自己想要了解的事情。“国王派我来这里，是这么个差事：他说你可以纠正我关于安德鲁王这位历史人物的观点。”

瘦削的史学家用手捋着自己银灰色的头发，在头皮上摩擦，噘起他那皮革般的嘴唇。“他是这么说的吗？我告诉他的原话是，没有证据可以证明安德鲁王是位历史人物。毕竟我只是个史学家。我一直在研读好几百年前留下的记录，可以追溯到第一个阿根廷家族。但安德鲁王的故事比这还要早。你知道普雷王宫里有一副挂毯，上面描绘的是锡尔迪金遭到征服者杰瑟普入侵的故事吗？”他只要开始讲述这些晦涩难懂的历史事实，眼睛里就充满了活力，他开始用双手比划着。“艺术讲述历史！你能看到故事被画出来，而不是印在纸上的。所以你不应该感到惊奇，有些画上有一个年轻的男孩儿从喷泉中拿出一把剑来。但我们不可能知道这件事发生在什么时候。在有些图画里，水里站着一个女人，递给安德鲁一把剑。众多圣母殿为了纪念此事而被建造起来，正如你所知的那样，现在人们还会往喷泉里扔硬币，许下心愿。这是个根深蒂固的传统，欧文大人。虽然我不能证明安德鲁王活在什么时代，但这并不表明我不相信他真实存在过。在这里待了这么多年，一遍又一遍地研读这些文献资料，我开始欣赏这些故事，觉得它们就像音乐之声一样美妙动听。”

欧文开始踱步，摸着下巴上长出来的胡须，然后猛然发现埃塔伊内正面带笑容看着自己。“国王想特别问一下有关恐怖亡灵的预言。”

波利多罗点了点头。“我知道的和你们所知道的完全一样，毋庸置疑。你还经常问我曼蒂克天赋的事情。”

那个词，是西尼亚用过的词，一下子抓住了欧文的注意力。“曼蒂克预言?”

“是的，这就是我们用来描述它们的词汇。这些预言有过去的，有未来的。总是有某些泉佑异能者拥有曼蒂克天赋。举个例子，米尔丁巫师就有这样的天赋异禀。和你一样，生来如此。塞壬也有同样的天赋，但她们并不会死去。”

欧文举起他的手。“塞壬?”

波利多罗吃惊地看着他。“她们是神话传说中的生物，欧文。心狠手辣，恶毒之极。我以为你知道她们。她们是一种水怪——一种心肠更加歹毒的水怪。”

欧文瞥了一眼埃塔伊内，然后目光又落在史学家身上。“我没怎么听说过。可以再多说点儿吗?”

“这是个古老的传说。”波利多罗说，坐在桌子边上，两只手轻快地互相搓着。“这个传说来自日内瓦，我觉得。那里有很多岛屿，一直以来那里都是个贸易大国。根据他们的史料记载，任何水手航行的时候，如果离塞壬石岛太近，都会有毁灭的危险。塞壬都是美丽动人的女性……长生不老，但来自深无测。她们的歌声会诱惑水手——让他们迷失心智，船只因此会撞上岩石。这些歌声都是曼蒂克，每个水手听到的都是独一无二的。只有一个人逃过了塞壬的魔爪。他是泉佑异能者，塞壬的歌声不能让他发疯。塞壬当然是个传说。那些沉船都是遭遇风暴的结果，不是水怪酿成的，有些事情虽然不是真实的，但这并不意味着人们就不相信。”

欧文听波利多罗说着，胸中似乎受到一阵重击。水怪。他记得他小时候听说过一种住在深无测里的水生动物。曼奇尼还曾经错以为伊薇是其中一个。根据传说，有些水怪会被送给那些在尘世中无法生儿育女的父母来抚养。欧文头脑中开始将这些支离破碎的信息连接起来。当他和西尼亚站在光滑的玻璃海滩上时，没有一个海浪会触碰到她。他看到她踏进喷泉，水就从她身边分散开来。因为她是巫师吗？还是因为她拥有其他某些他无法理解的能力？如果她是个水怪，她是心地善良的水怪，还是心狠手辣的水怪？

“你看上去被吓到了。”波利多罗说，皱着眉头。“我让你感到不安了吗？”

他吞下口水。“这些水怪——塞壬——来自神话故事。她们有名字吗？”

史学家点了点头。“哦，有的，神话里记载了她们的名字。让我想想。”他拍着自己的下巴，眉毛拧成一团。“爱格拉优匹，露可希娅，丽姬娅，莫丕妮，让我想想……额……特尔希娅，凯尔比，还有……最后一个叫什么名字来着？我记不清了……哦，我想起来了！”他用力打了一个响指。“裴西尼亚！”

亲爱的欧文：

我很喜欢你的来信，经常拿出来读。我可以从信里看到你真实内心的一部分，写下的只言片语虽然不及口中说出的话，但仍然胜过悄无声息。有很多困难等着我们呢。国王不会自愿投降认输的。

下面回答你的问题，关于我自己的一些事情。我很小的时候，父亲就让我反复练习写字了。如果我写下的字迹太过花里胡哨，我真诚地向你道歉，但这样的字体却让我父亲感到欣慰，我也想让他开心。我还很喜欢绘画，所以我一直对彩色画稿视如珍宝，想象着那一幅幅画可以经由我手跃然纸上。我幻想如果我能画出一幅足够逼真的画，它就真的会变成真的。当我了解你的天赋时，我发现巫师古语中有一个词，意思是“呼吸”，但也有“生命”的意思。你懂我的意思吗？这里还有一幅我为你画的画，一种与我同名的蝴蝶。这是给你的一件小小的礼物，还有从普勒默尔果园采摘的一些莓果。

西尼亚

第二十三章
米尔丁

这个名字——裴西尼亚——竟然与女公爵的名字惊人地相似，让欧文不禁因为震惊而胃部痉挛起来。他的目光落在埃塔伊内身上，她也在看着欧文，脸上全是担忧惊讶，但这些情绪很快就被压下去了。

“您记性真好。”欧文对史学家说，努力控制着自己的语气。西尼亚看上去并不像会对这个世界产生恶劣影响的人。她的子民全都尊敬爱戴她，他也不止一次亲眼见证了她的仁慈怜悯。但是，他并不喜欢被任何人欺骗，她或许都是装出来的？想到这种可能性，欧文的胃拧成了一个疙瘩。

波利多罗摆了摆手。“我确实对这种微小细节有着惊人的记忆。这对我的工作大有益处。国王想了解恐怖亡灵预言，”他说，用自己那细长的手指拍打着下巴，“有没有哪方面是他特别想知道的？”

欧文很吃力地咳了一下。“您说那文献来源于邓达斯一个叫杰弗里的人。您能再告诉我们些其他事情吗？时间更加久远的事情？”

“没问题，”波利多罗对欧文摆动着手指头说，“杰弗里只是抄录了其中的一个米尔丁预言。古巫师拥有曼蒂克天赋，正如你所知道的那样。国王有了这位古巫师作指导，让自己的王国变得越来越强大。总有人设计除掉巫师，不让国王继续得到他给出的建议。这位老人能利用圣泉魔力乔装打扮自己，大家都知道他有这个魔力，因为他一直在王国内漫游，要么民间私访，要么占卜算命。有时他会装成黄毛小孩儿，有时会扮作老态龙钟的长者。每一天都会有很多国王派毒药师去刺杀他，但他总能预见他们的攻击，成功躲开。”

欧文的兴趣被再次点燃了。“如果我没记错的话，米尔丁最终不再保护国王了，这也就是安德鲁王受到致命一击、坠入深无测之时。”

“没错。”波利多罗说，赞同地点点头。“一旦守护国王的巫师不在了，国王所掌管的王国就会陷入一片混乱的境地。他会经常遭人背叛，领地分崩离析。在那段日子里，国王教人们韦尔图斯法典。”

欧文皱着眉头。“这不是奥西塔尼亚国王的族名吗?”

“是的。他们世世代代都用这个族名。但这同样是一个古老的理念。锡尔迪金和奥西塔尼亚两个王国都是在这一理念基础上建立起来的。现在人们更常用的词是“美德”，但是在古代，“韦尔图斯”这个词包含了很多意思，有精明谨慎、公平公正、克己自律和勇敢无畏的意思。这就是安德鲁王教给民众的道理。在这个王国里成为一名骑士就意味着一个人需要拥有以上所有这些特质，并且在生活中的方方面面展现出这些特质，之后才会被授予骑士头衔。这些特质在文献中十分著名，虽然这些特质现在已不再要求了。早期的阿根廷人全都信奉这些特质，可在个人生活中，这样的要求常常压得他们喘不过气来。”

“先生，您告诉了我很多值得思考的问题。”欧文说，努力想弄明白这里面的道理。“谢谢您。”他又有了另一个新想法。“他们最后是怎么杀死米尔丁的？我似乎记得米尔丁从宫里消失了，之后再也没有回来过。安德鲁王说他被圣泉召回了。”

波利多罗用充满智慧的目光看了他一眼。“嗯，那本身就是个故事。这位巫师最后坠入情网了。”

“真的?”欧文咯咯笑了起来。

“当然。爱情可以将最强壮的男人打败，女人也同样不能幸免。是爱情让第一位阿根廷国王和奥西塔尼亚女王结合在一起。但她设计使丈夫与她离婚，然后和乌尔苏斯国王结婚，建立了一个新的王朝，到现在已经持续了好几百年了。爱情是一股强大的力量，我的大人，恐怕比圣泉本身的力量还要强大得多。”他深深叹了口气，思想变得更加内省。“米尔丁爱上了一位贵族小姐，史料并没有记载她是哪个国家的人。她劝说米尔丁教她魔法，这样她也有希望成为一位巫师。米尔丁透过自己的幻景，知道她会背叛他。虽然他心知肚明，但还是深陷其中，不能自拔，最终没能避免悲剧的发生。河里的水无法躲避前方路上的大卵石。它们只能重重地冲击在上面。这位小姐背叛了米尔丁，把他压在一大堆巨石底下。人们说米尔丁是长生不老之人，是不会死去的。人们还说米尔丁现在还被困在那里。没有人知道他在哪里失踪，他心甘情愿地跟着那个女孩儿走，让她把自己领进了这个劫数。一个伟人，一场悲剧。他留下的最后一个预言是有关恐怖亡灵和白国王归来的内容。我的孩子，你把这些告诉塞弗恩国王吧。正如我之前和你们两个说的一样，目前的证据证明安德鲁王的传说仅仅是传说而已。但是，”他皱起眉，然后挑起眉梢，“也许另有些记录被淹没在莱奥内伊斯了呢，对吗?”他意味深长地冲欧文眨了下眼睛。

欧文和埃塔伊内刚回到星室，她就急急忙忙地插好身后的门闩。

“我不知道该怎么想。”她说。开口之前，她冲去查看各个窥探孔，确保没有人在偷听。她这一系列举动都展现出她激动的情绪，她心烦意乱。

“你想说什么？”欧文问道，他要找几张纸，准备给西尼亚再写张字条。

检查完毕后，埃塔伊内转身面朝欧文，双手交叉在胸前。“你刚见过布里托尼卡女公爵。你们两个还订了婚。我从未想过她可能是冥界的！她如果是塞壬怎么办，欧文？如果她用魔法让你迷失了心智怎么办？”

欧文摇了摇头。他的心神已基本恢复平静。“圣泉魔法在我身上不起作用，除非得到我的许可。你可以尽全力试试，用自己最好的伪装欺骗我，埃塔伊内，但我仍会知道那是你。我并不认为自己中了魔咒。”

埃塔伊内开始走来走去。“我不相信她。”

“谁？西尼亚？”

“还能有谁？”她生气地说，“她从一开始就在操控你。如果她真的具有像米尔丁一样的曼蒂克天赋，谁能说她不是在利用这一天赋阻止塞弗恩将布里托尼卡作为攻打沙特里约恩的跳板？她可以设计保护自己。”

欧文用了一段时间考虑这种可能性，因为她这番话言之有理，他不想无视她的话，但他的内心告诉他，西尼亚没有骗他。她在面对他的质疑时一直都很真诚。还有她在事情发生前就知道埃里克会死。他有她写的字条作为凭证。

“我不知道，”欧文停顿了很长时间之后说道，“但我决定选择相信她。根据波利多罗所言，不是所有的水怪都会害人。她在努力帮助我们的王国免遭毁灭的命运。我们把巫哲棋盘带回来的时候，天就开始下雪了。这一证据证明她所说的话是真的。”

埃塔伊内看上去并没有被说服。“我对她感觉并不好。”她说。

欧文谨慎地看了她一眼，不知道这种不好的感觉是不是出于嫉妒。“我已经决定孤注一掷了，埃塔伊内。”他说。“我想做的，”他继续说，用手指着那张纸和那根翎毛，“是直接问问她知不知道裴西尼亚这个名字。她是长生不老吗？”他耸了耸肩。“也许是。此时此刻，这并不会让我感到惊讶。你听到波利多罗怎么和我们说的了吧？关于米尔丁是如何把一位女子训练成巫师的？他是怎样分享自己的魔力，然后又被困于那些巨石之下的？”

埃塔伊内眨了眨眼睛。“布里托尼卡的那片树林。那个银碗！”

欧文赞同地点了点头。“我知道你想明白了。这一切都说得通了。也许米尔丁还在那里。我要问问她这件事吗？她在等着我自己想明白，然后她就可以确认我的想法了吗？谜团里还藏着谜团，感觉我正在一层一层地剥开它，让藏在里面的宝石散发出耀眼的光芒。”

埃塔伊内眼中充满了恐惧。“要是她毁了你怎么办？”她问道。

欧文叹了口气。“说实话，我不觉得她做得到。她的力量浩瀚无垠。我感受过。但我觉得她不能在我身上施展她的魔力，就像其他任何泉佑异能者都无法对我施加魔法一样。我有免疫力，就像那个对塞壬歌声有免疫力的水手一样。周而复始，循环往复。”他喃喃低语道。

一记重拳打在门上，把他们两个都吓了一大跳。

心脏在胸腔中跳得飞快，欧文急忙跑到门口，打开门。凯茨比和他的两位骑士等在门外。北方公爵看上去气焰嚣张，他一开口，语气中就透露出浓浓的谴责。

“我听说你和布里托尼卡女公爵订婚了。”

欧文有种强烈的反驳欲，但他没让这种情绪释放出来。他平稳地呼吸着。“千真万确，凯茨比。谢谢你。”他补充说道，就好像凯茨比恭贺了他一样。

凯茨比的气愤上升为愤怒。“西马奇郡，‘艾思斌’，还有布里托尼卡？自始至终就是个阴谋诡计。”

欧文困惑不解地看着他。

凯茨比挥了挥手。“国王的阴谋诡计！”他气愤地哼着，“他向我保证女公爵很快就会嫁给一个蛇蝎心肠的人，不会嫁给你的，你去求婚只是发起战争的一个托辞，别的什么都不会发生的。现在我知道了，他只是想让你变得更加富有！”

“小心点儿，”欧文警告他，“你自己并不缺金银珠宝啊，伙计。”

“但他总是将最好的给你。”凯茨比苦楚地皱着眉头，“哦，我要动身去敦德雷南了，去完成那项不可能完成的任务。那里的人民不肯屈从于我，现在我必须要强迫他们集结一批士兵。你一个人独享全部的奖赏，这不公平。我这么多年来一直对国王忠心耿耿，可以说是鞍前马后。”

欧文害怕自己一开口就会从舌尖蹦出一句骂人的话，他只是点了点头。

凯茨比不以为然地看了他一眼，然后打着响指，让那两个骑士跟他走。

欧文关上门，转身面向埃塔伊内，舒出一口气，弯腰坐在木椅上。“比我想象得还要难。”

“什么？教养？”埃塔伊内说。

他怒视着她，却忍不住笑了。她太了解他了。

“你接下来要做什么？”她问欧文。

欧文搓着两只手。“我要返回圣母殿。我本来打算在这里写好字条，随身携带，但刚刚见到凯茨比和他的士兵，倒是提醒了我，把这些反叛的字条装在我自己的口袋里实在是愚蠢至极。拉特克利夫就是这样死的。”

埃塔伊内点了点头。“你出门前需要乔装打扮吗?”

“不，我会带上一枚硬币，去喷泉那里许愿。我还需要什么别的借口吗?”

欧文带上一小瓶墨汁，一根翎毛，几张纸，还有钱袋，便急匆匆地走去圣母殿了。虽然还有成堆的信件要读，还有很多要写给阿什比上尉的命令，以便他可以号令欧文的随行部队参战，但欧文一边走着，所思所想仍然在西尼亚身上。雪花懒洋洋地飘落在他那价值不菲的披风上，点缀上斑斑点点的白色。空气清新寒冷。冬天来得早了。欧文把冬天藏在巫哲棋盘里带了过来。

这一天圣母殿里的人很少，寒冷的天气让很多人都闭门不出。欧文进门的时候掸去袖子上的雪，站在主喷泉前，故意挑了一块白色瓷砖站在上面。他拿出一枚硬币，端详了片刻。他打算佯装成一幅虔诚的姿态，然后像一位虔诚的年轻男子一样将这枚硬币扔进喷泉里。

但让他吃惊的是，他感觉到自己身体里有很强的欲望，想要和喷泉沟通。他很久没有和喷泉对话了。

请赐予我勇气而不是恐惧。请赐予我智慧，让我知道该信任谁，谁值得信赖。请赐予我力量去侍奉，而不是想要被人侍奉。请赐予我受人统治的谦卑，而不是想要统治别人的意愿。请赐予我信念完成圣泉的命令。保佑我能够不辱使命。

欧文静静地等着，想要听到喷泉的回答，可却迟迟没有得到反馈，他将手里的硬币扔进水里，看着硬币沉入喷泉底部，在表面泛起涟漪。他盯着这层层涟漪，一圈圈不断扩大，互相追逐着，却不交错在一起。只是一个动作，就能引发这么多结果。他一直目不转睛地看，直到这些涟漪消失不见，水再次恢复平静。

他环顾大厅四周，看到有几家人在漫步，还有些人在独自闲逛，大多数人在欣赏建筑结构，或者像他一样，虔诚祈祷。在他确定没人看着自己之后，悄悄走进那个让他回到帝泉王宫的凹室。他围着小喷泉走着，喷泉里的水拍打着，发出平静的水泡声。从那个角度，他能看到是否有人靠近。

他在喷泉边上坐下，感觉有几滴水珠落在胳膊上。确定没有人在看着他时，他唤出装着巫哲棋的箱子，双手伸入水中，握着把手将箱子从水里拽出来。他用戴在脖子上的钥匙开了箱子上的锁，掀开了箱子盖。

箱子里有一张写给他的字条，上面是西尼亚隽永的字迹。棋盘空着的地方还放着一条小毛巾，上面满是各种各样的莓果。他微笑着把一颗水果丢进嘴里，又软又甜，美味极了。伸手又拿起另一颗，想象着她亲手从果园里采摘下来。

他快速读完这张字条，知道她父亲十分想要让她写得一手好字，以及她对于绘画的热爱。读着她的信，脸上不由浮现一丝笑容，她如此敞开心扉让欧文觉得她值得信赖。她画的那只蝴蝶真是让人印象深刻——和他在任何一本书上见过的一样栩栩如生、美丽动人。这只蝴蝶是蓝灰色的，翅膀处有些许黑色小圆点，翅膀边缘的地方还有精美的设计图案。从它黑色的眼睛伸出两根长长的触须。画得十分精致，虽然蝴蝶并不大，不需费多长时间就能画好。欧文缺少绘画天赋。他读完信后，又看了几眼“呼吸”和“生命”这两个词。

他心跳再次加快了。她这样解释最后一句话绝非偶然。他知道她想表达的那个词，因为他之前就用过这个词两次。欧文盯着这幅小小的画作，感到自己的心里充满奇怪的情感。他早已习惯把爱情和痛苦视为同物，他已经完全忘记了爱情的滋味是多么温柔美妙。一滴水珠落在纸上，欧文把纸举得高了一些，不让字条沾上水。

欧文盯着这幅由他未婚妻亲手所画的蝴蝶画，感觉圣泉魔力在他内心翻腾不已。奇怪的是，他一度感觉西尼亚就坐在自己身边，她的手放在喷泉墙壁的边缘，就在他的手旁边。要是他闭上眼睛，他不知道是不是可以听到她的呼吸声。

“内希-啊嘛。”欧文冲着蝴蝶低声说。

他感觉体内有股魔力释放了出来，敬畏地看着一道道彩色的线条有了生命。一只西尼亚蝴蝶拍打着它那小巧的翅膀，从纸上飞了出来，在他面前振动着翅膀，那么无助，那么脆弱。他发现自己像孩童般开心地大笑了起来，吃惊地看着它飞起来落在他的肩膀上。他心中仿佛看到西尼亚就坐在喷泉边缘的某个地方，羞涩地冲着他微笑。

西尼亚：

我不是一个喜欢用昵称的人，你的名字也刚好够短，不需要任何简称。我本来打算在这封信开始的地方称呼你为我亲爱的蝴蝶，但我不愿这样做，因为这个称呼听上去，甚或对我而言有些愚蠢。没有人可以在完美上更进一层。我想要变得殷勤，但我的尝试也许已经失败了。

不仅你的字迹值得效仿，就连你的画作也同样让人印象深刻。可惜的是，我的天赋似乎只在战场上，或者纵横在巫哲棋盘上。你答应过和我下一盘巫哲棋的，你还记得吧，只要我把棋盘带过去。

我们分开以后，我找帝臬王宫的宫廷史学家谈过了。我觉得你可能已经知道这件事了，我在纠结怎么写才能不表现出过分的忧虑。他告诉我几个传说。其中有一个是关于一位著名巫师的故事。还有一则故事是关于一种水怪，还有他们的一个女儿。她的名字和你的很相似——裴西尼亚。我之前注意到关于你的某些事情，我心中出现了一些无法克制的疑问。我们下次再见面时我会更加畅所欲言。到那时，我仍是你坚定的卫兵，还是你昔日并肩作战的好友。

欧文

第二十四章
吉纳维芙·卢埃林

欧文回到星室，堆积如山的信件等着他，但他却无法专心，即使读信可以增强他的魔力。他不由自主地将目光转向那个石灶，他拽着嘴唇下面的几缕胡须，体验着背叛国王的过程中内心翻腾着的愧疚感。要不是此时雪花正悄无声息地飘落在帝泉王宫的地上，他也许会再三考虑这一鲁莽的反叛行为。但这些柔软的白色雪花印证了西尼亚所说的话。古巫师们划定的边界线早在好几年前就被打破，因为塞弗恩抓捕坦默尔破坏了圣母殿规矩，报应会一直降临在锡尔迪金的国土上，直到王冠传至合法继承人——一位在敦德雷南被训练成骑士的小男孩。拂晓之前，德鲁目睹生父的尸体被抬走，看到自己的母亲被驼背的国王迷惑了心智，国王对她的一片赤诚终于在这一刻得到了回报。当然，德鲁到现在还不清楚自己和他们两个中任何一个人的真正关系。

欧文坐在塞满东西的椅子上休息时，感觉屋子里宁静的氛围包裹着他的双肩。他独自一人，幸运地独处，脑海里将一片片策略碎片拼凑起来，就像一张张要被推倒的牌一样。指令已经传给阿什比上尉了，由他集结西马奇郡大军。如果他写的另一封信已经送达，阿塔巴伦很快就会进攻北坎。凯茨比会不得已发出求救讯息。欧文需要这件事尽快发生，这样他就可以顺理成章地前往敦德雷南，找出藏在冰洞里的丹瑞米圣女之剑。寻剑之旅会异常艰辛吗？还是剑的魔力会召唤他，就像在布里托尼卡的那个银碗一样？他怀疑自己能否找到那个冰洞。远在敦德雷南，圣母殿外面奔腾不息的河流的源头是就北方古冰川。他猜冰洞一定在那里。如果他离得足够近，他觉得自己一定可以感应到那把剑。

但在雅各·卢埃林攻打北坎之前，欧文需要确保雅各的女儿吉纳维芙已被安全送走。欧文擦了擦嘴，手指放在鼻子底下，敏捷地思考着。埃塔伊内可以轻而易举地把这个孩子乔装打扮起来，帮她悄悄溜出王宫。但国王的耳目太多。欧文摇了摇头。不，他要在晚上或者清晨的时候把她送出去，那时不会被太多人看到。一段记忆突然涌进他的脑海。帝泉王宫的集雨池通向河流。那里距离上游足够远，水流会把他们直接带到圣母殿。当然如果水流把她冲走的话，也会将她置于死地。但这就是坦默尔逃到圣母殿的方式。欧文掌管着“艾思斌”，自然知道在那个地方一直有一艘小船。这是一条秘密离开城堡的路——这是欧文众多逃跑计划中的一个。

吉纳维芙是推倒其他牌的关键一张。他心知肚明。一把她送走，他的计划就箭在弦上，不得不发，没有回头路。作为“艾思斌”的头领，欧文会负责调查她失踪的原因。他可以混淆视听，派“艾思斌”调查布鲁格的背叛行为，不让任何注意力落在圣母殿和阿塔巴伦的那个小女孩身上。

孩子的反应往往令人捉摸不定，这点他是清楚的，但他仍需要告诉吉纳维芙他的一部分计划。他能相信她吗？把自己的生命交到一个小女孩儿手里，欧文还是困窘不安的。但凡从她嘴里说出一字半句错话，就会使一切毁于一旦。这一想法立刻让他回想起他的小时候，他求安凯瑞特相信伊薇，告诉她他们的秘密，当时毒药师冒了多大的风险啊。他也将要冒同样大的危险，他完全知道如果被抓，自己将面临怎样的惩罚。

如果塞弗恩抓住他，他不会被扔进瀑布。不，泉佑异能者是不会被水淹死的，因为水正是赋予他们魔力的源泉。像丹瑞米一样，欧文会被带去一座寒冷的大山，被锁链锁在那里，直到冻死。他因为害怕，一颗心抖得厉害，他闭上了眼睛。有很长一段时间，欧文害怕极了，只能坐在堆满东西的椅子上，盯着壁炉里那仿佛正在奚落他而跳动不止的火苗。他慢慢呼出一口气，努力恢复镇静。这一切只是一个恐怖的错误吗？毕竟他这辈子都在全心全意效忠塞弗恩，并且坚信应该效忠他。霍瓦特公爵对他来说就像他的第二位父亲，也期待他能坚守这个誓言。

他很快就有了答案。他承诺要忠诚不贰的对象是一个不同的人，一个不同的国王。塞弗恩再也不是那个曾经被人误解的统治者了。他任由自己堕落腐败，现在他已经处在濒临毁掉自己王国的边缘了。欧文感觉到的责任重压就像条条铁箍一样绕在他的心头。他对这个王国负有责任，而不是对这个国王负有责任。他之前听到了圣泉发出的声音，收到了圣泉的讯息：凯瑟琳的儿子是真正合法继承王位的阿根廷人。这是他的责任，他必须要让此成真。

欧文坐在椅子上，微微向前探着身子，用胳膊横扫整个书桌，把成堆的信件扫到地上。他站起身，径直朝门走去，打开门锁。他走下去，来到大厅，一路都没有停，直到他遇到凯文·艾默雷。凯文正和另一个“艾思斌”说话，一见到欧文，就让那个“艾思斌”下去了。

“坏消息?”他问道。

欧文摇了摇头。“我想是关于布鲁格的麻烦。我对我们在卡莱特的防御情况有些担心。你能立刻派一些人跨过河道去打探下吗?我听到一些消息，情况着实让我担忧。那里的城主信得过吗?”

凯文吃惊地皱着脸。“雷米勋爵?他是个好人，我们王国最坚定的同盟者之一。我一点也不担心。为什么?您为什么怀疑他?”

欧文摇了摇头。“不，他确实是个好人。但我还是有疑虑，你要是能派‘艾思斌’到那里查探一下防御，我会安心得多。”

“马上去办，我的大人，”凯文说，“您还有什么吩咐?”

“我收到一封吉纳维芙的信，是她妈妈写给她的，克拉克转交给我的。”克拉克在博思韦尔叛国之后就被派去埃东布里克了，这样他就能陪着他妻子——伊薇的侍女贾丝廷了。他想他的老朋友了。“你知道她现在在哪里吗?”

凯文想了片刻。“每天这个时候，她通常都和凯瑟琳夫人在国王图书馆里。在外面玩耍太容易冻伤了。要么她就像个捣蛋鬼一样到处跑来跑去。”他说话的时候脸上露出一丝微笑，可以看得出他很喜欢小孩子。

欧文点了点头，快速溜进“艾思斌”隧道，以免被人看到。走到通往图书馆的走廊时，他悄悄划开木板条，这样他能在进入房间前先侦查一下整个房间的情况。如他所料，他看到了吉纳维芙，她跪在地板上，面前有一副巫哲棋盘。德鲁躺在地上，在另一侧，她在教德鲁下棋。她头发的棕色比她母亲的略深些，但她却继承了母亲很多的表情和特质，这让欧文不由想起了自己的初恋。他们两个也经常一起下巫哲棋。

但当他看着这两个孩子的时候，剧痛瞬间缓和了很多。伤口并不像之前那样脆弱不堪了。欧文吃惊地眨着眼睛。悲痛长久以来已成了他的一部分，现在竟开始渐渐消散。这一刻，有只小蝴蝶突然飞入他的脑海，带来一股奇特的暖意。这是一种魔力，一种很强的魔力，甚至连他都无法免疫。

目光略过这两个孩子，他看到凯瑟琳站在窗户前。窗户外面泛白的天空使她闪耀出一种神秘的光芒。她眺望远方，转着手指上的戒指——塞弗恩给她的那枚——她脸上露出两种互为矛盾的表情。她因悲伤撇着嘴，但她脸上也同样透露出希望的光芒。她背对着两个孩子，也许是想掩饰自己内心的挣扎。

欧文轻轻划开门闩，打开暗门，这样他就可以悄悄进入房间，不被任何人发现。空气中有股发霉的味道，这种味道在藏了旧书的地方都会有，他发觉他回忆起了自己一个人在图书馆度过的时光，全神贯注地阅读其他泉佑异能者的传奇故事。

他已经进入房间，能更加清晰地听到他们说话的声音。

大部分时间都是吉纳维芙在说话。这在情理之中。

“就像这样，德鲁。”她耐心地说，重新摆放好棋子，“这里，然后这里——威胁，绝杀！你用四步就赢了他们。”她那栗色头发编到脖颈后面，汇集成一根粗辫子垂到背上。她的眼睛是淡褐色的，但她眼睛的颜色却不会像她母亲那样随着心情而变换。欧文暗自微笑着。

“挡住它，”德鲁说，皱着眉头，“你应该一开始就把这个兵放在那里，要么就把骑士移到那里去。”他拍了拍这两枚棋子。

“没错！”她高兴地说道。“这就是在游戏最开始的时候，你不让自己被打败的方法。我家里有副自己的巫哲棋，是灰色和白色的。那是五岁的时候，我爸爸送给我的。你有巫哲棋吗？”甚至连她说话的声音都像极了伊薇！

德鲁微微皱了下眉头。“没有。我没有那么多东西。”

她看上去颇为惊讶。“连一副木制的棋盘都没有吗？”

他摇了摇头。“没人让我玩过。但我喜欢看人家下棋。”

“这就不对了，”她有些愤愤不平地说，“德鲁，我会给你弄一副棋来的。如果你想要一副棋却得不到，这太不公平了。我真想让你和我一起回到阿塔巴伦啊。那里有个叫巫哲瀑布的地方！”她开始绘声绘色地讲述那个欧文曾经去过的地方，他饶有兴趣地看着，德鲁也在听她说，入迷地睁大了双眼。

白国王的王后。

圣泉的低语声回荡在他的所思所想中。*同样的故事，一遍又一遍地讲述着*，他提醒自己。这两个孩子因为政治和阴谋诡计的瘴气被凑到一起。吉纳维芙是国王的人质，就像曾经的欧文一样。德鲁和吉纳维芙这两个名字现在很常见，也许家长给这两个孩子起的名字绝非巧合。原本安德鲁的王后也来自国外同盟。

欧文抬起头，注意到凯瑟琳夫人从窗户前走开了，此时正低头盯着这两个孩子，用既渴望又痛苦、令人心碎的眼神看着小德鲁。她的手指轻柔地抚摸着小男孩的金发，他抬起头看着她，脸上露出羞涩的微笑。

小男孩并不能理解这温柔的姿势所蕴含的深意，这让欧文十分伤心。德鲁回到游戏中，聚精会神地听吉纳维芙解释另外两个棋子之间一系列调兵遣将的方法。

“现在这枚巫哲棋子是最强有力的棋子了。它能移动的距离最远，可以和任何一枚棋子对峙。人们采用的策略之一，就是在游戏一开始就尽力杀掉这枚棋子。”

德鲁皱了下眉头。“他们为什么要这么做？”

“因为这枚棋子实在太强大了。有些人宁愿牺牲掉两枚或者三枚棋子，只为毁掉它，纵然这样做会影响他们剩下的防御布局。”

德鲁关切地点点头。“这不公平。你觉得现在还有真的巫师吗?”

欧文闷笑起来，两个孩子转身看着他。

“哦，我没看到你在那里，”吉纳维芙兴高采烈地说，“你是欧文大人。”

“是我。”他回答道，弯下腰，和他们保持同样的高度。“是你母亲教你下巫哲棋的吗?”欧文问她。通过眼角余光，他看到凯瑟琳夫人在盯着德鲁的时候，眼中闪着泪光。她赶紧遮住自己的嘴，从房间里退了出来，从身后轻轻关上门。

吉纳维芙轻快地点了点头。“是的，但她是跟你学的!”

欧文听到她的这番话，心中感到一阵苦楚，但在这苦楚背后更是一股喜悦满足之情——伊薇跟她的孩子们提到了他。她把自己对游戏的知识归功于他。

“没错。是我教的。”他将目光转向德鲁，“如果你愿意的话，我也可以教你。”

德鲁脸上笑开了花。“当然愿意!”他结结巴巴地说。他听到这样的提议有些吃惊，毕竟他们两个鲜少共处。欧文直到最近才开始对他有些特别。

他做了一个深呼吸，压低了自己的声音。“吉纳维芙，你想念自己的爸爸妈妈吗？你想回埃东布里克吗?”

她吃惊地睁大了双眼。“当然！我喜欢拜访帝泉王宫。这里很漂亮。但国王粗鲁无礼、小气吝啬，我并不喜欢他。我觉得凯茨比公爵在北坎的所作所为真是可恶至极!”

欧文被她的遣词造句吓到了。“可恶至极对你这个小女孩儿来说可是个大词。”

“我知道很多大词呢，我的大人，”她自豪地说，“我还教了一些词给德鲁呢。”

小男孩看起来对她敬畏三分。

“我能问你一个问题吗？”吉纳维芙问他，声音渐渐低了下来。

“什么问题你都可以问我。”他回答道，他的脸色开始变得严肃起来，因为他突然意识到她接下来要问什么了。

吉纳维芙悄悄贴近他身边，脸上充满真诚和小孩子特有的勇气。和她妈妈在她这个年纪的时候一模一样。

“你还爱我妈妈吗？”她问他。

她的表情是那么严肃认真，充满信赖，他知道自己不能对她撒谎。相对于简单化的谎言，孩子们更能驾驭复杂的真相。他舒出一口气，尝试着撇掉几个答案，然后选定一个。

终于，他冲她苦笑着说：“只要认识你母亲的人，哪有不爱她的呢？”她笑得更灿烂了。“这是个棘手的问题，吉纳维芙·卢埃林。让我再补充一下我的答案，我确实还关心着你的母亲，但我绝对不会以任何方式做伤害她或者对她无礼的事情。我们是朋友。曾经有一段时间，我们希望我们可以不仅仅做朋友，但生活并不总能如我们所愿。”

吉纳维芙稍稍往后坐了一点，会意地笑着。“我早就知道。我听过很多关于你们两个在一起时的恶作剧。比如你把她从外面草坪拉进水池的故事。”

“是她拉我进去的。”欧文说。

吉纳维芙开始颇有感染力地嬉笑着。“我喜欢听那些故事。谢谢你对我实话实说，欧文大人。”

“还有个事实我想告诉你。”欧文说，努力不让自己完全被小女孩吸引。德鲁一声不吭地坐在那里，听着每个词、每句话。

“我在敦德雷南答应过你母亲，”欧文继续说，“我会帮你逃回去。”

吉纳维芙眼睛瞪得像茶碟一样大。“真的吗?”

他点了点头。

“什么时候?”她急切地小声说道。

“明天。”他回答道。德鲁脸上的表情从兴奋转变成害怕，因为他意识到他的玩伴即将获得自由，他将再一次被留下来。欧文感觉自己的喉咙鼓了起来，他不得不咽了下口水。

他和善地看着这个小伙子。“别担心，伙计。我也为你计划好了。”

第二十五章
积木游戏

各种威胁、各种策略、各种担忧和各种让他心动的想法在欧文内心碰撞着。他把自己锁在帝泉王宫大厅里，随身带着一盒积木，积木原来藏在一个老衣柜里面。他把盒子放在地板中央，小心翼翼地掀开盖子，低头看着这些椭圆形的木块，脸上露出留恋的微笑。随着他一天天长大，他补充圣泉魔力的方式发生了微妙的变化。并不一定需要搭积木来补充圣泉魔力了，在安静的独处时光中冥想、找出解决问题的办法也可以补充魔力。坐在马背上从王国一端骑到另一端也可以达到相同的效果。但最近的麻烦事太多了，他还是更喜欢让自己沉浸在小时候擅长的这项古老游戏中。

他开始一块接一块地把这些积木搭成一座结构精巧的建筑。最终会是一座可以推翻的塔楼，一座由不坚固的积木堆成的塔楼，如果击在最脆弱的地方，这座塔楼就会瞬间倒塌。

欧文搭积木的时候，脑子里一直想着西尼亚。他焦急万分，想去喷泉查看箱子里她写来的字条。他渴望再次看到她那隽永的字迹。她会给他写些什么呢？他要怎样解读呢？这种新鲜激动的感觉真是很美妙。

美好的记忆涌上心头，他仿佛能真切地看到她一样。那是在玻璃粉海滩上的那个夜晚。微风抚弄着她的秀发，她用手轻轻将头发抚顺至身后。她的凉鞋悬在手指弯曲处。他心潮澎湃，不觉惊奇地眨着眼睛。他盯着自己手里的积木看了好一会儿，然后才继续搭建这个新的建筑。他会解开西尼亚·蒙特福特这个谜团的。

他一块又一块地搭着积木，头脑中梳理着他们两人之间的互动，想到第一次见面时自己对她的态度，一阵尴尬的红晕涌到脸上。他不知羞耻、粗鲁无礼，但她却毫不生气。她脸上是另一副表情——失望。这多奇怪啊。一个人怎么可能对一个陌生人感到失望呢?

那也许是他们两个第一次见面，他意识到，但却不是他们两个第一次互动。她引发了阿弗朗奇之战的那场暴风雪。她告诉了他那么多事情。那她为什么不说出自己的身份呢?

他搭着积木，感觉到圣泉魔力在他身体里流淌，让他的直觉和洞察力更加敏锐。一个个碎片开始在他脑海中连接起来，完全不同的片段连接在一起，形成一个独立的整体。他开始站在她的角度回顾过去发生的种种事情，突然一切都说得通了。

有人说锡尔迪金有个小孩儿是泉佑异能者，他是塞弗恩国王的一个人质，可以预见未来，和古时候的米尔丁一样。一个当时和他年纪相仿的小女孩自己也拥有这样的能力，她会怎样看待这样一个消息?这会让她兴奋吗?她知道关于欧文的真相吗?还是这些故事点燃了她的想象力?

但如果她真的通过喷泉来拜访过他，她应该会意识到他和另一个小女孩的关系有多么亲近，那个北昆布布里亚公爵的外孙女。是他们对彼此的明显爱意让西尼亚感到失望吗?这是她一直与世隔绝的原因吗？

欧文把这些积木放在塔上的速度更快了，现在这个建筑的体积越来越大，新搭起来的每一层都比下面一层要窄。

一段记忆从他脑海深处跃出——他第一次在水池里看到圣泉宝藏的那天。伊薇不能看到它，这让他着实很生气，因为他觉得伊薇不相信他。拉特克利夫想排空集雨池，将水全部排进河里，杀掉他们两个。欧文拼了命地救了自己的命，也救了伊薇的命。在那个惊恐万分的时刻，他感到圣泉魔力让他……呼吸。

内希——啊嘛。

他胳膊上一下子起了很多鸡皮疙瘩。那声音真的是圣泉的声音吗？还是西尼亚的声音？

他的手晃了一下，差点儿毁了自己正在搭的塔楼。他把手按在大腿上，惊奇地睁大眼睛。那时是西尼亚在和他说话吗？她就是圣泉之声吗？她这个小女孩，凭借自己的曼蒂克天赋看到基斯卡登这个小男孩了吗？是她用自己的魔力把他从溺水中救起的吗？

她要是一直在远处看着他该怎么办？也许这些年来，她一直都知道他们两个注定要在布里托尼卡见第一次面，他会向她求婚。这就是为什么她之前一直不在他面前现身的原因吗？

他坐直了身体，头脑一阵眩晕。此时另一段回忆涌了上来。她伸手求助过。并不是直接找他求助，而是通过塞弗恩。奥西塔尼亚国王曾强迫西尼亚嫁给他。为了躲避他的求爱，她伸手向锡尔迪金求助。她知道欧文会被派去帮忙吗？她当然知道！就像她知道他会在午夜偷袭沙特里约恩大军一样。这就是为什么那天晚上布伦登·鲁在那里等着他们的原因。欧文和西尼亚共同携手将奥西塔尼亚国王逼入困境。因为她根本不想嫁给沙特里约恩。

她想要嫁给欧文。

这一切在他脑海中搭建起来，一股圣泉魔力将其塑成定型。西尼亚知道他爱上了伊薇，也知道他失恋之后他的内心将会掀起怎样的波澜。他惊讶地意识到，她也忍受着同样的苦楚，因为她这样一个小女孩，爱上了一个她未曾见面的小男孩——一个她只在幻景中见过的人。

西尼亚一直都爱着他，默默地忍受着痛苦折磨，看着他在悲伤失望中挥霍生命。她也许希望自己可以安慰他，因为她生之本能就是想减轻其他人的痛苦。他从未想到这种可能性。她爽快地答应了他的求婚，并不表明她比他技高一筹，而是因为那是她最大的希冀。而他将这一切以最羞耻、最无礼的方式呈现出来。他离间了她的整个宫廷，嘲弄他们的统治者，他们尊敬和敬仰的统治者。这就是她失望的原因。

他站起来，开始踱步。“你是个傻瓜，你是个笨蛋，你是个蠢货。”他自言自语道。他想再仔细读读她的字条，但这些字条都放在巫哲棋盒子里了。

“我是世界上最蠢的大笨蛋。”他又说了一遍，摇着头。他低头看着快要搭好的塔楼，一座象征愚蠢的丰碑。

他和西尼亚是天造地设的一对。她平静祥和。他们两个都拥有圣泉赐予的魔力，不管他们两个效忠于哪个王国，这些天赋都将起到巨大的辅佐作用，对那个尚且年幼的男孩尤其如此，再过几年他就要成年了。

伊蕾莎白，一个声音在他耳边低声说道。

吉纳维芙直言不讳地问他是否还爱着她。当然还爱着。他们两个有太多共同的记忆了。她一直都是他最真诚的朋友，忠实的伙伴。他们两个的相处中没有任何让他现在想起来感到后悔的事情，没有任何过往可以玷污他们的亲密关系。在欧文心中，他知道这场婚姻让雅各·卢埃林变成了一个更好的男人，更好的国王，据他估计，阿塔巴伦王后已经用自己的智慧、领导力和能力提高了她所在的新王国在世界上的地位。伊蕾莎白爱她的丈夫，也爱她的两个孩子。欧文曾经暗自希望事情会有不同的结局，希望她会爱他，就像他爱她一样。

不能再想了，现在就停下来。他已经和一位深爱着自己的人订下婚约，一个他知道自己可以爱上的人。他胸腔中燃起的熊熊大火证明他再次感受到了爱。时候已到。

他急切地想要找到一个办法向她证明自己的心意已定。他什么时候才能再见到她？她在字条中提到，当水雾升起时，他要把吉纳维芙送进水雾之中。他会有机会和她见上一面吗？他想为自己之前的粗鲁行为道歉，想要了解更真实的她，她到底是不是一个水怪。不仅如此，他更想向她证明她并没有白等他。她最大的担忧就是他会背叛她，和传说中的奥文一样，难道不是这样吗？

为什么她明明知道他们两个之间会这样发展，一开始还会爱上他？

这一想法如霹雳般击中了他。

也许她看到了他将来会变成的样子。

"我是对的，我知道我是对的。"他低声自言自语道。他体内的魔力印证了他的想法是正确的。

他听到一个声响，当他转过身来，发现暗门已经摇开，埃塔伊内冲进来，用力把背后的门关上。她眼睛中透出的恐惧害怕之情让欧文心里一沉。

"怎么了？"欧文问道，恐惧在他双腿间游走。

"我父亲找到我了。"她惊恐万分地低声说道。

第二十六章
毒药师的复仇

“告诉我发生了什么?”欧文用沉稳的语气说。他要调动所有的自制力，不让自己惊慌失措。不管她带来的是什么样的消息，他都会努力将其转变成好消息。

“不知他怎么发现了我住的塔楼，”埃塔伊内说，在他们两个人中间那么狭窄的空间里前前后后来回走着，“他施用魔法，让我看不到他，但我可以感觉到屋子里充斥着圣泉魔力。”

是国王把这个经验老到的小偷从监狱里释放到帝泉王宫里的。国王甚至给了他一枚“艾思斌”戒指。一股新的怒火在欧文的胸中燃烧。是的，塞弗恩堕落得更深了。

“我拿出匕首，他就在那时现了身，”埃塔伊内说，忍不住瑟瑟发抖，“他把我所有的东西都翻了个遍。我那些毒药都给弄得乱七八糟。我现在也不知道他到底有没有拿走一两瓶。他翻了我的衣服，偷走了我的珠宝首饰。”她愤怒地咬紧了嘴唇。“一直以来那里是我的避难所，我的安全塔！他把它毁了！我再也不能待在那里了，他现在知道我住在哪里了。要是找到机会，我一定杀了他。”她猛烈地摇着头。

“我早就应该杀了他!”

“他想要干什么?”

她紧皱的眉头变成一副苦相。“他想让我帮他联系上你。”

欧文吓了一跳。“什么?”

她点了点头。“不把他的喉管割断已经很不错了。我恨他，欧文。你不知道我有多么恨他！真是对不起，我现在太情绪化。给我点儿时间，让我平静下来。”

“你完全有理由生气!”

“我可以不用这样。他弄得我措手不及，仅此而已。我没想到他能找到办法进入我的塔楼，但我本应该想到他终究会想办法进去的。我是对的。我们两个那天去牢房看他的时候，他就认出我了。他一直都在四处打听国王毒药师的消息。”她失落地摇着头。“只要价钱合适，他会满心欢喜地背叛任何一个人。先是布鲁格公爵收买了他，让他放走了埃里克。然后是塞弗恩收买他，让他抓住了埃里克。他对这一切都直言不讳，欧文。他只听钱的话。他只向贪婪效忠!”

欧文感到自己胸中的怒火愈烧愈旺。“我不能让他再这样胡作非为下去了。”

埃塔伊内举起双手。“他能隐身！他和我说，他是主动让‘艾思斌’抓住自己的。欧文，沙特里约恩对于你和女公爵订婚的事情很生气。谣言已经传开了，像一杯洒了的红酒一样，每个人都在异域宫廷对此事品头论足。至少我父亲是这样说的。沙特里约恩已经派出毒药师想除掉你。我们之前见过他了。”

“博思韦尔?”欧文吃惊地说。

埃塔伊内点了点头。“福尔卡特。这是他作为毒药师的名字。你还记得我们去阿塔巴伦的时候他是怎么骗我们的吗？他也想报私仇，我可以向你打包票。没有任何一个毒药师会想被人打败，他一定没有忘记我们在雅各宫廷上是怎么戳穿他的。我父亲说博思韦尔已经进城了，还给了一笔不菲的金额让我父亲接近你。”她眼中燃烧着愤怒的火光。“这就是我为什么没有杀他的原因。如果他知道怎么样可以找到博思韦尔，也许我们能因此扭转形势。”

欧文舒了一口气。“你都和德拉甘说了些什么?”

能明显看出她被各种情感折磨着。“我……我犹豫了一下，也许说得太多了。他疑心很重。我说我按照国王的吩咐办事。国王给我的钱比博思韦尔出价高得多，要让你活着。”她双手扭在一起。“我父亲说鲜血比金币更值钱。他还说我有义务帮助他。”她用一只手撑在桌子上，让自己站稳。“你不知道我有多么恨他。他不知道……他以为我只是个一心赚取金钱的毒药师。他说如果我出卖你，沙特里约恩可以给我很多钱，比塞弗恩给的多出很多。”她带着满脸痛苦的表情看着他。“但他不知道我永远都不会伤害你的。我们该怎么做? 我们两个人中，你更聪明。我现在已经不能清晰地思考了。”

看到他的老友如此脆弱，愤怒像海浪一样在欧文体内冲撞着。奥西塔尼亚的沙特里约恩国王想要一雪前耻吗? 博思韦尔劣势明显。欧文和埃塔伊内两个人都见过他长什么样子，他也不是泉佑异能者，与欧文比起来也没有额外的特殊技能。他们现在更需要使德拉甘失去能力。他突然想到一个主意，他坐直了身体，打着响指。

埃塔伊内满怀希望地看着他。

“谢谢你直接过来找我。”他对她说，明确地表达出这个意思。之前他从未把埃塔伊内的忠心耿耿当成是理所当然，现在自然更不会这样做。“很难想象这样的对峙对你来说是多么不容易的一件事。我们不能允许像德拉甘这样的人再在王宫里闲逛。这样太危险了。我们今晚就得把吉纳维芙送出去，借着黑夜做掩护。我不想再等到早上了。你也要跟我们一起去。我想让你施展魔法把我装扮成你的父亲。”

欧文想要扮演她父亲，这一想法让埃塔伊内露出惊恐的表情。

他看到她这样的表情，笑了起来。“只要人们看到我们就可以，不用太久，埃塔伊内。等吉纳维芙失踪了，我想有目击者会暗示，他和她的失踪有关系。如果塞弗恩觉得你父亲背叛了自己，你父亲要想活命就会更加困难，他忙着保住自己的脑袋，就没空帮助博思韦尔了。等他再来找你的时候，安排见一次面，告诉他，你想要五万克朗。十万。越高越好。然后约定个地方交易，我会让凯文派‘艾思斌’包围他。明白了吗？我们可以让这个消息为我们所用。我并不像你那样害怕你父亲。”

埃塔伊内看上去神态平和了很多，但他能看出来她还没有从这次碰面中缓过来。“你不要掉以轻心，欧文。我从未见过任何一个人像他那样残酷无情。他会不择手段得到自己想要得到的东西。他也许知道，即使把他扔进瀑布，他也不会死。”

欧文神情严肃地看着她。“哦，但我们不会把他扔进瀑布的。他会被带去北方，拉到一座冰山上。”他朝她走近了一步。“我不会让他伤害你的，埃塔伊内。”

屋子里充满了紧张的气氛，欧文能感觉出她一部分的痛苦情绪来源于她对他的情感。她摇了摇头。“不……我不会让他伤害你。”

他叹了口气。“我想让你带着自己的行李搬到这里来。从现在开始，这里就是你的房间了。”她的塔楼已经暴露。她现在不能再回去了，因为德拉甘已经知道怎样可以找到她了。

一丝惊喜和希望点亮了她的双眼。

“我可以找其他地方住，”他快速地说，“事实上，我最好每个晚上都换不同的地方住。每天待在同样的地方，要想找到我实在太容易了。如果我是博思韦尔，我会住在桥上的客栈里，那里可以看到王宫大门。他也许在等我骑马回塔顿庄园，这样他就可以在路上截住我。”

“我不想让你这样让出自己的房间，”她说，语气中充满失望的情绪，“我可以去的地方也不少。”

他摇了摇头表示不同意。“如果有人来这里杀我，你就可以把人抓住，然后审问一番。”

她俏皮地冲他笑了。“好的，我的大人。接下来我们要干什么?”

他双手互相搓着。“你之前有没有在河里划船去往瀑布?”

帝泉王宫从未真正入眠。夜晚有守卫在走廊里巡视，手里拿着火把，把路照亮。但墙后面的“艾思斌”隧道可以更加快速地展开行动。埃塔伊内已经准备好所有人的伪装。她扑上粉，用铅笔勾画脸的轮廓，勾勒眼角，把自己变成主妇模样的女人。欧文之前见过她装扮成自己的母亲，明白她现在在做些什么。她用刀片蘸着泡沫给欧文刮胡子，留下两侧的胡须还有小胡子，其他一概不留。她说早上会把剩下的胡须刮干净，让他看起来不那么可疑。

夜幕降临，他们穿过秘密通道，偷偷潜入吉纳维芙的房间，发现她完全清醒着，因为即将来临的黎明异常兴奋，根本无法入睡。

“我们改成今天晚上走了吗?”欧文解释完情况后，她激动地重复道。“我们要走王宫里的秘密通道吗? 就像妈妈和我讲过的那些故事一样!”

“完全正确，”欧文说，“等你回到埃东布里克，就有属于自己的故事讲给妈妈听了。”

她眼睛放着光。“德鲁怎么办?”

欧文摇了摇头，看到她脸上立刻满是失望的神情。“要是我连再见都不说，他会担心的。我不想害他担心。”

欧文开始感到有些不耐烦了，但他清楚地记得安凯瑞特总是怎样对待他的。他单膝跪地，把一只手放在小女孩的肩膀上。“我会替你和他说再见的，吉纳维芙。”他看了一眼埃塔伊内，然后目光再次回到小女孩的身上。“我听说今晚那个毒药师要来城堡。”

吉纳维芙脸上流露出害怕和惊奇的神情。“真的吗?”

欧文点了点头。“我答应过你妈妈，我要保证你安全。我们会坐进一艘木舟，划进河里。德鲁必须留下来，但你不用担心。我会替你照顾好他的。”他感觉到内心一阵挣扎。“我保证你还会再见到他的。”

听到这番话，她微笑起来，然后高兴地点着头。

欧文站起身，领路回到隧道里。他使出魔法环绕在他们身边，觉察隐藏着的危险或威胁。之前搭积木让他体内充满了圣泉魔力，他认为预见麻烦比遇到麻烦后及时反应更加有效。他同样留意着其他魔法存在的迹象，以防德拉甘潜伏在这黑暗的隧道里。

他们到达集雨池时，明月高高挂在头顶的天空上，将他们的影子投射到地面上。月亮发出霜白的光芒，他们穿过庭院的时候，靴子在雪地里发出咯吱咯吱的响声。城堡的墙壁镶上了一层白色的轮廓，积雪已经开始聚成堆。寒冷的空气刺痛了他的鼻子。欧文在黑暗的洞前停下脚步，水是从这里进出集雨池的。吉纳维芙和他手牵手在隧道里走着，孩子们习惯这样走路。他握着她的手时，有种奇怪的宽慰之感，这让他开始幻想自己将来某一天成为父亲会是怎样的情景。她紧紧抓着欧文的手，弯腰看着那个黑漆漆的水池。

“你们两个从这里跳下去的?”她问他，盯着这黑暗的水池。欧文根据经验知道，距离那和王宫一样大的水池还有很深一段距离。

“是的，”他一副苦楚的样子回答道，“但现在水太冷了。还有另一条下去的路。在那边。”他用手指着。

他们走过去，欧文锁上门闩之前，又施用了一次自己的魔法，想要确认前面没有任何危险等着他们。埃塔伊内裹了裹身上的大衣，走在他们后面，一直警惕地观察着一切追踪的信号。等待他们的只有静谧，欧文心满意足，没有人埋伏在那里等他们入瓮。

他打开门闩，不带火把，领着吉纳维芙沿着黑漆漆的台阶走下去。埃塔伊内锁上了身后的门。

“小心点儿。”欧文说，他的声音突然产生了回声。

“那边会掉进水里。这儿没栏杆。”现在他们已经来到地下，他从包里拿出一个火把，递给埃塔伊内，这样他就可以敲打两块打火石点燃火把。火把发出跳动的火焰，带来了温暖和光明。吉纳维芙的鼻子冻得通红。她显得胆战心惊，但如果一切顺利的话，她很快就安全了。船就停在欧文放船的地方。但他还是仔仔细细地检查了一遍船体和船桨，然后把船拖进水里。

埃塔伊内举起火把，她转身歪着头，听着远处传来的声响。欧文站在那里一动不动。

过了一会儿，她摇了摇头。

欧文先上了船，他太重了，弄得船左摇右摆的。他用一只桨勾住平台边缘，一只手伸向吉纳维芙，抓住她的手，扶她上船。她坐在一块小小的木板边缘，抬头凝视着洞穴顶部，水断断续续地拍打着小船。接着埃塔伊内上了船，船晃得更厉害了，但等她一坐下，船便稳定了下来。

欧文用船桨一撑，船离了岸，沿着宽阔的走廊一路行驶下去。他们横穿过王宫下面的水道时，火把照亮了支撑这庞大建筑的根根浑厚石柱。光线从水面折射出去，欧文能看到水底的秘密宝藏在闪闪放光。他抬起头，看到埃塔伊内也睁大双眼盯着这一侧看，感到非常惊异。

“你能看到吗?”他问她。

“看到什么?”吉纳维芙插话道。

“你能看到水里有什么东西吗?”埃塔伊内问小女孩，手搭在她的肩膀上。

吉纳维芙目光越过船边看了一阵子，然后摇了摇头。“看不到。”

埃塔伊内和欧文目光相遇，微微点了点头。

他们滑向水池尽头，那里有道匣门，控制着水流量。这就是欧文和伊薇差点儿淹死或者被大水冲走的地方。欧文借助火把微弱的光线，可以看到控制闸和控制杆。他还能看到从自己口中吐出来的气息，感觉到自己麻木的手指。冬天来得太快了——这也是另一个迹象，催促他们快点儿行动。

他把船划到岸边，调整船体，直到船侧与铁栏平行。“集雨池里的水就是从这里流进河里的。”他告诉她们，特别是对吉纳维芙，以便打消她的顾虑。“水几乎满了。你拉动这根控制杆，闸门就会打开，你松手以后，要过几秒钟的时间它才会关闭。如果你想把水池里的水全部排干，可以把控制杆锁起来，但我们不必这么做。”他带着跃跃欲试的微笑看着她们两个。“准备好了吗?”

吉纳维芙异常兴奋，脸涨得通红。埃塔伊内朝水的方向挥舞着手里的火把，悄悄问他，是否可以把火把浸湿。欧文握紧控制杆把手，点了点头。火把浸入冰冷的水中，发出嘶嘶的响声，接着他们就完全处于一片漆黑之中。

完全的黑暗反而赋予了声音新的意义。欧文能真切地听到吉纳维芙牙齿颤抖的声音。他拉下控制杆，片刻时间水流就把他们带出了水池，送他们来到一处斜坡，他们可以从这里进入河流。松开把手，他抓住了另一只船桨。

船冲下短短的斜坡，水花飞溅着冲进河里，吉纳维芙害怕得发出一小声尖叫。瀑布的咆哮声一下子把他们包裹起来，欧文感到一阵惊恐，急忙划向他们前面的那座小岛。圣母殿。心脏在他胸腔里怦怦直跳，但他想到自己现在的大胆举动，忍俊不禁。小女孩紧紧抓住船的两侧，面朝前，开心地笑着，就好像她根本不了解这强大瀑布的危险一样。

欧文之前曾两次走过这条路线，因此他知道会面临什么情况，但他仍然略微有些颤抖。头顶的月亮闪着光芒，照亮了他前进的道路，也照亮了与他同行的人。吉纳维芙看上去兴奋极了，和她母亲小时候兴奋的样子一样；埃塔伊内紧紧地抓住船的一侧。河流是大自然朝气蓬勃的一股力量——命运和死亡的共同缔造者。圣母殿突然出现在他们面前，欧文小心翼翼地将船划向对面的入口处。那里有几个码头，还有几艘小船。要想逆着如此强大的水流划行，着实需要几位身强力壮的男人才可以。这是条单向路。

欧文把船靠近码头，利用船桨的平面使船慢慢减速，这样他们就不会撞到上面。船开始前后摇摆，被水流吸回去，但他用力划着船桨，纠正船体的方向。到达码头边缘之后，他抓住了系船柱。

“你先上去吧，”他对埃塔伊内说，努力控制船体不让其摇摆。河里的水在他们船下涌动着，冲撞着岩石，随后冲向发出咆哮声的远方——瀑布。埃塔伊内弯低身子，登上码头。天又黑又冷，欧文却精力充沛，焦急地想要尽快上岸。他抓住铁链，把它固定在系船柱上。

“我能自己上去。”吉纳维芙说着站起了身。她这突然一动，船体剧烈晃动起来。

“抓住我的手。”埃塔伊内说，从码头把手伸过去，想要抓住小女孩。

“我能行!”吉纳维芙说着，用一种年轻新手特有的自信眼神抬头看着她。欧文感觉到一阵不安，他惊恐地发现她的脚跟没有站稳。不凑巧的是，船体就在此刻发生了倾斜，船边浸泡在了水里，水涌进了小船，猛地把船拉离了铁链。一眨眼的工夫，一切都乱了套。

小女孩掉进河里的时候，溅起了很大的水花。

亲爱的欧文：

非常感谢你的来信，还有你的提醒。锡尔迪金发生的事情真是不同寻常。我和雅各帮不上什么忙，真是无能为力。但十分感谢你，感谢你搭救我们女儿的提议，阿塔巴伦会忠心不贰地追随你。你一定要小心行事，我亲爱的朋友。历史中成功夺权的例子随处可见，当然也有很多失败带来的悲惨结局。但我同样十分确定，你比你的国王更加精明智慧。如果你觉得这是唯一的选择，我会完全相信你的选择。这封信由我丈夫代为执笔。谢谢女公爵愿意提供帮助。我如果能再次拥吉纳维芙入怀，一定会如释重负。没有她的每一天都是一种折磨。

你忠诚的，
伊蕾莎白·维多利亚·莫蒂默·卢埃林
阿塔巴伦王后

第二十七章
圣泉的戒指

听到吉纳维芙跌入水中的声音，欧文心里的感觉简直无法用言语来形容。他甚至都没有时间考虑自己应该怎么做；他紧随着她跳进了河里，没有丝毫的考虑和犹豫。他没脸一个人去见孩子的母亲。不能把孩子带回去，他宁愿去死。

冰冷的河水带给他巨大的冲击，这冰冷的感觉来得如此迅速、如此突然，他甚至害怕自己的记忆都会被冰冻住。他摸索着，想抓住她的外套，她的头发，她的任何东西。他有种模糊的感觉，因为他是泉佑异能者，他自己也许会活下来，他唯一的希望是，他在她身边，他可以帮助她也活下来。

接下来，光和痛从他手中爆发而出。

他还在河水的掌控中，可突然间他的手剧烈地疼痛起来。他的双膝撞到了一块坚硬的石头，发觉自己陷入某种大坑之中，到处都是光亮，过了好一会儿，他的眼睛才渐渐适应了水下的光线。河水和瀑布的咆哮声震耳欲聋，让他惊异的是，他感到自己在喘着气，呼吸着空气，而不是水。他听到有人在呼喊救命，微弱的声音几乎被淹没在嘈杂的咆哮声中。

欧文的衣服不再因浸湿而重重地压在身上，甚至连头发都干了。他仰起头，抬起手，想要挡住这刺眼的光线，却意识到这光线是由他手上戴着的戒指发出的，这枚他从死去的布伦登·鲁手上摘下来的戒指。这枚西尼亚亲自帮他戴在手上的订婚戒指。

吉纳维芙在那里。

她蜷缩在几块干石头上，就在他正前方，哭喊着在向他伸手求救。在她身边，河水又一次聚拢在一起，一大波汹涌的波浪就要把她再次吸回河里。

欧文爬过去，右手抓住她伸出来的那只手，一把将她拉到自己身边。她抓住欧文的外衣，把脸埋在他的衬衣里，哭泣着，既惊恐又安慰。抬起头，欧文看到河水因为戒指的力量，从岛屿的岩壁两侧分开。码头上的一根根系船柱尽收眼底，藏在波浪之下的光滑石头也一览无余。残酷无情的河水把他本想系在这里的船打成了碎片，现在正顺着水流冲下瀑布。他看到埃塔伊内跪在码头上，向他们两个伸着手，脸上满是惊慌、敬畏的表情，因为她看到河水在欧文和这个小孩子面前分开。

他手指上的戒指烧得很厉害，他害怕这魔力会把他的整只手都毁掉。他想不出有什么力量能强大到可以改变河水的流向，尤其是这条流经帝泉王宫的浩荡大河。他努力不去看闪着光芒的这枚戒指，笨拙地把吉纳维芙推上岩石峭壁。

他踉跄了一下，随后把孩子举起放在埃塔伊内的臂弯里。随着他靠向码头，身后的河水又填充过来，证明他所经历的这种保护能力有限、时间短暂。这种魔力可以持续多久呢？他可不想尝试。码头的系船柱又黑又光滑，他被散落在这些系船柱底座坑洼不平的卵石绊倒了。吉纳维芙获救了，感谢圣泉，他伸出手抓住埃塔伊内的手，让她拉自己上岸。

他靴子刚干，戒指的光芒便消失了，他感觉到河水又开始重重地敲击码头，河水的力量甚至使码头摇晃起来。他跪在那里，慌乱地喘着粗气，想要平复自己恐慌的情绪，他看到吉纳维芙睁大了眼睛在盯着他看。

“妈妈说得对。你……你真的是泉佑异能者！”她虔诚地说。接着，她作为一个小孩子全部的情感都爆发了。她挥动着双臂，搂住他的脖子，眼泪又流淌起来，这一次是感激的泪水。她一遍又一遍地感谢着欧文，小声为自己的笨手笨脚而道歉。

欧文轻轻往后晃了晃自己的靴子，感激自己手上戴着的这枚戒指。他用一只胳膊拍着她的后背，而后仔细观察他的手，结果有了恐怖的发现。戴着戒指的手指已经呈现暗黑色，伤重得让人难以置信。他疼得厉害，但可以感到一股暖流包裹着自己的身体，发出治愈的波浪。他注意到剑鞘又一次发着光，尽管这种炽热的光只有他一个人看到。

埃塔伊内跪在他身边，无比宽慰地看着他，她的双手放在胸前，做出祈祷的姿势。尽管她已经乔装打扮成她自己母亲的样子，但他仍能透过这层伪装看到里面真正的埃塔伊内。

吉纳维芙立刻起身，低头盯着欧文的手。和他一样，吉纳维芙身上也是干的，她的衣服和头发也没有一滴水。他抚平她那黑色的头发，对圣泉魔力的这一展示仍很惊讶。西尼亚早就知道他会需要这枚戒指的保护吗？他怀疑是这样的，他的内心因为她而涌起一股温暖的悸动。

埃塔伊内拉起他的手，他看到她亲吻着这枚戒指，像祈求赐福一样。他的呼吸终于开始平缓下来。

“我们快点远离河水吧。”他说道。

埃塔伊内看上去像要哭出来了。她含泪微笑着，用力点头，同意这一提议。

拂晓之时，圣母殿的司事打开门锁，伴随着吱呀吱呀的声音打开了大门。门外早已聚集了一大批人，手里拿着硬币，等着在其中一座喷泉前许下心愿。一对年轻的夫妇小声说着话，希望喷泉赐福让他们有个孩子。一位伤心欲绝的老父亲叨念自己孩子前一天晚上在结冰的路上滑到了，摔碎了头盖骨。等大门完全敞开，欧文领着吉纳维芙穿过门洞，埃塔伊内的魔法轻轻地环绕在他们身边。

欧文经过的时候，司事看了欧文一眼，好像认出他是谁了，这正中他的下怀。司事嘴唇咧出一个警示的冷笑，但却一句话也没说。欧文朝他微微倾斜了下脑袋，冲他嘲弄般地笑了一下，清楚地知道现在他的脸就是德拉甘的完美复制。

“过来，丫头，”他粗声对吉纳维芙说，“不能让你爸爸等着。”

一踏进庭院，就能看到乞丐都聚在圣母殿里了，这里有烧着新鲜煤炭的火盆，可以驱赶走早冬的严寒。三个人围坐在其中一个火盆边，摩擦着双手，想要尽快暖和起来。

一个人漫步朝欧文走来，看他的表情说明这个人认识德拉甘。

“这是干什么呢，嗯？”这个人说话的时候语气中略带一丝蔑视。“这黄毛丫头是谁？”他问道，同时冲着小女孩点头示意。

“不关你的事。”欧文模仿德拉甘说话的语气说道。他感觉到埃塔伊内的魔力浸润了这个人的全身，让他完全相信自己。“什么消息？”

“艾默雷那个‘艾思斌’小子正在到处打探你的消息呢。我要是你，我就用刀杀了他。小心点儿。王宫里有啥好消息?”他小心地环顾四周。“博思韦尔生着气呢。他需要你尽快解决这件事。那笔钱可真不少啊，德拉甘。”他近乎期待地发着牢骚。

“我全都弄清楚了，你瞧。你告诉博思韦尔，我可以把他弄进去。现在赶紧走，司事在朝这边看呢。走!”

这个人点了点头，匆忙离开了。

欧文和埃塔伊内目光交错。“我觉得我们此行目的已达到。如果我们在这里待到中午，谁知道还会有谁过来和我说话呢。”

“我觉得这真是太棒了，”吉纳维芙低声说，“我从未见过这样神奇的魔法。虽然我知道你本来是谁，但我还是不能百分百确定。我有点儿害怕。我们现在要去哪里?”

“我们现在去后边一座喷泉那里，去和布里托尼卡女公爵见面。”欧文说。“我们约定的时间是中午，还有几个小时。但如果我们靠近些，也许她能感应到我们。跟我来。她要是不立刻出现的话，我们不在那里久待。”

埃塔伊内点了点头，跟着欧文的脚步。魔法环绕着他，让他走路的姿态有些一瘸一拐，大摇大摆。这种魔力来自毒药师对这个男人错综复杂的记忆，虽然他可以抵抗这种魔法，但他还是允许这魔法在他身上施展，以完成这一幻象。乔装打扮也是有魔力的。他感觉自己真的老了几十岁，虽然他知道这只是幻象。

他们来到那处小凹室之后，他盯着喷泉那平静的水面，以及底部铺满硬币的泉水，他召唤出箱子。附近没有一个人，但不远处却有很多过路人。欧文拽着吉纳维芙的手，把她领到喷泉的另一侧，埃塔伊内在入口处徘徊，瞥着人群，留心自己的父亲。

“看!”吉纳维芙兴奋地说，用手指着满是泡沫的圣泉之水。一阵翻腾着的厚重水雾从搅动不停的水面上升起，浸满整个区域。欧文再也看不清埃塔伊内。吉纳维芙用渴望的眼神看着这水雾，没有丝毫畏惧。“是她来了吗?”

“她来了。”欧文说，感觉自己的心和水一样搅动不停。

西尼亚出现在水雾之中，从水池中央朝他们走过来。她穿着与上次见她时不同的礼服——薰衣草颜色，上衣和袖口都绣着花边。欧文不想以德拉甘的形象见她，因此他想了一下，就抵抗了埃塔伊内的魔力，褪下这层伪装。

“吉纳维芙·卢埃林，来见过西尼亚·蒙特福特，布里托尼卡女公爵。”欧文说。他用温暖愉悦的神情看着她，想告诉她自己已经知道了一切，根本无需多说。他对她十分感激，感激她为他所做的一切。

西尼亚看到他脸上的表情吓了一跳，但她很快恢复了镇静，当她看着伊薇的女儿时，她的焦虑化成微笑和柔情。“你好，吉纳维芙，”她说，“你爸爸今早已经随波而来。”

“真的吗?”吉纳维芙问道，现在是一副惊讶的表情。“他在哪里?”

“在图桑圣母殿，”西尼亚回答道，“我刚刚过来的地方。那是我们公国的主殿，就像锡尔迪金里的帝泉王宫一样。他很想见你，就像你很想见他一样！跟我来吧。我告诉他，我们会马上回去的。”

吉纳维芙伸手握住西尼亚伸出的手，但随后她又抬头看了一眼欧文，张开双臂拥抱他。“谢谢你救了我，”她喃喃地说，“我怎么谢你都不够。现在，我必须要亲你。跪下来。”

欧文感到有些懊恼，但他还是照她要求的那样单膝跪下。西尼亚用某种类似惊讶的表情盯着他看，一只手遮住嘴。他从来没见过她用这样的眼神看着他，但她看上去——不是心烦意乱——而是有些不知所措。

欧文感到温暖的双唇贴在他的脸颊上，埃塔伊内早些时候刚刚在这个地方帮他刮了胡须，让他颇感宽慰。那一刻，他似乎经历了长久以来萦绕在塞弗恩身上的那种挥之不去的荒芜感。成为失去兄长的孩子，这成了国王永远无法抚平的伤痛。欧文无法想象怎么会有人能从中痊愈。这种想法让他不由泛起一阵同情之情，为这位他曾经效忠而现在他正要背叛的人。

“不用谢，”欧文说，他拍了拍小女孩的脸颊以示回应，“我答应过你母亲要保证你的安全。”

吉纳维芙又冲他露出灿烂的笑容，然后牵着西尼亚的手，迈过喷泉之墙。欧文站在那里，和未婚妻四目相视，惊讶地看到她眼中闪烁着泪光。

“你难道不知道将要发生这一幕吗?”他问道。

她快速地眨着眼睛，努力恢复镇静。“好多年前，”她低语道，“我看到你救了一个小女孩的命。在幻境中，你留着胡须，所以我以为这件事应该还在更远的未来。”她又咽了下口水，情感即将漫出来。“我看到那枚戒指救了你。所以我知道，那时你需要这枚戒指的保护。”她摇了摇头。“但我不知道这一切会发生得这么快。你刮去胡子成了另一副模样。”她羞涩地说，伸出手，用指尖摩擦着他的下巴。这一触摸让他不禁颤抖起来。

她低头看着他的手。“伤口好得很快，”她说道，心满意足地点了点头，“这枚戒指能量巨大。如果你使用这魔法时间太久，它会杀了你的。带着这把剑鞘，你是不会留下伤疤的。”

欧文喜欢看她因为自己而现出局促不安的神态。他冲她微微一笑，她的脸颊浮现一抹红晕。“嗯，我必须要刮胡子，看上去像那个人才行，”他立即说道，“但我不想再留胡须了。除非你喜欢?”

她看起来情绪激动，张皇失措，这让他很想伸出手去抚慰她一下。她摇着头以示否认，但不愿和他眼神相交。

“很好，因为我计划明天早上把剩下的胡须刮掉。”他说。他在诱惑面前让了步，伸出手牵着她的手。“谢谢你，西尼亚。谢谢你让我一定要戴着这枚戒指。”他压低了声音，“否则我肯定活不成了。”

她抬起头，再次看着他的脸。她的嘴角爬上一丝羞涩的微笑。“我知道，”她回答道，然后她眨了眨眼睛，“我差点儿忘了，雅各让我把这个交给你。这是孩子母亲写的信。”她毫无顾忌地提到了伊蕾莎白，这让欧文印象深刻。她从腰间拿出封好的字条，把它放在欧文手上。他快速把字条塞进口袋里，留到之后再读，但他没有松开她的手。

“已经开始了。”他对西尼亚说。

“嗯，开始了。”她赞同道。

这是跳进水里之前的最后一次呼吸。

第二十八章
国王暴怒

正殿的壁炉里堆着很多大原木，原木在火炉里燃烧着，但这片空洞的地方却有着不可撼动的寒意。这已经是吉纳维芙失踪的第二天早上了，国王怒气冲天，让人不敢直视。他怒气冲冲地把客人都赶了出去，这样就可以及时收到凯文的新消息。

“我说过了，滚!”塞弗恩冲着一个侍女喊着，她正急急忙忙地清理一个打翻的盘子。女孩儿脸色惨白，逃离了房间。

欧文站在靠门的位置，看着凯文鼓起自己全部的勇气忍受着国王的坏脾气。“艾思斌”又蒙羞了。欧文努力忍住，不让自己露出得意的笑容——一切都在按照计划进行，虽然他不愿看到凯文承受国王的怒气。他看到德鲁走向门口，想要和其他人一起离开这个房间。小男孩脸上充满担忧的表情，但他走到门口的时候，欧文冲他眨了一下眼睛，引起了他的注意力。

德鲁脸上立刻露出了光彩。欧文朝他点点头，当他从身边经过的时候小声说了一声“图书馆”。

凯瑟琳夫人还站在高台旁，她脸上满是担忧。吉纳维芙的失踪让她深感忧虑，但欧文不敢告诉她事实真相。他准备事后告诉她，但一定得小心，谨慎为之。

欧文朝守卫们点点头，示意他们把门关上，然后走向正在奚落凯文的国王。

“这是怎么回事，我问你呢，‘艾思斌’居然连一个小孩子的行踪都查不到!”塞弗恩轻蔑地说，“我需要答案，凯文，最好是好消息!”

“我的陛下，”“艾思斌”沮丧地说，“我已经把能派的所有人都派出去了——”

“你能派的!”国王怒喝道，打断了他的话，“我告诉过你了，让城里每一个密探都高度警戒!”

“让他说完吧，我的陛下，”欧文说，他走得更近些，“可以的话，请您暂时控制您的脾气。”

国王怒气冲冲地看了欧文一眼，嘴唇气得发抖。

凯文感激地朝欧文点了下头，无助地耸了耸肩。“我们不知道她是怎么从城堡里逃出去的。她凭空消失了。侍女早上进房间生火的时候，她床上空无一物。看起来她像是被人绑架了。”

“但怎么可能?她从城里出去却没有一个人看到?”国王恼怒地问。

“我们守卫着每一条道路，每一个港口，搜查了港口上的每一艘船，不论是不是阿塔巴伦的我们都搜查了，”凯文解释道，“我们获得的唯一一条线索最终也没有带来任何收获。”

“什么线索?”塞弗恩问道，“我应该把你们全都扔进河里。我为什么要养活你们这群什么事情都干不成的密探!”

“告诉国王吧，凯文。”欧文说道。

“告诉我什么?”

凯文咽了一下口水，像是在消除自己越来越明显的不耐烦情绪。“我听到传言，圣母殿司事昨天早上可能见到她了。我过去向他当面了解了情况。他说圣母殿开门的时候，有一男一女在大门口。他们两个还带着个小女孩，根据司事的描述，小女孩的样子很像吉纳维芙。司事发誓他说的都是真的。他所描述的那个男人的样子，在我看来很可能是德拉甘。您还记得他吗，我的陛下？我们逮捕回来的那个想要放走埃里克的小偷？”

欧文看着国王脸上的表情从生气转为了解，甚而又变成愤恨。凯文也许没注意到这种细微的变化，但欧文一直都在仔细地观察着他。

“是……是的，我记得。”国王结结巴巴地说。

凯文挠了挠耳朵。“司事发誓说，他看到他们进了圣母殿，但却没看到他们出来。我问过狄克诺小女孩有没有寻求庇护，但他看上去却很吃惊，比我见过的任何人都要吃惊。那天没有任何一个人去寻求庇护，这也是他第一次听说那个小女孩。我昨天已经派人搜查过整个建筑了，从地下室到阁楼，每一个板条箱，每一个容器，每一个壁橱。我以为今天就能有好消息给您，我的陛下，但却没有任何她在什么地方或者什么港口出现的迹象。”

欧文又向前走了一步。“我的陛下，听了凯文的报告，我相信德拉甘这个家伙一定和吉纳维芙的失踪脱不了干系。我的陛下，我也相信，他有某种进入王宫的特殊方法。我虽然没有任何证据，但我相信他可能是泉佑异能者。如果真是这样的话，他就是个危险的威胁。试想如果雅各发现自己女儿失踪了，会发生什么事情。他一定会把事情怪到您的头上。”

国王听到这话意指他那失踪的侄儿，不禁眯起了双眼。

“我和这件事毫无关系。”国王说，但他声音中却没了底气，不再咆哮。

“当然和您无关，我的陛下，”欧文同情地说，“但这不能阻止雅各和伊蕾莎白往最坏处想。我怕我之前的梦境就要成真了，我们会被其他几个王国同时入侵。我知道您派了凯茨比去北坎，但我猜想如果史蒂夫的孙女带着战旗出现，当地人会像豺狼野兽一样攻打他的。我们要是失去对北坎的掌控，我们就丧失了一大批曾经对您忠心耿耿的士兵。他们可是支持您的主力军！”

国王擦了擦嘴，跛着脚开始走来走去。

欧文瞥了一眼凯瑟琳夫人，她看上去对这番对话很感兴趣。她自己有办法用一种塞弗恩无法了解的方法将这些线索碎片拼凑在一起吗？

“那你有什么建议？”国王问欧文。

“我已经命令‘艾思斌’去追捕德拉甘那个家伙了。我觉得有几个问题，他一定要给出解释。”

国王看起来态度坚定，已经下定了决心。“等你抓到他，我想让你亲自带他来见我。”

欧文恭敬地鞠了一躬。“凯文会立刻照办的。”

塞弗恩看起来很疑惑。“如果他是泉佑异能者，你不是应该能察觉到吗？”

欧文摇了摇头。“我的陛下，我认为如果您派我去北坎，将是个明智的选择。凯茨比把大大小小的贵族都得罪遍了，也惹怒了敦德雷南的全体民众。我认识那些人，我的童年大部分时间是在那里度过的。让我看看是否可以把他们团结起来。我已经命令阿什比上尉集结我的军队，开始朝蜂岩城堡的方向进军。然后看我们哪里受侵，我能在必要的时候分出一部分军队过去。我已经给布里托尼卡女公爵送了信，让她看好沙特里约恩在她边境上的一举一动。您同意这样做吗?”

国王心不在焉地盯着火焰。欧文猜想他可能在咒骂自己居然会相信德拉甘。他希望国王能承认自己的两面派做法，但他如果不承认也不会让欧文感到惊讶，毕竟现在是在他心爱的女人面前。

塞弗恩看着火焰沉思了片刻，然后他转过身，摇了摇头。“我不会派你去北坎，现在还不行。”他双眼中燃烧着怒火，“我想让你亲自带队搜寻德拉甘。我觉得你的判断是对的，他可能拥有圣泉魔力，如果真是这样的话，你比凯文能派去的任何一个人都更合适，更有机会抓到他。把他带来见我。我知道怎么杀了像他这样的人。等你抓到他，就可以动身去北坎了。那里有座雪顶山峰，丹瑞米圣女冻死的地方。把这个小偷带来见我。他要是伤害了那个小女孩，我绝不会对他留有半点儿同情怜悯。”

欧文借由向国王提议，希望马上去北坎，由此操纵国王。这些棋子正如他希望和计划中的一样，一一落下。

“好的，我的陛下。”他生硬地说。他草草鞠了一躬，然后转身离开了。

“欧文大人?”

这是凯瑟琳的声音。她跟着他走到离开正殿的走廊里。走廊里没有其他人，但王宫到处布满了窥探孔，他不知道此时此地向她坦言是不是足够安全。

“有什么事儿吗，我的女士?”他问道。

她一边走过来，一边搓着手。她双眼略肿，充满了忧虑的神情，他能看出来她没怎么睡好。

“我知道你已经动用全部力量尽力去找她了。”凯瑟琳温柔地说。

她走到他面前的时候，回头看了一眼通往正殿的那个双扇门。守卫立正站着，但因为离得太远，听不到他们两个人的对话。

“是的，我的女士。”他简洁地说，让自己的表情尽量自然。

她把声音压低了一些。“不用在我面前伪装自己，欧文，”她低声说，“我不是因为吉纳维芙烦忧。我是在担心国王。我猜想他可能在谋划些什么。”

欧文皱着眉头，一句话没说。

她的声音平和，值得信赖。“我问过他到底相不相信你所说的预言，”她说，“他自己不愿意接受这个事实，至少现在还没有。他说下雪只是冬天来得早了些。他说服自己，圣泉预兆只是幼稚的迷信而已。”她低下头，靠近他的头，用恳求的眼神看着他。“我……我问他如果预言要是真的，他会怎么做。如果真有一个小男孩从喷泉里拿出一把剑的话怎么办?”她飞快地眨着眼睛，他看到她眼睛中充满了泪水。

“他怎么说?”欧文问道。

“他说这永远都不会发生的，”她低声说，“如果我们真的遭遇入侵，他计划把王国里所有的年轻人都召集在一起，命令他们到帝泉王宫来。他说他会证实圣泉力量都是假的。”

欧文盯着她看。“怎么证明?”

她摇了摇头。“他没说。但他眼中的神情让我十分害怕。我的大人，你向我保证过，我的儿子会平安无事，你会保护他。我甚至在想，如果我告诉国王真相，他会不会明白其中的道理，自愿放弃王位，这样我们是不是就可以避免一些麻烦事儿? 但我要冒险一搏吗? 他是那样一个人。”

欧文用愈发关注的目光看着她。他慢慢地摇着头。“别告诉他。”

凯瑟琳闭紧眼睛，一行热泪从她脸颊滑下。“好吧，我不说。”

“我要去和你儿子谈谈，”欧文小声说道，“和我一起来吧。他在图书馆。我觉得是告诉他真相的时候了。”

第二十九章
小偷的赎金

他们走进图书馆的时候，德鲁坐在窗户边的垫子上，正在仔细地读一本书。一缕光线洒在他的头发上，营造出一种超脱尘世的氛围。他的目光是那样认真诚挚、全神贯注，不禁让欧文想到自己，回想起自己小时候如何在这个地方找到避世安身之处。他不知道这个小男孩和吉纳维芙一起到图书馆来过多少次。凯瑟琳在门口停下脚步，用温柔渴望的眼神盯着这个小男孩。看到这一幕，欧文心中忍不住隐隐作痛。

他冲她鼓励地点了点头，做手势让她先走到小男孩身旁，她照做了。她坐在窗边座垫旁，用宠爱的眼神盯着小男孩的脸。

“你在看什么?”她温柔地问道，伸手拂去他掉下来的一缕头发。

德鲁仍然专心致志地看书。“一本关于圣泉之女的书。”他咬着自己的小拇指说。“她是水仙子。”

“是什么?”凯瑟琳问道。

“水仙子，”德鲁回答道，“水精灵。”

小男孩刚把这个词脱口而出，欧文就感到自己心潮澎湃，身体不禁颤抖起来。他走近些，轻手轻脚地走着，这样靴子就不会在地毯上摩擦出声响。

“我没听说过水仙子，”凯瑟琳带着好奇的语气说，“你刚刚说，圣泉之女是水仙子?”

“嗯嗯嗯，”小男孩说，低下头看着书上的字，露出梦幻般的神态。“水仙子是深无测的赠礼。她们和我们长得一模一样，但她们却不是真正的凡人。暴风雨过后，人们在海岸上发现了她们。帮助安德鲁王的圣泉之女就是一位水仙子。她们力量强大、心地善良。”

欧文吞了一下口水，心中充盈着情感。他能感受到圣泉魔力在他周围环绕，在他心中律动。他需要去向波利多罗询问更多关于水仙子的信息。也许这才是西尼亚的真身？一股确信无疑的感觉像铜铃一样在他的身体里响起。

“我一直都很喜欢这个图书馆。”欧文说着，走近靠窗座位的一角，宣布自己的到来。

德鲁听到欧文的话，抬起了头。“我没注意到你来了。”他合上书，把书放在地上，身体突然紧张起来。他还是个年纪轻轻的小孩子，双眼却发出敏锐的、洞悉一切的神态。“她安全了吗?”

他立刻知道小男孩在说谁。“是的。”

德鲁看起来如释重负。“我真希望自己有机会和她当面说声再见。”他带着一丝忧伤的神情说道。

欧文忍住笑容。“她也是这样想的。她回到她父亲身边了，这会儿就在回阿塔巴伦的路上。”他故意压低声音说，尽管房间里没有别人。所有的窥视孔都在一面墙上，窗边座位离得比较远。凯瑟琳抬头看着欧文，然后低下头看着德鲁，她的嘴唇颤抖着。

不能再拖下去了。此时此刻，秘密在不安地骚动着，要努力挣脱束缚。欧文觉得这秘密就要将自己的身体撕成两半。他不知道接下去会发生什么。但他感到自己再也不能保守这个秘密了，一分一秒都不行。

“我和你说在这里见面，是想让你知道她平安无事，”欧文说，“但除此之外，还有另外一个原因。”

德鲁把腿搭在垫子边，前后晃着。他轻轻拍了一下那本书，脸上浮现出悲伤的神情。“我要离开了，是吗?”

一阵苦痛搅动着欧文的心。他想要把这一切都告诉德鲁，但他不能这么做。把这一切一股脑地倾泻在这样一个年幼的小男孩身上，实在是太多了。一次只能说一个秘密。

“你想走吗?”欧文问道。

德鲁忧伤地摇了摇头。“霍瓦特公爵已经去世了。凯茨比讨厌我，他不想让我当他的骑士。我能和你一起回塔顿庄园吗?”他恳求道。“我觉得我母亲是西马奇郡人。我想去西马奇郡。我之前从来没去过那里。”

孩子绝望的表情看了真让人心碎。这就是当时安凯瑞特的感觉吗? 凯瑟琳努力保持着镇静。小男孩是那样孤独绝望，没人怜爱，欧文看了感到心中痛苦万分。

“你是在西马奇郡出生的。”欧文声音嘶哑地说，他俯身摸了摸小男孩的金发。

德鲁点了点头，但却没有看他的眼睛。“你不想带我一起走?”

欧文忍住没有哼出声来，这种情感撕扯着自己，力量竟然如此强大，他不觉感到惊讶不已。“不是你想的那样，孩子。我只是觉得这样做是不对的，不能再让你和你母亲分开了。”

他看着自己的这番话一点点潜入德鲁心中。小男孩本来一直盯着地板，听了这句话，他的脸上渐渐浮现出一种表情——困惑、认可、领悟。他抬起头，看着欧文，犹豫中带着一丝希望。然后他转过身，看着凯瑟琳。

这一想法像洪水一样冲击着他，小男孩脸上的表情仍是痛苦扭曲之态。“你？你是我的……我的妈妈？”

凯瑟琳泪如雨下，用力地点着头，一把将小男孩搂进怀里，在他头发上热吻着。他也用自己小小的双臂抱着她，欧文听到自己胸腔中涌起的一阵震颤的呜咽声。

欧文往后退了一步，盯着面前的两个人，拭去自己眼中的泪水。他一定要坚强。他要竭尽所能，把这个小男孩扶上王位。

欧文跪在窗户座位旁边，手放在德鲁的膝盖上。“现在我必须告诉你的是这件事，孩子。但还有很多我现在不能告诉你的事情。”

德鲁擦了擦鼻子，惊讶地看着欧文。“你是我的父亲吗?”他问道。

欧文轻声笑了。“不是，孩子。我是你的保护者。你出生的时候，圣泉把你交给我保护。还记得我以前经常去敦德雷南吗？我并不只是去和公爵商量事情的。我是去看你的。”

德鲁脸上又洋溢出新的喜悦。“我不是个没人要的孩子。”他自言自语道。

欧文点了点头。“你当然不是。以后我会再告诉你一些别的事情。但记住这一点，你不能把自己知道的这些事情告诉国王。你必须要离他远远的，别让他碰到你。他的话语中暗含力量。他能让你自己想说出一切。”

德鲁吃惊了片刻，然后点着头。“他之前对我做过这事，”他说，“在敦德雷南!”

“你现在还要继续待在王宫里。如果一切顺利的话，我很快就会动身去北坎。等我回来的时候，我会告诉你更多关于你身世的秘密。你母亲把你从自己身边送走，让别人抚养你长大，对她来说可不是一件容易的事。她爱你，孩子。她深深地爱着你。我必须告诉你这些!”凯瑟琳这时还紧紧抱着小男孩。

小男孩脸上洋溢着喜悦的神情。“我想去圣泉投枚硬币，”他认真地说，“我一直都存着一枚克朗。我现在想把它投进圣泉里。我本来想用它问问圣泉我的父母是谁。”他微笑着。“我觉得我现在应该把这枚硬币投进喷泉里，只为了表达我此时有多么感激。”

欧文站起身，又摸了摸小男孩的头发。“我会亲自带你去的。现在，我要去处理一些事情。我觉得应该给你们两个留些独处的时间。”

德鲁热切地点了点头，转向凯瑟琳夫人。“我想象中你一定很美。”他羞涩地小声说道。凯瑟琳拉起德鲁的手，亲吻着，“和你分开是我最深的悲痛。”

欧文留下母子二人单独在一起。

回到星室，欧文在堆积如山的公文信件中挑挑拣拣，几天前他把这些信件弄得七零八落，现在它们又重新回到了桌子上。他按照自己的需要分门别类整理了这些信件，他坐在椅子上，想要重新拾起阅读信件的动力。他无心处理“艾思斌”的事务，注意力更多放在如何罢黜国王、不再为他效忠上。他拿着一卷文件在嘴唇上拍打着，然后展开文件，开始阅读。一想到小德鲁见到他母亲时的反应，眼前的字迹就变得模糊了。这段记忆温暖着他，让他更加难以专注。

此时，一阵敲门声传来，欧文允许来人进入。

凯文端着一小盘莓果走了进来。“据说这些莓果刚从布里托尼卡运来，”他说，“您未婚妻送您的礼物？”托盘上还有西尼亚用隽永清秀的字迹写的一张字条。

欧文看到这托盘，脸上不禁露出了微笑。他点了点头，指着书桌。凯文拿起一颗莓果，扔进嘴里，吃惊地眨着眼睛。“真好吃。我听说那里的莓果久负盛名。也许您成为布里托尼卡公爵之后，可以把我调到那里任职？”

欧文笑了，给自己舀上来一些莓果，十分可口香甜，他惊讶地眨着眼睛。“凯文，你就这么想离开帝泉王宫吗？”

这位“艾思斌”咯咯笑着，双手背到身后。“说实话，我不知道我还能坚持多久，”他说，“国王的脾气一天比一天坏，不能再坏了。”

欧文微笑着，又拿起一颗莓果。凯文用渴望的眼神看着托盘，欧文示意他自取，他便不再客气。

“你很能干，”欧文对他说，“我很欣赏你。大家都知道我任人唯贤。”他笑了，想起了克拉克和贾丝廷。

“我可没要求去阿塔巴伦当差，如果我没弄错您的意思的话。我很久以前指导过克拉克，但我不想去他那里。我的大人，我能斗胆问一句吗？”

“当然。”

“我觉得等这件事结束后，国王还是会收回您对‘艾思斌’的掌管权的。我愿意效忠于您，欧文大人，我将心存感激地跟随您去塔顿庄园，去普勒默尔，或者去其他任何地方。我说这话是认真的。”

欧文听到这番话，心中涌起一阵欣喜之情。“我很欣赏你的忠诚。”他说，思考着是否要信任这位“艾思斌”。他之前借用魔力检验过凯文，发现他是真诚直率之人。他很擅长各种外交手段；他本人就是一笔财富。

“我知道您看重忠诚，”凯文说，点着头，“我希望自己已经展现出了耿耿忠心。”

房间里的暗门开了，埃塔伊内从里面冲出来，吃惊地看到凯文也在房间里。他冲她鞠了一躬，然后转身离开。

“不，别走。”埃塔伊内说，挡住他。

凯文转过身来，脸上充满好奇的神情。

“我已经安排好和博思韦尔的会面了。我的……接头人，”她说着会意地看着欧文，“说他同意在烛木客栈见我。”

“我知道这家客栈在哪里，”凯文说，“离圣母殿不远。博思韦尔是沙特里约恩的毒药师，对吗？”

“没错，他在埃东布里克毒害了我们的人，”欧文说，“他在城里。我本来想告诉你的，但我被最近这些事情弄得心烦意乱。我让埃塔伊内安排见个面——”

“这样你就可以安排‘艾思斌’埋伏了。”埃塔伊内替欧文说完。

凯文看起来很困惑。“我们大部分人都在忙着找雅各的女儿。让我试着尽可能多地集结一些人吧。如果他在烛木客栈，这可真是个不能放过的好机会。你的接头人什么时候给你这个消息的？”

埃塔伊内脸红了，但表情仍然很坚毅。“刚刚。博思韦尔就在那里。我会和你一起过去的。我之前打败过他。”

这位“艾思斌”如释重负。“有你陪着我们，真是太好了。拖得时间越久，我们就越难抓到他。”

“我同意，”欧文说，“如果你能活捉他，那就活捉他，但如果你用弩刺死他，我也绝不会掉半滴眼泪。干得好，埃塔伊内。”

她脸红了，冲他微微一笑，然后转过身，和凯文一起离开了星室。

欧文瘫坐在椅子上，细细品味着托盘上的莓果。除掉博思韦尔之后，下一个就是德拉甘了。但要怎么样才能抓住一个看不到的人呢？多么狡诈的圣泉天赋啊。他用手撑在桌子上展开其中一卷文件，思考着自己要如何设下陷阱抓住这个盗贼。埃塔伊内的父亲能成功潜入地牢，那国王也可以。他知道"艾思斌"隧道吗？他似乎知道。欧文心中一阵酸楚。

德拉甘不是傻子，他能利用自己的女儿得到更多好处，这足以证明他道德如何败坏了……

欧文的胃开始翻腾，他在椅子上挪动着身体。他仍在想着如何给像德拉甘这样的人设下圈套，但说不定这个小偷已经对他先设下圈套了。

欧文胃里痉挛得厉害，这表明他的猜想没错。他呻吟着，感到自己的双腿像肉冻一样，一点儿力气都没有。桌子上盛着莓果的托盘和他视线相平。

欧文伸出双手，想要召唤魔法，却没有回应，只觉到肠子搅在了一起，像暴风雨中船上的系绳一样。尽管如此，魔力还是从欧文体内溜了出来，他觉察到毒药来自这盘水果。身处星室，他与王宫的其他地方完全隔绝。

他剑鞘上的乌鸦图案开始发光，回应着欧文体内躁动的疼痛。虽然腿上没力，但他努力用双臂支撑自己俯到桌子上。如果他能叫来一个仆人，追回埃塔伊内……

密道门突然开了，博思韦尔手握匕首冲了进来。

第三十章
毒药师之吻

毒药在欧文体内迅速蔓延开来，他很快失去了调动魔法的能力。他身上佩戴着的剑鞘调动起自身的魔力，勉强支撑着他，但他不知道还能撑多久。

“我相信你一定会原谅我没打声招呼。”博思韦尔恶狠狠地说，关上身后那扇密道之门。“我盼望这一刻的相聚已经很多年了。杀掉一个泉佑异能者可不是件容易的事情。”

欧文背倚着桌子，胳膊用力支撑着自己。他双腿颤抖着，显而易见，他还没做好战斗的准备。他没时间抽出佩剑，但他抓住自己手能够到的最近的一样东西——一个放着卷宗和信件的金属托盘。

博思韦尔举着一把刀往后积聚力量后朝欧文扔了过去，年轻的公爵拿起了托盘。刀猛地撞在了托盘上，化解了攻击。

“你以为这样就能阻止我吗?”博思韦尔说，嘲弄地哼了一声。然后冲进屋子，踢在欧文的肋骨上，把他踹倒在地。他胃里的疼痛本来在慢慢减弱，但这一击又使他受了伤。欧文没有任由这伤痛阻碍他的自卫。他召唤出魔法，保护自己，目光搜寻着房间内任何可以用来救命的东西。他抓住博思韦尔的外衣下摆，扭转身体，想要把这位毒药师拽倒在地，躺在他旁边。突然一道金属的光芒闪出，然后欧文感到有一把刀子刺进了身体一侧。他痛苦地呻吟着，看着毒药师把这把刀拔出来，然后又刺了进去。欧文身体上下起伏着，匕首刺进了他的胳膊，切进骨头。

“别动，你这个无用的懦夫！”博思韦尔怒骂道，想要把刀刺进欧文的脖子里。欧文交叉在前的双臂成了唯一的阻挡。

来不及多加思考或推敲。想活下来的本能占据了上风，向欧文体内注入一股力量，这力量比在他血液中流淌着的毒药力量还要强大。他挪动双腿，成防御姿势，然后猛踢了一脚，正击中博思韦尔，把他踢到后面。欧文在地上来回摸索着，抓住了毒药师掉在地上的匕首。

“嗯嗯嗯。”博思韦尔哼着，把匕首踢到一边，不让欧文够到。“你怎么还能动?”

欧文手臂和腿上的伤口刺痛着，他以为自己爬的时候会留下一行血迹，可什么都没有。不知怎的，伤口不太流血了。是剑鞘在保护着他。即使这样，他仍感觉胃中好像被敌人的匕首反复刺戳一样。当时克拉克中毒，差点儿滚下悬崖，跌进奔腾的河水里，是同一种毒药！欧文的脑袋一阵眩晕，感觉自己越来越虚弱无力。他的魔力正渐渐衰退。

这位毒药师跪在欧文身旁，抓起绑着剑鞘的腰带。一想到马上就要失去剑鞘的保护，欧文突然感到一阵恐慌，他用手指猛地戳向毒药师的双眼，用力去抓他的鼻子、耳朵、任何能把他弄疼的地方。博思韦尔把欧文的头重重地砸在地上——这一击使欧文晕厥。他感到自己腰间突然变松了，毒药师把腰带扯开，拿走了剑鞘。没有剑鞘的保护，他体内和胳膊上的伤口瞬间充血。欧文很难看到流淌着的鲜血，因为他很快就开始疼得头晕目眩。

“别再耍花样了，行吗？”博思韦尔咆哮着说。“听话，这次别挣扎了。这样能让你好受些。”

他又朝欧文的肚子刺了一刀，只留刀柄在外面。这疼痛一直传到脚趾。然后这位毒药师从脖子里拽出一根细绳，拿出一个小瓶，迅速打开了瓶塞。“这是我自己调制的鸡尾酒。一次就拥有三种毒药。”

欧文身体抽搐着，在地上滚来滚去，眼冒金星。他感到自己的生命正在悄悄流逝，自己命不久矣。这一切就要这样在这里结束了吗？

“喝掉。”毒药师大笑道，用手指掐着欧文的脸，逼他把嘴巴张开。然后他把这瓶毒药一口气倒了进去，欧文嘴里全是黑色的毒药。尝起来像燃烧的火焰，欧文立刻体会到灼烧的痛苦。

这时星室的门突然大开，欧文听到埃塔伊内惊恐地喘着气。博思韦尔吃惊地抬起头，此时正是欧文从嘴里吐出毒药的绝佳时机。他侧过脑袋，想要把毒药吐出去，但博思韦尔用大拇指抵住欧文的喉咙，迫使他将毒药吞了下去。他感到毒药烧成一团炽热的火，顺着喉咙流了下去。

“不！”埃塔伊内惊慌地狂喊了起来。一把匕首从她手中飞出。博思韦尔及时转身躲闪，匕首没有刺进心脏，但却扎进了他的肩膀里。埃塔伊内冲进房间的时候，博思韦尔急忙站起身来。

欧文想要滚到一边，可眼皮却越来越沉。埃塔伊内和博思韦尔顾不上相互嘲弄，两个人一言不发地打斗着，桌子上那一卷卷文件如羽毛般飞来飞去。他看到博思韦尔的头撞在火盆上，但不一会儿，他又缠住埃塔伊内的脚后跟，把她摔倒在地。欧文远远地看着他用砚台砸向埃塔伊内的头盖骨，她成功躲开了。

毒药在欧文体内蔓延开来，四肢渐渐松软无力。身体开始不由自主地颤抖起来，腿和臀部都没有了知觉。那把匕首还插在他的肚子上，他盯着匕首，不敢相信自己竟然还活着。剑鞘就在他身边，上面的乌鸦印章暗淡失色，了无生机。他伸手想去摸剑鞘，但胳膊却抖得厉害。从喉咙顺流而下的火焰引发刀割般的痛楚。他的魔力之库只剩下涓涓细流，几乎快要耗干了。彻底枯竭已用不了多久。

就在这时，传来埃塔伊内一阵疼痛的喊叫声，紧接着是博思韦尔的咕噜声。他听到骨头脆裂的声音，然后是男人的嚎叫声，被一阵嘶嘶声和气泡声打断。

埃塔伊内从桌子那边站起身来，鲜血从太阳穴流下来，看到欧文躺在地上抽搐不止，她冲了过去。

“不！不!”她呻吟着，表情全是苦痛挣扎，不是为她自己，而是因为欧文。他盯着她，庆幸此时此刻自己不是孤身一人。庆幸他身旁还有位朋友可以目送他去另一个世界。他似乎能听到深无测深处的低语声，越来越近。他就要坠入瀑布了。没有什么可以救他了。

“不!”埃塔伊内喘着气说，不停地痛苦抽泣着。她悲痛欲绝，俯下身，伸手拿起他脖子旁边放在地上的药瓶，药瓶周围是一块黑色污渍的小水坑。欧文停止了呼吸，喉咙闭合，感到自己的最后一口气压在胸腔之中。他惊恐万分地看着她。他不能呼吸了。

他手指麻木地抓着剑鞘，不起作用。她知道他想干什么，便拿起剑鞘，放在他的胸口上，将他的手放在剑柄圆头上，就像她正给一具尸体穿上衣服，送上木舟一样。她轻轻从他身体中抽出匕首，扔到地上。他毫无知觉。

“我爱你。”她热切地低语道，彼此的脸靠得很近。他的生命正在悄然消逝，他确信她这些话将是他听到的临终之言了。至少最后这些话还算好消息。他盯着她的眼睛，努力聚焦，可视线渐渐模糊了。

突然一阵刺耳的声音袭来，他感到手套被从手上取下。突然，他发觉自己在从一个完全不同的视角看着她，是俯视而不是仰视。他身子底下有一摊血水——自己的命脉渐渐枯竭。他的身体不再痛苦地扭曲，而是躺在那里一动不动。欧文惊奇地发现，自己已经死了，他感到有一股拉扯的力量，就像水流要把他冲走一样。

埃塔伊内哭泣着，用脸贴紧他的胸腔。他为什么还能听到她的声音？他能感觉到她满满的爱意，感受到她所有的悔恨，觉察到她所有的挫败感，这些感受在她心中一齐翻搅着。她突然抬起头，像是被什么声音吓到了一样。

这位小偷的女儿，温柔地捧起欧文的头，他感觉到她散发出的魔力如月光般广阔无垠。她低下头，嘴唇悬在他的嘴唇之上。

“内希——啊嘛。”她低语道。呼吸。

然后她亲吻了他。

埃塔伊内见过他怎样施用魔法救了贾丝廷的命。她的吻并不是那样温柔。

拽着欧文的那股力改变了方向，他突然开始往下坠，伴随着一阵耀眼的光芒，重重地砸进自己的身体里，胸中充满了空气，生命还在。他的背疼得弓了起来，因为他的伤痛也同样活了过来。他感到他们两个双唇紧贴，毒药在她嘴里。

不！

他突然意识到发生了什么，就像一个铁锤重重地砸在铁砧上一样。他瞪大了双眼，看到幸福的泪水在她的脸上流淌。他感觉到她耗光了自己全部的魔法。她全都用来救他了。她的眼皮开始垂下。她紧紧握着他的手，然后倒在他身边。

剑鞘上的乌鸦印章开始发光，他感到这股魔力重新在他身上起作用了。他身体太虚弱了，完全动弹不得，他只能静静地呼吸，盯着她的双眼。他看到湿湿的毒药在她双唇上。

她看起来很平和。

他努力坐起身来，但他遍体鳞伤，根本动不了。“不，埃塔伊内！不！”他撕心裂肺地叫着。

她的表情就像一个昏昏欲睡的孩子一样。“我早就知道，我会为爱而死，”她气息微弱地小声说道，“你永远都不会属于我。”她无力地抬起手，抚摸着他厚厚的头发中那一缕白发。

安凯瑞特之死的记忆一下子闯进欧文的脑海中，如果再失去一位挚友，一位保护者，欧文一定会痛不欲生。他伸出手，摸着埃塔伊内的侧脸，用手指轻抚着她的肌肤。她闭上了眼睛，脸上浮现出一丝喜悦欣慰的微笑。“终于。”她低语道。

“埃塔伊内。”欧文声音嘶哑地喊道，看着她身体一波震颤。她脸色惨白，但她却没有和毒药作斗争。欧文感到自己心痛欲裂，几乎要了自己的性命。他已经没有任何魔力了，自己的魔法库完全空了。如果可以和她对调位置，欧文肯定义无反顾。

这位毒药师张开双唇。眼中毫无责备之情，也没有丝毫悔恨。“她更适合你，”她低语道，“我心知肚明，虽然我从未对你亲口说过。我嫉妒西尼亚。”

一阵剧痛袭向她的身体，她惊恐地睁大双眼。“再见了，我的爱。”埃塔伊内喘着气，没再多说一个字。

欧文无助地看着最好的朋友死在自己面前。

亲爱的欧文：

这封信是经由布里托尼卡女公爵送出的，她向我保证，信会快速送达，“艾思斌”不会注意到。看到吉纳维芙回家，我很高兴，她告诉我你救了她的命。小孩子总是喜欢夸大其词，但如果她讲的故事是真的，我欠你的远非我所能偿还。你拥有我的信任和忠诚。当你收到这封信的时候，我们已经开始攻打北坎了。我们打算袭击那片原属于我的土地的核心地带，同时召集民众。多亏了你的聪明才智，我们能不怎么流血牺牲就可以推翻塞弗恩。这正是我所希望的。不经历内心的苦痛挣扎，我是迈不出这一步的。若不是你一直鼓励我，我永远都不敢迈出这一步。雅各让我转告你，我们两个都会去北坎。我们把两个孩子托付给这里忠诚的同盟，包括亨特利伯爵，他很想再见到他的女儿。希望我们在塞弗恩国王那里受到的一切不公正都将有个了结。

你忠诚的，

伊蕾莎白·维多利亚·莫蒂默·卢埃林

阿塔巴伦王后

第三十一章
乌鸦的盛宴

走廊里点着火把，欧文一瘸一拐地走着，当他看到自己投在墙上的影子时，停下了脚步。胳膊绑着绷带，紧贴在身体一侧，此刻他的姿势看上去完全就像是年轻时的塞弗恩·阿根廷。他一声不吭地站在通道里，盯着影子，恐惧之情席卷全身。

幸亏有佩戴的剑鞘，欧文身上的伤口很快愈合了，宫廷医师很吃惊，他流了那么多血之后，竟然可以不用卧床。欧文不耐烦了，讨厌那些用文火煮出来的恶心的药，可医生非要让他喝下去。他已经在床上躺了一整天了，坚持要求下床。

这一戏剧性的故事震惊了整个宫廷。奥西塔尼亚的毒药师用某种方式成功潜入城堡，企图谋害“艾思斌”首领和他的得力干将。这两个人都活了下来，可国王自己的毒药师却被毒死了。只有欧文清楚整件事情的来龙去脉，他想自己保守真相。他已经提醒过国王，德拉甘在幕后操纵着这一切。对这个小偷的追捕越来越紧迫，但没有人见过他。他们也不可能见到他。

欧文又开始踱步，疼痛翻搅着身体的每个部位，他不得不咬紧牙关。今早埃塔伊内的尸体将会被放入水中，欧文决心一定要到场，向这位为他献出生命的朋友表达自己最后的崇高敬意。每每想起她，心里都是痛苦的回忆，他知道这将是个永远无法愈合的伤痛。他们两个在一起这么多年，她一直爱着他，不求回报，她只有在自我牺牲之后的弥留之际，才感到真正的幸福快乐，这使欧文悲伤不已。眼泪马上就要掉下来了，他忍不住开始怀疑自己是不是遭了诅咒，一辈子只能孑然一人。也许西尼亚也会离他而去。

他走向通往外院的大门，门口有两位士兵守卫，他们穿着黑色外衣，上面印有白野猪的图案。他跛着脚朝他们走去，士兵突然站直，互相会意地交换了一下眼神。然后打开大门，让他出去，欧文没对他们说只言片语。

穿过庭院的每条路都打扫得干干净净，积雪都被铲起来堆在墙边，但其他地方都覆盖上了一层厚厚的积雪。这刺骨的寒冬让欧文想起巫哲棋盘还藏在隐蔽的圣母殿喷泉之中。棋盘的魔力引发了天气巨变。天气会一直恶劣下去，直到他们打败塞弗恩，否则整个王国将被冰封起来。他心里满怀着伤痛，肩上感觉到沉重的责任，他走着，听着靴子踩在冰晶上发出的咯吱声。

走过这片冰冻的大地，周围到处都是光秃秃的树，他来到大门口，他曾在这里见到国王引诱凯瑟琳夫人。埃塔伊内的身份是王国的机密，因此不会有大批民众前来送她去往深无测。

国王已经到了，裹着一件厚重的黑色披肩，内衬银色绒毛。站在他旁边的是凯文·艾默雷，拄着拐杖。这位“艾思斌”面容憔悴，表情激动，欧文惊讶地看到他竟然也下了床。

靴子声告诉人们他来了，人们纷纷转身。欧文担心德拉甘或许也会到场，利用魔法藏身。欧文暂时无法获得圣泉魔力，因为自己的魔法库已空。他必须仔细谋划，好好算计，这样魔法才会开始慢慢积聚，但他不想把自己仅有的这点儿能量白白浪费。魔法之库需要填满，一点一滴地注满。这么多年来他从未感到魔法之库如此枯竭。

“你看起来完全不像是个从鬼门关走了一遭的人，”国王带着一丝谨慎的微笑对他说，“但我觉得从来没见过这么虚弱的你。”

“我记不清何时有过虚弱无力的感觉。”欧文反驳道。他瞥了一眼凯文，凯文沉着脸，冲他点了点头。

国王吸了一口寒冷的空气，他似乎对此并不生厌。“今天确实是个悲伤的日子。这就像巫哲棋中，两枚相同价值的棋子对换了一样。如果沙特里约恩把你的性命也取走了，那情况就更糟糕了。”他双唇拧成咆哮状。“我已经准备好，要敲碎那个自命不凡的家伙的头盖骨。上次他就曾经挑衅我。等你身体好了，就又可以上马了，你就去攻打奥西塔尼亚，血洗他们的花园。我要把唾沫吐在爱丽丝王后的脚上。”他气急败坏、声音发抖，欧文感到他的心里种下了一颗邪恶的种子。

“这不是一场巫哲棋游戏，”欧文咆哮着说，“埃塔伊内是人，不是棋子。”看到埃塔伊内尸首躺着的地方，他胸中再次感到疼痛。埃塔伊内尸体上蒙了一块裹尸布，新下的雪花成了装点。

塞弗恩讥笑道。“她就是枚棋子，要是足够强大就好了。你知道我在她身上花了多少钱吗？曼奇尼花了多少时间和精力训练她？”塞弗恩摇着头，惋惜自己的损失，可欧文心痛欲裂却是因为失去了最亲爱的朋友。

欧文简直不敢相信自己竟然能控制住言行，他一句话也没说。他看到凯文脸上露出同情怜悯之情，也聪明地和他一起保持沉默。

“好了，”过了一会儿，国王说道，“至少她被扔进河里的时候是冬天。乌鸦都飞到南方去了。”

欧文转过身，带着既惊恐又好奇的目光看着国王。“什么意思?”

国王没有看他，但欧文看到有一丝厌恶之情从国王脸上扫过。“你就从来没怀疑过，伙计，我们扔进河里的那些尸体都怎么样了吗?为什么这个王国里有那么多腐食鸟？那些尸体不会凭空消失。它们被争相夺食。”他的脸紧绷了起来。“我还是个孩子的时候，和你刚到帝泉王宫的时候差不多大，我跟哥哥一起到过瀑布之底。我看到了某些黑色的东西，一种我认不出的东西。”他的声音中夹杂着不安的情绪。“艾瑞德冲那东西砸了一块石头，突然一大群黑色的东西动了，然后飞走了。那是乌鸦，以尸体为食。”国王因这段记忆而瑟瑟发抖。“我受不了。我最讨厌的就是这个任务，因为这会让我想起那一刻。我当时还只是个孩子，完全被吓坏了。”

欧文从未想过这些。仪式恢宏壮观，一直深深吸引着他。甚至在他还是个孩子的时候，看到其他人被送进河里，就想过自己被送进河里会是什么样子。

“冬季来了怎么办?”欧文问道。

国王目光盯着远处。“狼。”他简单地回答道。然后摇着头，像是要挡住这不祥之物。“了事吧!”他厉声对士兵吼道。

越走越近的靴子声响彻空中，三个人齐刷刷地转过身去，看到凯茨比公爵从王宫朝他们冲过来。他的靴子在一块冰上滑了一下，一下子仰面摔倒在地，疼得大声叫喊。

欧文看到此景，忍不住也笑了，他们三个人开始朝受了伤的凯茨比走过去。

“你来这里做什么，凯茨比?”国王问道，“我之前派你去北坎了啊。”

“从来没有……我甚至……根本没到那里。”凯茨比咕哝着说。他挣扎着想要站起来，却又摔了一跤，雪沾着泥泞的土，弄脏了他那价值连城的斗篷和外衣。他又一次试着站起身来，掸掉膝盖上的雪泥，阴沉着脸。

“发生了什么事?”塞弗恩关切地问道。

“那个莫蒂默女人!”凯茨比怒骂道，“雅各的黄毛媳妇。她占领了敦德雷南的堡垒要塞，她丈夫雅各把我所有的人都赶走了!”

欧文对他选择这样的措辞很气愤，但他保持缄默。塞弗恩睁大了双眼。“这么快？他们什么时候到的？为什么我们在此之前没有收到任何消息？你本可以先派一匹快马回来传信的吧?”

凯茨比摇了摇头。“我亲自回来了，我的陛下。我需要人手，一支军队！您给了我那片土地，我的陛下！我有权利处置那些人！现在我需要用武力夺回我的权利!”

塞弗恩看上去恼羞成怒，火冒三丈。“没错，我是把他们给你了，但你贪得无厌，到处敛财，羞辱在那里生活的每一个人。我没警告过你要收敛一些吗？现在看看你自己做的好事！如果我们连一场小仗都没打，就失去了北坎，我们要不惜一切代价赢回来，无论是金银珠宝，还是流血牺牲。你的目光怎能如此短浅?”

欧文看到凯茨比的反应，想笑但是忍住了。这位脾气暴躁的大臣正在义愤填膺地自我辩护着：“我唯一做的事情就是效忠于您啊，我的陛下！您一定要帮我夺回来。您不能任由雅各在锡尔迪金里霸占土地啊。您之后，下一个称王的就是他!”

“还不是因为你!”国王反驳道。他隔空咒骂着。“你一无是处，凯茨比！一无是处!”他转向欧文，“你的军队离那里有多远，伙计?”

欧文小心翼翼，不让自己露出渴望的神情。“离这儿有几天的路程，我的陛下。您想让我派大军去北坎击退入侵的军队吗？我觉得如果您提供一些……让步条件给伊蕾莎白和雅各，他们态度也许会软下来。”

“那地方是我的!”凯茨比怒吼道。

塞弗恩愁容满面，摇着头。“我不能示弱，至少不是现在。一旦消息传开，七个王国里每个公爵、王子都会手拿刀刃纷至沓来。”他用严厉的目光看了欧文一眼。“我想派你去打败她，欧文。她没有遵照她外祖父的遗愿行事。她背叛了我。”

欧文伸出双手。“是您逼她走上这条路的，我的陛下，”他说，摇着头。“您对她耿耿忠心的奖赏却是让他富甲一方。这是您的决定带来的后果。”

国王的脸气得扭曲了起来。“你怎么敢这么和我说话!”

“我必须斗胆这么说。”欧文摇着头说道。他恳求地向前走了一步。

“我的陛下，”凯茨比说，他明显是在担心自己的金银珠宝，“别听他的。他一直都在想方设法让您讨厌我。如果我向您坦言，我担心自己会掉脑袋，我的陛下。您不能相信他，尤其不能相信‘艾思斌’。就像我已经和您反反复复说过的一样，他们对他比对您还要忠心耿耿!”

欧文感到怒火中烧。“我已经不止一次对国王说过了，凯茨比，他想从我这里拿走什么就拿走什么。这些年来我已经向国王证明了自己的赤胆忠心。你又做了些什么?”

凯茨比的脸气得变了形。“要不是你明显受了重伤，我的陛下——”

“住嘴!”国王怒吼道，他瞪着双眼，脸颊上的肌肉开始颤抖。“我们的敌人已经够多了，别再互咬了！我是你们的国王，你们必须遵从我的命令。欧文，我想派你去北坎，逼她就范。我听到你的建议了，但我不能容忍抗命不从。雅各一定是他女儿失踪的幕后指使，他这次进攻时间如此巧合。你去北坎，劝她放弃敦德雷南，把它交还给凯茨比。别争辩！照做就是。凯茨比，你跟我来。你还是我的大臣，我想让你集结我自己的军队。如果沙特里约恩入侵西马奇郡，我会一路把他逼到普雷，一一攻破巨石。让他们都过来打我啊。让他们见识一下野猪的威力！"

国王转身面向凯文。"由你来目送那个女孩的尸体送进河里。我已经看够了这种恐怖的场面。我们处在战斗状态，我会向所有人证明，这场暴风雪和圣泉一点儿关系都没有！"

他拉着凯茨比的胳膊，就像自己是个小孩子一样，然后他们俩一起走回城堡，只留下欧文和凯文两个人，还有等着履职的瑟瑟发抖的士兵。

"您在笑吗，我的大人？"凯文好奇地问他，此时欧文才意识到自己的镇静早已溜走。

"有时你要是不嘲笑这个世界，你剩下的另一个、也是唯一的选择，就是默默流泪。"欧文带着一丝苦楚的声调说。他拍了拍"艾思斌"的肩膀，转过身去。"自从上次在星室碰面之后，我们就没再见过了。你怎么样？看到你还活着，我很欣慰。"

凯文涨红了脸，将身体的重量压在拐杖上。"我欠她一条命，"他摇着头说道，"和您一样。只是，看得出，您遇到的情况更糟糕。"

欧文摇着头。"不，她才是。"

"没错，"凯文赞同，"当时我们两个正一起走着，为了和博思韦尔见面而召集人手。她那天似乎在琢磨什么事情，一路上一声不吭。我突然感到内脏一阵绞痛，我们甚至还没走出外墙，我就疼得倒下了。她问我吃了什么，我提到布里托尼卡的那些莓果。她立刻推测出了剩下的一切。要不是我也吃了几颗莓果，那个毒药师的诡计说不定就得逞了。”

欧文惊讶地笑道。“我绝对想不到那些莓果有毒。我只是慷慨大方而已。”

凯文微笑着。“我知道。她嗅出了毒药，因为他之前在阿塔巴伦的时候用过。她一直把解药带在身上，准备随时应对他。她跪在我身边，让我吞下解药——很苦——然后赶回了星室，她觉得你也一定中了毒。看起来她回去得正是时候，没让博思韦尔杀掉你，然而她却死了。怎么会这样?”他问道。

欧文心中隐隐作痛。“毒药。”他简单回答道，叹了口气。他盯着那张裹尸布，然后踱脚朝那里走过去。他战战兢兢地跪下，掀起盖在她脸上的布。她的脸看上去像一副面具，不再是那个他关心钦佩的女人。一把悲痛的利剑深深地插进欧文的心里，孤独感从上到下贯穿全身，正如那飘落的雪花一样。

“她是个……能干的姑娘，”凯文说，站在欧文肩膀上方，“我可不想和她面对面打一架。”

欧文低头看着这张苍白的脸，她的躯体不再有任何生命之火。她把生命之火给了他。他轻轻将裹尸布放下，费劲地站起身来，虽然双腿不太听使唤。凯文冲士兵点头示意，扶着欧文的胳膊，帮他站起来。

“她是我的朋友。”欧文用低沉的声音说道，看着士兵弯腰抬起木杆，朝河边走去。一切声响全部进了欧文的耳朵里，和曾经弃他而去的魔法一样。

他们两个人跟着士兵走到建在河边的平台上。他们站在那里守灵，亲眼目睹四位士兵将木杆倒过来，将木舟抛向前方，在冰冷的水面上溅起水花。欧文目送着木舟朝着圣母殿和前面的瀑布方向急速漂去，他感到自己的眼睛湿润起来，喉咙也哽咽了。他那天晚上掉进河里的记忆突然浮出水面。河水也是那么冰冷。一想到埃塔伊内会觉得冷冰冰，他的心中就隐隐作痛。一想到她的尸体要被河水冲到岸边，被群狼吞食，他更加痛不欲生。

"如果可以的话，我的朋友，"欧文声音嘶哑地说道，"派几个人去瀑布之底，把尸体找回来，把她葬在一堆石头下面。"

凯文把手放在欧文的肩膀上，微微点了下头。"包在我身上。"

两个人默不作声地走在返回王宫的路上，但在路上他们碰到了国王的王宫管家。

"怎么了?"欧文问这个一脸严峻的人。

管家咬了一下自己的嘴唇。"他们在城堡里抓住了一个叫德拉甘的人，"他说，"国王命令你火速回宫。"

欧文担忧地看了一眼凯文，然后他们两个跟随管家来到正殿。城堡里比外面暖和多了，欧文的耳朵开始刺痛，恢复了知觉。"艾思斌"怎么能抓到一个可以随时隐身的人呢?

"你知道这事吗?"欧文问凯文。

"毫不知情。"凯文关切地说。

欧文擦了一下鼻子。"有人想要讨好国王，毫无疑问。"

他们来到正殿，欧文注意到大厅里全是佩带白野猪徽章的士兵。大概有二三十人，他们看着欧文的表情带着明显的敌意。他跛脚走进房间的时候，心跳明显加快了。没有仆人在这儿。凯茨比站在国王身边，双臂交叉，他那自命不凡、洋洋得意的表情证实，出了大事儿了。

接着，欧文看到了。巫哲棋放在宝座底下。是那副巫哲棋。

塞弗恩坐在宝座上，手里拿着一封展开的信，边缘有拆开的蜡封。西尼亚写的其他几封信平铺在国王的大腿上。他看着欧文的眼神里充满了敌意和谴责。

欧文看到德拉甘走到一边，呷了一口酒。他点了点头算是敬礼，脸上露出狡黠的笑容。

“我想，这封信，”国王冷冷地说，“是写给你的吧。”

第三十二章
国王的背叛者

欧文心中满是恐惧和愧疚之情，就像有人朝他肚子结结实实地打了一拳。他口干舌燥，整个身体开始颤抖起来，脸颊上毫无血色。巫哲棋盘打开着，他能看到黑国王阴沉的脸。如果这双石眼像那古老传说一样，能把他变成石像，他一点儿也不会感到吃惊。

“无言以对了，我的公爵大人？还想找借口？”国王声音低沉地说，但能感到这声音背后的怒火却越烧越旺，欧文感到越来越无助。塞弗恩从宝座上站起来，紧紧握住剑柄，关节都变成了白色。他脸上写满了责难的表情。

欧文从没想到会被发现，而且在满满一厅人面前人赃俱获。但他突然感到如释重负，因为他再也不用背负这个秘密了。

“我的错吗？”欧文简短地说，“我还没读过那封信，我的国王陛下。我都不知道上面写的是什么，我怎么回应您的指责？”

“未必，”国王回答道。他站在高台上，伸出手臂，眼睛里闪着怒火。“你自己读吧。我见过卢埃林夫人的字迹太多次了，认得出这出自她的手笔。这可不是伪造出来的。她暗示你要大逆不道背叛我了。”

这感觉就像是从高高的悬崖上坠落，世界从他身边疾驰而过。他走到国王展开信笺的地方时，他靴子发出的声音重重地回荡在整个大厅里，就像天空中突然炸裂的轰轰雷声一样。他走到高台旁，从国王手中接过信。他要试着施用自己一点一滴好不容易积蓄起来的那点儿魔力吗？国王和德拉甘会觉察出来的，这样他们也会知道他现在极度虚弱。他决定放弃这个念头，快速读着伊薇写给他的那封信——不管怎样解读——他都犯下了叛国罪。他读着她写的字，心中困惑不解，西尼亚明明知道将会发生什么事情，为什么她还要把这封信给他呢。但他慢慢想到，她幻景中的时间并不总是准确无误的。或者她确实知道将会发生什么，事情这样发展背后有特定的原因。

国王轻轻摸着自己的下嘴唇。“你总是对她比对我还要忠心不贰啊，”他责难地说，“亲密无间啊，你们两个。这就是你的复仇吗，欧文？你竟然想自己夺走这个王位！”最后这句话是吼出来的。

结束了。计划完全毁了。欧文投了骰子，但输了。

“我永远都不会自己称王的。”欧文神情严肃地说。

“哦，你可真是宽宏大量啊！真是道德崇高啊！但你知道你现在对我说的每一个字每一句话都会证实你的背叛吗？毕竟我已经看到了，亲眼目睹了，你选择了背叛。在锡尔迪金没有任何一个人，不管男人还是女人，还有真正的忠诚。就这样吧。”

欧文向前走了一步。“说实话，我的陛下，不管您相不相信我。反对国王确实是不忠。但您不是锡尔迪金的合法国王。您自己也一直心知肚明。您从自己的几个侄儿手中偷来了王位。您是他们的叔叔，您本应该保护他们的。”

“你这个叛国贼，没资格这么和我说话！”国王叫道。他挥手示意。“把他带进地牢，准备执行死刑。凯茨比，这事就交给你了！”

凯茨比公爵走近的时候，一丝贪得无厌的笑容爬到了他的脸上。守卫一下子冲到欧文身边，粗暴地抓住他的胳膊，他缩着身体，伤口疼痛难忍，几乎一点儿力气也没有了。凯茨比的嘴脸让欧文很想对他吐口唾沫。

“我判你卖国，欧文·基斯卡登，西马奇郡公爵。”他带着邪恶的喜悦说道。他用手指勾住欧文挂在脖子上标志职务的链子，然后突然把链子拽断，扔在地上，落在他脚边。“准备好去面对死亡吧，孩子。不会让你等太久的。”

欧文的视线隔着洋洋得意的公爵，和国王的目光相遇。“您要是不主动退位，您会把所有人都置于死地的！”他用谴责的语气说，“您已经为这片土地招来了诅咒，只有恐怖亡灵戴上王冠的那一刻，诅咒才会停止。”

“闭嘴！”国王喊道，唾沫随着这两个字喷出。他气得浑身颤抖。

欧文摇晃着身体，想要摆脱手臂上紧紧抓着的手，但他实在太虚弱无力了。“严冬会把我们所有人都毁了的，我的陛下。每个人，不管是男人还是女人，还有孩子！甚至包括您。我求您了，我的陛下。放弃这您用不正当的手段掠来的王位吧！”

“把他带走！”塞弗恩咆哮道。

守卫开始把欧文拽向门口，但他还不肯放弃，他恳求着国王：“看一眼那个棋盘吧，我的陛下。我相信您会发现上面有某些特殊意义。所有的棋子都列阵对抗着您。您要是倒下了，我们都会随着您一起毁灭的。恐怖亡灵在那里！您想对我做什么，悉听尊便。把我扔进河里，我不在乎！但只要您在位一天，这场暴风雪就不会停止。我们全都会葬身于冰天雪地之中。”

“你以为我会把你扔进河里？”塞弗恩咆哮道，“我知道怎么处置你这样的人。我会做得天衣无缝。我们要骑马去北坎，从你那缺德的朋友还有她不忠的丈夫手里夺回敦德雷南。把你用铁链捆起来，绑在山上，冻死！你将会是第一个被冻死的人，让你的预言应验!”

欧文被直接关进霍利斯特恩塔里。窗户上结了一层霜，石头裂开了一条条裂缝，冷风透进来，环境糟糕极了。两个“艾思斌”被派来监视他，晚上就睡在他的床上，盯着他上厕所，不分昼夜地看守着，就等着国王决定出发的时间。有关埃里克和当斯沃斯的记忆挥之不去——这是他们两个人的命运，他一直同情怜悯他们遭遇的命运——但至少他不用在这里待上好几年。不，他还能活着的日子只能以天计算了。

手上戴着沉重的手铐，欧文感到疲惫不堪。他们拿走了他的佩剑，还有剑鞘——这个之前一直帮他快速康复的魔力治愈之源。房间里没有任何东西可以替代积木——没有任何现成的办法可以为他补充魔力。他只有自己的头脑，所以他整天走来走去，想方设法逃出目前的困境。阿塔巴伦攻打北方，是因为他保证西马奇郡会起义反对国王。现在塞弗恩会带着自己的军队，加上欧文的部队，亲自逼北坎就范。伊薇要是遇到这样的情况该怎么办？敦德雷南城堡坚固无比，之前从未被攻破过。但面对塞弗恩这样意志坚强的人——塞弗恩在北坎的地位毋庸置疑，这座城堡究竟能坚持多久？

他继续走来走去，摇着头，冷得瑟瑟发抖。火盆已经点上了，那两个“艾思斌”挤在火盆旁，不停地搓着双手。

一种痛苦无助的感觉像斗篷一样压在欧文双肩上。他必须直面自己的命运，像丹瑞米圣女直面自己的命运一样。他本来希望通过激将法，让塞弗恩把自己扔进河里。他手上戴着的戒指可以保护他，不让他被瀑布吞没，他或许可以成功脱逃。如果他能用某种方法逃出监牢，逃到河边，那也还有一线希望。要是埃塔伊内还活着就好了。一想到她死了，他就悲痛欲绝，攥紧拳头，指关节抵在嘴巴上，迫使种种即将喷涌而出的情绪缓解开来。埃塔伊内要是还活着，就可以帮他逃出去。西尼亚怎么样了？她知道在他身上发生的一切吗？即使她真的知道，她能帮得上什么忙吗？一想到再也见不到她了，他的心就开始痛苦恐惧地扭成一团。

几乎就像是回应这一想法，他感应到圣泉魔力从楼梯井处传来。这种魔力有种油腻的感觉，并没有使欧文燃起希望，而是让他变得更加焦躁不安。他站稳脚跟，盯着门口。

“怎么回事?”其中一位看守说。派来看守他的这两个“艾思斌”他都不认识。

另一个看守轻哼了一声，耸了耸肩，轻轻拍了一下，继续在火前搓着手。随后他挺直了身子，一只手放在匕首上：“我听到有人上楼的脚步声。”

圣泉的感觉越来越明显，欧文感到呼吸变得困难起来，寒冷刺入骨髓。

门锁发出一阵刺耳的声音，然后门开了。让欧文大吃一惊的是，第一个进门的居然是国王。凯文站在国王身边，面露不安的神情，可仍然努力保持着镇静。他胳膊下夹着那个巫哲棋盘。几位和国王穿着同样颜色衣服的守卫跟在后面，欧文感到一个隐身人最后进了门。德拉甘也在这里，但他在使用自己的隐身魔力。

“我没想到您能亲自来看我，我的陛下。”欧文说道，他感到困惑不解、焦虑不安。他想要定位德拉甘的具体位置，但只有个大致的范围，这个小偷靠在远处窗户旁边的墙上。

“好吧，我们明天一早就要出发，去粉碎那场进攻，”国王异常冷静地说，“你死之前，我想听听你的回答，欧文。我想这么做只是为了满足我的好奇心。我不想在满屋子的人面前和你讨论这些问题。”

欧文吞了下口水，耸了耸肩。

“你是从哪里拿到巫哲棋盘的?”塞弗恩问道，“自从艾瑞德死后，棋盘就不见了。我过去常常看他下棋。这个棋盘寄托了我很多的回忆。”

欧文很吃惊。“您知道这个棋盘?”

塞弗恩点了点头。“我当然知道。这个巫哲棋盘在我家族中世代传承。可笑的是，还被盗了好几次。我哥哥一直坚信，只要手里有棋盘，就不会打败仗。他这样想当然是迷信。我确信即使没有棋盘，他也会打胜仗的。但我知道沙特里约恩的父亲、祖父，都惧怕这个巫哲棋盘。他好几次想要把棋盘偷走。”他狡黠地笑着，“但就像我之前说过的，我哥哥称王后，棋盘就丢了。你是从哪里找到的？是女公爵给你的吗？棋盘一直都在布里托尼卡吗?”

欧文摇了摇头。“不，棋盘在王宫下的水池里。在我还是您的人质时，就在那里第一次见到了棋盘。”

国王噘起嘴巴。“真是了不起。我从未想过要搜查那里。我哥哥死后，有很多宝贝都不在金库里。我以为他妻子把棋盘还有其他的金银珠宝一齐带到了圣母殿。”国王开始踱步。“不过都只是一堆垃圾而已。没有法力无边的巫哲棋盘帮我，我不也从来没吃过败仗嘛。”他嘲笑似的轻声哼道。

欧文眯起双眼。“这不是迷信，”他低声说道，“巫哲棋盘引发了这场暴风雪。”

“我妻子去世的时候还发生过月食呢，”塞弗恩嘲弄道，“傻瓜总能很快把一切噩兆归在星象或者天气身上。”

“傻瓜才把自己的敌人错当成真正的朋友，”欧文反驳道，“巫哲棋有自己的规则。纵然您是国王，也无法改变游戏规则。暴风雪来袭，就是因为多年前，您打破了圣母殿的庇护规则。”

“那我要问问你，为什么暴风雪又停了？”

欧文攥紧拳头。“因为巫哲棋盘之前被放到我们的领地之外了！棋盘之前一直放在圣彭里恩的圣母殿里，直到我把它带回来。”

国王用手指指着欧文。“你把它带回来了。”

欧文吞下了口水，努力控制着自己的情绪。“我相信预兆，塞弗恩。我活这么大，对于圣泉做出的各种终极审判，我已经司空见惯。您自己是泉佑异能者，您怎么能不相信给予您能力的圣泉呢？”

塞弗恩蔑视地看着他。“我相信魔力。我之前也相信魔力之源，”他平静地说，“我曾经相信过，但现在却不再相信了。我如果活在安德鲁王时代，我会成为他的骑士。我会相信韦尔图斯准则。但那不是我们现在所生活的世界，欧文！这是一个有很多王子、充满毒药、净是权力的世界。安德鲁是个神话，是个传说。也没有恐怖亡灵。你想利用传说篡夺我的王位，别不承认。哦，你还说到某个小孩儿，这让你编造的谎话听上去更加合理。尤其是那个长得像我死去的侄儿的小男孩。我已经识破你的诡计了，欧文。‘艾思斌’怎么可能找不到那个小男孩的亲生父母呢。我知道你脑子里是怎么想的。还有那个你编造出来的预言！人们现在都在讨论。某个小男孩将会从圣母殿的水里拿出一把剑。好吧，让我来告诉你，等我把叛国的雅各和伊蕾莎白扔进河里之后，我会做些什么。我要把所有八岁大的小男孩都召到帝泉王宫。”他走近了一步。“然后我会把他们全都推进河里，看看谁能活下来！还有你的那个娃娃。”他恶毒地哼了一声，抬起手。“哪个王子，哪个国王要是敢有一星半点儿反对我，我就让他们王国里所有的孩子也都遭遇相同的命运。”

欧文越发惊恐地盯着他。“您的心已经冰冷似铁了。”

国王毫不畏缩地和他对视着。“对，寒冷麻木，这已经有段时间了。你也即将亲身体验。”他看着凯文。“我们天亮前就出发。确保我们离开城市之前，所有道路都铲清了积雪。我已经派军队和凯茨比一起去北坎征战。”他转身离开。

“您要带着德拉甘一起去吗？”欧文挑衅地说。

国王站住了脚，脸上露出厌烦之情。他一句话都没说，只是示意让守卫打开门。凯文握着棋盘，绝望无助地看着欧文。塞弗恩冲那两个负责守卫的“艾思斌”点了点头，让他们也一起离开。门关上了，只留下欧文一个人待在房间里，戴着手链脚铐，房间里还有德拉甘。

这个小偷在他面前现了身。他拿出一根长管烟斗，溜达到火盆旁边。借助一把钳子，点燃了烟斗，里面的烟草开始发出嘶嘶的响声，在房间里散发出有毒的烟雾。

德拉甘用牙齿叼着烟斗，深吸着，两个大拇指勾进腰带间。

“国王明早动身之前，我求他恩准我一件事。”他沾沾自喜地说。

“我猜到了。”欧文说，他对这个男人只有憎恨和厌恶。

“一个小忙而已。我告诉你，国王不反对这个主意。我心里想过，确实，我这么想过：‘德拉甘，那个兔崽子撺掇你的亲生骨肉跟你作对。’对，他这样做了。他做了一件最不近人情的事情。孩子首先应该忠诚于自己的父母。我说，你一直都是个不近人情的孩子。背叛了自己的家族，效忠塞弗恩陛下。够不近人情的。好吧，你让我女儿为了保护你，牺牲了自己。”他眼中怒火中烧，“博思韦尔答应我了，不杀她，因为我求过情。但她却因你而死。”

“因为我？是你把他放进城堡的！”欧文说，感到自己被冒犯了，怒火中烧。

德拉甘摇了摇头。“我只是个简简单单的人。我看见你都对她做了些什么。看到你是怎样让她讨厌自己父亲的。好吧，我想要得到补偿。我从她房间里拿走了金银珠宝。你要是问我的话，那些东西加起来值不了十克朗。一些好看的药瓶，小摆设什么的。”他开始掰着手关节，“但我不会原谅你的。另外，沙特里约恩说他会为你的左手付五万。左手，听着。我不知道那样一个国王要你的爪子干什么。但仍然值五万。我还会再去那个水池看看的。也许那里还有很多小玩意儿呢，对吧？”他从腰间抽出一把刀。“现在做个好孩子，我动刀子的时候别动。国王答应我了，这是我应得的。反正你过不了多久也用不上这只手了，我估计，也就是等你冻僵的时候。”

第三十三章
赫尔维林

欧文一边听着德拉甘的这番话，一边悄悄召集着魔法，做好防御准备。他所存的魔法少得可怜，他知道自己抵挡不了太久的猛攻，但仍想要试探一下这个盗贼的防御能力，这样就可以知道他的薄弱之处了。魔法从他体内散出，欧文立刻了解到埃塔伊内父亲的一些弱点。首先，他是个胆小鬼，如果形势逆转，对他不利，他就会立刻逃走。其次，这个外表有几分健硕的男人却有一颗不健康的心脏。他享受饕餮盛宴，喝过太多啤酒，生命中大部分时光都做着不光彩的工作。

欧文得知这些，增添了些许勇气，否则从他目前所处的情况来看，可能处于劣势。他不再动用自己的魔法，让对手以为他此刻无法进行生死搏斗。他受的伤还在愈合中，任何突然的动作都能轻而易举地将连着皮肤的筋撕裂。

但就像在巫哲棋中一样，面对威胁，先发制人有时会更好。

“哦，如果你打定主意想要我的左手，”欧文说，“最好快点儿动手。”他把自己戴着铁链的手腕放在小木桌的边角处，往上撸起衣袖，露出手腕。他盯着德拉甘的眼睛，神态镇定。

“你可真够慷慨大方的，伙计。”他怀疑地说。这个小偷似乎觉察出房间里有什么东西变了，他吸了一口气，胡须抖动着。

“快点儿动手！”欧文责骂道，冲自己裸露出来的手腕点头示意。

“在这种情况下，通常越快越好。”德拉甘耸着肩说道。然后突然将匕首扎了下来，刀尖正对欧文胳膊上的肌腱，小偷不是想把欧文的手割下来，而是想将他的胳膊钉在桌子上。

谢天谢地，欧文预料到了这一举动，及时把手抽走了，匕首扎在了木头上，没有刺进自己的肉里。他向前探着身子，胳膊放在桌子上，将身体的重量压在上面，向前摆着腿，重重地踢在德拉甘的腹股沟上。这个小偷疼得眼球凸出，身体趔趄了两下，惊恐万分地瞪大了双眼。

欧文猛地从桌子上拔出匕首，小偷急忙撤身往后逃，施用魔法隐身。但这也在欧文预料之中，他向前迈了一大步，又踢出一脚，要么踢中了这个人的肩膀，要么踢在他侧脸上，接着听到小偷的身体砰的一声倒在地上，滚动了几下。他能听到德拉甘的呼吸声，那痛苦的喘气声和窒息的呻吟声，欧文利用声音辨认他藏在哪里。欧文单膝跪下，抓着匕首向空中刺去，突然一只靴子踢在了欧文的肚子上，把他撞了回去。

这真是结结实实的一击啊，欧文撞倒在桌子上。此时传来胡乱摸来摸去的动静，德拉甘正挣扎着摸向门口。

欧文热血沸腾，他想要报复这个父亲，因为他深深地伤害了埃塔伊内，还把她吓得不轻。欧文抓住木桌边缘，朝门口砸去。他这一用力，体内缝合的线撕裂了，使他疼得直不起身子。桌子猛地撞在门上，发出撞击的回声，木头碎片散落一地。

欧文强压着自己的怒火，让他那猛烈击打的心脏平静下来，调动自己的魔法。

“你欠下的是命债。”欧文情绪激动，他的声音颤抖着。“我要让你一次付清。你女儿为了救我，搭上了自己的命。现在我要取了你的性命，报答她。你背叛了她。你背叛了我们所有人。过来，你这个小偷，让我杀了你！”欧文感到一阵眩晕，但他的魔力遍布房间的每个角落，遵从着他的命令。

那个家伙在那里——躲在墙边，害怕得浑身发抖。

欧文举起匕首，想要扔出去，就在这时，塔楼监狱的门突然打开了，凯文带着两个“艾思斌”守卫走了进来。

德拉甘浑水摸鱼，隐身溜出房间。欧文差点儿就要把匕首扔出去，但他怕伤到自己的中尉。

“这里发生什么事儿了！”凯文吃惊地说道，“他是怎么拿到一把匕首的？”

欧文轻轻弹了一下刀刃，拿着刀尖，把匕首交给其中一个要过来制服他的人。

“你们下次应该再仔细搜查一下来人，”他咕哝着说，痛得喘着粗气。他低下头，看到自己身上的衬衣沾上了血渍。

天还没亮，欧文就被架上马，由国王的人押送出城。国王亲自带队，他黑色的外衣上沾满了厚厚的雪花，雪还在城里不停地下。马蹄踏在冰上，发出咯吱咯吱的声音，重重地踩在路上的卵石上，叮当作响。河里已经有很多大冰块了。欧文身体一侧疼得令他不停颤抖，呼吸的时候冷气直往鼻子里钻。

冬天已经来到锡尔迪金。

他们离开的时候，整座帝泉王宫仍在睡梦中，但当他们经过冷冷清清的街道时，欧文看到男男女女都躲在窗帘后面，偷偷看着国王列队前进。

欧文看到那个装着巫哲棋盘的箱子绑在国王的马鞍后面。在国王旁边的是凯瑟琳夫人，她也穿着黑色的衣服，柔软的纱巾遮盖住她的头发。她的斗篷上装饰着银色的毛皮。她脸色苍白，呼吸的时候一团水汽从嘴里吐出。欧文打量着其他随行人员，他看到了凯文。在这位“艾思斌”旁边跟着一匹小矮马，他认出来了，上面是德鲁，用皮夹克和帽子裹得严严实实的，以防受冻。一想到这些人都是过来看他赴死的，欧文的心中不免隐隐作痛。但他更为塞弗恩即将谋害的这个小男孩扼腕叹息。国王当然会带上德鲁，因为他相信这会让欧文更加痛苦。对他来说，这个小男孩是另一个觊觎他王位的人——除了这个小男孩长得像阿根廷人之外，他根本没有意识到这个小男孩有多么至关重要。

通常国王出行时都会露宿野外，即便冬天也是如此，但因为此次随行的有他的夫人，还有个小孩儿，他就选择在北上途中的一些小村庄里留宿。每天在不同时间都会收到各种消息。欧文听不到消息的内容，但看守们讨论着这些消息，欧文偷听着，对点点滴滴的消息进行着过滤。

布鲁格公爵洗劫了卡莱特的港口城市，在塔楼上升起了自己的旗帜。他突袭卡莱特的消息已经在王国里传开了。据说沿海城镇的船只严阵以待，随时准备应对他的入侵。也有谣言称沙特里约恩蠢蠢欲动，正集结大军准备攻打布里托尼卡，阻止锡尔迪金的任何人与女公爵结婚。据说女公爵的旗帜飘扬，她也集结了一批人马抵抗奥西塔尼亚，但没有锡尔迪金保护她的领地，女公爵很有可能以失败告终。

行进中不同时间收到不同的消息，不由让欧文担忧起来。他从未有一刻可以独处。给他吃的是粗茶淡饭，尝起来还有馊了的味道，他之前作为公爵所享有的一切权利，现在都被剥夺了。他明白自己是个将死之人。他的计划泡汤了，所有支持他的人都将遭受惩罚。

他们骑马走在去往敦德雷南堆满积雪的路上，欧文渐渐失去了希望，不再想找机会逃跑了。魔法仍在一点一滴地回到他身上，但他那之前总是充盈的魔法之库现在却依然很浅。他想到了伊薇，想着她会怎么做。在国王到达前，她如果放弃北坎，回到阿塔巴伦避难，这将是个明智之举。和死守在北昆布布里亚公开反抗国王相比，他们回到自己领地对抗塞弗恩·阿根廷胜算会更大些。也许他们还能签订一份和平条约呢？欧文心情阴郁，天空渐渐泛白。塞弗恩永远都不会原谅伊薇和雅各，至少现在不会。他会用种种方式惩罚他们，非要让他们痛到骨头里不可。他们有个儿子，是王位的继承者。国王一心想要报复，可能会杀掉这个孩子以平息自己的怒火，欧文想到这里不禁心痛不已。

他也很担心西尼亚，但愿她的魔力可以帮她保护自己。和奥西塔尼亚比起来，布里托尼卡实在太小了。她的公国之前总是通过缔结盟约，或者签订条款避免遭受入侵，可现在塞弗恩不会再保护她了。沙特里约恩已经结婚了，因此不可能向她求婚。但他仍可以强迫她嫁给自己手下一位忠诚的公爵，她多年来的拒绝，将使她一向平安的国度受到惩罚。欧文一想到因为自己的失败，这些人将要遭受折磨，不由沮丧起来。

在马背上度过了好几天，乌云终于消散了，北方的上空露出广阔无垠的蓝天。群山上点缀着皑皑白雪。松树上也压着厚厚的积雪，重重的，压弯了树枝。

“到了，”国王勒住马向大家宣布，“看那边。赫尔维林山峰，这就是圣女冻死的地方。”他转过身，冷冷地看了欧文一眼，冷若冰霜地说：“这也是你受死之地，伙计。”

一位骑兵沿路从远处向他们冲过来，他身上穿着国王军队的衣服。塞弗恩勒住坐骑，直到那个人到了跟前。

“有什么消息?”塞弗恩问道。

这个人脸颊通红，胡子上还沾着雪。他摇着脑袋。“阿塔巴伦王后还掌控着敦德雷南，我的陛下。他们知道我们来了，可他们并没有落荒而逃。您的军队已经在前方不到一里格的地方安营扎寨。我们拿下了那座地势较低的城市。大部分民众都逃进了城堡，躲避冬天，也躲避围剿。”

塞弗恩皱着眉头。“寒冬围剿。她要逼我这么做。她有没有传话过来?”

士兵点了点头，雪从他胡子上掉了下来。“她宣称这片土地归她所有，她是史蒂夫·霍瓦特的合法继承人。她要求凯茨比公爵把劫掠的金银珠宝悉数归还。她答应等凯茨比归还之后，她会效忠锡尔迪金国王。”

塞弗恩气坏了，一张脸阴沉下来。伊薇勇气可嘉，欧文会心一笑。

“她现在要效忠于我了，”塞弗恩咆哮道，“很好，她要是想在战场上玩一玩，我奉陪到底。我们在这里集结了多少人?”

这位士兵摸了摸胡子。“两万精兵忠诚于您，我的陛下。阿什比上尉带领的西马奇郡大军几天后将会到达这里。到时候我们就有将近三万人了。就算加上阿塔巴伦的人，她的军队也不可能超过一万五千人，这些人如果全挤在城堡里，他们很快就会把自己憋死的。”

国王得意地笑了。“很好。带着我夫人和其他随行人员进城吧，一路上天寒地冻的。我会带剩下的人去赫尔维林，我要亲眼看着这个国王的背叛者赴死。”他转向凯瑟琳夫人，伸出手牵着她的手。他亲吻着她的手套。“我到晚上再和你碰面，我的爱。”

凯瑟琳夫人用悲伤的诀别眼神看着欧文。然后她转过身面对国王，毕恭毕敬地点了点头。

欧文胃中泛酸，就像吞下了变质的葡萄酒。

“您和我们一起去吗?”凯文吃惊地问国王。

塞弗恩点了点头。“这件事交给谁我都不放心。尤其不相信‘艾思斌’。事实上，你才是那个不跟我们一起去的人。我想派你骑马去城里，看看‘艾思斌’有没有打探到什么消息，特别是关于雅各军队及其动向的消息。有没有秘密潜入堡垒的通道? 在这件事上，你要向我证明你的耿耿忠心，凯文，等这一切都结束了，我将指派你亲自带领‘艾思斌’。”

丹瑞米圣女是被骡子驮上赫尔维林顶峰的，赫尔维林是整个锡尔迪金境内第二或者第三高的山峰。欧文读过审讯她的记载，包括她承认自己听到圣泉低语，还有她作为泉佑异能者拥有的诸多天赋。但在所有记载中，有一件事清楚无误：她冻死在白雪皑皑的高山上，身上只穿着一件单薄的衣服。她被铁链绑在一块石头上，几位看守围坐在烧着煤炭的火盆旁，一直等到她冻死。之后，他们把她的尸体拖下山，交给国王的手下，证明丹瑞米圣女已经不复存在。

马匹驮着欧文、塞弗恩，还有十几个国王信得过的士兵，爬上山坡。欧文的耳朵和手指都冻得没有了知觉，脚趾也冻得像卵石一样。他们已经脱掉了他的大衣，欧文不由自主地瑟瑟发抖。面对敦德雷南山谷那一侧的赫尔维林悬崖格外陡峭。但另一侧的山坡却相对平缓，马匹能够更加轻松地负重前行。

爬到半山腰的时候，一块大卵石雕刻而成的丹瑞米圣女石像在雪中屹立。冰上的丹瑞米圣女石像一副倦容，目光呆滞，欧文看了以后不免心伤。欧文感到呼吸越来越困难，一块块冰碴立在他的胡须和睫毛上。之前蔚蓝的天空笼罩上一层白色，就像暴风雪跟着他们从帝泉王宫一路来到这里一样。

终于，他们到达崎岖陡峭的山峰。现在虽然是下午三点，但太阳被厚厚的云层遮住了。士兵们在大卵石背风的一面搭起小帐篷，往火堆里添着柴火。火苗燎着寒冷的空气，人们互相依偎在一起，搓着手。欧文离这温暖之火很远，只能眼睁睁看着跳动的火苗，自己却无福消受，这着实让他痛苦万分。

塞弗恩还骑在马上，似乎对这寒冷无动于衷。他头戴着王冠，提醒着自己，也提醒着其他人，他是国王。他面无表情地看着眼前的情景。

两个士兵把欧文扶下马，他差点儿绊倒，因为双脚已经像铅一样沉重。圣女死之前坚持了多久？欧文觉得自己活不过今天晚上。他毫无畏惧地盯着国王。

“您想怎么处置我，悉听尊便，我的陛下。”欧文说道。他冻得牙齿打颤：“但我即将面对的这种命运，也同样是您王国里的子民所要面对的。这个反常的冬天降临在我们身上，完全是因为您。我绝不会是最后一个被冻死的人。您之前的所作所为招来了恶果，除非您放弃自己的王位。”

国王一脸的轻蔑。“你已经提醒过我了，我也已经听到了。即使快要死了，你还执迷于自己的谎言。也许你自己都信以为真了。但你要知道，我是用武力，用正当手段赢得了这顶王冠。我不会主动放弃王位的，即便你预言的厄运成为现实。”

欧文皱着眉头。“那我就无能为力了。”

“没错，你做的已经够多了。”国王语气强硬地说。他朝士兵们点了点头。“早上带他的尸体来见我。要忠诚于我啊，年轻人。你们会亲眼看到，他的一派胡言抵不过空穴来风的噪音。我不想你们当中任何一个人错失见证我们打败伊蕾莎白·维多利亚·莫蒂默·卢埃林的机会。那个灰烬王后。”

国王带着十几个人走了，只留下六个士兵看着欧文冻死。

欧文被带到那块曾经绑着丹瑞米圣女的巨石上，他的手铐拴在钉在石头上的铁环上。他痛苦地盯着火焰，双腿冻得发抖。冷风吹进他那单薄的衬衣里。

“祝你好运，伊薇。”他咬紧牙关，低声说道。

他打算再盯一小会儿火焰，想象着如果把双手盖在那团火上，将是什么样的感觉。在他的头脑中，他回到了童年时光的敦德雷南，他坐在熊熊燃烧的壁炉前，和伊薇促膝聊天、一块儿玩耍。身处高处，他能看到远在底下的山谷，看到从座座烟囱中升腾而出的袅袅炊烟，汇集到天空中的云朵里。也许这将是他最后看到的景象了。

就在这时，挤在一起的士兵身后，一部分雪堆似乎……升腾了起来。藏在雪盖下的士兵突然冲了出来，迅速杀死了塞弗恩安排的守卫。六位士兵中，没有任何一个人来得及呼叫救命，或者疼得叫出声音，就都被杀死了。

两个人裹着厚厚的皮毛，吃力地从雪里走向欧文。他们摘下遮在脸上的围巾。欧文的心重重地跳动着，新的希望之火再次燃起。

他认出第一个人是克拉克，欧文曾在阿塔巴伦巫哲瀑布那里救过他的命。克拉克通常喜怒哀乐不形于色，但此时此刻他的脸上露出一丝微笑，暴露出他内心的情感。

用头巾遮面的第二个人是伊薇的丈夫——阿塔巴伦国王。

“你看上去有点儿冷啊，我的大人，”雅各操着方言兴高采烈地说，“我想我们得给你穿件夹克，还有双靴子，嗯？”

第三十四章
卡里克

欧文骑马到达敦德雷南城堡外墙边，从马上下来的时候，积雪从大衣上抖落下来。冻僵的双脚穿上靴子后减轻了欧文的不适，但他仍感觉双脚像灌了铅一样僵硬沉重。即便如此，他依然沉浸在被搭救的激动情绪之中。守卫开门的时候，几只狗欢叫着打招呼，伊蕾莎白冲了出来，跑进泥泞的冰地里，肩膀上披着一件羊毛大衣。她张开双臂拥抱她的丈夫，热情地亲吻着丈夫的嘴唇，然后冲向欧文，双臂搂住了欧文的脖子。

“你安全了。”她在欧文耳边说着，然后抽回手臂，面带欢愉的笑容，盯着他看。这一刻她眼眸碧绿，欧文也微笑回应。

“多亏了你们。”他真诚地说，仍然对这次出乎意料的解救行动困惑不解。

伊薇摇了摇头，这时欧文才注意到另一个男人正在朝他们走过来。来人是凯文·艾默雷，他的脸上带着羞腼的神情。他拿出印有乌鸦印章的剑鞘，交给欧文。

欧文心中又涌起一阵暖意，盯着这位老朋友，嗓音突然嘶哑起来。“是你做的吗?”他问道。

凯文看上去有些窘迫。“我早就知道您在计划着什么事情，我的大人，”他说，“您一直给埃里克带书过去，我觉得很奇怪。于是趁他睡着的时候，偷偷看过那些书，看到他写给凯瑟琳夫人的那些情话。我已经试过很多方式暗示您，我和您站在同一战线上。等国王发现我也背叛了他，我就需要再找份工作了。如果您愿意收留我的话。”

欧文开始大笑起来。笑声就这样从他口中传出。他一手拿着剑鞘，另一只手把凯文拉进怀里，拥抱着他，重重地在他后背上拍了拍。“是吗?”他咯咯笑着。“我有种感觉，帮我逃离死刑只是你计划中的一小部分。”

欧文注意到克拉克和雅各朝他们两个走近了些。欧文扫过他们的脸，每个人都信心百倍，意志坚定。一瞬深深的慰藉席卷他全身。在努力推翻塞弗恩的并不是他一人，他从来都不是在孤军奋战。

“我们一定要站在这冰天雪地的城堡外聊天吗?”雅各慢吞吞地说，“最好挪到顶屋?”

伊蕾莎白赞同地点了点头。“通常我是不怕冷的，但今晚天寒地冻，实在太冷了。”

他们一起走进城堡，壁炉和火把燃起的火焰将严寒驱散。城堡里挤满了士兵，他们都戴着雄狮图案的徽章，到处都有仆人递送食物和饮水以满足蹲守在城墙内的人们的需求。他们走上顶屋的时候，人群中的骚动渐渐平息下来，但欧文根本不在乎人们的注目，他又重新燃起了希望。他把剑鞘系在腰间，立刻感到魔力对他全身所起的作用，温暖了他冻僵的手脚，治疗着他和博思韦尔生死一搏时化了脓的伤口。

欧文站在壁炉旁边，盯着架在一堆煤炭中间的巨大雪松原木，尽情享受着温暖。其他人进来了，他看到雅各瘫坐在公爵的旧椅子上，从他妻子手中接过一壶红酒，很舒服的样子。伊薇温柔地轻抚着雅各的肩膀，他冲她微微一笑，这足以证明他们两个互相爱慕，这不由让欧文心头一紧，但这一次感觉略有不同，他不再那么渴望了。他发现自己希望西尼亚也能在这里，和他一起庆祝获救的喜悦。

他转过身背对着火焰，看向这些同盟伙伴。凯文和克拉克在窃窃私语，但当欧文看向他们两个的时候，他们不约而同地安静了下来。

“首先，我必须要谢谢大家。”欧文说道，摇着头。“我真的不想一晚上都被锁在赫尔维林。我并不擅长演讲，但内心却驱使我说出自己的感激之情。再次谢谢你们。”他双臂交叉，开始走来走去，又拾起了之前这个熟悉的习惯。圣泉魔力一点一点地让他暖和起来，他开始分析他们现在所处的情势，就如同分析棋盘上的布局。“凯文——你是怎么安排这一切的?”

一丝苦笑从这位“艾思斌”中尉的脸上划过。“我主要就是考虑国王将会在什么地方处决您，这并不需要借助多少想象力。我也派人驻守在河边，以防他把您扔进河里，但我觉得他会沿袭传统。有史料记载，丹瑞米圣女被带到赫尔维林执行了死刑。我送信给克拉克，得知他已经在敦德雷南了。”

欧文朝克拉克笑着，点了点头。“所以是你出的主意，盖着毛毯藏在雪堆里?”

克拉克并不习惯接受这样的注目。他简略地点了下头。

雅各笑出了声。“他太谦虚了。这真是聪明绝顶。他是位出色的猎人，优秀的侦探。我告诉你，塞弗恩上山的时候，防卫格外薄弱，我本打算亲自杀掉塞弗恩的。如果我们能藏下五十个人，将会是个多完美的陷阱啊。但我不相信他会丢下自己的大军，我们不想冒险，担心在我们杀掉他之前，他就把你杀了。好在一切都很顺利，所以我不该抱怨。”

伊薇按压着他的肩膀，他安静了下来。

“让我夫人说吧，”雅各说着，伴着夸张的手势，“毕竟这是她的计谋。”

欧文歪着头，以便更好地看着她。

“发现你被制服以后，”伊薇说，“我们必须尽快调整你的计划，因为我们深知我们将面对国王军队的攻击。我觉得这样做或许更好。他将被包围起来，供给也被切断。他过来是想围攻北坎，但他在这里也会遭到围困。”

“怎么可能?”欧文问道，“他为什么不能撤回帝泉王宫呢?”

她娇羞一笑。“因为你的军队会阻挡他撤退。”

“阿什比上尉?”欧文问道，感觉一下子兴奋起来。

“和你在同一战线的，”凯文点头说道，“你的人依然在。布里托尼卡女公爵的军队两天内也会到这里。到时候我们在人数上就会超过国王的军队。”

欧文微笑着。“她要来?”

伊薇会意地看了他一眼，脸上浮现出一丝微笑。“她随时告知我们她的动向。还有些别的。凯文，你和他说说其他锡尔迪金敌对方的情况?”

凯文点了点头，双手背在身后。“布鲁格公爵打破了卡莱特的防守。看您的表情，想必您已经知道了吧。他正准备集结船只，攻打帝泉王宫。沙特里约恩也率军过来了。他们跟在女公爵军队之后，进入西马奇郡。莱高尔特人也加入其中，多年前塞弗恩洗劫过他们的城市，他们想报仇。大家为西马奇郡而战，就像猎犬争夺散落各处的残羹冷炙一样。”

欧文盯着他，心中充满了担忧：“这样就是七个了。”他低声说道。

“什么?”伊薇问他。

欧文停了下来。“恐怖亡灵预言会有七个国王联合起来，对抗锡尔迪金，但我觉得并不是字面意义上的国王。回到安德鲁王那个时候，每个公国都是由各自的国王统治的。这只是个头衔，一种等级排序，相当于今天的公爵。”他打了个响指。“奥西塔尼亚、布里托尼卡、莱奥内伊斯——就是西马奇郡、阿塔巴伦还有莱高尔特。过去，北昆布布里亚独立成国。还有布鲁格。这样就是七个了。七个国王，或者说是七个统治者，一起攻打锡尔迪金。塞弗恩把大军带到北坎，因为这里以往有他最忠心耿耿的支持者。现在这样，预言就将成真。只有新国王才能将我们再次团结在一起。一个年轻人，或者说一个小男孩，他是锡尔迪金的合法统治者，他将重建圣母殿的古老权利。”

“这位合法国王在哪里?”伊薇问道，“他还待在帝泉王宫里吗?我们要派人接他过来吗?”

大家一齐把目光转向欧文。只有凯瑟琳夫人、西尼亚还有圣彭里恩的狄克诺知道这个秘密，而埃里克和埃塔伊内都已坠入深无测。“他现在待在国王的帐篷里，还有那个足以摧毁我们所有人的巫哲棋盘。”

欧文摸了摸额头。是时候告诉大家事实的真相了。他看了看一扇扇门，确保门都已关好。“我必须告诉你们我一直以来的计划。是时候告诉大家了。我告诉你们之前，我想问你个问题。”他转身面向伊薇，“你认识城堡里一个叫卡里克的男孩吗?”

伊薇点了点头。“他是我外公的猎人费格斯的儿子。他们在外面打猎，为士兵们提供肉食。那个男孩是这一带的最佳猎手。他有狩猎天赋。”

欧文微笑着。“他是泉佑异能者。”

欧文双腿疼痛，因为花了太长时间才爬上敦德雷南堡垒后面的山。他穿着熊皮紧身裤，戴着厚手套，穿着几件衬衣和长袍，但这些远远不能抵挡夜幕降临后逼人的寒气。克拉克在他旁边走着，时刻准备着长弓；伊薇也是如此，她的脚上穿着结实的皮靴。他们跟着卡里克。这个年轻人身强体壮，拥有一双灰色的眼睛，头发剃得很短。领路的还有他的父亲。费格斯留着花白胡子，行动敏捷而富有朝气，但卡里克却十分安静，头脑冷静。他看上去比自己的实际年龄十七岁要大得多。他们已经提醒过大家，现在狩猎的地方经常有熊出没，早冬时节野兽们格外饥肠辘辘。它们现在应该在冬眠，但危险仍然存在，因为可能有些野兽会为了维持生命出来觅食。

雅各和凯文留下来检查城堡防御。他们离开前，雅各小心谨慎地看了欧文一眼，告诉他要保护好伊薇……以及其他人。有一点很清楚，他放心让自己妻子去远足，但他对于妻子要离开安全的敦德雷南去冒险并不乐意。

他们沿着河流走，河流的源头瀑布在高高的山上，水从一座自然冰山融化而来，这座冰山比任何王国都要历史悠久，是帝泉王宫河流的源头。

“冰洞在那里。”卡里克边指边说。在山上这么高的地方，除了冰和碎石，别无他物。河道在这里也变窄了，双腿可以跨过去，但冰洞却深深藏于冰山喉口处。

费格斯敬重地吹着口哨。“我儿子找到的，”他自豪地说，转向伊薇，“我路过这里十几次，可从来没想过，这里除了一堆冰块碎石，还能有些别的什么东西，但我儿子觉得里面有什么东西在呼唤他，他能听到我们听不到的声音。”

现在欧文走近了，也能感觉到某些东西。圣泉魔力在此地涌出，就像在布里托尼卡时一样。他能感到魔力从群山中散出。他们离河流源头越近，他感到自己的魔力之库就被填得越满。

他们停在了冰洞前，卡里克和费格斯拿出火把，用打火石和纸片点着了火把。夜幕笼罩着天空，火焰发出的微光可以帮助他们看得更清楚。透过头顶上那团水汽，星星也闪烁在天空上，高高地挂在压在敦德雷南境内的那些乌云之上。

两位猎人手拿火把，在前面领路。一进冰洞，河水便已结冰，一条冰路指引着他们前进的方向，所幸他们脚上的靴子都绑着皮带、钉着铆钉。火把发出的光照亮了一面面奇怪的墙壁，上面光洁曲折，像玻璃一样。火把的光营造出绚丽的色彩，照亮了前方的路。

“我跟你说过，我绝不能错过。”他们一边走，伊薇一边低声对欧文说着，她呼吸时吐出一大团白色的水雾。“我们一直都想进冰洞看看。”

卡里克带着他们深入冰洞，欧文手上戴着手套，触摸着墙上涟漪痕迹的冰。里面安静极了，只有靴子踩在地上的摩擦声，还有他们吐出一团团白气时的呼吸声。

在第一个转弯处，有一块从中间劈开的大石头。欧文吃惊地盯着这块巨石。石头看上去像被一把巨大的斧子从中间劈开，但这块石头实在太大了，这个世界上不可能有武器可以做到。一块块碎石歪七扭八地躺在这块大石头的周围。欧文走过这里，用手摸了摸这块石头表面，他头脑中充满了圣泉魔力。

这是剑之力，圣泉对他低语道。冰之力。是白国王之刃。

这一念头在欧文脑海中闪过时，他不由得浑身颤抖。

“在这边。”卡里克一边指路，一边严肃地说。

在第二个转弯处，冰洞到了冰川的尽头。可以看到一把剑的轮廓悬在冰里，大约一英尺深。空气中充满了魔法的气息和浓重的敬畏之情。

他们一齐聚在这把剑的周围，一支支火把将他们的影子投在墙上。

“我本想带个镐来，”卡里克轻声说，“但我不敢。”

欧文盯着这把古兵器，心里怦怦直跳。这是圣女之剑，这是安德鲁王之剑。

他把手套从手上摘下来的时候，感到刺骨的严寒钻进皮肤。他手指上的戒指开始发光。他意识到，自己要准备好迎接预料中的疼痛了。他刚伸出手去抓那把剑，冰就开始像雾一样翻腾起来。他把手浸入其中，感受冰化时散出的刺骨寒气。他疼得扭曲起身体，但推进得更用力了。就在他抓住那把剑的一瞬间，周围的冰全部变得如云一样虚幻，他将剑拔出禁锢。疼痛瞬间消退，放在臀部的剑鞘支撑着他，他敬畏地凝视着这把自己刚刚拔出来的剑。

圣女之剑又被称为火博斯，因为这把剑最初是从奥西塔尼亚一个叫火博斯的小村庄的圣凯瑟琳喷泉中拔出的。圣女拿着这把剑，击退了锡尔迪金大军，把他们赶到战场边境处，将西马奇郡划为征战两国的中间地带，这两个王国几百年前曾是统一的王国。

欧文从冰川中抽出来的这把剑和他曾经在书中读到过的相关描述完全吻合。这把剑的刀刃上有五颗星星，除了灰色和银色程度不同之外，金属条纹与木纹如出一辙。

欧文把剑拿在手中注视着，他感到一股魔力在他双臂上蔓延开来，他深信不疑，这把剑就是圣女之剑——安德鲁王的武器。无数场战役的画面飞快地闪过他的脑海。耳中回荡着敲响铜铃的声音。

“真没白爬上来啊。”伊薇说着，呼出憋着的那口气。她盯着欧文，眼中充满惊叹之情，他让自己好好享受了片刻她那钦羡的神情。

“赞颂圣泉。”费格斯低头盯着冰洞虔诚地说道。

国王的背叛者：

我，你至高无上的陛下，已经和你下过无数次巫哲棋，知道什么时候游戏会输。你计谋胜过我，现在我答应你的要求。当你准备让一个年轻的小男孩奇迹般地宣称这王位不合法，我就知道你觊觎这个王位由来已久。希望你这个国王保护者足够勤俭节约，省下的财富会多过我。我主动放弃王权，甘愿接受打入地牢抑或扔进河里的侮辱，我会毅然承受这一切，正如我众多祖先那样。我派凯茨比大臣和你商定投降事宜。王冠是你的了。

塞弗恩·阿根廷，锡尔迪金国王

第三十五章
国王之言

欧文横跨在战马上，做好战斗准备，里面穿着厚锁甲，外面披着厚重的毛皮外套，双臂戴着护具，马鞍上绑着盾牌。火博斯之剑露出剑鞘之外，他感到这把剑散发出的魔力在敲打着他的臀部。剑刃感应到一场大战即将上演，迫切渴望为之一战。一群年轻的士兵站在旁边，手拿长矛，严阵以待。

道路上虽然覆盖着一层刚刚落下的白雪，但马蹄的印迹表明整个晚上都有人骑着马从这座村庄进进出出。道路两旁的树林里竖立着匆忙搭建起来的帐篷，但这天晚上无人入眠，尤其是欧文，因为他担心国王可能会趁着黑夜溜走。据那些效忠凯文的“艾思斌”透露，国王还待在那个有钱的公爵家里。国王的军队整晚都在街道上巡逻，以防欧文夜间突袭，可突袭并没有发生。两支军队默默地两相对峙，等待黎明到来，打破僵局。

凯文·艾默雷也骑着战马，但他只是过来传达情报、报告国王动向的。他不是战士，如果战争爆发，他是不会骑马冲锋陷阵的。

塞弗恩处境艰难。他背靠着敦德雷南连绵起伏的群山。伊薇和雅各占据高地和堡垒要塞。如果国王攻打欧文的军队，他们就可以从后方袭击国王。如果他想袭击城堡，欧文则可以从后方攻其两翼。两方军队势均力敌，但布里托尼卡大军正在快马加鞭，即将加入欧文的战队。

“据你估计，女公爵离此还有多远?”欧文靠在马鞍上问凯文。

这位“艾思斌”一整天没有刮胡子，下巴上的胡须长长了不少。“两天，也许更快，”他说，“路况一天比一天差。这可怕的暴风雪会停吗?”

“不，不会停。”欧文说，低下头盯着通往进村的路。“这一切结束前，大雪是不会停的。”他头脑中最大的不确定就是塞弗恩到底会不会殊死一搏。欧文本可以派人去绑架国王，虽然并不容易，但有很多人愿意这样做，这样可以避免流血杀戮。但欧文不想借用阴谋诡计推翻塞弗恩。如果有得选，国王理应战死沙场。但这场战争绝不是欧文想要的。

阿什比上尉骑马从露营处而来，停在欧文的战马旁边。

“有什么消息吗，阿什比?”欧文问道，“士兵们怎么样?”

阿什比脸上表情凝重却又满怀信心。他们一起征战多次，他年纪略长，但已经学会了相信欧文的直觉和策略。

“他们有些焦虑不安，您可以想象得到，”上尉粗声说，“您从未尝过败绩，这是个好兆头。但国王也从未战败过。这一切结束后，这场赌局也就揭晓了。我把钱压在您身上，我的大人。”

欧文轻声笑了。“谢谢你。”他盯着这孤寂的道路，感到一股暖流流过大衣、手套，还有盔甲。事实上，他有点儿太暖和了。剑鞘温暖着他的腰间，抚慰着他，治愈了伤痛，驱走了疼痛。

“背叛国王可不是件小事，”欧文说，“我相信士兵们情绪很复杂，我也一样。但我向你发誓，如果塞弗恩还执掌王权，这个冬天是不会结束的。他的所作所为会把我们所有人都置于死地。我和女公爵不可能无所作为，任由这灾难降临。”

阿什比突然吸了一口气，挺直身体：“骑手！”

他话音刚落，雪里即刻传出马蹄声，士兵出现在前方的道路上。欧文看到先锋手举国王的白野猪旗帜，一股寒意深入骨髓，呼吸不由加快了。三个人正在靠近阵线。

“我们来客人了。”欧文说，瞥了一眼乌云密布的天空。在这冬季阴霾中，很难辨别准确的时间，但他猜想应该还没到正午。他看了一眼凯文。“叫法恩斯过来。快。”

骑手们越来越近了，欧文认出了凯茨比。第三个人是国王的贴身护卫。

“有意思，”阿什比耳语道。

欧文不知道国王派他们来是谈判投降事宜还是开仗的。国王手握巫哲棋盘，这就意味着不可能轻而易举地打败国王。他还有德鲁，在他眼里欧文要扶这个小男孩上位称王。但塞弗恩真的知道自己的优势吗？他知道棋盘本身也暗含魔力吗？他知道帐篷里的那个小男孩是整个锡尔迪金另外一个有能力移动巫哲棋的人吗？欧文希望他一无所知。他想过派人去偷巫哲棋盘，救回小男孩，但如果这个人被捕，就会泄露太多秘密。欧文知道自己必须谨慎应对下一步。他不能拿小男孩的生命去冒险。三个骑手到跟前的时候，紧张的情绪在欧文体内蔓延开来。

“凯茨比大人。”欧文说，既机警又敬重地点了点头。

“我的大人，”凯茨比说，“我带来了国王的信。他告诉我，这封信不能交给别人，只能给你。”

欧文假笑了一声。“他知道我还活着?”

凯茨比的表情像是吃到了什么酸东西一样。“他知道你没死。他知道自己被包围了，处境不利，反叛大军人数可能占优势。你切断了我们的粮食供给，断绝了我们一切获得援助的希望。这场闹剧持续得越久，我们就会受到越多的伤害。我看到他亲手写下这封信。我可以向你保证，这是他的意愿。”

凯茨比重重地拍了一下马的侧腹，走近给欧文看那封盖有王室印章的信。欧文接过信，动用充盈的圣泉魔力，检测其中的薄弱之处和潜在的阴谋诡计。信上没沾毒药，除了墨水和蜡封，别无他物。他在凯茨比身上也用了魔法，发现这个人携带的武器都清晰可见。凯茨比可不是骁勇善战的军人，大家都知道欧文身上一直佩剑，欧文觉察到凯茨比对此还是非常忌惮的。

他拆开蜡封，快速读着，信中阐明了国王要投降的意愿。

“信中怎么说，我的大人?”阿什比低声问道。

欧文感到如释重负，他完全没有注意到自己在此之前一直屏住呼吸。这些字绝对出自塞弗恩之手。信中有不少恶言恶语。他控诉欧文意在自己统治这个王国，他的报复心显露无遗。但那个男孩儿还在国王手里，欧文必须把他们两个分开。

“国王投降了。”欧文慰藉地说，凯文和法恩斯靠近了些。

“真的吗?”法恩斯惊讶地问道。

“你们自己看吧。”他说着，把信递过去。他冲凯文点头，示意一起读信。

“没必要大开杀戒，流血牺牲，”凯茨比说，“我代表国王来谈判投降事宜。你想处决他吗？他特别想知道你打算怎么处置他。”

欧文并未感到轻松，反而产生了一种奇怪的恐惧感。一种沉重感落在他的身上。多年前，安凯瑞特给他讲过一个故事，他至今记忆犹新。这个故事讲的是一位王子劝说一支反叛军队放下武器，等到人们放松警惕的时候，王子拔出佩剑，攻击毫无准备的敌军。领头人都被扔进河里淹死了，因为他们都穿着厚重的盔甲。

欧文记得当时自己听到这个故事时着实吓得不轻——他年轻的心挣扎着理解这深不可测的谎言。

他还记得当时她脸上露出的悲伤表情。这就是王子和权力的行事之道。欧文。这就是锡尔迪金王国真实的一面。事实上，这也是很多人的天性和性情。所以设想一下，如果你是叛军的一名首领，而王子又承诺了宽恕和嘉奖，那么当时你是否拥有洞悉的能力就变得很重要，非常得重要。在你做出决断之前，需要依据洞悉来判定，王子到底是什么样的人。他是一个有信誉的人吗？抑或他只是一个为了助其父王保住王位，而可以说任何话，做任何事的人？因此洞悉才是你需要学的最有用的东西，欧文。习得洞悉需要时间和经验，而遗憾的是，一次错误的判断就能导致……哦，对了，你已经听过这个故事的结局了。是的，他很清楚佯攻是怎么回事。

“国王派你带着这封信来的？”欧文急切地问道，“他打算投降？”

凯茨比神情困惑。“他是这样亲口对我说的，欧文大人，言辞确凿无疑。他会向你投降。他派我来商谈投降事宜。我发誓！”

这个人脸上的表情能让人信服。他说的话也很有说服力。欧文感到这些话语中暗含魔力——和他自己的魔力相对抗的另一股魔力，劝说他相信国王说的话千真万确。但欧文自己拥有魔力，可以阻止其他人这样控制他。

“哦，这也许是我们能收到的最好的消息了！”法恩斯兴高采烈地说，“我真是松了口气，说实在话。”

“这不是真的，”欧文说，摇着头，“这不是投降，而是一个陷阱。”

“您确定吗，我的大人?”阿什比用担忧的语气问他，“国王知道他自己已经被包围了。”

远处传来一阵欢呼声。听上去像是从敦德雷南城墙内传来的。号角已经吹响。这不是开战的号角声，而是胜利的号角声。

欧文一下子知道发生什么事情了。国王也送信给伊薇和雅各了。他施用魔法让信差相信他是认真的。让人们相信他是真的要投降。凯茨比的言行举止并不像是个两面派。他看起来已经诚心诚意地相信，真的要投降。

“号角声?”凯文关切地问道。

凯茨比点了点头。“国王给城堡送了信。我们的士兵快冻死了。他询问如果我们达成协商，是否可以进入城堡要塞。我对你说，欧文大人，国王是认真的！他把手放在我的肩膀上，和我强调说他要投降。他要我说服你，要你相信他是认真的。需要的只有——”

“上尉!”欧文打断道，“全体列队。我们即将遭受攻击。马上集合！我要弓箭手和长矛步兵在此列队。做好战斗准备!”

凯茨比火冒三丈。“你怎么敢!”他吼叫道，“这就是场血腥的谋杀！我说了，国王已经投降了!”

“那为什么他的军队跟在你后面一起过来了!”欧文咆哮道，一队队弓箭手正从远处跑来。他从鞍角上拽下盾牌，靠紧在胳膊上。然后他抽出剑，火博斯。剑刃从剑鞘抽离的瞬间，天空中轰隆着响起雷声。

鲜血渗入泥泞的雪地。欧文奋力战斗，直到双臂无力，但他仍然紧紧握住火博斯剑柄，反击着长矛步兵的猛烈进攻。剑刃的魔力轻轻敲打着，将对手力量较弱的兵器击落在地，猛烈的冲击力使长矛步兵飞了出去，就像他被大槌击中了一样。欧文每次击中目标，耳朵里都回响着魔力的声音。几位弓箭手专门瞄准欧文，但他们所有的箭都从他身上穿透过去，却无法将他击落马下。剑鞘的魔力在他臀部狂热地燃烧着，止住伤口流出的鲜血。

两支军队在一摊摊泥泞的融雪和一堆堆尸体间艰难地前进，互相攻击着。这是结束这一切应有的方式。欧文宽慰极了，国王并不是真心投降。他对这个男人的敬仰之情早已磨灭。不，塞弗恩一定会战斗的。但他在哪里呢?

“我的大人，”阿什比警示道，“我们已经远远超前于我们的队伍。退后!”

一位弓箭手，戴着白野猪的徽章，用箭射中了一位骑士，将其击落马下。随后他调转方向，瞄准欧文，这次瞄准他上马的动作。箭射在马肩隆上，马中箭疼得叫了起来，摔倒在地。幸好欧文及时滚地躲闪，才没被那横冲直撞的畜牲压在身下。欧文在骚动的人群中丢失了自己的盾牌，他扫视战场，吃惊地发现倒下的人如此之多。印有蓝色雄鹿徽章的战袍混在白野猪徽章之中，雪源源不断地从天而降，具具死尸冻得僵硬。

“抓住我的手。”阿什比说，他骑马站定在欧文身旁。

但他刚要握住欧文的手，一个长矛步兵突然站起身，将长矛刺进阿什比的后背。痛苦的表情划过这张沾着泥渍的脸，阿什比痛苦地喊叫着，弓着身子，从马上滚落下来。

这时从树林中冲出来十几个骑士，将欧文团团包围，国王也在其中，他的王冠固定在头盔上面。一看到国王，欧文眼前的世界突然天旋地转，就像一位巨人踩着靴子重重地踏在地上引发了地震一样。国王用佩剑指着他，但欧文什么都听不到，因为圣女之剑的魔力突然响起，这声音尖锐刺耳，古巫哲棋盘的图像充满了他的脑海。他看到黑国王出动了，占据了白骑士面前的空地，他惊恐万分。

他感到一把剑刃刺进胳膊，转念意识到自己已经被敌军包围。一阵疼痛喷涌而出，欧文感觉不止被刺了一刀。欧文扭动身体，四处挥动手中的佩剑。当剑击中正在攻击他的骑士时，他感到这把剑魔力的符咒起了作用。那位骑士被打飞了，只留下一只断臂落在欧文脚边的泥潭里。另一位身穿野猪战袍的骑士向欧文冲过来，但欧文挡下了攻击，然后施用魔法找到了这位骑士的弱点。佩剑的魔力又开始汇聚起来，发起另一次雷暴般的猛攻，击退敌人。

他们一齐冲向欧文，但欧文将他们一举击退，这把剑像弹弓一样把他们都打退了。他的呼吸变得沉重起来。他身上有十几处地方都受了伤，但剑鞘散发出的魔力维持着他的生命，让他能继续挺立着。国王死去的士兵横尸遍野，将欧文围在一圈大大的圆弧之内。他自己的人在哪里？他身处战事最激烈之处。

国王的出现让他绝望至极，因为他可以感应到巫哲棋盘上的棋子在移动。

欧文紧紧握住手中的佩剑，想要再次召集剑的魔力。但他却失去了力气，手中的火博斯也变得沉重起来。塞弗恩走近了，一手拿着佩剑，另一只手握着匕首，欧文皲裂的嘴唇用力张开，发出咆哮的声音。他们两个面对面绕着圈，但每迈出一步，欧文都觉得头晕目眩，双膝颤抖，感觉就像一座大山悬在他的头顶之上。这就是鲁死去那晚的感觉吗？

“你以为你能打败我！”塞弗恩暴怒地说，“你以为你可以戴上这顶王冠！从我头上拿走啊，孩子！如果你能做得到！”

欧文知道这是一次机会……他也知道他注定会失败。不知国王是怎样发现了巫哲棋盘隐藏的能量。欧文能感觉到自己身边出现的魔法旋涡，这使他的身体越来越沉。棋盘上的棋子已经动了，但对他不利。

他愤怒地哼了一声，冲向国王，将火博斯高高举过头顶，朝国王肩膀砍下去。但这就像和一块巨砾斡旋一样。武器一击中国王，魔法就开始和欧文对抗。换作其他人，这股魔力早已将他杀死。虽然欧文的胳膊已经麻木得失去了知觉，但他身后冲上来的那些士兵们反而被这重击打倒了。他整个身体还有胳膊都伤痕累累，就在这时国王突然将手中的匕首刺进了欧文的肋骨。他感到这刀刃切进肉里，双腿变成了水。

火博斯从他麻木的手指间滑落，掉进雪里，立刻就包裹上了一层白霜。

欧文向前跌向国王，疼痛传遍全身，身体不由地抽搐起来。当他倒在被鲜血染红的雪地上时，他看到国王脸上愤怒和愤恨的表情都消失了。整个世界在旋转。

国王在他身体旁边跪下，用一种奇怪的表情看着他，既悲伤又惊喜。

“起作用了，”塞弗恩敬畏地说，“魔法起作用了！我根本就不会失败！”

欧文一动不动地躺在地上，气力四分五散。

国王拿起火博斯，高举在空中。天空中爆发出一阵雷鸣般的声音。“胜利了！”他喊道，“胜利了！”

身穿带有白野猪图案战袍的士兵们发出一阵胜利的欢呼声。

欧文突然可怕地意识到自己失败了。他看到自己盔甲上凸出来一把匕首短柄，没有血从那里流出来。他腰间系着的剑鞘是唯一维持他存活下来的东西。

国王转过身，同情地俯视着欧文。“把他带到我的帐篷里，”国王说，“派我的御医照料他。”

“我的陛下!”他们中有人惊恐不安地说道。“他是个叛徒！杀了他!”

“叛徒有叛徒的死法，”塞弗恩冷酷地说，“等我们镇压完这次反叛之后。”

第三十六章
黑国王

“很好，我的陛下。”医生说着，把双手在沾满血渍的抹布上擦干。“我不能保证公爵能活下来。他受的这些伤，如果换作别人，早就没命了。我已经尽力了。”

国王坐在一把木制折叠椅上，盯着巫哲棋盘和上面棋子的排兵布阵，陷入了沉思。帐篷里有四个火盆，升出一团团紫色的烟雾，驱赶着冬天的严寒。

“他不是个普通人。”塞弗恩说着，声音中带着一丝嫉妒之情。“还有，他也不再是我的公爵了。”

“请原谅我吧，”医生抱歉地说，“但我还有其他伤病要去照料，我的陛下。如果您允许我退下的话。”

“去吧。”塞弗恩摆着手说。

欧文被放在国王自己的床榻之上。他慢慢坐起身，听到缝合的针线发出咯吱咯吱的声音，以示抗议。剑鞘空空如也，还紧紧地绑在他的腰间，继续秘密地治愈他的伤口。

“你想要喝点儿红酒吗，我的陛下？”凯瑟琳夫人问道，递给塞弗恩一大壶酒。他感激地点了点头，从她手中接过一壶，他们两个手指相碰。国王抬头看着她那淡褐色的眼眸，嘴角微微温柔了些许。然后她回到之前坐的箱子那里，俯身依偎着德鲁，小男孩用无助的眼神望着欧文。小男孩的样子看上去惊恐不已、困惑不解、痛苦万分。这是一个小男孩所有的希望都破灭时露出的表情。他不知道国王会做些什么。

欧文也有同样绝望无助的感觉，但至少小男孩毫发无损。伴着身上伤口的疼痛，心中充满着失败的苦楚。他已经两次尝试打倒塞弗恩，但都以失败告终。他确信圣泉支持了国王，而他的计划被击得粉碎，像支离破碎的瓦瓮一样。

“告诉我，我有没有弄错，”塞弗恩沉思着说，盯着巫哲棋盘，“我是这里的黑国王。我刚刚拿下白骑士，也就是你。”他抬起头盯着欧文，嘴角扬起一丝嘲弄的笑容。“这座塔……这是伊蕾莎白·维多利亚。这是敦德雷南。”他顿了顿，摸着刮得干干净净的脸颊。他还穿着战痕累累的盔甲。指关节擦出了淤青，他用手轻轻敲打着嘴唇，陷入沉思，欧文能看到靠近鼻子处手指上的加冕戒指。“这枚棋子……这是雅各。另一枚白棋。下面……那枚巫哲棋子。这一枚正在巫哲棋盘上慢慢向上移动。一枚白巫师。这是布里托尼卡女公爵。看到这枚棋子移过的这条线了吗？如果这副棋盘代表王国，那这些兵就是在帝泉王宫，她从普勒默尔那边过来了。”他用狡黠的眼神看着欧文。“这不是一场游戏，里面暗含着真正的魔力。我哥哥从来没和我说过它是如何发挥作用的，也没告诉过我这不仅仅是一场游戏。我记得我只见他用过两次。这真是个惊天大秘密啊。现在我知道了。”

“您都猜对了。我的陛下，”欧文说，手在床榻的毛皮毯子上摩擦着。“魔法是真实存在的。我给您的警告也是真的。您已经打破了游戏规则，您的王国将会因此深埋雪中。”

“哈。”国王咕哝着说。脸上浮现出一种阴郁的表情。“你这么说是因为你输了。”

“我与您对抗是因为我知道这一切将会变成现实。”

国王皱着眉头。“那为什么不告诉我，欧文？为什么要装成两面派？你和其他那些背叛了我的人一模一样。不管谁戴着它，这顶王冠都是个诅咒。”

欧文摇着头。“王冠会成为诅咒，是因为这顶王冠从来就不是您的。历史总是有规律可循的，反反复复上演的总是同样的事情。第一位阿根廷国王死后就开始了，甚至还可能更早。国王的侄子安德鲁是真正合法的王位继承人，但他叔叔抓住他，把他杀掉，然后自己称王。他是第一个开始这个模式的人，但我的陛下，这种模式必须要打破。您必须主动放弃王位，让位给合法继承人！”

“让给谁？”塞弗恩满腹怀疑地问道。他瞥了一眼畏缩在母亲身边的小男孩。“某个你挑来替代我的小崽子？唯一活着的阿根廷人就是我的侄女，还有她的儿子。我不相信迷信。要想说服我，光下雪是远远不够的。”

欧文咬紧牙关，努力忍住挫败感。过了一会儿，他变得更加冷静了。他要暴露德鲁的身份吗？他没从圣泉那里感应到鼓励他这么做的力量。“那需要些什么呢，我的陛下？所有人都死去，锡尔迪金的男女老少？我告诉您，您如果不主动放弃王位，这场暴风雪就不会减弱，会把我们所有人埋葬雪中的。”

“我不相信你。”

“我还能失去什么，我的陛下？”欧文恳求道，“您已经把我打败了。我死罪难逃。但请不要让您的固执己见毁了所有人。放弃王冠吧。它是您根本不想要的负担。”

塞弗恩愤怒地从椅子上站起身来。“这负担是强加于我的！我的妻儿都遭受艾瑞德黑心王后和她那毒药师的威胁。”

“安凯瑞特从未威胁过您。”

“你是怎么知道的？”塞弗恩厉声说道，“她来蜂岩谋杀我，然后才被拉特克利夫杀了！”

欧文摇了摇头。“她来蜂岩是为了救我。她是我的朋友，我的导师。她是第一个教我认识自己能力的人。我的陛下，我从八岁起就已经是个叛徒了，但您从不知情。但我说的叛徒的意思，只是因为我有秘密没有告诉您。王后的毒药师救了我的命，还教会我认清自己所有的责任，教会我怜悯慈悲。”

“她帮了你！”塞弗恩怒气冲天。这一事实真相显然让他十分震惊。“拉特克利夫是对的？为什么她要在乎你？”

“她献出了自己的生命，这样我也许就能活下来。她在乎一个小男孩的生命，除此之外再无其他原因。”欧文用眼角余光看着德鲁，不敢直接看向他。他希望这个小男孩能领悟到他这番话背后的意思。“我现在告诉您这些，是为了让您知道事情的真相。您从未将我打败，我的陛下。这从来就和我无关。如果游戏还像这样继续下去，所有人都会死，包括您在内。游戏必须在真正的国王带领下继续才行，安德鲁是真正的继承人。”欧文感到心中轻松了很多。这秘密终于公之于众了。对他来说，再也不是一种负担了。

塞弗恩开始走来走去。“你现在这是在骗我呢，”他情绪激动地说，“你一直都在骗我，操纵我。”

欧文向前倾着身子。“安凯瑞特拥有敏锐的洞察力，这是她的天赋，她帮我看清了您的本质。她知道您没有谋杀自己的侄子，因为她听到了您对前王后的忏悔。当时她在那里，我的陛下，尽管您并不知情。我一直效忠于您，因为您并不是其他人口中所谴责的那种人。但您变了，我的陛下。你变成了人们一直害怕您成为的那种人。我怎么还能效忠于您？您要对王国里的孩子大开杀戒，我怎能袖手旁观？”这也是对凯瑟琳和德鲁的又一次警告。如果欧文逃不掉，也许他们两个能逃出去。“您看不到自己已经把所有规矩都破坏殆尽了吗？国王现在以自己为法。这就是王冠的危险之处，它让您相信，自己可以凌驾于一切之上。”

塞弗恩拖着跛脚走来走去，摇着头。欧文冒险看了凯瑟琳一眼，看到她脸上毫无血色，一副惊恐的表情。“你不知道我的处境，”塞弗恩咬着牙说，“你不知道，你相貌端正，可以大步流星。你很年轻，还没有完全受这世界污染而堕落。你不知道人们对你发出嘘声是种什么感觉。你不知道连自己的仆人都在背后嘲笑你是种什么心情。你不知道被人憎恨是什么样子，欧文。没有人爱我。你想要我放弃这个王位？我不相信你说的那些风言风语是真的。但即便是真的，这个王国又对我做了些什么？如果我统治不了这个王国，那没人可以。我宁愿将其变成坟墓。”

欧文心中抑郁。“摸着您的良心问问您自己，您要带着这些坠入深无测吗?”他问道。

国王咯咯笑道。“我倒是想呢，”他嘲讽地说，然后转向棋盘，“我知道魔法是真实存在的。我看到你拿着这把剑做了些什么了。”他说，轻轻拍着火博斯的剑柄，现在这把剑插在他的剑鞘里。“这把剑已经充分向我展示它所能施展的一切。我拥有这把剑，加上这副巫哲棋，我将战无不胜。让我们一起见证你说的那些鬼话吧。”他站住脚，低头盯着棋盘。“现在这枚白巫师还在几百英尺之外呢。让我先推倒这座塔楼，然后让我在塔楼后墙会一会这位诡计多端的女公爵，她未婚夫还在我手里当人质呢。”他狡诈地笑着，“又一次成了人质。我觉得你是对的。情形十分相似，不是吗？上尉！”

帐篷帘子一下被掀开，塞弗恩的花白头发的高个上尉走了进来。“我的陛下？”

“把基斯卡登绑起来，派守卫守着这个帐篷。不允许任何人进入。”他看了一眼凯瑟琳和德鲁，冷酷无情的一眼。“我回来之前，不许任何人离开。等我们攻陷城堡，就把他带过来，让他亲眼看看。”

“是，我的陛下，”上尉粗声说道。他拿出一些铁链，麻利地把欧文的手腕绑在一起。但欧文的话是当真的——他早就把个人安危置之度外了，他只在乎锡尔迪金的命运。塞弗恩在棋盘周围徘徊，双眼紧紧盯着棋盘，然后俯下身，伸手把黑国王移到白塔对面。

欧文感到某些东西在他头脑中产生了变化，伴随着巫哲棋盘上一枚棋子的移动，他感到一种奇怪的魔力应运而生。他想冲向国王，阻止这一切发生，但却只能无助地看着国王合上盖子，把棋盘锁进箱子里。

塞弗恩把钥匙塞进口袋，转身面向凯瑟琳。“在这里等我，凯瑟琳。”然后又转身面向欧文。“我会代你向那位莫蒂默小丫头问好的。”塞弗恩恶狠狠地说，然后离开了帐篷。

欧文垂着脑袋，情绪激动，两只手腕扭来扭去，想要挣脱铁链。帐篷周围有士兵看守，他们都戴有白野猪徽章。国王走出帐篷的时候，他能从门帘缝中看到这些士兵。

他除了等伊薇大军被歼灭之外还能做些什么呢？他心有余而力不足，急火攻心，充满了绝望之情。他的目光落到凯瑟琳身上，她还坐在箱子边上，轻轻抚摸着小男孩那淡黄色的头发，面带焦躁的神情，想要保护他，她另一只手紧紧搂住他。“你必须要放我走。”欧文低声说道。

“有什么用呢?”她可怜兮兮地问道，“你现在深陷塞弗恩大军之中，大家都知道你是叛徒。全都完了，欧文。一切全都毁了。”她盯着儿子的脸庞，眼中浸满了泪水。

他知道，她是对的。这种痛苦比死都难受，他可以听到塞弗恩的大军在攻打他度过童年时光的城堡，而且他始终知道塞弗恩注定会赢得这场战争。但一想到塞弗恩打胜之后，将会发生在这个王国里的孩子们身上的事情，他更加感到胆战心惊。

就在彻底绝望之际，他听到远处传来拍打水花的声音。他心跳加快了，希望也在燃起。这声音很熟悉，也很舒服。西尼亚。

帐篷门帘沙沙地掀开了，一个女人披着一件外衣，裹着一团水雾进来了。水雾慢慢散去，是西尼亚，她脸上神情坚定。没有一片雪花沾在她身上。

“你是谁?”凯瑟琳夫人问道，快速站起身来。德鲁也跟着站了起来，惊奇地盯着她。

“我是来这儿帮你们的，”她说着，会意一笑。她看着欧文，眼中充满柔情。“我竭尽全力尽快赶过来了。”

“没有喷泉，你是怎么到这里的?”欧文急切地问道。他本来几乎放弃了希望。

“喷泉只是一个个的锚点，”她说，“但我可以沿着任何一条锚线穿行。我们没时间解释这些了。首先，我不想看到那些东西了。”她说，指着绑在欧文手腕上的铁链。“阿弩斥托。”她低声说。手铐上的枷锁解开了，铁链咔哒一声掉在毛皮毯子上。

欧文站起身，她冲向他的怀抱中。他热切地抱着她，心中如释重负。他低头看着她微微扬起的脸庞。

“对不起，我的爱，”她低声对他说，“你承受的痛苦，我感同身受。你受伤了，疼痛难忍。”她牵起他的双手，紧紧地握住。“你一定要走。你必须立刻离开这个帐篷。我会召来暴风雪，结束这场战斗。带上凯瑟琳和德鲁一起逃回你的军队。我会施用魔法迷倒外面的守卫。带上他们两个人走得远远的吧。带他们去布里托尼卡。如果你们现在动身的话，在暴风雪淹没一切之前应该能到。我的士兵会帮你们逃回去的。”

欧文困惑不解地看着她。“我不明白。”

“游戏要结束了，”她说，“塞弗恩不愿意放弃王位，现在他知道得太多了。他会蓄意将诅咒召唤出来的。”

“你在幻境中看到了吗?”欧文绝望地问道，“我们没有办法拯救民众吗?”

西尼亚心烦意乱，看起来像是忍受着身体上的疼痛一样。“我看到了，在幻境中，白茫茫的一片，士兵在雪地里横尸遍野，头顶上还有成群的乌鸦飞过。欧文，我不能改变我已经看到的景象。我不知道那意味着什么，但我知道，要阻止暴风雪毁掉整个王国，我必须召唤一场暴风雪到这里。”

她看上去焦躁不安，但十分清楚的是，她决心完成自己的职责使命，不惜一切代价。

有什么事情不对劲，让欧文感到不安。“等一下。”他说，松开她紧握的手，开始踱来踱去。

“欧文，没时间了，”西尼亚恳求道，“我们必须得走了！棋子已经动了。棋盘也随之作出反应了。”

有什么东西猛敲着欧文的脑袋。他挺直身体，睁大双眼。“那我们撤回这一步。我们改变这种模式。”他走到放着巫哲棋盘的小桌子旁。不久前，他感觉自己无望打开箱子，但西尼亚刚刚教会了他另一个有力的词语。

“阿努斥托。”他对棋盘说，接着他听到锁被打开的声音。他打开棋盘，黑国王正在移动着，即将占据白塔的位置。他伸手去拿这枚棋子，却感到胳膊上受到重重一击，差点儿让他心跳停止。

“德鲁，”他气喘吁吁地说，示意小男孩过来，“把这枚棋子挪走。把这个塔楼移回阿塔巴伦，放在那里。”他指了指棋盘上的空地。

小男孩警惕地看着他，身体颤抖着。他紧紧靠着自己的母亲，摇头说不。而她的双臂紧紧贴着他的身体，牢牢抓着他，仿佛他会被暴风雪吹走一样。

“求你了!”欧文说，“现在你是我们当中唯一一个可以操纵棋盘的人！这样可以保护吉纳维芙的父母，可以让他们活下来。”

听到这些话，德鲁带着坚定的承诺，点了点头。他从母亲的怀抱中挣脱出来，匆忙冲向棋盘，伸手把白塔移到欧文之前所指的地方。他轻而易举就移动了棋子，就像这是一副普普通通的巫哲棋一样。他手指松开的一瞬间，欧文感觉到了转变，希望之火在心中燃起。一枚枚棋子在他脑海中组合在一起，他明白为什么圣泉选择他此时在这里了。他的天赋，加上德鲁的能力，可以拯救他们。低头看着棋盘，他发现策略正在施展中。

“你在想什么?”西尼亚问欧文，既好奇又赞同地睁大了眼睛。

“我想我知道你的幻境是什么意思了。”欧文说，一丝微笑爬上脸庞。“他从小就害怕乌鸦，”欧文说，“回到你的军队里去。每一位士兵都带有乌鸦图案的徽章或旗帜。用你的魔力吧，西尼亚。赋予这些乌鸦生命，然后派它们去袭击国王的军队。恐惧的力量巨大无比。我觉得这样可以帮我推翻国王。他需要知道他谋杀了自己的侄子。他也需要知道，这个小男孩是真正的王位继承人，不是个幌子。”他看着德鲁。“国王是你的叔祖父，孩子。你是阿根廷人。你还记得我带你去看的那支水葬木舟吗？躺在木舟上面的是你父亲！”

小男孩惊讶不已，注视着欧文。他慢慢地呼出一口气，简短地点了点头。

“国王不知道自己现在在做什么，孩子。他需要被谅解。并不是因为他是好人，而是因为你是好人。如果我们不打破这个循环，这一切还会反复重演的。可怜可怜他吧，要不然一切都完了。”

西尼亚摇着头。“我不能把你自己留下来面对他。无论是你，还是这个孩子，都不行！不，我的爱人，请不要安排我那样做！”

他把双手搭在她的肩膀上。“相信我。这就是我们两个都在这里的原因。让天空飞满乌鸦。派它们来攻打我们吧。事不宜迟。”

西尼亚看起来满腹忧虑，他并不习惯她的这种神态。她踮着脚尖，亲吻了他的脸颊。之后她消失在一团白色水雾之中。

第三十七章
乌鸦

帐篷中传来一阵胜利的欢呼声，将欧文从边踱步边沉思的状态中惊醒。凯瑟琳把德鲁紧紧搂在胸前，眼中充满了惊恐和害怕。欧文停止思考，歪着脑袋仔细听着外面的声音。然后他转过身，盯着巫哲棋盘。棋子又发生了变化。黑国王还待在之前白塔所在之处，前进的攻势却中止了，代表雅各的这枚骑士棋子现在正处于威胁国王的有利位置。

“外面发生了什么?”欧文疑惑不解地问。他看到白巫师回到了之前的位置，这代表西尼亚已经回到了她的大军之中。乌鸦还有多久才能过来?

“塞弗恩赢了吗?”凯瑟琳焦急地问道。

“走出帐篷，找一位塞弗恩的上尉，问问看。”

凯瑟琳顿了一下，用满怀忧虑的目光看了看年幼的孩子，然后便偷偷溜出帐篷，她身上穿着散发珠光宝气的黑色外衣，与外面白雪反射出的耀眼白光形成鲜明对比。

德鲁抬起头看着欧文的眼睛，毫不畏惧。“我那时不知道那个人是我父亲。”

欧文单膝跪在他身边，一只手放在小男孩的肩膀上。“为了救他，我倾尽了全力。他和你母亲两个人之前常常在书籍空白处互相留言。我是他们的传信人。”

小男孩看起来更加不舒服了。“我们第一次见面是什么时候？是你把我带到敦德雷南的吗？”

“你出生的时候我就在那儿。从我把你抱在怀里的那刻起，”欧文低声说，“圣泉就告诉我，是你。它告诉我要让你起死回生，它告诉我要保护你。我已经竭尽全力做到最好了，孩子，即便是在最困难的情形下也是如此。”

德鲁点了点头，双唇颤抖着，听到这番坦言不由睁大了双眼。“我知道您做到了，我的大人。如果我不原谅他，我就会成为黑国王吗？”

“你成为锡尔迪金国王之后，我觉得这枚棋子就会变成白色。游戏会变，但还会继续，也理应继续下去。暴风雪会停。你现在已经有很多忠心耿耿的追随者了。你不会是一个人。”

他看起来有些不舒服。“我从未想过会成为国王，”他哽咽着，“但我觉得一位国王应当慈悲为怀，有同情怜悯之心。”他平稳地呼吸着。“我觉得我能原谅他，虽然这并不容易。”

欧文轻声笑着，为这位小男孩感到心痛。“确实不容易。”他轻拍着小男孩的后背，站起身，又开始走来走去。没过多久，凯瑟琳就回来了，雪花落满她的肩膀，沾满了大衣。

“国王已经攻破了敦德雷南外墙。”她说，恐惧害怕，加上冬天的严寒，她声音颤抖着。“他们在城堡外庭和雅各的人交锋呢，但堡垒要塞还没有攻破。阿塔巴伦没有丝毫撤退的迹象。”

欧文听到这个消息眉头紧锁。伊薇还在那里吗？棋盘上棋子的位子告诉他，她不在那里了，他的直觉也印证了这点。雅各不会逃离战场的。

凯瑟琳走近欧文，脸上满是矛盾。“如果王国战败，他会怎么样？你会杀死他吗？”

欧文用锐利的目光看了她一眼。“除非他不投降。我并不想杀死他，凯瑟琳。我看着他变成了一个残暴不仁的人，我能理解他是怎样通过一个又一个的决定，变成现在这个样子的。”他顿了片刻，接着说：“我和德鲁说了埃里克。他知道他父亲的事了。”

凯瑟琳握紧双手，开始来回走着，和欧文之前一样焦虑。然后她走向自己的儿子，紧紧地抱着他。眼中闪着泪光。“如果国王投降，你会怎么做？你会饶了他的命吗？”

欧文看着她，皱着眉头。“你在为他求情吗？”

凯瑟琳咬着嘴唇，抬起头看着欧文。“我……我不知道该怎么想。我能逃出他的控制，理应开心才对。但眼睁睁看着他在地牢里饱受折磨，看他承受和我亲爱的丈夫一样的苦，我会心痛。如果他放弃王冠，已经失去够多的了。”她摇着头，目光又落到德鲁身上。“我不知道，我的儿子。我心痛欲裂。”

“凯瑟琳，他在你身上施了魔法，”欧文说，“你知道的。”

她确实知道。他能从她眼神中看出来。但她心中有一部分是不分缘由地关心着他的。魔法并不是在一片感情空白中发挥作用的。他所有的好意、礼待还有爱慕，这些年来都对她产生了影响。

德鲁既困惑又关切，他的脸扭曲起来。他还太小，理解不了这种大人的矛盾心理！

靴子走近的声音是唯一的预警，然后门帘被突然掀开，塞弗恩·

阿根廷跛着脚走了进来，盔甲上沾满了冰霜，还有结冻的血迹。他表情凶狠，跛得更严重了，他戴着护臂的手压在身体一侧的伤口上。他一瘸一拐地走到折椅旁边，一下子坐了下去，一深一浅地喘着气。

“叫医生来。”国王对凯瑟琳说。然后他看到了欧文，环顾四周，猛然发现床榻上堆成一摞的铁链。

欧文感到国王要伸手拿匕首自卫，还没等他这么做，欧文先举起双手。“我没有埋伏在这里袭击你，我的陛下。您的守卫在帐篷外面巡逻呢。”

“你是怎么松绑的?”国王咆哮道，鼻孔里喷出怒火。

“和我打开棋盘用的是相同的方式。”欧文说，指着桌子。“您败了，我的陛下。将军!”

“但怎么可能?”塞弗恩问道，慢慢站起身，忍住没有叫出声来。他跛着脚走到棋盘边，艰难且快速地喘着气，惊讶地盯着棋子挪动了位子。“塔楼怎么……我没碰过……这是怎么弄的?”他脸上满是困惑的表情，接着浮现出一丝惊恐。“只有继承人才能移动这些棋子！你是怎么做到的?”

“因为继承人就在这个帐篷里。布莱奇利大人没有杀死埃里克。这是您一手安排的。这个小男孩是埃里克的儿子！凯瑟琳是他的母亲。她一直不肯屈服于您，您为什么就想不明白原因呢？她知道事实真相，我也知道。这是最后一个真相了，塞弗恩·阿根廷。这是最后一个秘密。这也是您最后一次机会！看看那个棋盘。您看到布里托尼卡的大军了吗？白巫师正赶过来打败您。”

国王双唇颤抖，吃惊地睁大双眼，脸色惨白。他盯着凯瑟琳，然后又看了看男孩，小男孩抬起头，用挑衅的目光看着他。“你这是在和我耍花招吗，欧文？又一个骗局？又一个梦境?”

欧文摇了摇头。“棋盘上最厉害的棋子是什么，我的陛下？甚至连国王都不是巫师的对手。我已经提醒过您了。我已经给足了您机会，结束这愚蠢的行为。但我绝不会任由您一气之下毁了这个王国的。”

凯瑟琳站在帐篷门口，眼中充满恐惧敬畏。她正带着德鲁一起缓缓挪向门口，仿佛一旦国王气急败坏，她就打算带着他逃出去一样。

“你什么都没有！”塞弗恩吼道，“这就是个骗局！是你的诡计！我把你的军队打得落荒而逃。你的命在我手上。我现在就能杀了你。”

欧文走近了一步。“那您为什么没杀了我呢，我的陛下？是什么让您不杀我？因为您想起了我曾是那个吓得瑟瑟发抖的小男孩吗？那个您之前常常在早餐时分奚落嘲弄的小男孩吗？那个您特别的孩子吗？因为我是泉佑异能者，和您一样。因为我是唯一一个懂您的人，看到您变成现在这个样子，我感到非常痛心。”

国王歪着脸。他开始从腰间抽出佩剑，欧文担心自己说了太多——凯瑟琳惊慌地大叫了起来，这种担忧瞬间加重——但国王猛地把武器又插回剑鞘里，他动作中带着欧文打小就记忆深刻的焦虑。国王重复着这个动作，开始在帐篷里走来走去，眼中透露出惴惴不安和绝望无助的神情。

就在此时，乌鸦开始袭击了。

大军上方的天空中回荡着乌鸦拍打翅膀和嘎嘎叫的声音。营地中传来害怕恐惧的叫喊声，之后这种叫喊声变成了疼痛惊恐的哀号声。

“发生什么事了？”塞弗恩大声问道。

一位国王的上尉突然冲进帐篷，凯瑟琳夫人和德鲁差点儿被撞倒在地。“我的陛下！乌鸦！乌鸦从空中朝我们冲下来！”

“你别说胡话！”国王咆哮道，“现在是冬天。没有乌鸦！”

“好大的乌鸦！绝不是自然界的飞禽，陛下，它们朝我们俯冲下来。它们正厮杀着我们的士兵！”

突然国王帐篷外发出一阵砰砰的敲击声，几个黑东西开始抓着帐篷，用坚硬的喙和锋利的爪撕碎帐篷上的布。乌鸦的叫声原始凶猛，欧文也感到害怕起来。德鲁被母亲拉到一个火盆旁边，她护在德鲁身前，用自己的身体保护着他。

塞弗恩脸上露出惊恐不定的神情，欧文知道计划起作用了。他用魔法去试探国王，看到国王全部的理智都在这猛击下悄然而逝，为自己对血肉至亲的所作所为而深感内疚。

“把它们赶走！别让它们靠近我！”国王语无伦次地说着。

塞弗恩眼中透露出完全恐惧、彻底无助的神情，上尉看了，立刻转身逃命。片刻后，欧文看到这个上尉的脸被一对乌黑发亮的翅膀遮住了，一双锋利的爪子随即掠过。营地里一片骚动，人们想要逃跑，要么被乌鸦犀利无情的喙啄死，要么被如刀刃般尖利的爪子抓死。欧文开始感到毛骨悚然。

塞弗恩双膝跪在地上，仰头看着帐篷上撕得破破烂烂的布条。黑色的尖喙戳进洞里，冲他们厉声叫着。凯瑟琳惊恐地尖叫着，转过脸，把德鲁拉到自己身边。小男孩却毫不畏惧。他兴高采烈地盯着这种神奇的鸟儿做出一连串动作。欧文感到圣泉魔力萦绕在他周围。这些是有魔力的动物，根据过往的经验，他知道自己那些特殊能力能保护他不受这些乌鸦所伤。

“不！不！”国王惊恐万分地呻吟着，脸色惨白，双唇颤抖着。

“投降吧。”欧文恳求道，站在他面前，伸出手。

一只乌鸦几乎要闯进帐篷里了，喙用力地啄着。惊恐不堪的营地中，弥漫着刺耳的嘈杂声，但欧文的双眼只盯着国王的脸。

塞弗恩吓得缩成一团，手脚并用，慌忙朝后爬着，身体一侧的伤口暴露出来，让这些鸟似乎更加疯狂了。

“停！停！”国王惊恐地喊叫着。

“投降吧！”欧文吼叫，目光紧紧盯住国王。他无处可逃。在帐篷外守卫的士兵们都被撕扯至死。痛苦恐惧的哀嚎声回荡在他们周围。

“我投降！我投降！”塞弗恩大声说道。他慌忙解下挂在腰间的剑鞘，把火博斯之剑扔到欧文伸出来的手中。欧文一碰到这把剑，他就感觉到圣泉魔力涌向全身。

“交出您的王冠！”欧文激昂地说，同时向他伸出另一只手。

王冠已经作为设计的一部分，固定在国王的头盔之上。欧文感到圣泉魔力从头盔中散发出来，召唤着冬季暴风雪，即将湮没整个王国。上面的金属年代久远，锈迹斑斑，在头盔圆顶上的鸢尾图案也像朵朵残花一样。

他们两个人的目光锁定彼此。塞弗恩带着恐惧愤恨的目光盯着欧文。但面对自己的滔天罪行，面对自己的惊慌失措，他难以自持。他只犹豫了片刻，就从头上摘下了头盔，用力抛了出去。欧文用一只手接住了头盔。

“我投降！”塞弗恩说，身体畏缩着，瑟瑟发抖。

欧文看着他，一只手拿着佩剑，另一只手拿着王冠头盔。

“它们是你的了，”国王咆哮道，“你又赢了，基斯卡登！”

欧文低下头看着国王，调动魔法感觉他是否还会造成任何威胁，但却没发现任何潜在威胁。国王终于被打败了。

“够了！”欧文说。他举起左手，指向帐篷顶。戒指的魔力焕发出生机，把终于冲破帐篷这层阻碍的乌鸦驱散了。

营地中的骚乱也渐渐平息了下来。

欧文看到凯瑟琳抬起她那布满泪痕的脸，担忧地看着帐篷上那些破碎的洞，雪透过洞从外面落在他们身上。德鲁仍然用惊奇的眼神看着欧文——不是惊恐——欧文收起胳膊，那阵光便消失不见了。凯瑟琳低下头亲吻儿子的一头金发，用鼻子蹭着他的脖子，慰藉地舒出一口气。

“你已经把一切都从我手中夺走了。”塞弗恩哽咽地低声说道。欧文转过身，低下头看着他，他匍匐在地，抽泣着。“我的命运该是如何？至少你还欠我一个真相。我……我现在完了。一切都完了。我什么都不剩了。你会怎么处置我？”说到后面的时候他的声音嘶哑了。

欧文低下头看着他，一阵同情怜悯之情涌上心头。“您的命运将会交到新国王手里。”欧文带着疲倦的语调说。

国王的脸色阴沉了下来。“你难道不是新国王吗？难道不是这么一回事吗？你拿着剑，胳膊还夹着王冠。该你称王了，欧文。拿去吧！现在没人可以阻止你了。”

欧文心中也在一定程度上受到这种想法的诱惑。放下从塞弗恩手中夺来的权力，也会将他自己置于危险之中。如果德鲁忌惮手下这样一位强大的臣子心生畏惧怎么办？小男孩会不会剥夺他的权利和特权呢？他聆听着自己藏在内心深处的想法……然后像踩死一只蟑螂一样，将这些想法抛到脑后。

“就像我和您说过的那样。我并不是锡尔迪金真正的国王。”欧文声音平稳地说。然后他转过身，尊敬地朝着那个小男孩点了点头。“我只是他的骑士。”

塞弗恩脸上露出一丝奇怪的表情，一种差不多可以被称为钦羡的表情。“那我怎么办？我要去哪里？我要怎么生活？你把我的一切都拿走了。我要向你祈求面包吗？甚至连街头流浪狗都会冲我狂吠。会有很多想找我报仇雪恨的人。我毫无防备。该死。我该怎么办?”

欧文低头看着颓丧的国王，怜悯之情油然而生。这个人的担忧确实有道理。“我的陛下——”他发话了，但塞弗恩打断了他。

“我谁的陛下也不是!”他吐出这句话。

欧文闭上眼睛，心中感到一阵刺痛。“您曾经是这片土地上一位伟大的国王，”他继续说，“我知道您的故事，并不像人们私下所编织出的那些谎言一样糟糕。您受格言指引：忠诚系我心。您总是想寻找这种忠诚，但当您辜负了您哥哥的孩子，您就失去了要求其他人顺从的权利。如果我是国王……”他顿了顿，然后转回身又看了德鲁一眼。他们两个四目相对了片刻，他看到小男孩眼中闪现着谅解的神情。“如果让我做决定，我会让您复职成为克劳斯泰公爵，这是您应得的，这地方自您小时候就属于您。我会让您成为自己领地的主人，就像布里托尼卡女公爵在她的领地是主人一样。您将效忠且仅效忠于国王。这是我给出的建议。我们已经有太多的敌人了，您镇守一方边境，也能帮助确保王国的安全。”

欧文感到内心在翻腾，感受到圣泉的赞同——或许是西尼亚的赞同——他分辨不出。

国王的言行举止和缓了很多，因为他心中又燃起生的希望。“我本是要处决你的，孩子。究竟……你究竟是怎么做到的，能给予我如此深的同情?”

“因为在我的生命里，您差不多就是我的父亲。”欧文回答道，喉咙变得沙哑起来。“我曾经惧怕您，有时候我还恨您，但我也羡慕您的勇气和决心。您在我心里代表了圣泉严厉的一面。把您的魔力用在好的地方吧，我的陛下。我恳求您。”他把剑鞘放在一边，伸出手扶塞弗恩站起来。

国王用力将金属护手从手上摘下，战场上受的刀疤剑痕全都显露无遗。他抓住欧文的手，艰难地站起身来，脸上的肌肉抽搐着。他们两个互相看着对方，然后塞弗恩把欧文的手抓得更紧了。

“我不能接受失败，”塞弗恩真诚地说，“我不能接受输给任何人，除了你。”他肩膀沉了下去。接着，他用一种愠怒的表情看着小男孩。“新国王也许会照着你说的话去做，也许不会。无论如何，我都会投降。我会发誓效忠新国王。但我想放弃克劳斯泰城堡，每一捆小麦都不应孤单，其实我最害怕的是孤寂，我的孩子，这是折磨我的魔鬼。”

“这个魔鬼折磨着我们所有人。”欧文说道，感同身受。

他用余光看到有人在动，凯瑟琳突然站在他们身边，脸上泪水纵横。

“如果我力所能及，”她面带忧伤之情说，“让我每年一季或两季帮你驱散那魔鬼吧。我答应过你，我的陛下。我绝不会出尔反尔的。”

国王看着她，心中燃起强烈的希望，这希望就像浓雾中乍现的一道阳光。他用胳膊搂住她的脖子，像个孩子一样伏在她肩膀上抽泣起来。

第三十八章
圣母

敦德雷南之战取得胜利的喜讯传到宽敞的城堡顶屋里，此时暴风雪尚未停止，天空中还飘着雪。欧文透过这扇大窗凝视着窗外，感到身后洋溢着火焰的温暖，夹杂着从玻璃窗渗进屋子里的寒气。众多尸骨仍埋在雪里，士兵们在努力搜寻幸存者。一想到伤亡如此惨重，他心中就悲痛不已。这时一只柔软的手抚上他的手肘。

他没注意到西尼亚走近了，但她能出现在这座他度过童年时光的城堡，让他倍感欣慰。她会意地看了他一眼，她总是能敏锐地感知到他的种种情绪。

“现在大家都在这里了。”她低声说。

欧文牵起她的手，紧紧握住，再次鼓起勇气。西尼亚待在他身边，能牵着她那温暖的手，他感到有一丝希望的萌芽从白雪皑皑的断壁残垣中破土而出。

他们一直在等的雅各来了。他大步走进顶屋，两侧有几位阿塔巴伦贵族随行，穿着奇怪的战袍。他们看到塞弗恩·阿根廷和凯茨比坐在屋子中央的长桌旁，表情立刻变得机警凶狠起来。欧文希望伊薇能在场，他要称赞她聪明过人。凯文·艾默雷也在场，作为“艾思斌”的代表。加上西尼亚，他们组成了枢密院。凯瑟琳夫人坐在旁边，挨着她的儿子，小男孩看上去被这些聚集在一起的人吓到了，他们每个人脸上都乌云密布。

雅各交叉双臂，不愿坐在桌子前。“我们到这里之前，我的王后刚乘船离开，”他粗声说着，“现在应该在回埃东布里克的路上了吧。我愿意去把她追回来，参加帝泉王宫的仪式。我觉得选新国王的时候，她应该在场。”

欧文感到手上微微紧着，畏缩了一下。他瞥了一眼西尼亚，她正盯着雅各，表情沉重而焦虑。“你担心什么吗?”他低声对她说。她快速地摇了摇头，却没有看他的眼睛。

“我觉得没问题，我的大人，”欧文回答道，“选新国王应该当着所有人的面。从圣母殿喷泉中拔出火博斯之剑的那个人就会成为新国王。”

塞弗恩目光冷漠，嘴角微微扬起，显露出他的愤恨之情。但他一言未发。

“我想知道的是，”雅各怒气冲冲地说，“为什么你要答应给塞弗恩那么重要的职位。给他权力，只会削弱新国王的力量。”

“那你有什么建议？把我绑在长舟上扔到河里?”塞弗恩立刻反驳道。

雅各正要反驳他，欧文却松开西尼亚的手，朝前走了一步。“雅各，别这样。我想我们大家都意识到这和平其实脆弱不堪。我们的敌人多得足以将王国夷为平地，可我们还在这里犹豫不决。我并没有给塞弗恩任何承诺。这决定需要由新国王来做。塞弗恩承认并接受新国王的决定。”

雅各眯起双眼。“所以你也不能保证我会成为北坎公吗?”

“我才是北坎公。”凯茨比小声说道。

塞弗恩挖苦地看了欧文一眼。“大多数人本性如此。”他慢吞吞地说。

欧文感觉到房间里的气氛逐渐紧张起来,他往前迈了一步。“我们没有人被授予了任何权利,”他用平稳从容的声音说,“我自己也包括在内。我们中的任何人是否继续为国王效劳都由国王决定,包括我自己。”

“你是认真的吗?”凯茨比用讽刺的语调说,“你甘愿放弃西马奇郡?”

欧文把双手放在桌子上,手腕上缝合的线撕裂着,他身体畏缩了一下。剑鞘的魔法继续治疗着他,让他感觉越来越好,但为了不弄疼自己,必须小心移动身体。“国王把西马奇郡赐给我,也可以把它从我手中拿走。我们争辩不休,还不如向新国王充分展现我们的能力呢。”欧文叹了口气,转身面向凯文。“关于敌人动态的最新消息是什么?”

即便是坏消息,凯文依然镇定自若,不慌不忙。“天气情况恶劣,消息传得很慢,但这完全可以理解。沙特里约恩践踏完西马奇郡后,带着人马正朝布里托尼卡进军,还有两天就到普勒默尔了。”

欧文瞥了一眼西尼亚,她脸上满是担忧的神情。“我知道了,”她回答道,“我不能待在这里了。我必须回布里托尼卡去,否则就是拿锡尔迪金的命运冒险。”

欧文眉头紧锁,但他理解她必须回去。“还有什么消息?”

凯文清了清嗓子。“布鲁格已经攻占了卡莱特。他们正准备派舰队攻打帝泉王宫。马克斯韦尔公爵想要抢夺王位。莱高尔特大军正在劫掠黑潭。换句话说，血腥得一塌糊涂。人们惊慌失措地涌进王宫。好消息是这样我们就有很多民众可以见证新国王加冕了。”他冷淡地补充道。

欧文听到这话微笑着。“谢谢你，凯文。你们可以看到，我们如果不团结起来，就不必为领地互相争斗了，领地会被敌人从我们手里夺走。新国王不加冕，这场暴风雪就不会停止。国王的加冕必须是第一步。我建议我们一起回帝泉王宫。”

“塞弗恩也去吗?”雅各催问道。

“我当然去，你个蠢货。”塞弗恩咆哮道。

“我想先回埃东布里克，”雅各说，“我有很多船只停在海岸附近，如果你们骑马回去的话，我也许会比你们早到帝泉王宫。”

欧文点了点头。“那我们在那里见面吧。你们都清楚我们现在的真实处境。你们知道我的想法。我不是恐怖亡灵，也从不想成为恐怖亡灵。我说到做到；如果新国王想收回我的领地，我将心甘情愿交出去。”他回头瞅了一眼西尼亚，她面带骄傲自豪的微笑。“但我不想失去对我来说最重要的东西。”他补充道，冲她眨了下眼睛。

他转回身面向聚集在一起的人群。“我们在帝泉王宫圣母殿再见。”

欧文追上了雅各，此时他正跨上一匹大马——只有这种巨大的北国战马，才能在堆满积雪的道路上穿行，到达港口。雪越下越大，这也是加冕仪式越快举行越好的另一个提醒。雅各裹着厚厚的夹克，穿着两件外套，脚上包着毛皮衬里的过膝靴子。很难透过风帽看到他的脸。

“你是个好人，基斯卡登，”这位阿塔巴伦人哼着气说，“虽然从严格意义上来说，我应该是那个送你离开敦德雷南的人。我想如果我们不能继续拥有这块土地，我妻子一定会大失所望的。”他苦笑着，低头看着欧文。

“我觉得不会有这样的结局。”欧文说着，朝这位国王伸出手。他们两个双手紧握，彼此尊重地点点头。“我觉得你的孩子们如果有两个地方可以去，会很开心的。希望任何一天我到埃东布里克的时候，你都会欢迎我。”

雅各开怀大笑。“你真是无赖啊，伙计。我们享受一起在阿塔巴伦度过的时光。也许我能花些时间和你一起去打猎。我们那里有像农舍那么大的麋鹿，但和猎杀野猪的感觉不太一样。”他冲欧文眨了下眼睛。

“我觉得我肯定可以!”欧文笑着说，“代我向你妻儿问好。告诉吉纳维芙，我想她了。”

“好，我会带到的。”他握紧马缰，用洞悉的目光看着欧文。“欢迎你常来，想来几次就来几次。但有件事我要坚持，我想看你和我的王后下一盘巫哲棋。她每次都赢我，应该有人时不时挫挫她的锐气。”

城堡有座私人教堂，里面有座喷泉，人们常常在孤寂或祈祷的时候去那里。欧文和西尼亚手牵手走了进去，只能听到火把上火苗跳动的声音，还有他们两个踏在石板上回荡的脚步声。他们一边走，她一边低头看着自己的双脚，默默地陷入深思，脸上带着谨慎的神情。

“你在担心自己的子民吗?”他问她，握紧她的手。

她没回答，只是点了点头，紧紧握了一下他的手，作为回应，然后松开了。这座教堂很小，形如蜂巢，三面都造有入口。她走到喷泉边上，缓缓坐下，双手交叉放在腿上。

“不只是你的子民，”欧文小心谨慎地说，想要她看着他的眼睛，“还有别的什么事情也让你心烦意乱。”

她坐在那里一动不动，低头盯着那些石瓦。她不愿和他目光相遇。

“怎么了？”他敦促道。

“我不能告诉你。”她柔声答道。她把手伸进水里，他看着水面泛起圈圈涟漪，因为她的触碰，涟漪散开了。他没发现任何戒指或者其他引发魔法的东西。

他双臂交叉，背靠着教堂门口的石柱。他知道她必须得走，但他心中有一种不安的感觉，这种感觉要阻止他们两人的分离。还要多久他才能再见到她？

“如果我问你个问题，你会真诚地回答我吗？”他一边问着，一边用锐利的目光看着她。

她抬起双眼，看着他的脸，突然满是痛苦的表情，就像某种深入骨髓的东西刺痛着她。“如果我能回答的话。”她小声说道。

“你为什么不能把你看到的所有幻景都告诉我？”他问她。“如果你知道某些糟糕的事情将会发生，你不会努力阻止吗？你不该这么做吗？”

“并不像你说的那样简单，欧文。”她回答道，但他看得出来种种限制让她苦不堪言。“如果阻止了一场直接的灾难，却引发了未来一场更大的灾难，该怎么办呢？如果我们一直都知道我们会经历什么事情，那我们还会有继续行动的勇气吗？”

“你能改变未来吗？”他小心谨慎地问她。

“我要尝试吗？”她问道。“有时修修补补，反而会把事情弄得更糟。我做了我能做的一切，欧文。你必须相信这一点。”她怀着恳求的目光看着他，仿佛恳求他不要再继续问下去。她眼中的忧伤，嘴角的悲痛，让欧文愈发害怕。

“我救了塞弗恩的命，我做错了吗?”欧文问她。

西尼亚叹了口气，抚平膝盖上的裙子。“你前些天做的很多决定都会……有结果的。我已经看到其中有些决定的结果了。”

欧文若有所思地搓着下巴上的胡须。“你没有提醒我。”

她眨了眨眼睛。“我试过了，欧文。我已经竭尽所能。我觉得你并没有做错决定。但有些决定往后会让你心痛不已。这就是我心烦的原因，你知道吗。我很早之前就预见了这个场景。”她站起身，“我必须走了。”

“等一下，”他说，“我什么时候能再见到你? 你能告诉我吗?”

她看上去满是心碎的样子。“这取决于你，欧文。一直都是如此。和我们说好的一样，我会把剑藏在圣泉圣母殿的水里。它会以介于尘世和深无测之间的一种状态存在的。等你准备好让德鲁称王，只需要召唤佩剑，就像你为自己召唤魔法一样，他就可以从水中拿出那把剑。”

欧文皱着眉头。“会有其他泉佑异能者把剑拿出来吗? 我不想德拉甘像偷巫哲棋盘一样偷走这把剑。”

她噘着嘴。“没人知道剑在那里，欧文。那把剑会等着你的。”

“你会在那里看着小男孩拔出剑吗?”他问道。

她摇了摇头。“我做不到。我已经离开布里托尼卡太久了。我必须要保护自己的子民。”

欧文走向她，牵起她的双手。“我会去找你的，西尼亚。我向你承诺。”

她绝望的神情缓和了一些。“我知道。我希望你能遵守承诺。”

他刚要俯身亲她，她就抽身离开了。“不是现在，”她低声说，“不是像这样。”

看到她如此脆弱无助、灰心沮丧，自己却不知道原因，着实让欧文心痛不已。他失意地叹了口气，然后用指尖轻抚着她的脸颊。“根据传说，圣泉之女是只水怪，水仙子。我本打算问问你这件事的。”

听到这个词，她畏缩了一下，脸烧得通红。

“你不是蒙特福特家的亲生女儿，对吗?”他问道。

她把双手拧在一起，缠着手指。“我是件礼物，”她低语道。然后用恳求的目光看着他。“圣泉恩赐的礼物，为了拯救这些王国。赐给悲痛欲绝的父母们的礼物，因为他们的孩子生下已死。我们所有人都要做出牺牲，欧文。我心甘情愿做出牺牲。”

欧文感到她话里有话。他开始解下系在腰间的剑鞘，但她用手盖在他手上。“只要佩剑。”她提醒道。

他握住剑柄，从剑鞘中拔出剑来，递到她手上。他刚把剑放在她手上，佩剑就开始发光。她也开始散射出光芒，身体向后退着，一脚踏过喷泉边缘，走进浅水池里。涟漪从她身上移开，甚至连她裙摆的边缘和鞋子都滴水未沾。

她站在喷泉里，手里抓着剑，一团闪着光的水雾开始在她身边升起。看到她眼中透露出的悲伤之情，他心痛欲裂，那句未说出的恳求显露无遗：*别背叛我*。

水雾把她围在中央，圣泉魔力的浪潮袭来，然后又退却了，就像拥抱海岸的一阵潮汐一样。

她走了。

第三十九章
灾难

欧文本来以为，等自己赶到的时候，伊蕾莎白早已经身在遭到围困的首都了，因为从阿塔巴伦乘船到那里只需要一天或者两天的时间，就看天气的状况。他到达王宫的时候，却发现雅各王国还无人抵达。北国的暴风雪很可能耽搁了行程。整座城市浸在一片纯白之中，除了他们刚刚踩过的通往王宫的路。

欧文发现自己成了一切的中心。他是保护者，虽然没有任何法律抑或法令赋予他这项权力。其他几位公爵聚在一起，因为整个锡尔迪金发生的大大小小的事情，急得像热锅上的蚂蚁一样。布鲁格公爵已经率领大军抵达东斯托。奥西塔尼亚大军入侵西马奇郡，西马奇郡所有城镇都人去楼空，大军就在这片土地上长驱直入，肆意掠夺着领地。上至达官贵族，下到平民百姓，似乎都把欧文视为他们的新国王。

这是在帝泉王宫的第一个不眠之夜，欧文整晚都在向自己的军队发号施令，调兵遣将，同时向任何可能提供援手的人求助。欧文天性果断，他感到圣泉魔力也在帮他，为他提供建议，躲避那迫在眉睫的灾难。日内瓦商人放高利贷雇佣民兵，但欧文不想用花钱雇来的人保卫王国。如果人们不能在新国王的带领下团结一心，不管怎样一切都将前功尽弃。

第二天正殿里一片嘈杂，人们争相要求得到指引。欧文感到自己肩上的责任沉甸甸的。他已经派士兵在码头看守，伊薇的船一到就来向他通报。他完全信任她，非常想听听她的建议。

大约到了中午时分，还没有收到有关阿塔巴伦的任何消息，他叫凯瑟琳夫人到顶屋见他。她拉着德鲁一起来了，冲欧文鞠了一躬。

“不必如此，”欧文不耐烦地摆摆手，笑着说，“谢谢你们这么快赶过来。”

“现在王国面临的问题太多了。”凯瑟琳说，她的双手放在小男孩的肩膀上。欧文已经把一切都告诉她，因为他深知新国王将会向自己的母亲寻求建议。她将会成为王国里一位强有力的女人，他觉得她完全能胜任。她一直用自己的坚强、责任和忠诚深深打动着欧文。

“我承认自己手足无措。”欧文说，他踱来踱去，想要驱散自己紧张的情绪。“我看到暴风云飘来了。这些云是尾随王冠而来的。没有国王，我们将面临灭顶之灾。我本想等阿塔巴伦的人——你的人——来了，再进行加冕仪式，但恐怕我们不能再等下去了。我觉得现在时候到了。你同意吗?”

他看着凯瑟琳淡褐色的眼睛——她眼中的神情告诉他，她也承受着即将压在她肩膀上的重任。德鲁还只是个孩子。虽然他会成长为一位国王，但他还太小，不能率领士兵冲锋陷阵。他毫无经验，不知道怎样立法，也不知道如何选择自己的参谋。这一切德鲁都将指望自己的母亲。欧文早就知道，这些年来都知道，他也竭尽所能，帮助她做好辅政的准备，虽然并不是作为王后。这个位子会留给另一个人，如果圣泉告诉他的千真万确，这个人也许是吉纳维芙。

“我同意，欧文。”凯瑟琳说，她抓紧德鲁的肩膀，然后转向小男孩，跪在他面前，她黑色礼服上那些小珍珠宝石闪着微光。她温柔地抚摸着他的头发。“准备好了吗，我的儿子？你一旦成为国王，一切都会发生改变。”

小男孩看上去一副病态。“我真的不想要这个。”他说，他担心地皱着眉头。“你们会……守在我身边吗？你们会一直在我周围吗？”他同时看着他的母亲和欧文。

凯瑟琳听到这番话，脸色有些忧伤。“如果你希望这样的话，我的儿子，”她说，捧起他的双手，“只要你愿意，我会一直待在你身边的。”

他激动地点着头，然后转向欧文。“我还能学习怎样成为骑士吗？我……倒是很期待。”

欧文咧着嘴笑了，走近了些。“锡尔迪金的国王不需要整天坐在宝座上，”他回答道，摸了摸小男孩的头发，“你祖父经常从王国的一头骑到另一头。你无法保卫一片自己都不熟悉的领地。每一条河流，每一片树林，每一个瀑布都将属于你。”

德鲁想到这里不禁微微一笑。“我哪儿都能去吗？”

“这是你的权利，孩子。我将竭尽全力效忠于你，就像霍瓦特公爵效忠阿根廷家族一样。如果你愿意接受我的话，忠诚让我效忠于你。”

德鲁又笑了。“我很愿意让您效忠于我，我的大人。”

欧文摇了摇头。“很快我就会是那个这样敬称您的人。”他低头看着凯瑟琳，带着希望笑了。“我们一起去圣母殿吧。”

王宫里传出消息，所有八岁左右的男孩都要被父母带到圣母殿司事狄克诺面前。据说恐怖亡灵预言将会成真。根据预言，锡尔迪金新国王将会从喷泉中拿出一把剑，正像安德鲁王曾经做过的那样。

当然欧文已经吩咐过凯文，派最信任的“艾思斌”守卫大殿。他自己走遍了整个圣母殿，施用魔法寻找诸如德拉甘之类的潜在威胁。他还把剑从喷泉里召唤出来了一次，想试验一下。剑闪着光从水里出来了。然后他又将剑重新藏进水里。他在四周走着的时候，无意中听到父母们在窃窃私语，吹捧着他们自己的孩子是那位特殊的后代，将会从水里拿出佩剑，他强忍住笑容。也许这种自鸣得意的感觉就是很久之前米尔丁巫师的感觉吧。

守卫们戴着欧文家族的徽章，被战略性地安排在每一个门口，安插在人群之中。没有任何一个戴着白野猪徽章的人进来，欧文对此毫不吃惊。塞弗恩被关在城堡里，由“艾思斌”日夜看守。他选择在自己的私人房间里反思，但新国王继位之后，他就要腾出那间屋子了。事实上塞弗恩不再发号施令，看上去一身轻松。欧文在一些事情上想征询他的意见，可他却厉声推辞，提醒欧文这些责任现在跟他无关了。

一大群孩子聚在大门外面，欧文示意司事开始。首先放进来的是平民家庭，每个孩子都会被带到喷泉前，说出自己的名字，将一枚硬币投入水中，寻找那把剑。司事看到喷泉里填满了硬币，忍不住窃笑起来。

欧文用余光看到一个人走近凯文，在他耳边说了什么。凯文飞速来到他的身边，心中立刻焦躁不安起来，等着他说出消息内容。

“有麻烦了？”凯文走近的时候，欧文低声问道。

“发现一艘阿塔巴伦的船在靠近港口。”

欧文顿时松了一口气。“让队伍慢下来。我们快要轮到贵族家庭了。我想要把惊喜留到最后，让每个人都有机会一试。这样就可以给雅各和伊蕾莎白留有足够的时间赶过来。”

“交给我吧。”凯文回答道。他悄然离开，按照欧文的吩咐去做了。

孩子们排着长队，一眼望不到尽头，欧文的耐心都快磨没了，他开始在喷泉边走来走去，胸腔中心怦怦跳着。

好几个小时过去了，王国里的孩子们一一走进大殿，他们都没有看到剑刃发出的光线，只好离开喷泉。附近没有其他人施用圣泉魔法。时间一点一滴消逝着，欧文感到自己的紧张情绪也渐渐散去。

贵族孩子们一个个接踵而至，一个个败兴而归。一个鲁莽冲动的小男孩差点儿往喷泉里塞进一把匕首，这无疑是他父母的主意。欧文把这个小男孩送走，用责备的目光看着他的父母。

孩子们都没拿到剑，一个个地离开了，房间里的气氛变得越来越紧张。预言难道不能成真吗？有人没来吗？凯瑟琳夫人和其他贵族站在一边。德鲁站在她身后，警觉地看着这群人，双脚轮换着支撑着身体。就剩下几个小孩子了，凯文快速地从其中一扇门中走进来，带着一位年长的绅士，身穿阿塔巴伦礼服。他是位慈祥的老人，留着一头花白的长发，头顶秃了一半。他身后还跟着几位战士。这位长者身边的管家看上去很眼熟，过了一会儿，欧文想起来了，他就是欧文在阿塔巴伦埃里克和凯瑟琳的庄园里见过的那个男人。

这位老人家是凯瑟琳夫人的父亲，亨特利伯爵，这么多年一直没见过自己的女儿。

欧文听到凯瑟琳的喘息声，然后看到她冲向父亲，拥抱着他，双眼流下行行热泪。父女的团聚让欧文心中一阵悸动，但雅各在哪里？

伊薇呢？凯文向他冲过来，希望可以给他答案。

“亨特利伯爵是自己来的，”凯文在他耳边低语道，“那儿只有他的一艘船。”

欧文想不明白这是怎么回事。伊蕾莎白和雅各怎么会错过这千载难逢的好机会呢？难道他们不想亲眼见证年轻国王的加冕，不想听到年轻的国王宣布他们在北昆布布里亚的合法权利？他心中愈发焦躁不安起来。

最后一位贵族小孩儿生气地从喷泉边走开了。欧文心中充满了不安的情绪，但行动的时候到了。

狄克诺提高嗓门，让自己的声音压过人们的窃窃私语。“还有孩子要过来吗？也许是个孤儿？还有人没给到机会吗？圣泉将会为这里的子民选择他们的国王。请，出来吧！”

欧文舔了下嘴唇，扫视着人群。几个衣衫褴褛的小男孩明显是小偷的模样，听到这邀请向前走了一步，这些人彼此推搡着。但他们最后都空手离开了。屋子里静得出奇，笼罩着一种庄严肃穆的氛围，然后人们开始七嘴八舌，焦急不安地议论起来。他们开始心生怀疑。

欧文瞥了一眼，看到凯瑟琳站在她父亲身边，一只手放在他的胸口上，另一只手搭在他后背上。她等着欧文示意。他点了下头。

注意到了这个微小的指示，她做了个手势，示意德鲁走近喷泉。

小男孩犹豫了一下，然后鼓起全部勇气，带着复杂的情绪，从挡着他的大人们中间走出来。整个房间里静得出奇，他朝前走着，扭着双手。他一头金发在火把的照耀下反射出金色的光芒，他走到通往喷泉的黑白相间的方格上。突然，一段回忆占据了欧文整个脑海，那时他还是个小男孩，在这里寻找庇护，却被国王的魔力骗走了。他把这段回忆压下去，感到心中因此而生的情感几乎要喷涌而出。

德鲁站在喷泉边上，盯着水里。有人临时给了他一枚硬币，他把手伸进口袋摸出这枚硬币。他把硬币捧在手心里，闭上双眼，欧文看到他的双唇在默念、祈祷。然后他睁开眼睛，将硬币扔进圣泉里。

欧文立刻把火博斯之剑召唤到水里。那把剑立刻就到位了，在水里闪闪发光，庄严神圣。当他看到这把剑现身的时候，不由轻轻发出一声叹息。

德鲁盯着水里看得入了迷，然后把袖子卷到胳膊肘处。弯下腰靠得近了些，他把手伸进水中。小男孩的手握住剑柄的一瞬间，欧文感到一股魔力的震颤——巫哲棋盘动了，正在发生变化。古石与古石彼此摩擦着。圣母殿里是绝对的沉静。

此时传来圣泉的低语声，这个声音渗入每个人的心中，让大家不寒而栗，包括欧文。

白国王来了，圣泉说。

德鲁从喷泉里抽出湿淋淋的佩剑，看起来佩剑好像是借用自己的力量在空中升起，大家都看到年幼的小男孩站在喷泉边瑟瑟发抖，手中拿着高高在上的亮白剑刃。

这一刻太肃穆了，不适合欢呼雀跃。欧文看到人们纷纷跪下，他也加入其中。水从小男孩瘦削的胳膊上流下来。他看着欧文的神态仿佛是在说，*现在我该做什么？*

外面开始吹起一阵和煦的微风。

雪开始消融。

欧文靠在圣母殿里的一根柱子上。街上的人们欢呼庆祝，人声鼎沸，淹没了他们下面瀑布水流激荡的声音。他觉得自己做对了。看到凯文和亨特利伯爵说话的时候，他觉得心急如焚。接着，这位“艾思斌”陪同老人家朝他走了过来。

“亨特利大人，我觉得我们从未见过面，”欧文鞠躬行礼，很正式地说，“欢迎来到帝泉王宫。”

老人家声音中带着浓厚的乡音。“你在塔顿庄园招待过我，我的好孩子。那时你哥哥还是个小孩儿。你乔装打扮来埃东布里克的时候，我也看到你了。真是个聪明的孩子，一直都是。”

“埃东布里克有什么消息吗?”欧文压低了声音说道。伯爵看上去十分不自在。实际上，除了和自己女儿团圆的喜悦之情外，他看起来满面忧伤。

“有消息，对，有消息，”亨特利说，“王后任命我为大使，派我在混战骚乱中把我女儿接回去。但我到这里发现情况并不像我们所担心的那么恶劣。王后交代我把这封信交给你，不能给其他任何人。秘密总会被发现的，我到老了才明白这个道理的。你是第一个知道这秘密的人，万幸。”

他拿出一封带着蜡封的信。

“雅各在哪里?”欧文问道，突然感到口干舌燥。

“你自己看吧。”亨特利说，但欧文从他肿胀的双眼还有阴郁的表情中得知，雅各已经死了。

亲爱的欧文：

我知道这秘密瞒不了多久。我为信纸上的泪迹向你说声抱歉。我亲爱的丈夫在回阿塔巴伦的途中遇难了。他乘的那艘船在暴风雨中失事。无人生还。我本想去帝泉王宫亲眼见证国王加冕，但我将要成为孀居王后，我不能离开。我的儿子还太小。吉纳维芙和我当时一样伤心欲绝，都在小小年纪就失去了父亲。我此刻格外需要你的友谊，欧文。我需要你的安慰。我能请你来埃东布里克吗？我的心都碎了。

伊薇

第四十章

残酷

很多人都会在心碎的时候来圣母殿寻求庇护。但欧文知道他在这里找不到自己想要的慰藉。伊薇绝望的恳求深深地刺痛着欧文的心。但同样，他需要狠着心做出决定，去找伊薇，就会违背他对西尼亚的誓言。他知道伊薇并不会劝他草率行事，但彼此的情感让他们变得脆弱，仅仅读着她的来信就让他脆弱得不堪一击。

他选择把毒药师的塔楼当作自己的避难所。在这里，他可以独自一人沉思冥想，和自己的心魔独处，但并不是完全独自一人——因为那里还有鬼魂。

房间依据埃塔伊内的喜好重新布置了，屋子里残留的味道让他想起这位小偷的女儿，记忆是那么鲜活可感，他差点儿逃回楼梯处。他坐在一个小箱子上，背靠着墙，抬头盯着椽子，让这进退两难的重负暂时压在双肩。他感觉糟透了，上一次感觉如此糟糕是伊薇结婚的那天。记忆里痛处的棱角，仍然刺痛着他的心。

这些年来，欧文一直暗自希望阿塔巴伦国王会以某种方式死去，再给他一次和伊薇在一起的机会。这种情况在塞弗恩和他的初恋身上发生过。但很久以前，他就放弃了这个念头。现在这种可能发生了。如果他早点儿知道就好了……如果他早点儿知道就好了！

他曾经嘴角扬着冷笑、心中带着恶意，前去布里托尼卡，用咒骂的言语和鄙视的态度向女公爵求婚。纵使他对她态度恶劣，举止无礼，西尼亚还是耐心地忍受着他的冷嘲热讽、粗鲁无礼。她接受了他，因为她看到他身上的某些特质，让她在乎他。爱他。

他真的能违背对她立下的誓言吗？他真的想这样做吗？

他忍不住一直在想，她离开锡尔迪金时有多么伤心欲绝。现在他很清楚，她当时就知道他被迫要做出这样残酷的选择。这就是为什么她那样焦躁不安的原因。

欧文擦了擦嘴巴，闭上双眼。德鲁已经任命他为锡尔迪金的护国公。他不能在那么远的地方效忠国王，履行使命。这个小男孩身边需要人，需要有人教他学会如何统治王国。但他怎么能在伊薇最需要他的时候不去帮她呢？他能感同身受她的痛苦却不去找她？他怎么能做出这样一个让他在乎的人伤心的决定呢？

他慢慢习惯了塔楼里的味道。想起埃塔伊内之死又让欧文痛苦不堪，胸中不禁一阵悸动，但他来这里不单单是缅怀她的。每一条石脊都按压着欧文的后背，他的内脏收缩着，想让时光倒流，让自己变回那个曾经胆战心惊的小男孩，那个由安凯瑞特·崔尼奥薇细心教养、保护周全的小男孩。他多么想再见到她啊，向她诉说自己的恐惧和疑惑，接受她的安慰和帮助。他愿意拿自己全部的财富作为交换，让这一愿望变成现实。悲伤和憧憬填满他的心，泪水浸润着他的双眼，沾在睫毛上，只是没有掉下来。

"你会建议我怎么做？"欧文冲着一片静谧低声说道。在塔楼上空，他能听到一阵温润的晚风拂过。他带来的那几根细蜡烛成了唯一的光源，影子笼罩着整个房间。欧文从箱子上站起来，拉开窗帘，站在窗户前，看着自己在玻璃上映出的影子。如果从下面这个漆黑的城市里抬头望向城堡，看到塔楼里传来的点点光亮，也许会误以为是颗星星。

他看到玻璃上的自己撇着嘴巴。这种进退两难的处境确实糟糕透顶。这就是塞弗恩在他哥哥艾瑞德去世后被迫要做出的重大决定吗——这个决定引发了多年来一连串的灾难后果。欧文不够聪明，无法预见未来。他没有曼蒂克天赋。

但他有西尼亚的提醒。之前有过像欧文这样的人，有过像欧文一样需要面临艰难选择的人。那个人选择放弃自己的妻子。故事要重复上演多少次，循环才能被打破？内心的力量如此强大。欧文明白前人为什么做出了那样的选择。

欧文盯着玻璃，看不清远处夜幕笼罩下的城市景色。未来也一样漆黑。不论他多想看到未来，终究不得。他必须在不知道后果的情况下做出决定。

好吧，他知道某些事情将会发生。

欧文很了解自己，知道如果他去了埃东布里克安慰伊薇，他也许再也不会离开那里了。他无法看着她忍受痛苦而置之不理，一定会去安慰她。这很可能会在那个王国里引发人们的流言蜚语，会影响年轻的雅各统治王国。

他没给过伊薇任何承诺，但却向西尼亚·蒙特福特发过誓，几乎和结婚誓言一样有效力。他还戴着一枚戒指。抛弃它绝对不行，会让他心里很不舒服。如果他去找伊薇，之前需要解除婚约。但一想到要和西尼亚断绝联系，他就痛苦得瑟瑟发抖。她是位厉害的巫师，但她自己又是那么脆弱，就像她借以为名的蝴蝶一样。他确信她一定会同意让他从婚约中解放出来的。她是那么心地善良、宽宏大量。但她这么多年来一直默默无闻地暗中帮助他。她给了他父母和兄弟姐妹一个家。她用自己的力量救了他的命，救了他的军队。她还把锡尔迪金从永恒的冬天中解救了出来。

这还不是全部。自从开始了解她，他就愈发喜欢她。他开始想象有她在自己身边的生活——他很喜欢这个想法。西尼亚并不像伊薇那样爱说话，但她却是个更好的倾听者。她是泉佑异能者，和欧文一样，因此他们两个可以在某种特殊的层面上相互联系。他们两个携手把这个王国从毁灭中拯救了出来。有了她的帮助，他相信他们能重建曾经统治这片土地的宫廷和韦尔图斯规则。

“安凯瑞特，我该怎么做?”欧文轻声悲叹道，在自己复杂的情感中挣扎着。

他想象着她就坐在床边，一只手捂紧肚子，压抑着疼痛。从他认识她开始，她一直都是疾病缠身。有些病让她受了不少苦，但她还一直努力呈现出兴高采烈和令人欣慰的状态。

安凯瑞特一直都很了解他的心。这两个女人谁更像她呢？答案不言而喻：*西尼亚*。

欧文听到轻柔的脚步声走上塔楼。他的听觉一向敏锐。他听着这脚步声，带着一丝突然袭来的希望，想象着是安凯瑞特走上楼梯。他从窗户前转过身，愈发惊讶地眨着眼睛。谁会在这样万籁俱寂的夜晚来看他？抛开一切逻辑和感觉，他极度渴望来者是安凯瑞特。

是凯文·艾默雷来了，他刚刚获得任命，负责掌管“艾思斌”。欧文失望地叹了口气。

“我居然找到了你，真不可思议。”凯文说，他小心谨慎地看着房间。“我们为了找你搜遍了整个王宫。”

“不好意思让你担心了，”欧文说，“我需要时间思考。”

凯文带着同情怜悯之情微微笑了笑。“听到雅各的消息了，我很难过。伯爵告诉我的时候……”他们两个同时陷入了对这个消息的沉思，房间里除了他们两个人的呼吸声，一片寂静。

欧文意识到是时候把塔楼里这些鬼魂抛在脑后了。这些决定只能由活着的人来做。

第四十一章
普勒默尔

太阳从乌云中露出来，严寒很快就消散了，着实让欧文感到震惊。一堆堆积雪还留在背阴的地方，可道路上积雪已消，锡尔迪金大军在行进的途中。一大队骑兵加紧跟上西境公的步伐，他迅速踏过自己的领地，就像丰收时节农民手上挥舞的镰刀一样。他从侧翼袭击奥西塔尼亚军队，让他们无法撤回到边境的那一边。欧文的新上尉把他们关在鲁热蒙城堡里，这个城堡是沙特里约恩大军在前进过程中拿下的。欧文把他们关在那里，率大军继续前进，冲过边境，为遭受围困的阿弗朗奇解围。他到的时间恰到好处，赶在城市被迫正式投降之前，出其不意地杀将过来，打得围剿大军措手不及。

国王的旗帜在他的旗帜旁边飞扬，也许也成了助力。

士兵们成群结队地涌到艾瑞德的旗帜下——太阳玫瑰旗——和欧文蓬头垢面的军队汇合在一起，他们携手杀敌，只用了几天时间就赢得了一系列战役，可战火仍在蔓延。

欧文和德鲁从普雷元帅手里重新夺回帅帐，他打盹的时候被逮了个正着。营地遇袭时，这个人甚至连盔甲都没有穿在身上。栅栏四分五裂，欧文的几位上尉把守道路，不让任何人逃出去给沙特里约恩国王通风报信，根据最新情报，此时沙特里约恩大军正在攻打布里托尼卡。当然，欧文不再需要依靠最新情报了。和“艾思斌”能提供的情报相比，巫哲棋盘给出的信息更多。

帐篷由米色织布围成，上面有手工缝制的边褶作为装饰，里面配有很多漂亮的毛皮地毯和精致的火盆。这位元帅的床榻之上塞满了羽毛，还有一瓶瓶价值不菲的红酒冷藏于从远方城堡带来的箱子里。欧文和年轻的国王坐在折椅上，俯瞰着摊在他们面前圆桌上的巫哲棋盘。

德鲁脸上燃起渴望和希冀之情。他不再穿着骑士训练时穿的土褐色衣服，而是换上了与新头衔相匹配的华服。他手指上的加冕戒指闪着光芒，亚麻色头发上戴着一顶王冠。他们带着塞弗恩的王冠一起上路。火博斯之剑插在全新装饰的剑鞘里，靠在德鲁坐的椅子旁边。他从不让这把剑离开自己的视线。欧文用来装武器的剑鞘还是那个印有乌鸦图案、破旧不堪的剑鞘。

“这些棋子让你想到了什么?”欧文若有所思地问道，他摸着自己的下嘴唇，微微耸着肩膀。

小男孩咧嘴笑着，颇具感染力。“我觉得我们要赢了。”

“毫无疑问，我们要赢了，”欧文笑着说，“把位置指给我看。谁在哪里?”

德鲁把手指放在白巫哲棋上。“这是布里托尼卡女公爵，西尼亚・蒙特福特。黑国王是沙特里约恩，他正在她旁边。走这一步真是够蠢的，巫师可比国王厉害多了。”

“没错，”欧文说，十分赏识小男孩的远见卓识，“继续。”

“我们在这里，”他说，指着白国王和白骑士，“这枚棋子是克劳斯泰公爵。他现在是塔楼。”

“你说对了，”欧文说，“他的棋子现在要移到哪里去？”

“对抗莱高尔特。他们的人数要多些。我们要派兵支援吗？”

欧文摇了摇头。“我觉得你没必要担心他寡不敌众，我的陛下。即便他现在只有他们三分之一的兵力，他仍然可以打胜仗。”

他看到国王的脸色阴沉了一些。“你觉得他还会好好效忠于我吗，欧文大人？”

欧文将交叉的双臂抱得更紧了，皱着眉头。“我希望如此。不过最好还是密切留意他。”

德鲁点了点头。“交给艾默雷勋爵吧。”

欧文已经吩咐下去了。他还命令凯文派一个人追捕德拉甘。他不会轻易放过这个小偷的。“如您所愿，我的陛下。这个是谁？”

“布鲁格公爵。他是枚黑棋。”

欧文点了点头。“这个呢？”

“阿塔巴伦王后。她是白棋。我喜欢这个游戏，欧文大人。这些棋子一直在变，而且引发的结果都是真实的。这比单纯玩巫哲棋要让人兴奋得多。棋子只能从棋盘撤下吗，还是它们也能再回到棋盘之上？”

欧文咧嘴笑着，小男孩头脑灵活，反应机敏，让他很高兴。“这两种情况我都见过。不仅棋子可以影响棋盘，我们做的决定也会影响棋盘。孩子，你能移动这些棋子，真的帮了我们大忙。为什么我们要去*这里*，而不是普勒默尔呢？”他问道，用手指着他们的目的地。

德鲁一边摸着嘴巴一边思考。“因为你已经派我们的海军去普勒默尔了？”

这个小男孩很聪明。欧文颇为欣慰，他能如此努力尝试。回想安凯瑞特以前如何表扬他听从教导后，他伸出手放在德鲁的肩膀上。“我很高兴你还记得。舰队会到港口去保护布里托尼卡，你觉得舰队到了之后沙特里约恩会怎么做?”

德鲁认真研究着棋盘。他沉默了一会儿，陷入沉思之中。然后他歪着小脑袋说道：“逃跑?”

欧文得意地笑着，身体向后靠着。“没错。他经常这样做。等你抓住了这个国王，新国王就会产生。只要还有继承人，游戏就会继续。”

欧文第一次骑马去布里托尼卡的时候，是为了完成塞弗恩·阿根廷指派的任务，惹怒女公爵，好使她跟塞弗恩对抗。他不敢相信，就在这短短几周时间里，竟然发生了这么多事。他再次走近的时候，还能感应到藏在这片树林中的魔力，坐在马背上一起一伏地和马鞍碰撞着，让他产生了一种自然舒适的感觉。德鲁国王骑马走在他身边，身后有一队王室骑士随行。小男孩盯着这片树林，眯起双眼。

“您在看什么，我的陛下?”欧文问他。

德鲁转过身，皱着眉头。“树林里有什么东西。”

“您能感觉到吗?”

小男孩缓缓地点了点头。“那里有什么?”

欧文猜想这个小男孩或许开始显现出泉佑异能者的迹象了。在传奇故事中，安德鲁王并不具备这种能力，但他周围全是泉佑异能者。真是奇怪。

他们骑马走进布里托尼卡广袤的肥沃土地，欧文的心中满是期待。他一路从帝泉王宫奋战至此，已有足够的时间想清楚自己的决定。再次见到西尼亚，他纵然紧张不安，可他对自己的决定仍然平心静气。

他们继续前行，看到迎面走来两个骑兵。他认出这两个人都是信差，其中一个是他的人法恩斯，另一个是奥西塔尼亚国王的信差安耶斯。安耶斯表情痛苦，头发朝一边歪着，并没有按照奥西塔尼亚风尚梳到前面，身上穿着的盔甲沾满了泥渍。

欧文和德鲁勒住马，与这两位信差会面。

"我的国王陛下，"法恩斯粲然一笑说道，"我们在树林里抓住了沙特里约恩·韦尔图斯，他正要逃回普雷。他只带了二十位骑士，我们很快就把他拿下了。我的陛下打算怎么处置他?"

德鲁听到别人这样正式地称呼他，会心一笑。

"我的陛下，"安耶斯说着，声音中带着一丝绝望之情，"我接受委派来此商讨赎回我主人的条件。如果您能立刻释放他，让他回到普雷和妻儿团聚，他会应许您最慷慨的条款。求您了，我的陛下!"安耶斯情绪激动："他吓坏了。他害怕自己一个人面对这个……屠夫。"他满腔愤恨地盯着欧文。

德鲁转向欧文寻求指导。"您决定吧，我的陛下，"欧文轻声说，"我来这里是为了向一位更为重要的人致敬，不是来看奥西塔尼亚国王的。"

德鲁沉默了片刻，然后转身面向法恩斯。"把他带到蜂岩城堡，严加看守。等我回来的时候再处置他。"

安耶斯脸上露出崩溃的表情，泪水从脸颊流下，一种被打败的耻辱感包裹着他。欧文脑海中听到巫哲棋盘上棋子移动发出的摩擦声。现在游戏发生了改变，但游戏不会终结。

海浪拍打着沙滩，涛声悦耳动听。空气中弥漫着一股咸咸的海水味道，几只海鸟粗声鸣叫，从欧文头顶飞过，欧文走下通往玻璃粉海滩的石阶。他本以为会在这里找到西尼亚。他们到达普勒默尔城堡时，发现西尼亚根本不在那里，欧文却毫不惊讶。欧文把德鲁交给自己的父母和姐姐照看，他们热情友善地招待着这位年幼的小国王。他们会带他参观这座城堡——欧文坚持要这样做——这要花上几个小时的时间。欧文并没有安排其他人照顾国王，他觉得根本没有这个必要。

整个城堡的人都彬彬有礼地欢迎锡尔迪金国王的到来，热情洋溢地感谢他派军舰前来解围。德鲁坚持认为功劳属于欧文，因为他善用计谋，不费吹灰之力就抓住了沙特里约恩。军舰除了载满士兵之外，还带来了牛和食物，补给了因奥西塔尼亚大军入侵期间的劫掠而造成的物资短缺。也许这就是欧文和这个公国的人民取得谅解的良好开端。

欧文走下台阶的时候，靴子踩在沙子里，发出咯吱咯吱的响声，他在沙子里发现了一双凉鞋。他暗自微微一笑，蹲下身把鞋捡起来，勾在手指上。微风温暖和煦，欢快地拨弄着他的头发。台阶顶端有两位士兵把守，但沙滩上并没有其他人。他吃力地走在沙滩上，寻找着她的身影，阳光照在水面上，发出耀眼的光芒。

他快步走到海边的时候，一粒粒沙子变成了一小颗一小颗的光滑玻璃。他停下脚步，舀起一捧，漫不经心地用拇指摆弄着手里的玻璃粉，然后将这捧倾倒回去。他抬起头，看到了她。西尼亚正围着一块大卵石转着圈，但她一看到欧文蹲在那里，突然停了下来。她的手放在胸前，身体开始微微颤抖。

欧文感到心中涌起一阵爱意，甚至还带有一丝疼痛。他站起身，朝她走过去，把手里的凉鞋举起来。

“你把凉鞋落在那里了。”他轻声说着。此时，附近有一阵海浪冲了过来，撞出泡沫，沿着平坦的海滩散播开来。这海浪马上就要冲到她赤裸的双脚上了，却能量耗尽，开始退回海里。

西尼亚走近了，眼中燃起希望，嘴角慢慢泛起微笑。

欧文把凉鞋扔在一旁，朝她走了过去，牵起她的双手，放在胸前。“西尼亚·蒙特福特，”他温柔地说，像祷告一样说出她的名字，“你还是我的吗？你还让我亲吻你吗，让我做一个丈夫应该做的事情？你还会和我一起沿着这海滩散步，教会我如何让你开心，如何向你求爱吗？你从今以后会一直属于我吗？我的朋友，我的知己，我的爱人，我的妻子，我的伴侣，我的慰藉。我真厌倦了独自一人的日子。”他感到自己信心膨胀，心快要跳出来了。“你能接纳我的缺点吗？你能原谅我们第一次见面时我对你说的那些刻薄的话吗？你能原谅我受到诱惑，曾有过的犹豫吗？但我没有背叛你。你能允许我给你我的灵魂吗？这样你就可以和我在一起，生儿育女，孩子们都像你一样美丽动人。”欧文叹了口气。“你真的是圣泉的赐礼，我感到自己不值得你爱。但我还是要问，你同意做我的妻子吗？”

她的眼里热泪夺眶而出，顺着脸颊流下来，她冲他微笑着，笑得那样灿烂，让他心都酥化了。

“好的。”她回答道，然后冲进他的怀抱中，紧紧抱着他，甚至他都开始担心她弄疼了自己的手指。他将她拉近自己，轻抚着她柔软的秀发，感觉她的身体离自己是那么近。

他抬起她的下巴，低头看着她的脸，看到她明亮的双眸中闪出的渴望之情。他低下头，嘴快要碰到她的嘴唇了。

“内希——啊嘛。”他低声说道，然后亲吻了她。圣泉的魔力开始充盈在他体内。这股魔力像雷电一样，慢慢胀起，积聚着能量，在他体内喷涌而出。他用自己的魔力浸润着她，带给她一个凡人的灵魂，带给她生命的气息。

他感到有一阵波浪袭来，吞没了他们的膝盖，海水退去的时候，他们双脚陷入沙子里。她为这种感觉兴奋地喘着气，把手指插进他那蓬乱的头发中。魔法完全充盈着她，欧文感到自己筋疲力尽，他每次为别人注入生命都会这样。他慢慢躺了下去，精力耗尽，无助得像个婴儿，但在他昏过去的时候，西尼亚抱住了他。

第四十二章
忏悔

他醒来时感觉西尼亚在亲吻着他的眼皮。他力气全无，就像刚环游了世界一样。他头枕在她大腿上，四肢伸直躺在一堆堆玻璃粉上，沐浴着温暖的阳光，感到昏昏欲睡、心满意足。

能量慢慢填满他的身体，圣泉魔力也重新充盈在体内。他的魔力库刚刚完全被榨干了，但欧文能感到她在和自己分享着她的魔法之库，将两个人的魔法合二为一。令他惊讶不已的是，他很快就恢复到之前精力充沛的状态，而她的能力却几乎丝毫未减。

他睁开双眼，看到微风抚弄着她脸上那几缕金色的发丝。她把头发抚到一边，低下头，满含爱意，用温柔的目光看着他，让他内心波涛起伏。

“你真美。”他低声说道，伸出手摸着她的双唇。她在他的指尖上亲吻了一下。

“我一直都爱着你，欧文·基斯卡登，”她坦言道，“我在幻境中无数次看到这一幕。你爱着我，*真的*爱着我。你第一次来普勒默尔的时候，我承认你让我有些失望。”她冲他苦笑了一下。“但等待是值得的。”

欧文微笑着。他很少感到如此慵懒、放松，能尽情享受着依偎在她怀里的感觉。他慢慢直起身，把耳朵紧贴在她胸口处，听着她那海浪一样拍打的心跳声。那里确实有心跳声。她羞涩地看着他，微笑着冲他点了点头。

“现在我是个凡人了，”她说，“并非所有的水仙子都能如愿以偿。实际上，很少有人能得偿所愿。但我是一个幸运儿。”她将他的头发抚过耳朵。

欧文坐得更高了些，再次亲吻了她，慢慢地亲吻着，更加享受这一刻，不同于订婚时他们那仓促尴尬的一吻。他开始撤回身体，但当他意识到她并不想他停下来的时候，他高兴地涨红了脸。“想起我们在圣彭里恩的初吻，我有些尴尬。对不起，我还不够熟练。”

她会意地微笑着。“你不必为此道歉。”

欧文咧嘴笑着。“我觉得这次你也不一样了，”他咯咯笑着补充道，“这是我们*真正的*初吻——你在幻境中见到的。对你来说一定很困惑不解，明知道会发生什么事情，却总不能知道怎么发生的，或者什么时候发生。”

她点头表示同意。“我爱上了你的无限可能，欧文。有多少人能跳进河里去救一个马上要被瀑布卷走的小孩？有多少人能放下自己的初恋？”她的眼睛突然闪烁着智慧和柔情。她抚摸着他的侧脸。“看着你经历的这些，我感同身受，欧文。请一定要知道这一点。”

他点了点头，牵起她的手指，亲吻着她的指关节。“你一直懂我的痛，西尼亚。在某种程度上，你和我一起承担着这苦痛。”他用拇指揉搓着她的手指。“我现在还是很伤心。不过并不是因为选择了你，而是因为我为伊薇感到伤心。”他叹了口气。“这对她来说实在太痛苦了。她还是我的朋友，我希望她开心快乐，或许这感觉并不对。我知道我自己的选择。”他看着她的眼睛。“我选择了你。”

西尼亚将双臂环绕在他脖子上，拥他入怀。他们两个相拥了很久，靠近她可以安抚欧文的心，抚慰他的伤。她松开他的时候，睫毛上还挂着泪珠。一阵海浪慢慢冲到跟前，但并未近到将他们打湿。

“你不再对水有免疫力了，我们要挪上去一些吗?”他提议道。

她摇了摇头。“不，我喜欢这种感觉。我想要好好洗个温水浴。我想要在河里游泳。现在你让我变得完整了，我可以享受这些我很久都无法享受的东西了。”她把几缕头发抚到耳后。“我还要向你坦白一些事情，我的爱。如果你让我说的话。”

“当然。”欧文说，看着她的眼睛。

“我们从苦难中学到了很多东西，”她说，“但我觉得我们学到最多的就是认清自己是谁。我认识这个真实的你已经有一段时间了，欧文。你就像一只小鸡一样，挣扎着想要破壳而出。现在你自由了，可以随心发展，变成圣泉想要你变成的样子。你也许会觉得圣泉强迫你承受的那些痛苦十分讨厌，甚至有些残酷不仁。但现在你认识自己了。现在你知道，在不知道选择会带来什么后果的情况下，你会做出怎样的选择。这就是为什么我事先不能告诉你的原因，欧文。我知道你干预巫哲棋游戏之后会发生什么。我知道这会引发一系列事情，最终导致雅各遭遇船难。”她看上去满负歉意。“但我必须只能让这一切发生，这样你就能认清自己。如果加以阻止，后果会更加糟糕。实际上故事并没有结束。”她低头看着自己的大腿，欧文感到有些不安。

“什么?”他急忙问道。

她抬起头看着他。“我在幻境中看到了船难。所有的船员都死了，只有雅各幸存了下来。在幻境中，他的大衣上别着一枚胸针，乌鸦图案。这提醒了我一定要把这个胸针给他。我这样做了，在他出发之前给了他。他并没有溺水身亡，欧文。那个胸针是护身符。几天后他被海水冲到岸边，被一对打鱼的夫妇发现了。他们照料着他养伤，因为他撞在了岩石上。他现在记不起自己姓甚名谁，但他会想起来的。然后他会回到埃东布里克，看到他的妻儿在等着他。”

欧文睁大眼睛盯着她。他的第一反应是震惊，然后是一种巨大的慰藉。“感谢圣泉!”他无法想象自己如果当时径直去找伊薇会有什么结果。他握紧拳头，压在嘴巴上，感觉就像自己刚刚从一场可怕的命运中侥幸逃脱一样。

西尼亚轻抚着他的头发。“你不能告诉她，”她低语道，“她会在适当的时候发现真相的。”

“你一直都知道?”他气喘吁吁地说。

她点了点头，这一举动的沉重感显示出这个秘密是多么大的一个负担。

“我很欣慰自己做出了这样的选择。”欧文说。

“我更是感激涕零，”她说着，牵着他的手握得更紧了，“欧文，我看到她会和雅各团聚在一起。我看到了她得知这个消息时的欣喜之情。无论如何我都不能破坏那一刻。”她顿了顿，嘴角扬起一丝微笑。“我还看到了我们两个家庭之间的友谊，我们孩子之间的友谊。但我不能把我所看到的一切都说出来。正像过去一样，前方永远都有新的麻烦事。”

“我真不愿去想她正在承受怎样的痛苦折磨。她和吉纳维芙一样大的时候就失去了父亲。”他看着她，“我相信你的判断，信任你的天赋。如果你觉得让她在适当的时候自己发现真相会更好的话，我就和你一样。”

西尼亚叹了口气。“我确实这样觉得。她会深深地影响锡尔迪金好几代人。过去的事情总会找到再次回来的方式，你知道的。”她亲切地冲他笑着，捋顺他的头发。然后用手指沿着他光滑的脸颊抚摸着。“谢谢你在见我之前刮了胡子。”

欧文耸了耸肩。“这件事，你虽然没告诉我，但我自己已经发现了，”他说，“我专心致志的时候可以很快进入观察状态。”

她点了点头，亲了一下他的下巴。“我确定更喜欢这样。”

“如我的夫人所愿。”他殷勤地回答道，“但我还有个问题想要问你，西尼亚。这个问题我自己弄不清楚。我觉得我是对的。我有时是对的。”

“好的。”她回答道，双手放在大腿上。“你想问我什么？”

他用胳膊肘杵着身体向后倾，感到自己微微陷进玻璃粉里，两只靴子交叉着。“问题和米尔丁巫师有关。”

“很好，你想要问我什么？”

“根据传说，他爱上了喷泉之女。但她却没有回报他的爱。他教会了她所有的计谋策略，教给了她那些带有力量的咒语，然后她把他囚禁在石洞里了。这件事发生在安德鲁王被打败、巫哲棋盘消失之后。”

“你的问题是什么？”她问道，歪着头，鼓励地冲他微微一笑。

“嗯，我的问题就是米尔丁是否还活着。我觉得他被困在森林中的那片树林里，那里有一个可以呼风唤雨的银碗。现在安德鲁王已经回来了，难道米尔丁不应该也回来吗？”

西尼亚看起来似乎一直在等着他问这个问题。她丝毫不感到惊讶。“他被困在石头下。我父亲的先祖们想要移动那些石头，但没有任何一队马匹强壮到足以拉动它们。那些石头实在太大了。甚至连圣泉魔力都不够强大，挪不动那些巨石。”

欧文看着她，自信地露出一丝得意的微笑。

“你在想什么?”她问他道。

“你的意思是你不能读出我内心的想法吗?”他开着玩笑。

她摇了摇头。“我从来都没有这个天赋。”

“我觉得我有办法了，”他回答道，“这也就是我把国王一起带到普勒默尔的一个原因。你有任何幻境告诉你我们不应该释放米尔丁吗?”

她露出好奇且饶有兴趣的表情。“一点儿也没有。”

欧文站起来。“你觉得他会因为被囚禁了那么久而生气吗？如果他现在还活着的话。”

“哦，我知道他还活着，”西尼亚说，“他被困在尘世和深无测的中间地带。他在那里并不会变老。如果我们成功把他救出来，他能告诉我们早已失传的那些知识。”

欧文一直在思考着。“我希望他能对救他出来的人心存感激。”

“巫师们一向以宽宏大量闻名。”西尼亚说。

他牵起她的手，扶她站起来。他们站在海滩边上，手牵着手盯着袭来的海浪。

“好吗?”他渴望地问道，朝着海浪涌来的方向点着头。

西尼亚微微一笑，这是欧文仅需的慰藉。

后　记

天气凉爽温和，空气中充满着一股浓重的树木气味。几只乌鸦鸣叫着从头顶的树枝上飞过，欧文、西尼亚和德鲁三个人小心翼翼地穿过蜿蜒曲折的小路，朝着滴水的声音走去。

穿过一片金雀花之后，他们来到由铁链拴着的那个银碗所在的石柱处。一段段记忆闯进欧文的脑海中——他曾经在这里经历了一场生死决斗，打败了布伦登·鲁，成为这片树林的保护者。这一次，他走进这片神圣的树林中，感觉安全，信心满满。这里欢迎他的到来——森林将他视为自己的新主人。

"这是什么地方?"德鲁问道，盯着这些靠在石山背后的巨石。橡树上杂乱生长的树枝七扭八歪。树叶又重新长了出来，松散地搭在一丛丛槲寄生上，吸引着欧文的目光。他感应到树上有魔法。就像之前一样，水从树根处流出，顺着长满地衣的卵石流下去。

"古魔法之地。"西尼亚回答道，声音中带着一丝郑重，与此地的庄严肃静相匹配。"蒙特福特家族世世代代都在守卫这里。"

德鲁怀着敬畏之情抬头看着这棵树，脸上露出的聪颖远远超过他这个年纪小孩子应有的程度。"这感觉似曾相识。我之前来过这里吗?”

“这里有很多回忆。”西尼亚回答道，把手温柔地搭在他的肩膀上。

欧文举起一个巨大的盾牌，将胳膊穿过系带。盾牌上的印章他在王宫随处可见，上面印有两张人脸，彼此相对。这是巫哲棋盘的标志，西尼亚向他解释过——布里托尼卡象征棋盘中一块平衡之地，连接海洋和陆地的边界。

“我把水倒在桌子上的时候，”欧文说着，向前走了几步，然后回过头来，“会有轰隆隆的雷声。要有心理准备。然后一阵暴风雨会向我们袭来。只要我在附近，你们就不会受伤。别害怕。”

德鲁目光深邃，眼神凝重，看上去有些害怕，但他鼓起勇气点了点头。欧文看了一眼西尼亚，和她四目相对，想看看她是否有任何警示的表情。她什么都没有说，没有鼓励，也没有阻止他。

欧文走到桌子边上，拿起银碗。他感到圣泉魔力游遍全身。就像在河里艰难跋涉一样，水流的力量从后面拽着他。他并不想横穿过水流，只想随波逐流。魔力在他体内用力膨胀着。

欧文走下来，拿着碗来到一个小瀑布跟前，瀑布之水流向树下的一块巨石。他把碗放在水里，看着水浸满银碗，然后小心翼翼地把碗放回石柱之上，铁链沿着石头发出咔嗒咔嗒的摩擦声。兴奋之情在欧文心中翻涌着。他的计划奏效了。他确信计划会成功。

他站在石柱前面，将银碗翻过来，把水洒在上面。然后他放下碗，拿出盾牌，此时天空被一声惊雷炸开，发出隆隆的雷声，德鲁蜷缩着身体，捂上耳朵。欧文刚走到他的未婚妻和国王的身边，大雨就倾盆而下，豆大的雨滴从天上砸下，瞬间汇成一股奔流。欧文举起盾牌，把西尼亚和德鲁罩在底下。小男孩害怕得瞪大了双眼，暴风雨肆虐地砸向他们，雨滴变成了雨夹雪，然后转成石头大的冰雹。

西尼亚抬起胳膊，撑着盾牌，帮助欧文分担一部分重量，她看到这狂暴的暴风雨，兴奋地睁大了眼睛。盾牌承受着持续不断的击打，欧文被这重量压得胳膊都开始颤抖起来，但暴风雨的魔力环绕在他周围。几个恐怖的时刻过去之后，德鲁因害怕而皱紧的眉头渐渐舒展了，开始轻松地笑起来。

暴风雨很快就停了，正如它突如其来一样。

欧文知道接下来会发生的事情和上一次如出一辙。橡树上的叶子被暴风雨从树枝上肆意打落，形成一股旋风，从山上卷下，飘离石柱。随后鸟儿站在树枝上，开始歌唱，这歌声如此充盈圆润，如此动人心弦，如此可爱欢快，欧文不禁放低了盾牌，他们三人一起聆听着这美妙的歌声。最后一声可人的啼叫宣告歌声的结束，欧文喉咙有些沙哑，他咽了一下口水。泪珠在西尼亚的睫毛上滚动着。她对这首歌很熟悉，可仍然能打动她。

欧文转向德鲁。

“现在到您了，”他对小男孩说，“拿出王冠吧。”

小男孩迅速解下带扣，掀开挂在脖子上的小皮包前襟。小皮包里面塞着王冠，锡尔迪金国王执政的象征。

“你还记得我对你说过的话吗?”欧文问小男孩。

德鲁点了点头，从小皮包里拿出王冠。现在欧文心跳加速，嘴巴突然变干。

“冬天来吧。”欧文柔声说，盯着那棵树，然后又看向那块巨石。

小男孩把王冠放在胸前，然后举起王冠，放在头顶上。王冠本身蕴藏着魔力，调整大小后和小男孩的头正好合适。王冠年代久远，边缘的尖齿都有些磨损了。小男孩将王冠戴在头上的时候，欧文感到一股魔力在颤动，并在不断变强。

德鲁盯着这些巨石，眼中突然闪烁出坚毅的光芒。

一阵寒风拂过树林，吹得树枝沙沙作响。一团团白气从他们口中吐出。西尼亚身体开始颤抖，欧文把她拉近身边，用胳膊环着她的肩膀。他另一只手放在德鲁的肩膀上。树林中的水开始结冰，发出叮叮当当的爆裂声。这些巨石结上了一层霜，在阳光下闪着光。寒气直逼树林深处，树枝都冻僵了。鸟儿们拍打着翅膀飞走了，去寻找安全的栖息之所。

欧文盯着这些巨石，看着冰霜在其表面蜿蜒曲折。他的耳朵和鼻子开始冻得疼痛起来。小男孩的目光紧紧盯住他面前的这些巨石。他身体没有颤动，也没有闭上双眼，被遍布全身的魔法深深吸引住了。咯吱咯吱的呻吟声开始响起。

欧文屏住呼吸。他感到西尼亚伸出手搭在他的手上面。

“更冷些吧。”欧文轻柔地呼吸着。他脖颈后面的汗毛全部竖起来了。

小男孩盯着这些石头，全神贯注，嘴角不由自主地朝下撇着。空气寒气逼人，就像呼吸着刀子一样。

此时传来一声破裂的声音。

树后面的这块巨石突然裂成两半，倒向两边。这道参差不齐的裂缝显示出这么多年来水侵蚀石头的痕迹。石头裂开的时候，欧文吓了一大跳，下意识地往后退着，以防石头砸向他们。

在石头的另一边，豁开了一个洞口。微风发现了这个洞口，开始沿着边缘探索，发出一阵呼啸声。

德鲁朝前走了一步，走近石头中的裂缝。他眯着双眼，表情严肃紧张。

“你听到了吗?”小男孩带着庄重的语气说。

欧文没听到。他困惑地看着西尼亚。她也摇头表示没听到任何动静。

“你听到了什么?”欧文问道。

“低语。”小男孩回答道。他小心翼翼地朝裂开的巨石走去。

“你能听到低语声，孩子?”一个带着奇怪口音的粗声从洞穴里传出来。“保佑我吧，如果你能听到。真的保佑我吧。外面还是白天吗?”里面传来一阵咕哝声，还有压抑着的呻吟声，然后在黑暗中显出一位长者的身影，他还拄着一根弯了的拐杖。“你带来的这些巴特是谁，嗯?”

作者按

我还记得自己坐在床上，和我大女儿讨论帝泉系列的故事情节。我告诉她欧文和伊薇最后不会在一起，我解释了原因，也告诉了她有关西尼亚的事情。我对她说有些读者一定会因此嫉恨于我。我觉得她可能就是其中之一，作为她的父亲，我知道她最终一定会原谅我的。“放手去做吧，”她建议道，“如果这是你想讲述的故事，放手去做吧。但请给伊薇一个圆满的结局。”

这是我多年来一直想要讲述的故事。我从很多年前做的一个梦中获得了灵感。梦里有一个二十岁刚出头的男人，喜爱嘲讽，脾气不好，擅长羞辱他人。他的国王父亲派他去邻国，要求那里的公主同意嫁给他，否则两国就将交战。在梦里，公主为了拯救王国，牺牲了自己，心甘情愿地嫁给了这位贵族男人。因为她善良仁慈，通过她的能力改变了他，使他变得很好。最后，这个年轻人有能力反抗自己的国王父亲。

这就是《国王的背叛者》的灵感来源。我要把遭遇船难这个主意归功于一位早期读者罗宾，她预言在《小偷的女儿》之后，雅各和伊薇会遭遇船难，雅各会在事故中死去，给欧文和伊薇重新在一起的机会。虽然这并不完全是她头脑中所想的，但我真的很愿意把这个主意纳入到故事情节中。

我热衷阅读人物传记。我曾经读过一本关于第一位美国总统乔治·华盛顿的人物传记，从中了解到他有段初恋，却最终没能喜结良缘。亚伯拉罕·林肯也有相同的经历。如果你仔细阅读历史中的边边角角，你会发现诸如此类的故事浩如烟海。虽然我倾向于让故事的主人公最后走到一起，但有时这种模式效果并不好。所以如果你也是一位为欧文选择新伴侣而感到失望的读者，请你原谅我。这是这么多年来在我心中默默成形的故事。

故事并没有结束。我创作这个小说的时候，我看到了隧道更深处的光亮。故事背景显然受到了亚瑟王传奇的影响。我在阅读很多经典老文本时，不断发现，虽然细节往往不同，主题却大多重复。整个圣泉神话是受了湖上夫人神话的启发。恐怖亡灵预言并非杜撰。在十五世纪末期到十六世纪初期，整个欧洲都深信亚瑟王终有一天会回来保护英格兰。亨利七世给自己的长子取名为亚瑟，就是为了能让传说应验。他在博斯沃思战场和查理三世战斗时，宣称自己是亚瑟王的化身。恐怖亡灵传说是个迷人的历史珍闻。我自己这个版本的亚瑟王故事情节是基于马比诺吉昂威尔士民间故事集中的描述。我也在这些故事中了解到奥文爵士背叛了喷泉之女。这也是银碗和魔力雹暴的来源之处，同时也是亚瑟王魔力棋盘的起源。

我希望你能享受这个全新的世界。在这个系列终结之前，我还有很多故事要讲。我觉得这些主人公的孩子们需要亮个相。

如果要把这个系列拍成电影的话，我诚挚地建议由理查德·阿米蒂奇扮演塞弗恩国王。

致 谢

在此我想要感谢很多人，他们以各种方式为这个系列的出版提供了帮助。首先，我要感谢我姐姐艾米丽，她每周都会花时间阅读我写的章节，并提供反馈意见。短期内大量阅读我的手稿，一定是一种甜蜜的折磨。另外，我还要感谢这些优秀的早期读者：罗宾、香农、凯伦，还有苏尼尔。我还要感谢我的编辑团队，感谢他们的热情和影响！他们是杰森·科克、考特尼·米勒、安吉拉·波利多罗，还有旺达·津巴。我们组建成了一支很棒的团队，真心感谢你们所有人！

图书在版编目（CIP）数据

国王的背叛者/（美）杰夫·惠勒著；张丽丽，孙会军译.

-- 上海：上海文艺出版社，2018

（帝泉系列）

ISBN 978-7-5321-6420-2

Ⅰ.①国… Ⅱ.①杰… ②张… ③孙… Ⅲ.①长篇小说－美国－现代

Ⅳ.①I712.45

中国版本图书馆CIP数据核字（2018）第146953号

发 行 人：陈　征

责任编辑：毛静彦

书　　名：国王的背叛者

作　　者：（美）杰夫·惠勒

译　　者：张丽丽 孙会军

出　　版：上海世纪出版集团　　上海文艺出版社

地　　址：上海绍兴路7号　200020

发　　行：上海文艺出版社发行中心发行

上海市绍兴路50号　200020　www.ewen.co

印　　刷：上海天地海设计印刷有限公司

开　　本：890×1240　1/32

印　　张：12.875

插　　页：2

字　　数：331,000

印　　次：2018年8月第1版　2018年8月第1次印刷

I S B N：978-7-5321-6420-2/I·5138

定　　价：55.00元

告 读 者：如发现本书有质量问题请与印刷厂质量科联系　T：13817973165